Knaur.

Knaur.

Über den Autor:

Ben Kinman ist das Pseudonym des international erfolgreichen Thriller-Autors Chandler McGrew. Er wurde in Texas geboren und lebte mehrere Jahre in Alaska. Heute wohnt er mit seiner Frau und drei gemeinsamen Töchtern in Maine. Im Knaur Taschenbuch Verlag erschienen bereits seine Bestseller »Eiskalt«, »Leichenblass« und »Totenstill«.

Mehr über den Autor auf seiner Homepage:
www.chandlermcgrew.com

Ben Kinman

Todesfluch

Thriller

Aus dem Amerikanischen
von Sabine Schilasky

Knaur Taschenbuch Verlag

Die amerikanische Originalausgabe erschien 2004
unter dem Titel »The Darkening« bei Bantam Dell, New York

Wenn Ihnen dieses Buch gefallen hat, empfehlen wir Ihnen gerne
weitere Romane aus dem Bereich Dunkle Spannung.
Schreiben Sie einfach unter dem Stichwort »Todesfluch« an:
mystery@droemer-knaur.de

Besuchen Sie uns im Internet:
www.knaur.de

Deutsche Erstausgabe April 2008

Redaktion: Kathrin Stachora
Umschlaggestaltung: ZERO Werbeagentur, München
Umschlagabbildung: Artwork Alexandra Dohse unter
Verwendung eines Bildes von Corbis
Satz: Adobe InDesign im Verlag
Druck und Bindung: Nørhaven Paperback A/S
Printed in Denmark
ISBN 978-3-426-63819-4

2 4 5 3 1

Für meine älteste Tochter Keni,
die viel zu lange hierauf warten musste.

Ich danke Jes Pryor, dem Wissenschaftsgenie, trotz dessen Hilfe ich gewiss noch einige Regeln gebrochen habe. Und ich danke Sempei und Sensei Petrovich, die mich geduldig durch die vier langen Jahre führten, in denen ich im Schweiße meines Angesichts versuchte, Kyokushin zu erlernen. Kyokushin ist eine Karateform, die zu erlernen ich schmerzhaft und schwierig fand und die ich wohl niemals meisterhaft beherrschen werde. Alle Fehler im Bezug auf die Kampfkunst wie auch sämtliche Überdehnungen der künstlerischen Freiheit sind ganz allein mein Verschulden. Ich möchte außerdem Pater Louis Dufour danken, der stets hilfsbereit war und meinen Agnostizismus gnädig zu ertragen wusste. Dank auch den beiden Irenes in meinem Leben – meine unerschütterliche Frau und meine tapfere Agentin –, die mich beide durch dick und dünn begleiteten und bestärkten. Des Weiteren danke ich Abby Zidle, einer geduldigen Frau mit vielen Talenten, zu deren größten die Gabe zählt, Blei in Gold zu verwandeln. Und schließlich gebührt auch meiner Verlegerin Caitlin Alexander Dank dafür, dass sie besagtes Gold polierte, bis es glänzte.

Unsere größte Angst ist nicht die vor unserer eigenen Unzulänglichkeit. Vielmehr fürchten wir am meisten, dass wir über die Maßen mächtig sein könnten. Unser Licht, nicht unsere Finsternis, ängstigt uns mehr als alles andere.

Nelson Mandela

Mir liegt nichts daran, meine Seele zu schauen,
kein Licht erhellt sie je.
Als ich zuletzt nachsah, war sie noch ganz,
doch ich wünschte, ich hätte es gelassen.
»Night Land« von Cooder Reese
aus *Dead Reckonings*

Lucy Devereau verbrachte ihre Tage damit, Informationen aus Leuten zu pressen, denen sie nicht traute, sowie nach Männern und Frauen zu suchen, die sie nicht mochte – und das alles für Klienten, zu denen sie in den seltensten Fällen eine angenehme Beziehung aufbauen konnte. Sie war Privatdetektivin und darauf spezialisiert, die leiblichen Eltern von adoptierten Kindern ausfindig zu machen. Für diese Kinder scheute sie keine Mühe und investierte schon einmal Stunden und Meilen, die ihr niemand bezahlte. Und dennoch sorgte eine befremdliche und undefinierbare Leere in ihr dafür, dass ihre Klienten für sie nichts weiter blieben als zweidimensionale Pappfiguren.

Sie lebte in einem Zustand konstanter Anspannung, als wartete sie darauf, dass ein unsichtbares Beil auf sie niederging, eine magische Kugel die Wand durchschlug, hinter der sich ihre nebulöse Vergangenheit verbarg und ein gigantisches Loch in ihren Kopf fräste, passend zu dem in ihrem Herzen. Von frühester Kindheit an hatte sie das Gefühl gehabt, als wäre ihr etwas entrissen worden. Doch solange sie nicht wusste, was es war, das ihr so schmerzlich fehlte, bestand kaum eine reelle Chance, es je zurückzubekommen.

Kurz nach Mitternacht spiegelte die Dunkelheit vor ihrem Fenster die Finsternis in ihrem Kopf wider. Draußen kam das einzige schwache Licht von einer einzelnen, schwachen Straßenlaterne, welche die hohe Hecke zwischen ihrem und dem Grundstück der Nachbarn noch größer und düsterer wirken ließ. Der kühle Nachtwind blies unter die Dachtraufen, dass die alten Leibungen einmal ratterten, einmal leise wie Rabengefieder raschelten.

Das Universum in der Nussschale lag aufgeschlagen, aber unberührt auf ihrem Nachttisch. Wenngleich Stephen Hawking ihr gewöhnlich den Atem raubte und heftige Kopfschmerzen verursachte, hatte sie es geschafft, sich durch *Eine kurze Geschichte der Zeit* zu kämpfen, und nun mühte sie sich angestrengt, die Fortsetzung zu verstehen. Wenn es etwas gab, das ihren Geist zur Ruhe bringen konnte, dann war es, darüber nachzudenken, wie ein elfdimensionaler Kosmos in einen dreidimensionalen Raum passte.

Heute Nacht jedoch konnte sie sich einfach nicht überwinden, das Buch in die Hand zu nehmen. Eine seltsam morbide Stimmung zwang sie, stattdessen in erwartungsvoller Regungslosigkeit auf der Überdecke zu liegen, mit nichts als ihrem Baumwollnachthemd bekleidet, das kurze braune Haar ebenso kraus wie ihre Gedanken, und bis weit nach Mitternacht auf die Nachrichten im Kabelfernsehen zu starren. Die Geschichten waren dieselben wie immer: Palästinensische Muslime töteten jüdische Israelis, irische Katholiken töteten irische Protestanten. Religiöse Eiferer mordeten und starben für einen Mythos. Sinnloses Blutvergießen, verschwendete Leben.

Als der Schlaf sie schließlich übermannte, träumte sie von einem ausgemergelten Greis, der sie über eine weite kahle Ebene jagte und schrie, er wäre ein Freund Gottes und würde ihr am Ende des Regenbogens die Geheimnisse dieser Welt enthüllen.

Um zwei Uhr morgens brachen Männer gleichzeitig die

Vorder- und Hintertür auf. Der Lärm krachte wie ein Donnerschlag in ihren Traum. Gleich darauf knallten Schritte schwerer Stiefel auf den Holzdielen und hallten durch den Flur. Sie hatte kaum Zeit, nach ihrem Morgenmantel zu greifen, als sie auch schon von grellem Licht geblendet, gepackt und bäuchlings so fest auf die Matratze gedrückt wurde, dass sie keine Luft mehr bekam. Kräftige Hände rissen ihre Arme nach hinten und fesselten sie mit einem dünnen Band, das ihr schmerzhaft in die Handgelenke schnitt. Eine eingerollte Socke wurde ihr in den Mund gestopft und mit einem Stück Textilklebeband befestigt. Infolgedessen endete ihr erster Schrei in einem schwächlichen Stöhnen. Alles wurde dunkel, als man ihr einen Leinensack über den Kopf stülpte und ihn um ihrem Hals zuband. Die stummen Angreifer hoben sie vom Bett, zerrten sie zur Vordertür hinaus und warfen sie grob in ein Fahrzeug.

Als Nächstes röhrte ein Motor auf, und sie wurde in den Sitz gedrückt. Binnen kürzester Zeit war der Wagen so oft abgebogen, dass sie vollkommen die Orientierung verloren hatte. Und als sie gerade sicher war, ersticken zu müssen, banden rauhe Hände den Sack über ihrem Kopf auf und zogen ihn herunter. Sie blinzelte und schniefte. Ein riesiger Mann saß neben ihr auf der Rückbank und starrte sie mit Adleraugen an. Er trug einen kohlrabenschwarzen Overall und einen Waffengürtel, an dem ein großes Messer in einer Scheide hing.

»Willst du dich weiter sträuben?« Seine Stimme klang wie eine Stiefelsohle, die über einen sandigen Steinboden knirschte.

Sie schüttelte den Kopf.

»Wirst du schreien?«

Auch diese Frage beantwortete sie mit einem Kopfschütteln.

Der Mann streckte die Hand aus und riss ihr das Klebeband vom Gesicht, wobei er ihr auch Fetzen der obersten Hautschicht mit abriss. Sie spuckte die Socke auf den Wagenboden und würgte.

»Sind wir im Zeitplan?«, fragte der Mann neben ihr und sah zum Fahrer.

Der Fahrer nickte.

»Was wollt ihr von mir?«, fragte Lucy.

»Der Boss will dich sehen«, antwortete der Mann und runzelte die Stirn.

»Wer? Was ist hier los?«

Er zuckte nur mit den Schultern.

Sie blickte sich um und versuchte, sich alles einzuprägen, was sie erkannte. Das Auto war neu. Der Inneneinrichtung nach musste es sich um einen Crown Vic handeln. Schwarze Ledersitze. Brauner Teppichbodenbelag. Draußen war alles stockdunkel, folglich fuhren sie über Land. In der Ferne waren die Lichter der Stadt zu sehen, die gerade ausreichten, um eine müslischalengroße Lichtspiegelung am Himmel zu erzeugen. Aber es gab keine Straßenschilder oder Wegweiser, so dass sie keine Ahnung hatte, wo sie waren oder in welche Richtung sie fuhren. Während sie den schwerbewaffneten Kidnapper neben sich und seinen wortkargen Partner auf dem Fahrersitz musterte, redete sie sich ein, dass hier ein klarer Fall von Personenverwechslung vorlag. Wahrscheinlich arbeiteten sie für irgendeinen Drogendealer und waren zur falschen Adresse geschickt worden. Allerdings konnte sie sich schwer vorstellen, dass diese zwei es auf eines der Paare mittleren Alters abgesehen hatten, die um sie herum wohnten.

»Mein Name ist Lucy Devereau«, sagte sie. »Ich wohne in der Mayfield Lane *zweiundvierzig* …«

»Das wissen wir.«

»Ich bin nicht die, für die Sie mich halten. Ich bin Privatdetektivin.«

»Und ich sagte bereits, dass wir das schon wissen. Glaubst du, wir reisen den ganzen Weg bis in ein verschissenes Kaff wie Ruredaga, Alabama, um da bei der falschen Adresse zu landen?«

»Aber warum …«

»Ich hab doch gesagt, dass wir dich zum Boss bringen!«, schnitt er ihr grinsend das Wort ab. »Und wenn der Boss dich sehen will, dann kommst du auch zu ihm. Ist es nicht so, Frank?«

Der Fahrer blickte grinsend über seine Schulter nach hinten. »Und ob das so ist, Ed!«, bestätigte er. Seine Stimme war genauso kratzig wie die des anderen. Lucy fragte sich, ob die beiden Drogen nahmen, die ihre Kehlköpfe angriffen. Die Tatsache, dass sie sich in ihrer Gegenwart mit Namen anredeten, machte ihr allerdings mehr Sorgen.

»Wer immer dieser Boss sein mag, ich möchte ihn nicht sehen!«, erwiderte sie trotzig.

Ed sah sie stirnrunzelnd an. »Dir bleibt gar nichts anderes übrig. Oder, besser gesagt, die Alternativen würden dir nicht *gefallen.*«

Durchs Fenster erkannte sie, dass sie sich auf einer Landstraße befanden. Seitlich davon lagen Felder, die nur vom fahlgelben Mondlicht beleuchtet waren. Ihres war das einzige Fahrzeug auf der Straße. Trotzdem schien Ed die Strecke vor und hinter ihnen genauestens im Auge zu behalten. Plötzlich streckte er den Arm aus und tippte dem Fahrer auf die Schulter.

»Fahr ran!«, sagte er.

Der Wagen kam langsam zum Stehen, und mit ihm verlangsamte sich auch Lucys Atmung. In der Ferne sah sie die schwachen Lichter eines Bauernhauses. Sie lehnte sich wenige Millimeter vor und bemerkte einen leuchtenden Bildschirm auf der Mittelkonsole zwischen Fahrer- und Beifahrersitz. Am unteren Rand stand etwas, das anscheinend in einer Fremdsprache geschrieben war.

»Wir bekommen Besuch«, sagte Ed und öffnete seine Tür. Er stieg aus und beugte sich wieder ins Wageninnere. »Aussteigen!«

Sie schüttelte den Kopf. Warum sollte sie mitten in dieser Einöde aus dem Wagen steigen? Sie hatte bereits gegen die erste von »Lucy Devereaus wichtigen Selbstverteidigungsregeln« verstoßen: Steige niemals in einen Wagen und fahre *nirgends* mit Leuten hin, die du nicht kennst! Und sie hatte nicht vor, gegen die zweite Regel zu verstoßen: Steige nie auf einer verlassenen Straße aus besagtem Wagen aus.

»Sofort!«, befahl Ed.

Der Fahrer schwang sich mit einer Eleganz aus dem Auto, die Lucy erstaunte, da er wie ein Nashorn auf zwei Beinen gebaut war. Im nächsten Moment wurde Lucys Tür aufgerissen, und er zerrte sie um den Wagen herum zum Randstreifen. Vergeblich versuchte sie, sich zu wehren, denn ihre Hände waren immer noch auf dem Rücken gefesselt, und der Fahrer umfasste ihren Oberarm mit einem eisernen Griff.

»Schieb sie unters Auto!«, kommandierte Ed, der ein Gewehr aus dem Kofferraum holte.

Frank gehorchte. Vielleicht wollten sie sie ja gar nicht umbringen, aber es schien ihnen auf jeden Fall gleich zu sein, ob sie sich irgendwelche Verletzungen oder Hautabschürfungen zuzog. Im nächsten Moment nämlich lag sie unangenehm eingeklemmt in unmittelbarer Nähe des heißen Auspuffs. Vorsichtig drehte sie den Kopf gerade weit genug, um auf die Straße hinter ihnen sehen zu können. Doch da schien niemand zu kommen, und aus der Gegenrichtung hatte sie auch keine Scheinwerfer bemerkt.

»Ich tue alles, was ihr wollt!«, stöhnte sie.

Beide Männer lachten.

»Was denn?«, fragte Frank. »Hast du gedacht, wir wollen dich vergewaltigen? Glaub mir, wenn wir das vorgehabt hätten, wär's längst passiert.«

»Nein, wär's nicht«, flüsterte sie.

Diese Männer waren angeheuerte Muskelpakete mit jeder Menge Erfahrung. Wer immer ihr Boss sein mochte, er hatte sie gewiss gut dafür bezahlt, dass sie sie zu ihm brachten. Und offensichtlich erwartete er auch, dass sie weitestgehend unversehrt bei ihm eintraf.

Sie lauschte angestrengt, konnte jedoch nichts hören. In dem schmalen Ausschnitt zwischen Straße und Stoßstange tauchten wie aus dem Nichts zwei helle Lichter auf. Der Kofferraumdeckel wurde zugeschlagen, und Lucy hörte ein Geräusch, das wie das Positionieren eines Gewehrkolbens klang. Eds Stiefel konnte sie neben dem einen Hinterrad ausmachen, und als sie den Kopf ein wenig vorstreckte, entdeckte sie Franks Schuhe auf der anderen Seite des Wagens.

»Knall sie weg!«, sagte Ed.

Die Scheinwerferlichter wurden heller. Dann feuerte das Gewehr, anschließend eine Pistole. Inmitten der wilden Schießerei fiel Lucy allerdings noch ein anderes Geräusch auf, ein entferntes Rumpeln. Da kam noch ein Fahrzeug aus der anderen Richtung herangebraust. Querschläger prallten pfeifend vom Asphalt ab. Lucy hoffte inständig, dass es sich bei den anderen Schützen um Polizisten handelte. Andererseits war es beinahe egal, wer sie waren, sollte sie im Schusswechsel getötet werden. Sie begann, Richtung Seitenstreifen zu robben.

Frank kauerte inzwischen im Graben seitlich der Straße und

feuerte auf den zweiten Wagen, der ungefähr zweihundert Meter entfernt von ihnen angehalten hatte. Ed hockte mit dem Rücken zu ihr und ballerte in die andere Richtung. So leise wie möglich rollte Lucy sich den kleinen Abhang hinunter in den Straßengraben. Sie landete auf der Seite, japste nach Luft und zerrte vergeblich an ihren Fesseln. Als sie sich nach dem Wagen umdrehte, sah sie Ed, der gerade in ihre Richtung blickte.

»Scheiße!«, schrie er, winkte Frank zu und brüllte, er solle sie zurückholen. Inzwischen rappelte Lucy sich mühsam auf und stolperte auf einen Stacheldrahtzaun zu.

Frank machte zwei wackelige Schritte auf sie zu, bevor blutige Kreise wie die Bläschen in einer kochenden Spaghettisauce auf seiner Stirn und seiner Brust aufsprangen und er der Länge nach hinschlug. Hastig blickte Lucy sich um, aber weder vor noch hinter ihnen waren Blaulichter oder Sirenen zu entdecken, und sie bekam das ungute Gefühl, nicht in einer Schießerei zwischen Ganoven und Polizei zu stecken, sondern vielmehr inmitten eines Bandenkrieges. Die Kugeln heulten immer dichter an ihr vorbei, und sie ließ sich wieder auf die Erde fallen, wo sie sich gegen das trockene Gras presste und versuchte, unter dem untersten Stacheldraht hindurchzukrabbeln. Ed ging fluchend neben dem Wagen in Deckung.

Ein Stachel verfing sich in ihren Handfesseln, und das rostige Metall schnitt ihr ins Handgelenk. Sie schrie auf, schob sich aber dennoch mit ihren bloßen Füßen weiter, bis sie auf der anderen Seite war. Dort kämpfte sie sich wieder nach oben und rannte in Richtung einer dunklen Baumgruppe. Mit hämmerndem Herzschlag und einem unangenehmen Brennen in der Lunge lief sie um ihr Leben. Sie hatte viel zu große Angst, um sich umzudrehen und womöglich Ed zu sehen, der sie einholen und zum Wagen zurückzerren könnte.

Sie hörte Rufe hinter sich, hatte aber bereits die Bäume erreicht, ehe ihr klar wurde, dass die Stimme, die ihren Namen rief, kein bisschen rauh klang.

Im Schutz der Bäume schien die Nacht noch beängstigender, wie eine Welt aus nichts als dunklem, mit Ästen gemustertem Himmel, noch düstereren, lauernden Schatten und gefährlichen Pfaden mit tückischen Dornensträuchern und hinterhältigen Stolperfallen. Lucy sprintete zwischen den Bäumen hindurch und war sicher, dass sie jeden Moment eine Kugel erwischen oder einer ihrer mysteriösen Entführer sich aus der Dunkelheit auf sie stürzen würde. So oder so könnte jeder Schritt ihr letzter sein. Doch der Boden unter ihren Füßen war beruhigend fest und bot ihr eine Wirklichkeit, an die sie sich klammern konnte, nachdem sich die Welt um sie herum von deprimierend und verwirrend in gefährlich und tödlich verwandelt hatte.

Weil sie sich fit hielt und jeden Tag mindestens sechs Meilen lief, war sie zwar außer Atem, aber nicht erschöpft, als sie auf der anderen Seite der Baumgruppe auf einen Feldweg kam, der einzig von den Sternen über ihr beleuchtet wurde. Kieselsteine bohrten sich in ihre Füße, während sie sich hektisch nach einem Schutz umsah, falls plötzlich Autoscheinwerfer hinter ihr auftauchen sollten. Als sie an einen Sandweg gelangte, der zu einem Bauernhaus führte, rannte sie den steilen Hügel hinauf und donnerte mit ihrem Ellbogen auf die Klingel, bis ein altes Ehepaar die Tür gerade weit genug öffnete, um mit schläfrigen Augen nachzusehen, wer da war. Dann schubste die Frau ihren Mann beiseite und zog Lucy ins Haus. Lucy bestand darauf, dass sie das Verandalicht löschten, bevor sie die Polizei anriefen. Während der alte Mann am Telefon eine Wegbeschreibung durchgab, linste Lucy nervös durch die Wohnzimmervorhänge.

»Sie armes Ding!«, sagte die Frau und drückte Lucys Schultern, wie es früher ihre Mutter getan hatte. »Ich mag mir gar nicht ausmalen, wie furchtbar das für Sie gewesen sein muss.«

»Jetzt geht es mir gut«, log sie und zählte immer noch bei jedem Atemzug bis zehn.

»Ja, der liebe Gott hat seine schützenden Hände über Sie gehalten.«

Lucy biss sich auf die Unterlippe. Das Gottvertrauen der alten Frau sprach aus jeder Falte in ihrem Gesicht wie auch aus ihren sanften grünen Augen. Wenn allerdings jemand Lucy da draußen gerettet hatte, dann waren es Männer gewesen, die ebenso stark bewaffnet waren wie ihre Entführer, und nicht der Herrgott. Darüber hinaus war es mehr als wahrscheinlich, dass ihre Retter eigene Pläne gehabt hatten, in denen Lucy gar nicht vorkam. *Ironie* und *Persiflage* lauteten die Losungen in Lucys Kosmos, nicht *Glaube* und *Gottvertrauen.*

Als die Polizei endlich eintraf, wurde sie zunächst stundenlang befragt. Die Polizisten schienen zu glauben, dass Lucy entweder einem Drogenring angehörte oder Opfer einer Verwechslung geworden war. Ihnen fiel nichts Besseres ein, als Lucy Fragen zu ihrem Beruf zu stellen. Nach einer Weile gewann sie den Eindruck, dass die Befragung nur in die Länge gezogen wurde, um sie von der Gründlichkeit der Polizisten zu überzeugen. Der verantwortliche Detective versicherte ihr, der Fall bekäme oberste Priorität – was in einer Kleinstadt wie Ruredaga nicht anders zu erwarten war –, dass man gewiss einen Anhaltspunkt finden würde und sie bis dahin unter Polizeischutz stünde. Dennoch hatte Lucy das Gefühl, die Cops hielten alles irgendwie für ihre Schuld.

Ein uniformierter Officer fuhr sie gegen Mittag nach Hause, wo Lucy darauf bestand, dass er in ihrem Beisein alles durchsuchte, obwohl er ihr vorher erklärt hatte, es wäre bereits alles abgesucht worden, da es sich Lucys Berichten zufolge um einen Tatort handelte. Das gelbe Absperrband auf der Vorderveranda bestätigte seine Worte. Und er zeigte auf einen unauffälligen Wagen, der ein Stück weiter die Straße entlang parkte. Lucy atmete etwas leichter, als sie den Mann hinterm Lenkrad sah, der sie mit Argusaugen beobachtete. Solange er da war, konnte sie wenigstens auf ein paar Stunden Ruhe hoffen, während sie sich überlegte, was sie als Nächstes tun sollte.

Nachdem der Polizist abgefahren war, zog Lucy eine kleine Schachtel vom Regal in ihrem Wandschrank, stellte sie vorsichtig aufs Bett und holte eine glänzende Beretta daraus hervor. Sie schob den Riegel beiseite, legte ein Magazin in die Kammer und betrachtete die Pistole finster. Da sie zu Beginn ihrer Laufbahn glaubte, Privatdetektive sollten eine Waffe besitzen, hatte sie Schießen gelernt und beherrschte es ganz gut. Allerdings war ihr nie wohl dabei gewesen, eine Waffe zu tragen, und deshalb verwahrte sie die Beretta außer Reichweite unter ihrer Bettwäsche. Das würde sich ab sofort ändern, dachte sie und legte sie neben ihr Kopfkissen.

Heute würde sie nicht ins Büro fahren, deshalb zog sie sich nach dem Duschen nur eine Jeans und ein T-Shirt an. Dann rief sie einen Tischler aus dem Branchenbuch an, der ihr versprach, sich nachmittags die Schäden an ihren Türen anzusehen. Lucy hoffte, dass sie ihn überreden könnte, alles gleich zu reparieren, auch wenn sie ohnehin vorhatte, die kommende

Nacht unter falschem Namen in einem Hotel zu verbringen, damit sie ungestört nachdenken konnte. Was sie danach tun würde, war ihr weniger klar. Während der letzten Stunden hatte sie bereits reichlich Zeit gehabt, alles noch einmal durchzugehen. Ed und Frank wussten ganz genau, wer sie war – was sie zu dem unerfreulichen Schluss brachte, dass sie entführt wurde, *weil* sie war, wer sie war. Nur der Grund war ihr vollkommen schleierhaft.

Ihre Mutter starb an Bauchspeicheldrüsenkrebs, als Lucy sechzehn Jahre alt war. Und ihr Vater überlebte Lucys Highschool-Abschlussfeier um gerade einmal zwei Monate. Doch von frühester Kindheit an war Lucy bewusst gewesen, dass ihre Familie sich grundlegend von allen anderen unterschied. Andere Familien lebten nicht in beständiger Angst vor Fragen wie »Woher kommt ihr eigentlich?« oder »Kenne ich dich nicht von irgendwoher?«. Andere Kinder wurden nicht instruiert, bei sämtlichen Fragen im Bezug auf die Familiengeschichte an die Eltern zu verweisen. Erst nach dem Tod ihres Vaters fand Lucy sein Tagebuch.

Wir bekamen heute ein kleines Mädchen, stand da in Bill Devereaus vertrauter kantiger Schrift unter dem ersten Juli vor achtundzwanzig Jahren. *Es ist wunderschön, und Emily und ich haben uns sofort in die Kleine verliebt. Emily möchte sie Lucy nennen, nach ihrer Mutter. Der Herrgott war gütig zu uns, und ich danke ihm für seine zahlreichen Segensgaben.*

Lucy hatte im Schlafzimmer ihres Vaters gesessen und vollkommen erschüttert Seite um Seite gelesen. Sie fragte sich, wie ihr Leben so geworden war und wie ein Mann, der so leben musste wie ihr Vater, dennoch dabei bleiben konnte, Gott den Rest seines Lebens *für seine zahlreichen Segensgaben* zu danken.

Die meisten Einträge in seinem Tagebuch handelten von alltäglichen Geschäften ihres Vaters – er war Handelsvertreter gewesen und hatte im Laufe der Jahre alles Mögliche an allen möglichen Orten verkauft – und von albernen Streitereien zwischen ihm und Lucys Mutter. Was unter dem zweiten April im Jahr nach Lucys Geburt stand, war ihr jedoch ein Rätsel.

***– die Sternchen hatte ihr Vater gemalt – *fing mich gestern Abend auf der Straße ab. Ich habe ihn nicht mehr gesehen, seit wir Lucy bekamen. Er ist ein seltsamer Mensch und jagt mir eine gewaltige Angst ein, muss ich zugeben. Wieder sollte ich ihm versprechen, niemals mit jemandem über Lucys Vergangenheit zu sprechen. Als wenn ich das tun würde! Wenigstens brachte er mir die versprochenen Papiere. Ich habe keine Ahnung, wie er es angestellt hat, und ich werde auch nicht fragen. Lucy hat jetzt eine Geburtsurkunde, die vollkommen echt aussieht und sie als Emilys und meine leibliche Tochter ausweist.*

Danach folgten fünfzig weitere Seiten unbedeutender Alltäglichkeiten, bevor eine letzte Begegnung mit *** beschrieben wurde.

*Ich halte es durchaus für möglich, dass er nicht ganz richtig im Kopf ist. Emily habe ich nichts davon gesagt, doch ich fürchte, dass er Lucy ihren rechtmäßigen Eltern entrissen hat. Der Gedanke, irgendwo könnte es einen Vater oder eine Mutter geben, die meinetwegen nachts weinend wach liegen, bringt mich um den Schlaf. Aber was kann ich jetzt noch tun? Gott weiß, wie Emily und ich vor dem Gesetz dastünden. *** behauptet, Lucy wäre in schrecklicher Gefahr, wenn man sie fände. Das mag ich nicht recht glauben. Ich halte es für weit wahrscheinlicher, dass *** ihre einzige echte Bedrohung darstellt. Aber wir lieben sie mit jedem Tag mehr, und bei Gott,* *keiner von uns könnte sie je wieder hergeben. Wenn wir wegziehen, werden wir keine Nachsendeadresse hinterlassen.*

Wer war der mysteriöse Mann, der sie vor achtundzwanzig Jahren an Bill und Emily Devereau übergab, und warum hatte er es getan? Könnten die Männer, die sie entführten, in irgendeiner Verbindung zu ihm stehen? Lucy hatte während der letzten zehn Jahre im Stillen Nachforschungen über ihre Vergangenheit angestellt, war aber nur in einer Sackgasse gelandet. Könnte *** *der Boss* sein? Ihr Vater hatte offensichtlich am Verstand des Mannes gezweifelt, doch welcher Wahnsinnige vermochte Killer wie die zwei anzuheuern, die in ihr Zuhause eingebrochen waren? War es vielleicht derselbe, der die Mittel besaß, um Krankenhaus-, Staats- und sogar Bundespapiere zu fälschen? Hatten sie vorgehabt, ihr zu helfen, oder ganz eigene Interessen verfolgt?

Sie sah auf die Stühle an den Flurenden, mit denen sie ihre aufgebrochenen Türen gesichert hatte. Der Anblick beschwor jenen Moment wieder herauf, in dem die beiden Widerlinge in ihr Haus gestürmt waren. Ihr Herz pochte, und sie zwang sich, tief Luft zu holen. Sie musste nachdenken, genau überlegen. Panik würde ihr dabei nicht helfen. Frustriert ließ sie sich auf ihren Lieblingsplatz im Wohnzimmer fallen, einen alten, abgewetzten Sessel, den sie einer alten Lady am anderen Ende der Straße abgeschwatzt und mit einem Fleeceüberwurf verschönert hatte. Die Füße legte sie auf eine Ottomane, die ebenso alt und heruntergekommen war wie der Sessel. Dann schloss sie die Augen, um sich besser konzentrieren zu können. Es musste eine logische Erklärung für alles geben.

Sie bekam bereits Kopfschmerzen vor lauter Nachdenken, als das Telefon auf dem Flur klingelte. Lucy vermutete, dass es ihre Sekretärin war. Andrea vergaß meist, den vermaledeiten Anrufbeantworter im Büro abzuhören, und hatte wahrscheinlich nicht mitbekommen, dass Lucy von der Polizei aus angerufen und draufgesprochen hatte, dass sie sich den Tag freinehmen würde. Sie nahm den Hörer ab und lehnte sich an die Flurwand.

Eine ruhige feste Männerstimme, bei der ihr eiskalt wurde, sagte: »Das war knapp gestern Abend.«

Erschrocken riss sie den Stuhl vor der Vordertür weg und trat mit dem schnurlosen Telefon auf die Veranda hinaus, wo sie dem Undercover-Polizisten zuwinkte und dann auf ihr Telefon zeigte. »Wer spricht da?«

Diesmal klang die Stimme angespannt. »Die Polizei ist nicht auf Ihrer Seite, und die Männer, die hinter Ihnen her sind, werden nicht zweimal denselben Fehler machen. Sie könnten Sie nächstes Mal umbringen.«

Sie blickte sich auf der Straße um und trat ins Haus zurück, immer noch nach dem Polizisten winkend. Der Wagen fuhr an und kam auf sie zu.

»Ich habe zwei gute Leute auf der Landstraße verloren«, sagte die Stimme. »Gott sei Dank konnten Sie fliehen.«

»Waren Sie in dem anderen Wagen?«, flüsterte sie.

»Nein, nur meine Männer. Sie können aber beruhigt sein, denn die beiden Männer, die Sie entführten, sind tot.«

»Wer sind Sie? Was wollen Sie?«

»Ich will Sie nur beschützen.«

Sie eilte ins Wohnzimmer zurück und schloss die Jalousien, damit sie von der Straße aus nicht gesehen werden konnte. »Was ist los? Kennen Sie die Männer, die hinter mir her sind?«

»Hören Sie mir gut zu. Sie müssen verschwinden. Es sind zu viele von ihnen, und ich schaffe es nicht, Ihnen rechtzeitig weitere Männer zu schicken.«

»Sagen Sie mir, wer Sie sind!«

»Schreiben Sie nichts auf, sondern merken Sie es sich.« Er nannte ihr einen Ort und eine Zeit. »Halten Sie sich nicht mit Packen auf, sondern machen Sie, dass Sie wegkommen. Sie dürfen nicht riskieren, dass die Sie noch einmal holen. Die schinden nur Zeit, bis es dunkel wird. Und vielleicht warten sie nicht einmal so lange.«

»Ich gehe nirgends hin«, log sie. Warum brauchte dieser Polizist so verdammt lange?

»Haben Sie sich gemerkt, was ich Ihnen gesagt habe?«

»Ja, habe ich. Und jetzt sagen Sie mir, wer Sie sind.«

»Kommen Sie zu der Adresse. Wenn Sie es nicht schaffen, werden wir versuchen, einen anderen Treffpunkt zu finden, aber sie sind überall, deshalb wird es schwierig.«

Dann war die Leitung tot.

Lucy legte das Telefon auf den Beistelltisch und bemühte sich, den Sinn des Anrufs zu begreifen. Als sie zur Tür sah, erschrak sie kurz. Da stand der Detective aus dem Wagen. Er trat ins Wohnzimmer, die Hände auf dem Rücken wie ein Soldat in Ruhestellung. Sein billiger Anzug und die schwarze Krawatte gaben eine überzeugende Illustration des Ausdrucks *Zivilkleidung* ab. Zugleich hatten sein Gang und seine stechenden dunklen Augen etwas Unheimliches. Er strahlte etwas von einem Jäger auf der Pirsch aus. Genauso hatten Ed und Frank sie angesehen, und zu allem Überfluss besaß auch er eine rauhe, kratzige Stimme.

»Wer war das am Telefon?«

»Das weiß ich nicht. Da hatte sich wohl nur jemand verwählt«, sagte sie und fragte sich, wer überhaupt noch auf ihrer Seite war, denn dieser Polizist war es gewiss nicht, wie ihr in diesem Moment klar wurde.

»Blödsinn!«, erwiderte der Detective und kam einen Schritt näher.

»Doch, ehrlich. Er hat einfach aufgelegt.«

Der Polizist schüttelte den Kopf, und Lucy fiel auf, wie sehr sein Lächeln dem von Ed ähnelte. Als er seine Hände nach vorn nahm, erkannte sie, dass er ein Stück Kabel dabeihatte.

»Wofür ist das?«, fragte sie. »Was wollen Sie?«

»Ich will gar nichts. Ich beende bloß einen Auftrag, der gestern Abend erledigt werden sollte. Ed und Frank waren gute Leute, aber sie können von Glück reden, dass sie da draußen gestorben sind.«

»Sie sind Polizist!«, flüsterte sie entsetzt.

»Jeder muss irgendetwas sein.«

Wie ein Ringer, der sich auf seinen Gegner zubewegt, kam er leicht seitlich in ihre Richtung, und Lucy wich zurück. Im Stillen verfluchte sie sich dafür, dass ihre Waffe wieder einmal unerreichbar war.

»Bleiben Sie zurück!«, sagte sie. »Sonst schreie ich.«

»Nur zu. Ihre Nachbarn sind alle bei der Arbeit.«

Sie sprang zur Seite, als wollte sie auf die Tür zurennen. Wie sie vorausgesehen hatte, bewegte er sich ebenfalls zur Seite. Doch als sie sich abrupt in die entgegengesetzte Richtung wandte, war er schneller und kam noch näher. Wieder wich sie zurück, bis sie schließlich ganz in die Ecke gedrängt war. Er ließ sich Zeit damit, auf sie zuzugehen, und wedelte mit der Kabelschlinge, als wollte er sie ihr wie ein Lasso über den Kopf werfen. Bei jedem Schwung des Kabels stieß sie einen leisen Schrei aus.

»Warum tun Sie das?«, fragte sie, und es klang wie ein Flehen.

»Sie hätten gestern einfach verschwinden sollen. Heute Morgen hat der Boss Anweisung gegeben, Sie ihm tot oder lebendig zu bringen, und tot ist eben leichter.«

Er machte einen Satz nach vorn und stieß sie gegen die

Wand. Plötzlich zog sich die Kabelschlinge um ihren Hals zu und drückte ihr nicht nur auf den Kehlkopf, sondern auch auf die Halsschlagader. Sie wusste, dass sie in wenigen Sekunden das Bewusstsein verlieren würde. Kurzentschlossen rammte sie ihm die Finger in die Augen, worauf sich die Schlinge ein wenig lockerte. Gierig schnappte sie nach Luft und versuchte, ihren Angreifer wegzustoßen, doch ihre Hände glitten an seinem Hemd ab und unter seinen Arm.

Als sie den harten Griff seiner Pistole fühlte, betätigte sie den Abzug. Ein Schuss ertönte, und die Augen des Mannes weiteten sich, als er nach hinten stolperte und die Schlinge losließ. Lucy hielt weiter die Pistole fest.

»Miststück!«, rief er und schlug ihr so heftig gegen den Kopf, dass es in ihren Ohren dröhnte.

Sie drehte die Waffe im Halfter und drückte noch einmal den Abzug. Diesmal wurde der Knall durch Fleisch gedämpft. Der Polizist fiel nach hinten und Lucy auf ihn. Dann gab er noch einen knurrenden Laut von sich, bevor er verstummte. Lucy rollte sich atemlos von ihm hinunter.

Der Polizist blutete aus einer Wunde unter seinem Arm und einer zweiten auf der Innenseite des rechten Oberschenkels. Er atmete nicht mehr. Lucy zitterte so sehr, dass sie sich am Vorhang festhalten musste, um aufzustehen. Als sie nach draußen sah, wunderte sie sich, dass die Leute nicht aus allen Richtungen zu ihrem Haus gerannt kamen. Aber der Polizist hatte recht gehabt: Von ihren Nachbarn war keiner zu Hause.

Als sie den Telefonhörer abhob, war die Leitung tot. Ungläubig starrte sie auf das Display, das einen vollen Akku anzeigte. Der Polizist konnte die Leitung nicht draußen durchtrennt haben, denn als er in ihr Wohnzimmer kam, legte sie ja gerade erst auf. Was in aller Welt war hier los?

Sie holte ihr Handy vom Küchentisch, aber als sie den Notruf wählte, erinnerte sie sich wieder daran, was die Männerstimme gesagt hatte.

Die Polizei ist nicht auf Ihrer Seite.

Sie steckte das Handy ein und eilte vorsichtig den Gartenweg hinunter zum Wagen des Detectives. Zwar wusste sie nicht, was sie dort zu finden erwartete, aber sie war schließlich Privatdetektivin, und dieser Schweinehund hatte soeben versucht, sie zu ermorden. Also sollte sie irgendetwas finden.

Leider war der Wagen genauso nichtssagend wie die Kleidung des Polizisten. Die Papiere im Handschuhfach waren auf den Namen Patrick Flynn ausgestellt, mit dem sie nichts anfangen konnte. Im Kofferraum fand sie einen unbenutzten Leichensack, bei dessen Anblick es ihr eiskalt den Rücken herunterlief.

Heute Morgen hat der Boss Anweisung gegeben, Sie ihm tot oder lebendig zu bringen, und tot ist eben leichter.

Sie wollte schon die Fahrertür zuschlagen, als es im Funkgerät knackte.

»Pat, bist du da? Pat? Der Boss will wissen, ob du sie hast.«

Der Boss? Hatte der Kerl am Telefon die Wahrheit gesagt? Durfte sie wirklich niemandem trauen? Der uniformierte Polizist hatte versprochen, der Zivilbeamte würde so lange bleiben, *bis sie ihn nicht mehr brauchte.* Zu diesem Zeitpunkt hatte sie seine Worte noch als beruhigend empfunden.

Sie rannte die Verandastufen hinauf und in ihr Schlafzimmer, verzweifelt bemüht, ihren Verstand anzutreiben. Erst als sie einen Koffer schon halb vollgepackt hatte, bemerkte sie, dass ihre Hose und ihr T-Shirt mit dem Blut des Toten beschmiert waren. Eilig zog sie sich saubere Sachen an. Dann holte sie ein kleines Lederhalfter aus der Schachtel in ihrem Wandschrank, befestigte es am Bund ihrer Jeans und steckte ihre Waffe hinein. Sie wusste nicht, wie lange die Schicht des Polizisten dauerte, aber sie hatte gewiss nicht vor, hierzubleiben und abzuwarten, bis seine Ablösung kam. Der Mann, der über Funk nach Pat gerufen hatte, würde sicher bald nach ihm sehen.

Dylan Barnes war schwindlig, als er nackt in der Diele seines Hauses aufwachte. Während er unsicheren Schrittes ins Wohnzimmer ging, schüttelte er das Gefühl von Desorientiertheit ab, das ihn bei seinen nächtlichen Spritztouren jedes Mal überkam. Schemenhafte Fetzen von Mondlicht tanzten durch die Luft, und eine tödliche Stille umgab ihn. Wie all die Male zuvor wusste er auch jetzt wieder von dem Moment an, da er wach wurde, dass er nicht allein war.

Er hielt inne und konzentrierte sich auf die Stelle in seinem Kopf, an der sich die beiden Luftströme trafen, die er durch die Nase einsog. Jeden einzelnen Schweißtropfen auf seinem Körper konnte er spüren, und er roch seine eigene Angst. Erst nachdem sich sein Gehör auf die Nacht eingestellt hatte, konnte er Geräusche inmitten der Stille ausmachen. Er vernahm das leise Säuseln der nächtlichen Brise unter den Dachüberständen, das entfernte Pfeifen im Rauchfang und das klagende Summen des Kühlschranks in der Küche.

Ein jammernder Ruf hinter ihm ließ ihm den Atem stocken, doch gleich darauf erkannte er, dass es sich lediglich um das normale Knarren handelte, wie es ein altes Haus hervorbringt.

Er stand im *Zenkutsu dachi* – das linke Bein vorgestreckt, das Knie gebeugt und das rechte Bein leicht nach hinten abgewinkelt – und vollführte ein langsames, beherrschtes *Gedan bari*.

Seine linke Faust schützte nun seinen Schritt und die linke Seite, seine rechte war stoßbereit.

Dylans Finger waren lang und schmal, die Knöchel jedoch vom jahrelangen Training an den Brettern permanent geschwollen, und die Schlagkanten der Handflächen waren ebenso von Schwielen überzogen wie die Ballen und Fersen beider Füße. Mit einem Meter vierundsiebzig Körpergröße und einem Gewicht von hundertachtzig Pfund kam Dylan Barnes dem Ideal einer Kyokushin-Karate-Maschine so nahe, wie es im Staate Maine überhaupt vorstellbar war – zumal in einer Stadt von der Größe Needlands.

Er schaltete das Licht an und blickte sich im Zimmer um. Hinter dem Sofa und dem Sessel war niemand, auch nicht hinter den Vorhängen. Ihm fiel zum tausendsten Mal auf, dass der Raum dringend gründlich geputzt werden müsste, aber das traf auf das ganze Haus zu. Auf dem Fußboden lagen Zeitschriften herum, und in die Kaffeetasse auf dem Bücherregal wollte er lieber gar nicht erst hineinsehen. Da ihm klar wurde, dass er in dem hell erleuchteten Raum sehr gut von draußen zu sehen war, machte er das Licht wieder aus. Binnen Sekunden hatten sich seine Augen auf das fahle Mondlicht umgestellt, das nun neben dem schwachen Schein des Badezimmernachtlichts bis in den Flur die einzige Lichtquelle bot.

Nach einer sorgfältigen Inspektion der übrigen Räume im Haus war er auf dem Weg zurück in sein Schlafzimmer, als sich plötzlich seine Nackenhaare aufrichteten. Ein Luftzug, der einen fauligen, modrigen Gestank herantrug, strich ihm um die nackten Beine. Dann ging das Badezimmerlicht mit einem Summgeräusch wie bei einem Kurzschluss in der Verkabelung aus.

Er drehte sich blitzschnell um und nahm automatisch die

Kumite-Dachi-Haltung ein – die Kampfposition –, bei der die Hände aufgespannten Fächern gleich durch die Luft wirbelten, um Schläge abzuwehren. Zwar konnte er nichts sehen, doch seine anderen Sinne waren durch das Adrenalin geschärft. Mittels der Luftströmung versuchte er, seinen Gegner zu orten, und lauschte dabei so angestrengt, dass er sogar die Kakerlaken hören konnte, die in der Wanddämmung krabbelten. Er schnupperte und nahm wieder diesen Gestank wahr, ranzig und scharf mit einer metallischen Note. Auf einmal wusste er, was so stinken könnte: verwesende Maschinen. Aber was für Maschinen verwesten?

Auf dem Flur lauerten große Schatten, die er sich jedoch einen nach dem anderen erklären konnte. Da waren das Bücherregal an der rechten Wand, dann der Telefontisch gegenüber und die offene Tür zum Dachboden. Warum war sie offen?

Auf dem Dachboden war nichts außer kahlen Balken und staubigen Bröseln von Isoliermaterial. In den acht Jahren, seit er und seine inzwischen verstorbene Frau Ronnie dieses Haus bezogen hatten, war er erst einmal da oben gewesen. Die billige Sperrholztür zum Dachboden war mit einem rostigen Schieberiegel versehen und stets abgeschlossen. Langsam ging er um das Bücherregal herum. Seine Körpermitte war angespannt, der Rest jedoch vollkommen fließend und gelöst.

Ohne Vorwarnung schallte Ronnies Stimme durch seinen Kopf.

Es tut mir leid.

Der Gedanke war so schnell wieder fort, dass er kaum Zeit hatte, ihn richtig wahrzunehmen. Dennoch war seine Balance kurzfristig gestört, und er brauchte einen Moment, ehe er sich wieder gefangen hatte.

Als er auf die Dachbodentür zuschlich, achtete er sorgsam

darauf, mit jedem Schritt seine Haltung zu justieren und seine Hände den Bewegungen anzupassen. Er wusste, dass er mit seiner Faust problemlos den Putz seitlich an der Wand durchschlagen könnte, ebenso wie die alten Holzbalken dahinter und höchstwahrscheinlich auch die Querstrebe hinter Letzteren. Und mit derselben Leichtigkeit wäre er imstande, diese Kraft gegen ein bewegliches Ziel zu richten – eine Schläfe, ein Knie, einen Hals. Er trat in die offene Tür und blickte die stockdunkle Treppe hinauf. Sein Verstand befahl ihm, die Tür sofort zu schließen, den Riegel wieder vorzuschieben, dann den Flur hinunter und zur Vordertür hinauszurennen – einfach zu laufen und nicht mehr stehen zu bleiben.

Stattdessen aber kontrollierte er seine Angst, wie er es gelernt hatte, und trat auf die erste Stufe.

Die Treppe nach oben war lang, und war er erst einmal oben angekommen, musste er ja auch wieder herunter.

Schatten umfingen seine Beine, als stiege er in ein mit schwarzer Flüssigkeit gefülltes Loch. Sie fühlten sich eiskalt an, und diese Kälte konnte nicht allein von der Dunkelheit rühren. Nichtsdestoweniger ging er weiter, wobei er mit dem linken Arm seinen Kopf schützte – diese Haltung nannte sich *Jodan uke*. Zugleich ließ er die Hände ausgebreitet – *shuto* –, so dass er wahlweise mit den messerscharfen Kanten angreifen oder einen Gegner packen könnte.

Als er vorsichtig den Kopf über die Bodenplatte hob, betete er im Stillen, dass das, was mit dem Badezimmerlicht geschehen war, keine Auswirkungen auf die Leitungen im stockfinsteren Dachboden gehabt hatte. Das Haus war uralt. Vielleicht war nur eine Leitung defekt. Irgendwo über ihm hing die Zugschnur für die einzige Beleuchtung auf dem Dachboden. Er streckte einen Arm aus und machte eine kreisende Bewegung, fühlte jedoch nichts. Um an die Schnur zu gelangen, müsste er noch ein oder zwei Stufen weiter hinaufsteigen. Seine Hand zitterte, und er atmete tief ein, damit sie wieder ruhiger wurde. Schließlich fanden seine Finger die Schnur, und er zog daran. Das Licht ging an, und für einen kurzen Augenblick schien sich die Dunkelheit nur widerwillig zurückzuziehen.

Als er sich langsam auf der obersten Stufe umdrehte und in jede Ecke, jeden Winkel blickte, fühlte er kalten Schweiß auf seinem Rücken.

Allmählich schwand der Eindruck, dass jemand im Haus sei, und die Leere um ihn herum kam ihm gleichsam spöttisch vor. Mit nach wie vor erhöhter Wachsamkeit schritt er über die bloßen Bodenbalken und versuchte, jenes Etwas zu entdecken, das ihn aufgeweckt hatte und den seltsamen Gestank verursachte, der ihn immer noch umgab. In den Brocken von Isoliermaterial auf dem Boden lag Rattenkot, und er nahm sich vor, Gift zu besorgen. Hier oben gab es nichts, wo sich ein möglicher Eindringling verstecken könnte. Leise ging er die Treppe wieder hinunter und ließ das Licht oben brennen.

Unten im Flur angekommen, schlug er die Bodentür zu und rammte den Riegel mit einer Entschlossenheit vor, die er gar nicht empfand. Seine Finger wollten sich nicht von dem Riegel lösen, als bärge das alte farbverkrustete Metall einen Hinweis, den er entziffern könnte, wenn er sich nur genug Zeit dafür nähme. Schließlich begab er sich erschöpft wieder ins Bett.

Er war schlafgewandelt. Das war nichts Ungewöhnliches.

Doch, eigentlich schon.

Normale Menschen gingen nicht in einem Zimmer schlafen und wachten in einem anderen wieder auf. Normale Menschen bildeten sich nicht dauernd ein, irgendwelche Gespenster würden in ihrem Haus spuken, wohingegen *er* sie seit über zwei Jahren wahrzunehmen glaubte. Er war nie überrascht, wenn er sich beim Aufwachen woanders als in seinem Bett wiederfand. Vielmehr hatte er zumeist eine vage, nebulöse Ahnung davon, wo er gerade war, und eine ebenso verschwommene Erinnerung daran, wie er dorthin gekommen war. Allerdings waren diese Erinnerungsfetzen so absonderlich, dass er sie in der Mehrzahl der Fälle sofort wieder verdrängte. Manchmal wunderte es ihn selbst, wie er die letzten Monate hatte überstehen können, ohne in der Klapsmühle zu landen. Aber im Grunde seines Herzens wusste er, dass es Karate war, was ihn rettete. Nach Ronnies Tod hatte er sich ganz und gar auf sein kleines Dojo in Needland konzentriert und dort bis zu vierzehn Stunden täglich gearbeitet, Schüler trainiert und seine Assistentin Amy in die Feinheiten der Kampfkunst eingeführt, die sie für ihre Nidan-Prüfung brauchte, ihren zweiten Grad im schwarzen Gürtel.

Und es war ja nicht nur die gefühlte fremde Präsenz, die ihn des Nachts wach hielt. Auch seine Alpträume brachten ihn um den Schlaf. Und zwischen dem Schlafwandeln, den Träumen und diesem finsteren Ding, das ihn nächtens heimsuchte, rückte er dem Wahnsinn unaufhaltsam näher.

Als Dylan am nächsten Morgen im Dojo ankam und die Treppe in den zweiten Stock hinaufstieg, wo er seine Trainingsräume angemietet hatte, waren die drei Clairedon-Mädchen, eine Frau mittleren Alters namens Reba und ein neuer Schüler mit einem Bürstenhaarschnitt und einem blauen Auge bereits da und übten Abwehr und Angriff. Dylan nickte Amy durch das Fenster zwischen Warte- und Trainingsraum zu. Dann ging er in sein Büro, warf seine Sachen auf den Stuhl hinterm Schreibtisch und griff nach seinem *Gi*. Das Gewicht der schweren aufgerauhten Baumwolle auf seinen Schultern hatte etwas Beruhigendes. Als er das Dojo betrat, überkreuzten die Schüler die Hände und verbeugten sich. Er erwiderte die Verbeugung und wies sie an, mit ihren Übungen weiterzumachen, während er die gerufenen Kommandos und das Stampfen bloßer Füße auf dem Dielenboden ignorierte.

Er stellte sich gegenüber einem der großen Wandspiegel auf und ließ sich langsam in einen vollständigen Spagat sinken, die Beine um einhundertachtzig Grad vom Rumpf abgespreizt, die Zehen gen Decke gerichtet. Obwohl er seinen Körper auf diese Übung gedrillt hatte, bereitete sie ihm selbst nach all den Jahren noch Schmerzen. Dennoch verharrte er die vorgeschriebenen dreißig Sekunden in dieser gestreckten Pose und machte dabei seine *Ibuki*-Atemübungen. Ihm war klar, dass das rasselnde Atmen befremdlich für den neuen

Schüler sein musste, für den es sich anhörte, als wäre Dylan dabei, etwas Ekliges hochzuwürgen und gleich auf den Boden zu spucken. Aber für einen Anfänger war alles, was ein Schwarzgürtel tat, exotisch und verstörend. Für Dylan indes war diese Atemtechnik nichts als entspannend.

Anschließend rollte er einen der schweren Boxsäcke in die Mitte des Raums. Wie von selbst nahm er eine Kampfstellung ein und schlug mit der linken Faust zu, die er absichtlich am Boxsack vorbeisausen ließ. Sein Körper glitt nach vorn, wobei er sich auf den Ballen des linken Fußes erhob und in einer Rückwärtsdrehung mit der rechten Hand ausholte. Die Faustkante knallte in den Boxsack, worauf ein lauter Knall ertönte, der noch nicht verhallt war, bevor Dylan sich gegen den Uhrzeigersinn gedreht und denselben Schlag mit der linken Faust vollführt hatte.

Amy blickte verwundert zu ihm herüber, fuhr aber mit ihrem Kurs fort.

Dylans eines Bein schnellte vor und versetzte den Boxsack in eine Drehbewegung. Keine Sekunde später rammte er seine rechte Ferse in das Kunstleder. Dann machte er erneut eine Drehung und wiederholte die Übung, bei der er seine gesamte Kraft auf die Mitte des Boxsackes richtete und sich auf sie konzentrierte, als handelte es sich dabei um einen echten Gegner, dem er mit Roundhouse-Kicks zusetzte. Er blockierte zwei imaginäre Schläge und erwiderte sie mit zwei eigenen. Aus dem Augenwinkel sah er, dass alle anderen ihn im Spiegel beobachteten, aber er konnte nicht aufhören.

Stoß. Sein rechtes Schienbein stieß den Sack zu seinem linken.

Drehung. Stoß. Sein linkes Schienbein bohrte sich in das Kunstleder.

Schlag. Roundhouse. Aufwärtshaken.

Sein Verstand feuerte ihn an, schrie ihn an: Schlag zu! Schlag zu! Schlag zu! Ehe …

Ehe was?

Er packte den Boxsack und rammte sein Knie hinein, wieder und wieder. Eine Hand fasste seine Schulter, und er wirbelte herum, ergriff die Hand, beugte die Hüfte und holte zum Hand-Fersen-Schlag aus. Plötzlich fühlte er Haut unter seinen Fingern, worauf es in seinem Kopf »Klick« machte und er gleich einer alten Landmaschine abrupt innehielt. Amy wischte ihm die Stirn mit dem Ärmel ihres *Gi* ab.

»Was sollte das denn?«, fragte sie.

Dylan atmete heftig und blickte sich im leeren Dojo um. »Wo ist der Kurs?«

Achselzuckend antwortete sie: »Ich habe ihnen gesagt, Sensei Barnes sei beim Training und dürfe nicht gestört werden. Bist du doch, oder? Ich meine, du siehst jedenfalls so aus, als ob du für irgendetwas trainieren würdest. Möchtest du mir verraten, wofür?«

Dylan seufzte. »Ich weiß nicht, was über mich gekommen ist.«

Amy nickte. »Hat es mit dem zu tun, was dich nachts wach hält?«

»Woher weißt du davon?«, fragte er verwundert.

»Seit Monaten siehst du morgens völlig fertig aus, wenn du herkommst. Dir scheint es noch mieser zu gehen als direkt nach Ronnies Tod … Drogen sind es nicht, und ich weiß, dass du keine Geldsorgen hast. Also, was ist mit dir los?«

Dylan sank auf den Boden und lehnte sich an den Boxsack. Die Anstrengungen der letzten paar Minuten zusammen mit dem Stress und dem Schlafmangel stellten einen weiteren unsichtbaren Gegner dar, den er nicht schlagen, sondern lediglich, so gut es ging, im Zaum halten konnte. Aber zumindest war dieser Gegner *real*.

Amy hockte sich neben ihn auf den Boden. »Ich kann dir nicht helfen, wenn du mich nicht lässt. Hast du irgendwelchen Ärger mit der Polizei?«

Dylan lachte. »Nein«, erwiderte er kopfschüttelnd. »Ich wünschte, es wäre so einfach.«

»Was könnte denn schlimmer sein als Ärger mit der Polizei? Ach du Schreck, es ist doch nicht der Mob, oder?«

Der Gedanke an den Mob, der in Needland sein Unwesen trieb, brachte Dylan erst recht zum Lachen, doch gleich darauf wurde er sehr ernst, und dann sprudelte alles aus ihm heraus. Er erzählte Amy von seinen wiederholten nächtlichen Wanderungen durch das Haus und von der unheimlichen fremden Präsenz, die er sich einbildete. Nur die Träume behielt er für sich. Er wusste nicht, *warum* er die Träume mit keinem Wort erwähnte, andererseits erinnerte er sich hinterher ohnehin nur bruchstückhaft an sie. Aber selbst das wenige, was er noch von ihnen wusste, wollte ihm schlicht nicht über die Lippen kommen.

»Wow«, sagte Amy. »Hast du einmal mit jemandem darüber gesprochen? Ich meine, es hört sich an, als wenn du unter großem psychischen Stress stehen würdest.«

»Ich hab's nicht so mit dem Psychokram«, entgegnete Dylan und kniff die Lippen zusammen. Psychologie hatte für ihn einen Beigeschmack von Spirituellem, und er wollte keinen Außenstehenden auf eine Weise an seinem Innersten rühren lassen, die Dylan irgendwie *falsch* vorkam.

»Entschuldige, ich wollte dir nicht zu nahe treten.«

»Ich weiß. Schon gut.«

Dylan musste sich zusammennehmen, Amy nicht allzu finster anzusehen. Das Problem war, dass es dieses fremde Etwas in seinem Haus tatsächlich zu geben schien. Entweder das, oder er bildete sich verflucht oft ein, dass da etwas sei, und beide Erklärungen verlangten wohl danach, von jemandem geprüft zu werden, der objektiver war als er.

»Karate hilft. Deshalb bin ich hier.«

»Es hat auch eine tiefere Bedeutung. Wenn ich *Katas* mache, kommt es mir beinahe vor, als wäre ich in einer anderen Welt. Das hat etwas Metaphysisches. Aber wem sage ich das?«

Nun runzelte Dylan doch die Stirn. »Nein, für mich ist da nichts metaphysisch – ist es nie gewesen.«

Sosei Masoyama, der Begründer des Kyokushin, versprach seinerzeit, dass sich nach zehntausend Tagen intensiven Trainings im Kyokushin etwas enthüllen würde, was er als *die Mysterien* bezeichnete. Nach langen Gesprächen mit Sensei Ashiroato war Dylan jedoch klar geworden, dass es sich bei jenen Mysterien um Glaubensvorstellungen handelte, die ihm nicht nachvollziehbar waren. Da ging es um ein Universum jenseits dessen, was er sehen, riechen oder fühlen konnte. Nein, Dylan liebte Karate nicht um der Mysterien des Universums willen. Er liebte die Kampfkunst, weil sie ihm das Gefühl verlieh, stark und selbstsicher zu sein. Jedenfalls war das früher so gewesen.

»Soll ich vielleicht zu dir rüberkommen und über Nacht bleiben?«, fragte Amy vorsichtig.

»Nein!«, antwortete Dylan so prompt und scharf, dass er selbst darüber staunte. Aber seit Ronnie war er mit keiner Frau mehr zusammen gewesen, und er wusste, dass er schwach werden und etwas tun könnte, das er später bereute. Vor allem aber hatte er nicht vor, Amy diesem Was-es-auch-war auszusetzen, das er in seinem Haus spürte. Sollte es sein eigener Wahnsinn sein, wollte er nicht, dass sie es erkannte. Und war es doch etwas Finsteres, dann wollte er es nicht auf sich laden, sie in Gefahr gebracht zu haben. Wie dem auch sei, es war *nichts*, was sich von einem Psychiater mit einer Handbewegung fortwischen oder mit irgendeinem Amateurexorzismus austreiben ließ. Und schon gar nicht würde es einfach verschwinden, wenn er seinem körperlichen Verlangen nachgab und Ronnies Andenken beschmutzte.

»Ich dachte nur …«

»Nein«, wiederholte Dylan und strich Amy über die Hand. »Das halte ich für keine so gute Idee.«

Sie seufzte. »Willst du jemals wieder eine neue Beziehung?«

Er fasste nicht, dass sie das fragte. Sie wusste doch, wie sehr er Ronnie liebte und wie schmerzlich er sie vermisste. »Daran möchte ich nicht einmal denken.«

Und trotzdem dachte er daran, sehr viel sogar. Und jedes Mal, wenn er darüber nachdachte, überkamen ihn entsetzliche Schuldgefühle.

»Und was willst du gegen den Stress tun?«, fragte Amy.

»Trainieren«, antwortete er, stand auf und zog sie mit sich hoch. »Mein Kurs kommt gleich. Ich sollte lieber duschen gehen.«

»Klar, damit kommt alles wieder in Ordnung«, sagte Amy und versetzte ihm einen leichten Knuff in die Rippen.

»Manche Dinge kommen eben nicht wieder in Ordnung«, erwiderte er und ließ sie vor dem Boxsack stehen.

Lucy konnte immer noch das Blut des Polizisten auf ihrer Haut fühlen, als sie auf den Tacho ihres rostigen Caravans blickte, dessen Nadel haargenau auf dem Tempolimit vibrierte. Sie hatte nur einen kurzen Halt bei der Bankfiliale im Nachbarort gemacht, um ihr Konto abzuräumen, bevor sie auf die Autobahn fuhr. Statt den Anweisungen ihres mysteriösen *Wohltäters* zu folgen, war sie die meiste Zeit des Tages ziellos durch die Gegend gefahren und hatte nachgedacht. Seit dem Tod ihres Vaters war sie auf sich gestellt und mithin an die Einsamkeit gewöhnt. Die Vorstellung, dass da draußen jemand sein könnte, der auf ihrer Seite stand, war ihr vollkommen fremd. Allerdings widerstrebte es ihr, jemand anders zu vertrauen, erst recht, solange dieser Jemand nichts als eine Stimme am Telefon war.

Als sie auf einem Rastplatz an der Interstate 20 stand und einen Hamburger herunterschlang, bemerkte sie zwei Männer in der Schlange vor den Waschräumen, die sie beobachteten. Sie sahen nicht aus wie Kerle, die einfach so eine hübsche Frau anstarrten, denn dazu wirkten ihre Blicke zu eisig. Lucy funkelte sie wütend an und traf eine Entscheidung.

So lässig wie möglich schlenderte sie zu ihrem Van zurück und wartete, dass die beiden wieder aus dem Waschraum kamen. Aber sie tauchten nicht auf. Also fuhr sie langsam über den großen Parkplatz auf die Autobahn zurück und reihte sich in den Verkehr Richtung Osten ein. Sie war so damit beschäftigt, in den Rückspiegel zu sehen, dass sie versehentlich die viel zu verkehrsreiche Strecke nach Birmingham nahm. Auch hier behielt sie die Wagen vor und hinter sich genauestens im Auge und musterte selbst Hubschrauber und Flugzeuge misstrauisch, die über sie hinwegflogen. Wenn sie sich nicht irrte, gehörten die beiden Männer auf dem Rastplatz zu jenen beiden, die sie entführt hatten, und das wiederum bedeutete, dass sie sie direkt zu dem Treffpunkt führte, der ihr genannt worden war.

Seit Jahren versuchte sie, sich einzureden, dass ihre ganze Kindheit ein Fehler gewesen war, dass sie das Opfer eines gleichermaßen bizarren wie liebevollen Elternpaars wurde, welches ein Leben führte, von dem beide glaubten, es wäre das einzig mögliche für sie. Was sie jedoch davon abhielt, auf der Suche nach ihren wirklichen Eltern ihren Namen im metaphorischen Sinne von den höchsten Türmen des Internets zu brüllen, war die Angst davor, mehr zu erfahren, als sie wollte.

Aber selbst wenn das hier mit ihrer merkwürdigen Kindheit zu tun hatte, begriff sie immer noch nicht, welchen Grund jemand haben sollte, sie tot sehen zu wollen, und vor allem, wie derjenige die Polizei dazu brachte, bei dem tödlichen Plan mitzumachen. Wie die Antwort darauf auch lauten mochte: Sie hatte bereits zweimal innerhalb von vierundzwanzig Stunden gegen ihre eigenen Selbstverteidigungsregeln verstoßen. Diese Regeln waren nicht besonders klar strukturiert, genau genommen wiesen sie nicht einmal eine logische Reihenfolge auf, da nämlich an die erste Stelle jeweils diejenige Regel trat, die sie zuletzt gebrochen hatte. Auf jeden Fall würde sie keine weitere Regel verletzen, indem sie den Fehler beging, sich nochmals an die Polizei zu wenden – nicht bevor sie den Mann getroffen hatte, der behauptete, ihr das

Leben gerettet zu haben, und sich von ihm ein paar Antworten auf ihre Fragen hatte geben lassen.

In Atlanta fuhr sie von der Autobahn und ziellos durch die Stadt. Dann und wann meinte sie, verfolgt zu werden, aber jedes Mal verschwand der betreffende Wagen nach einer Weile und tauchte nicht wieder auf. Falls ihr jemand nachfuhr, worauf wartete derjenige? Schließlich hatten die Leute, die es auf sie abgesehen hatten, vorher auch keine Scheu gezeigt, extreme Gewalt anzuwenden. Es schien beinahe, als hätten sie neue Befehle erhalten. Entführt sie! Nein, tötet sie! Nein, verfolgt sie! Vielleicht war *der Boss* ein Wahnsinniger. Oder aber sie bildete sich alles nur ein und war ihnen tatsächlich entkommen. Sie fühlte sich wie eine Fliege, die sich langsam über ein Spinnennetz schleppte und dabei nicht wusste, ob sie sich auf die Freiheit oder die Spinne zubewegte.

Als die Abenddämmerung einsetzte, war sie immer noch in Atlanta und ihr Adrenalin bis auf den letzten Tropfen verbraucht.

In einem Wohnviertel entdeckte sie ein Schild, auf dem stand: ZIMMER FREI – TAGE-/WOCHEN-/MONATSWEISE. Lucy parkte ihren Caravan auf der Straße und ging erschöpft zur Haustür. Eine freundliche alte Dame mit blaugefärbtem Haar beäugte sie durch dicke, horngerahmte Brillengläser und bat sie dann herein.

Lucy bestand auf einem Zimmer mit Blick auf die Straße, und kaum war sie drinnen und hatte die Tür hinter sich abgeschlossen, ging sie zum Fenster. Als sie hinaussah, fuhr ein dunkler Wagen langsam an dem Haus vorbei. Er hielt nicht an, aber die Männer in dem Auto schienen etwas zu auffällig *nicht* zum Caravan oder zum Haus zu sehen. Sie blickte ihnen nach. Jetzt war sie sicher, dass man ihr folgte, und sie wusste nicht, was sie tun sollte. Sie durfte nicht riskieren, die Männer geradewegs zu den einzigen Menschen zu führen, die eventuell versuchten, ihr zu helfen.

Die alte Frau klopfte an ihre Tür, um ihr Zeitschriften oder Bücher anzubieten. Lucy sagte ihr, sie wäre müde und wolle gleich ins Bett gehen. Was sie in Wirklichkeit vorhatte, war, in dem Sessel am Fenster zu schlafen, wo sie ihren Van im Auge hatte und sich einen Ausweg aus diesem ganzen Schlamassel ausdenken könnte. Als ihre Armbanduhr anzeigte, dass ein neuer Tag begann, saß sie immer noch in dem Sessel und hatte immer noch keinen Plan. Sie holte sich ein Kissen und eine Decke vom Bett und ertastete sich den Weg zum Sessel zurück, ohne das Licht anzumachen. Während der letzten Stunden hatte sie nur ein anderes verdächtiges Fahrzeug gesehen, und darin hatte ein einzelner Mann gesessen, nicht zwei. Dennoch war ihr die Anwesenheit ihrer Verfolger irgendwo da draußen in der Nacht fast spürbar bewusst.

Eine Schattenbewegung in dem alten Katsurabaum auf dem Rasen vorm Haus erregte ihre Aufmerksamkeit, aber was sie zunächst für einen Windstoß gehalten hatte, der die dunklen Zweige schüttelte, erwies sich als ein Schwarm Krähen, die sich dort zur Nacht niederließen. Der Anblick der Vögel weckte Erinnerungen in ihr, die sie nicht benennen konnte, ähnlich einem Lied, das man längst vergessen hat und von dem dennoch winzige Melodiefolgen im Gedächtnis nachhallen. Allerdings war es ein beruhigendes Gefühl, das sie angesichts der Krähen überkam, und sie holte tief Luft. Solange die Vögel in dem Baum saßen, konnte darunter nichts passieren, ohne dass sie es merkte, denn es würde die Vögel aufschrecken.

Als ihr Handy läutete, griff sie sofort danach, weil der Lärm das ganze Haus zu erschüttern schien. Sie hob es an ihr Ohr, doch noch ehe sie etwas sagen konnte, begrüßte sie dieselbe Stimme, die sie dazu verleitet hatte, diese Reise anzutreten.

»Warum sind Sie nicht direkt zum Treffpunkt gekommen?«

»Ich war zu müde, und ich wurde verfolgt«, flüsterte sie.

»Natürlich wurden Sie verfolgt. Wenn sie Sie nicht verfolgt hätten, wären Sie schon tot.«

»Wie bitte?«

»Die haben Sie wahrscheinlich nur deshalb noch nicht umgebracht, weil sie wissen, dass wir in Kontakt stehen, und jetzt rechnen sie damit, dass Sie sie zu uns führen. Kommen Sie zum Treffpunkt.«

»Ja, gut.«

Ihr kam der Gedanke, dass der Mann am Telefon einer von den Leuten sein könnte, die hinter ihr her waren. Sie konnte nicht sicher sein, dass er tatsächlich zu den Männern gehörte, die auf Ed und Frank geschossen hatten. Vielleicht war er bloß Teil einer ausgeklügelten Verschwörung, die sie genau dahin locken sollte, wo sie sie haben wollten. Aber welche Wahl hatte sie? Wenn die Leute, die ihr folgten, sie schnappen wollten, hätten sie es jederzeit tun können. Schließlich schob sie all ihre Bedenken beiseite, lehnte den Kopf ins Kissen und schlief zu ihrer eigenen Überraschung sofort ein.

Der kleine Mann war kaum eins sechzig groß, hatte breite Schultern, schmale Hüften und humpelte auffallend stark. Sein Gang war schwingend, und das eine Bein schlenkerte wild an seiner Seite, wann immer er es anhob, so dass er sich bei jedem Schritt halb zur Seite drehte. Seine Schultern indes schienen geradezu steif, und seine grauen Augen hatten etwas Stechendes. Der grimmige Ausdruck war buchstäblich eingegraben in sein rauhes, wettergegerbtes Gesicht, das Assoziationen an einen Seemann oder Totengräber weckte. Er war mittleren Alters, doch das starke Humpeln ließ ihn deutlich älter wirken. Der Gürtel des knielangen neuen Kamelhaarmantels schlackerte ihm lose um die Hüften, und seine Hände waren tief in den Taschen vergraben. Letzteres war nicht weiter verwunderlich, da die Temperaturen deutlich unter dem Gefrierpunkt lagen und es zu schneien begann.

Auf seinem Weg von der Elm Street bis zur Kreuzung an der Willow begegnete er gerade einmal drei Menschen. Um drei Uhr waren die Leute in Manchester, New Hampshire, eben entweder bei der Arbeit oder saßen sicher in ihren warmen Stuben hinter hohen zweiflügeligen Fenstern mit schweren Vorhängen.

Die Straße, in die er wollte, war eine Sackgasse mit zweigeschossigen Doppelhäusern aus den Fünfzigern zu beiden Seiten, deren Holzfassaden unter unzähligen Schichten weißer Farbe begraben waren. Sie hatten Fensterläden, die in leuchtenden Tönen gestrichen waren, und kleine Garagenanbauten, welche auf eine Zeit verwiesen, in der ein Auto pro Familie die Norm war. Als er sich dem Haus mit der hellblauen Tür und den geschlossenen Jalousien näherte, verlangsamte er seine Schritte und blickte in die leere Garage. Dann nickte er stumm, hinkte die Einfahrt hinauf und schlüpfte durch die Pforte, die in den Garten führte. Zum Glück war auch der Weg hinters Haus geräumt, so dass er keine Spuren im Schnee hinterlassen würde.

Er packte das Eisengeländer an der hinteren Treppe und zog sich schwerfällig eine Granitstufe nach der anderen hinauf. Gleichzeitig wühlte er in seiner Manteltasche und holte ein Messing-Zigarettenetui daraus hervor. Als er es öffnete, sprangen daraus mehrere scharfkantige Werkzeuge hervor, von denen er eines ins Türschloss steckte. Während er sich daran zu schaffen machte, summte er leise »Glory, Glory, Hallelujah« vor sich hin. Kurz darauf drehte er den Knauf und lehnte sich vorsichtig gegen die Tür, die sich lautlos öffnete.

Er trat ein, schloss die Tür hinter sich und humpelte in die Küche. Für einen kurzen Moment blieb er stehen, um sich die Kälte aus den Knochen und den Schnee vom Mantel zu schütteln. Dann ging er eilig in eines der kleinen Schlafzimmer, das zu einem Arbeitszimmer umfunktioniert worden war. Zwei hohe Bücherregale umrahmten ein schmales Fenster, dessen unterer Teil von einem Monitor mit Keyboard und Stapeln von Handbüchern verdeckt war. Er ließ sich auf den Stuhl vor dem Schreibtisch fallen und fuhr den Computer hoch. Während er auf den Monitor sah und abwartete, bis die Installation abgeschlossen war, trommelte er mit den Fingern auf der Schreibtischplatte. Sobald alles bereit war, klickte er sich durch die Programme. Seine Miene verfinsterte sich, als plötzlich Hunderte von Bildern auf dem Schirm erschienen. Besonders eines fiel ihm auf, und er schüttelte angewidert den Kopf.

Dann holte er eine Mini-CD aus seiner Tasche und legte sie ins Laufwerk. Der Computer zwitscherte zufrieden, als er das Programm lud, und der Mann empfand einen Anflug von Mitleid angesichts der Bereitwilligkeit, mit welcher die Maschine eine Lobotomie ihrer selbst vornahm. Eine einzige Sache hatte sie allerdings noch zu leisten.

Nachdem die Installation abgeschlossen war, piepten die Lautsprecher kurz, und er nahm die CD wieder aus dem Laufwerk. Anschließend glitt er hinunter auf den Fußboden, wo er den Rechner unter dem Schreibtisch vorzog und den Deckel abnahm.

Als seine Arbeit erledigt war, hinkte er eilig wieder durchs Haus zur Hintertür und wischte dabei sämtliche Oberflächen ab, die er berührt hatte oder haben könnte. Er blickte sich ein letztes Mal in der Küche um und verließ das Haus. Ehe er durch die Pforte zurück auf die Straße ging, vergewisserte er sich, dass niemand draußen war oder aus einem der Fenster schaute. Die Luft war rein, und so humpelte er hastig zurück zur Elm Street, wo er in seinen Ford-Van stieg und wartete.

Um fünf Minuten nach vier fuhr Gregor Oskand an dem Van vorbei, ohne ihn eines Blickes zu würdigen. Sein Büroleiter – ein Mann, den er zutiefst verabscheute – hatte ihn wegen Faulheit und Zuspätkommens abgemahnt, und dieser Schwanzlutscher hatte es auch noch vor allen anderen Mitarbeitern getan. Gregor konnte es sich nicht leisten, daraufhin einfach aus dem Büro zu stürmen, denn seine Aussichten, einen anderen Job zu finden, waren gleich null. Also war ihm nichts anderes übriggeblieben, als den ganzen Tag im Geheimen zu schmollen, bis er sich endlich fünfzehn Minuten vor dem offiziellen Schluss davonschlich.

Beim Einbiegen in seine Einfahrt war seine Wut bereits dabei, sich ein anderes Ventil zu suchen. Statt sich seinen Büroleiter vorzustellen, wie er an einem Fleischerhaken im Keller baumelte, malte er sich jetzt ein sehr junges Mädchen in einer gänzlich anderen, wenngleich kein bisschen komfortableren Pose aus, und die Hitze in seinem Bauch begann, sich weiter nach unten zu verlagern. Auf dem Weg in sein Arbeitszimmer warf er seinen Mantel über einen Stuhl. Aber als er durchs Wohnzimmer kam, bemerkte er einen nassen Flecken auf dem lachsfarbenen Teppich. Er ging darauf zu und spürte, wie seine Erektion wieder erschlaffte und seine Knie zu zittern begannen. Angestrengt lauschte er auf verdächtige Geräusche im Haus.

»Ist hier jemand?«, krächzte er. Er hasste es, wie quäkig seine Stimme klang.

Der Flecken könnte von Schnee stammen, den er gestern mit hereingeschleppt hatte, aber das war unwahrscheinlich – er war sehr penibel mit seinem Haus. Er kniete sich auf seine massigen Unterschenkel und betastete die Stelle. Sie fühlte sich nass und kühl an, aber nicht kalt. Eilig ging er zum Kamin, zog den Schürhaken vom Ständer und vollführte damit ein paar Übeschwünge, als handelte es sich um einen Tennisschläger.

Anschließend inspizierte er das Haus. Im Bad war niemand, im Arbeitszimmer ebenfalls nichts. Also lief er nach oben und sah in sämtliche Wandschränke und die Schlafzimmer. Er bückte sich sogar hinunter und lugte unter sein Bett. Erst als er auch dort nichts entdecken konnte, stieß er einen Seufzer der Erleichterung aus und hievte seine dreihundert Pfund wieder in eine aufrechte Position. Die Anstrengung hatte ihn atemlos gemacht, aber wenigstens wusste er jetzt, dass der Fleck doch von hereingetragenem Schnee rühren musste.

Die Anspannung wich, und auf einmal erinnerte er sich

wieder daran, womit er beschäftigt gewesen war, bevor ihn die nasse Stelle im Wohnzimmer ablenkte. Auf dem Weg zurück nach unten rieb er sich über die Hose und überlegte, welche Fotos er sich aus seiner riesigen Pornographiesammlung aussuchen wollte. Dann setzte er sich vor seinen Computer, eine Hand auf dem Anschaltknopf, die andere auf seinem Glied, und fuhr den Rechner hoch. Währenddessen schloss Gregor die Augen und zählte die Sekunden. Als er sie wieder öffnete, war er verwundert, nicht auf seinen vertrauten Hintergrund zu blicken, sondern auf einen Text in großen Buchstaben, der den gesamten Bildschirm ausfüllte. Er las ihn langsam und bekam eine Gänsehaut.

»Ernte den Sturm, Arschloch!«, stand auf dem Monitor. Und die Unterschrift lautete *Crank*.

Gregor fühlte weder den Hieb, der seinen Torso von seinem Unterkörper trennte, noch den Druck, mit dem sein Schädel so weit in die Gipskartonplatte an der Wand getrieben wurde, dass der Leichenbeschauer ihn nur mit Hilfe eines Brettes hinausgestemmt bekam. Er sah nicht, wie das linke Bücherregal zu Kleinholz wurde und es Papier schneite, ebenso wenig wie er mitbekam, dass sein Monitor aus dem Fenster, quer durch den Garten und ins Schlafzimmerfenster seiner Nachbarn flog.

Und ganz gewiss hörte er nicht mehr, dass zwei Straßen entfernt ein alter Ford angelassen wurde.

Dylan stand benommen neben dem Holzofen in seinem Wohnzimmer und fragte sich, wie spät es wohl sein mochte. Gleich nach seinem Vormittagskurs war er nach Hause gefahren und hatte ein Feuer im Ofen gemacht, weil es unangenehm kühl gewesen war. Nachdem er geduscht und sich umgezogen hatte, schenkte er sich eine ganze Tasse Brandy aus der Flasche ein, die seit seiner Hochzeit unter der Spüle im Schrank stand und dort Staub ansetzte, denn gewöhnlich trank er nie. Der Branntwein schmeckte scharf und bescherte ihm ein so ätzendes Gefühl in der Brust, dass ihm beinahe übel wurde. Aber er zeigte schnell Wirkung. Jedenfalls war Dylan jetzt ziemlich wackelig auf den Beinen, und er wusste: Sollte er sich auch nur ein klein wenig nach rechts drehen, stünde er genau vor Ronnies Bild. Dann sähe er ihr schelmisches Grinsen, ihre dunklen Augen und ihre ach so sanften Lippen.

Vor dreiundzwanzig Monaten, einer Woche, vier Tagen und neun Stunden hätte er sie im Arm halten können. Nun blieb ihm nichts außer diesem Bild. Amy wollte ihm einreden, dass Ronnie irgendwo auf ihn wartete, dass der Tod nicht das unauslöschliche Ende und Ronnies *Lebenskraft* größer wäre als die Summe ihres Ganzen. Amy war überzeugt davon, dass es *Mysterien* gab. Aber Dylan glaubte nicht daran. An der Art, wie sein eigenes Herz flatterte und jederzeit aufzugeben drohte, sobald er sich auch bloß gestattete, Ronnies Bild in Gedanken heraufzubeschwören, erkannte er die brutale Realität nur allzu deutlich.

Trotzdem zwang er sich, das Foto anzusehen. Darauf lächelte sie, wie allein Ronnie es konnte. Ihre Augen strahlten zwei Leuchtfeuern gleich. Doch je länger er das alte, vertraute Foto anschaute, umso mehr schien ihr Gesicht jenen Ausdruck anzunehmen, den er kannte und fürchtete: Wie konntest du so dumm sein?

Mist! Er war so zerstreut gewesen, als er vom Dojo wegfuhr, dass er nicht beim Friedhof angehalten hatte. Dabei hatte er es seit der Beerdigung keinen einzigen Tag versäumt, Ronnies Grab zu besuchen. Natürlich war der Tag noch nicht vorbei, doch jetzt führe er betrunken hin, und dadurch würden seine ohnedies schon erstickenden Schuldgefühle nur noch schlimmer.

Er ließ sich in einen Sessel fallen und stierte trunken auf das Foto, weil er sehen wollte, ob sie wirklich vorwurfsvoll blickte. Leider gelang es ihm nicht, seine Augen auf einen Punkt zu richten. Der Holzofen strahlte eine angenehme Wärme ab, so dass Dylan schon bald die Lider schwer wurden und er in einen Zustand hinüberglitt, in dem Wachen und Schlafen sich vermischten. Für einen Moment meinte er, in jenes Universum zu driften, in welchem die Alpträume lebten, die ihn Nacht für Nacht quälten und an die er sich dennoch nie richtig erinnern konnte, wenn es wieder Morgen wurde. Und mitten aus der Tiefe dieser düsteren *Realität* berührte ihn Ronnies Stimme wie ein sanfter, seidiger Hauch.

Es tut mir leid.

Er sank noch tiefer in den Sessel, gab sich dem Klang ihrer Stimme hin und fragte sich zugleich, was in aller Welt *sie* mit vergessenen Alpträumen zu tun hatte. Wofür bat sie um Verzeihung? Welche Reue hatte sie jemals plagen können? Dass sie keine Kinder hatten? Dass sie starb?

Seine Brust wurde schwer, und die Luft war wie warme Baumwolle in seiner Lunge, die ihn immer weiter in ein Stadium vollkommenen Vergessens trieb. Dann aber ging ihm wieder Ronnies Stimme durch den Kopf. Er blinzelte und erschrak, als er aus dem Wohnzimmerfenster sah. Hatte er bis zur Abenddämmerung geschlafen, oder war die Dunkelheit da draußen Teil seiner Alkoholphantasie?

Es kommt, und es ist meine Schuld.

Was kam? Als er sich zu dem Foto umdrehte, fiel ihm auf, dass Ronnie noch finsterer dreinzublicken schien. So hatte sie nie ausgesehen, es sei denn, Dylan hatte richtigen Mist gebaut.

Plötzlich konnte er das Ding fühlen, das in seinem Haus herumspukte, ja, er schmeckte, roch und *hörte* es sogar, wie ein weiteres Flüstern in seinem Kopf. Unsinnige Worte flossen zu einem Gesang zusammen – oder war es ein Klagelied? Wieder blickte er zum Fenster und erkannte erstmals, dass die hereinbrechende Dunkelheit weit finsterer war als eine gewöhnliche Dämmerung. Obwohl es nach der alten Standuhr in der Ecke noch Nachmittag war, ging die Sonne draußen mit einer solchen Geschwindigkeit unter, dass die Schatten wie Silhouetten gewaltiger Raubvogelklauen über den Rasen und das Haus hinwegflogen.

Unsicher stand er auf, stolperte in den Flur und atmete den seltsamen Geruch ein. Dabei lauschte er angestrengt. Die Härchen auf seinen Armen richteten sich auf, als der abstoßende, metallische Gestank von allen Seiten auf ihn eindrang und er in dem sinnlosen Gesang allmählich Worte auszumachen glaubte.

Rantasas megana moor.

Ihn verfolgte das Gefühl einer geradezu greifbaren Gefahr, die in der Dunkelheit lauerte. Seine Angst flehte ihn mit kindlicher Stimme an, wegzulaufen, doch stattdessen ging er langsam in den Flur, schlich ins Schlafzimmer, knipste das Licht an und erstarrte.

Ohne dass er im nur sechs Meter entfernten Wohnzimmer irgendetwas davon bemerkt hatte, war der Raum von jemandem – oder etwas – vollständig verwüstet worden. Sämtliche Schubladen waren aus der Kommode gerissen. Eine Unterhose und eine Socke hingen am zerrissenen Querbehang am Fenster. Die Vorhänge lagen über einem zerbrochenen Stuhl, und der Boden war mit Kleidungsstücken übersät. Zerrissene Hemden und Hosen türmten sich auf dem Bett, während die Bettwäsche und Decken überall auf dem Teppich verteilt waren. Der Nachttisch war umgekippt, und die Lampe neben der Kommode sah aus, als wäre ein Lastwagen drübergefahren.

Falls das hier bedeutete, dass ihn der Verstand verließ, dann müsste er sich mit der Tatsache abfinden, *er selbst* hätte diese Verwüstung angerichtet, ohne sich bewusst zu sein, was er tat.

Sollte er hingegen nicht verrückt sein, dann war *etwas* in seinem Haus, das genügend Kraft besaß, um ein ganzes Zimmer zu zerlegen … lautlos. Und er glaubte nicht daran, dass der Raum willkürlich gewählt worden war.

Entweder hatte sein eigener wahnsinniger Verstand oder ein übernatürliches Monster beschlossen, das eine Zimmer zu zerstören, in dem sich die letzten Andenken an Ronnie befanden. Wenngleich Dylan sich dafür entschieden hatte, die letzten Augenblicke ihres Lebens aus seinem Gedächtnis zu löschen wie die Schrift auf einer Schiefertafel, die man einfach abwischte, blieb dies doch das Zimmer, in dem Ronnie ihre letzten Stunden verbringen *wollte*. Wenn er hier schlief, war er von ihrem Geist umgeben, oder besser gesagt: von dem sehr intensiven Andenken an sie, glaubte er doch nicht an Geister oder unsterbliche Seelen. Deshalb überwog die Wut, die in ihm hochkochte, seine Angst bei weitem.

Unterdes dauerte der mysteriöse Gesang an.

Rantasas. Rantasas megana moor.

»Was willst du, verdammt?«, stöhnte er, wich an die Wand zurück und schlug sich auf die Ohren. Der merkwürdige Singsang hörte nicht auf, wurde jedoch einige Dezibel leiser und verwandelte sich in ein unaufhörliches Summen, das Dylan hartnäckig durch den Kopf schwirrte.

Er hob seine Sporttasche auf und kickte mit dem Fuß alle Schuhe aus dem Wandschrank. Da war noch ein rettenswertes Paar Turnschuhe, das er zusammen mit allen intakten Kleidungsstücken, die er auf die Schnelle finden konnte, in die Tasche stopfte.

Vor dem Schlafzimmerfenster herrschte vollkommene Dunkelheit, und sogar die Zimmerdecke über ihm schien sich zu verdunkeln. Er hatte das beängstigende Gefühl, dieses Ding in seinem Haus würde mit dem schwindenden Licht beständig größer und stärker. Obwohl er fürchtete, dass es sich von hinten an ihn heranschleichen könnte, musste er noch etwas erledigen, bevor er sich aus dem Heim vertreiben ließ, das er so lange mit Ronnie geteilt hatte.

Seit über einem Jahr kannte Dylan das Grauen, das in seinem Kopf wuchs, seine Nächte beherrschte und ihn am Ende womöglich ganz zerstörte. Was immer es sein mochte, es war ebenso real wie tödlich. Zuvor war es nie tagsüber da gewesen, aber jetzt schien es sowohl Dylans Nächte als auch seine Tage zu kontrollieren.

Er ging vor der Kommode auf die Knie und sah in die Kästen, in denen die Schubladen gewesen waren. Dann griff er in einen der leeren Kästen und riss einen dicken braunen Umschlag von einem der oberen Böden. Nachdem er den Metallclip gelöst hatte, mit dem der Umschlag verschlossen war, blickte er kurz hinein, um sich zu vergewissern, dass die Kreditkarten und das Bargeld noch darin waren. Außerdem enthielt der Umschlag einen Abzug seines Lieblingsbildes von Ronnie, die lächelnd an ihrem Schreibtisch saß.

»Den hast du nicht gefunden!«, rief er triumphierend und wedelte mit dem Umschlag.

Sofort spürte er eine Veränderung im Raum, einen Zorn, der weit konkreter und gefährlicher wirkte als alles, was er zuvor gefühlt hatte. Er griff die Sporttasche und rannte hinaus in den Flur.

Die Dachbodentür stand einen Spaltbreit offen. Der Riegel lag auf dem Boden, und der Stuhl, den Dylan vor die Tür gestellt hatte, war verschwunden. Das Licht aus der einzelnen Glühbirne schien noch schwächer als sonst. Dylan lief zur Haustür und blickte sich dabei nervös um.

Obgleich er den Knauf mit aller Kraft drehte, rührte er sich nicht. Er ließ die Tasche und den Umschlag fallen und probierte es mit beiden Händen. Doch der Knauf fühlte sich an, als wäre er festgeschweißt, während die bedrohliche Dunkelheit gleichsam durch sämtliche Poren ins Hausinnere kroch. Das Flurlicht war inzwischen auf den schwachen Schein einer Kerze geschrumpft, und das Licht aus dem Schlafzimmer hatte kaum noch genug Kraft, um ein verschwommenes Rechteck auf den Flurboden zu werfen. Der Eingangsbereich wurde unaufhörlich finsterer, und das Haus schien sich förmlich zusammenzuziehen. Dylan kam es vor, als würde sein Cottage von zwei gigantischen Klauen zusammengepresst. Er zwang sich zur *Ibuki*-Atemtechnik und wurde ein wenig ruhiger, als das seltsame Reibegeräusch tief in seinem Hals erklang.

Mit einem Blinken ging das Licht im Flur aus, so dass nur noch der schwache Schein aus dem Schlafzimmer blieb. Auf einmal quietschten die Angeln der Bodentür, und ein Vibrieren ging durch die Fußbodendielen. Irgendetwas trat in den Flur. Dylan kniff die Augen etwas zusammen und wartete. Als im nächsten Augenblick auch das Schlafzimmerlicht erlosch, blieben nichts als vollkommene Dunkelheit und der schreckliche Gesang in seinem Kopf.

Rantasas megana moor.

Die hohe Tonlage der fremdartigen Stimme nahm einen noch bedrohlicheren Klang an, als würde der Gesang selbst zu einer unmittelbaren Gefahr.

Dylan ging in eine vorgelehnte Kampfhaltung, in der er seinen Kopf und Rumpf mit den Armen schützte. Er hatte schon früher geübt, blind zu kämpfen, aber das war im Dojo gewesen, in einem Umfeld, das er kontrollierte. Dort konnte man sich die Knochen brechen, aber niemand wurde getötet.

Da war wieder ein Schritt.

Er konzentrierte sich darauf, zu einer entspannten Feder zu werden, sozusagen einer Kugel, die noch nicht abgefeuert war.

Öffne dich den Mysterien, Dylan-san! Die Welt ist so viel mehr, als du sehen oder anfassen kannst.

Die Worte kamen ihm in diesem Moment eher spöttisch denn belehrend vor. Dylan fürchtete, die Welt, die er nicht sehen konnte, würde ihn gleich auf eine sehr reale und tödliche Weise berühren, und dabei halfen ihm Sensei Ashiroatos Mysterien herzlich wenig. Entweder gab es wirklich ein Monster in seinem Haus, oder sein eigener Verstand war drauf und dran, ihn zu vernichten.

Er vernahm ferne Echos, die ihm erzählten, dieses Ding – ob real oder eingebildet – hätte die Schlafzimmertür erreicht. Er ballte die Hände zu Fäusten und öffnete sie wieder in Kantenschlagposition. Das Monster konnte nur noch anderthalb bis höchstens zwei Meter entfernt sein. Von dem metallischen Modergestank, den er ja bereits kannte, wurde ihm beinahe übel – ranziges Öl, vermischt mit verbranntem Gummi oder Fleisch. Der Eingangsbereich wurde zu einer eisigen Gruft.

Dylan streckte langsam einen Arm aus – bereit, jederzeit die andere Hand oder einen Fuß nach vorn schnellen zu lassen, sollte er etwas Festes ertasten. Aber da war nichts in Reichweite. Er ließ den Arm dennoch ausgestreckt und wartete, dass das Ding damit kollidierte, wenngleich ihm der Gedanke zuwider war, berühren zu müssen, was immer sich ihm näherte.

Als er sich einbildete, fauligen Atem auf seinem Gesicht zu spüren, vollführte er einen schnellen Kick nach vorn, indem er das Knie auf Hüfthöhe brachte, bevor er mit dem Fuß zustieß, der dabei die Wucht einer Bleikugel an einer kurzen Kette entwickelte. Doch da war nichts. Er gab einen lauten *Kiei*-Ruf von sich und trat noch einmal in die Dunkelheit. Und wieder stieß er zu, schrie, so laut er konnte, und nutzte die gesamte Kraft seiner Mitte, des *Ki*, die er nach außen wandte.

Der Kampf erinnerte ihn an seine einseitigen Schlachten mit dem Boxsack, nur war es in diesem Fall eine unsichtbare Bestie, die ihn zusehends in Rage versetzte, während er vergeblich die leere Finsternis attackierte. Auch wenn er seinen Gegner nicht finden konnte, fühlte er doch das Gewicht von dessen Gegenwart auf seinen Schultern. Sie raubte ihm regelrecht die Kraft, bis er nichts tun konnte, als still dazustehen. An Angreifen war gar nicht mehr zu denken. Und die Dunkelheit klebte wie eine nasse Decke an seinem Körper.

Rantasas megana moor.

Die Worte hämmerten in seinem Kopf, und ihm wurde klar,

dass das mehr war als nur eine monströse Stimme. Das Ding versuchte, in seinen Verstand einzudringen. Er konnte fühlen, wie sich schreckliche Tentakel in sein Gehirn gruben, und er versuchte angestrengt, das fremde Etwas abzuwehren. Als er spürte, dass er sich dem entsetzlichen mentalen Angriff ergab, wurde alles um ihn herum wirr und undeutlich, und er wusste, dass es nichts mehr gab, um das sich zu kämpfen lohnte.

»Bring es zu Ende«, flüsterte er, stolperte rückwärts und schlug so hart gegen die Tür, dass es in seiner Schulter knackte. Seine Finger glitten wieder über den Knauf, und diesmal drehte er sich. Dylan machte einen halben Schritt nach vorn und öffnete die Tür ein klein wenig, so dass von draußen ein sehr schwacher Lichtschein wie das erste Leuchten einer entfernten Morgendämmerung hereinfiel. Er sah ins Wohnzimmer und bemerkte, dass wieder Sonnenlicht ins Fenster schien. Und gleichzeitig mit der rätselhaften Dunkelheit verschwand auch das Gefühl einer fremden Gegenwart im Haus.

Als er plötzlich eine Stimme von der Veranda hinter ihm vernahm, erschreckte ihn dies fast genauso sehr wie die Rückkehr des Lichts. Er fuhr herum, riss die Haustür weit auf und blinzelte nach draußen.

»Mr Barnes?«

Zwar waren sie sich noch nicht vorgestellt worden, doch Dylan erkannte sofort, dass es sich bei dem größeren der beiden uniformierten Männer um den neuen Polizeichef der Stadt handelte. »Geht es Ihnen gut?«

Dylan stopfte sich hastig das Hemd zurück in die Hose und blickte sich kurz im Flur um, dessen blauer Teppichboden nun von Sonnenlicht geflutet war.

»Ja … ja, mir geht es gut«, stammelte er.

»Es antwortete niemand auf unser Läuten, und wir dachten, wir hätten einen Kampf gehört«, sagte der Polizeichef.

Die beiden Polizisten blickten auf die Sporttasche und den Umschlag auf dem Boden, dann sahen sie Dylan an.

»Nein, nein, alles bestens«, erwiderte Dylan und wischte sich die Hände an seiner Hose ab.

»Ich bin Chief Mills, und das ist Officer Wilkes. Dürfen wir kurz hereinkommen?«

Dylan zögerte und schaute sich noch einmal im Flur um, ehe er zur Seite trat. Keiner der Polizisten zog seinen Mantel aus, und sie hielten ihre Hüte in den Händen, als sie Dylan ins Wohnzimmer folgten.

Schließlich fiel Dylan wieder ein, was in einer solchen Situation geboten war. »Kann ich Ihnen etwas zu trinken anbieten? Ein Wasser vielleicht oder einen Kaffee?«

»Nein danke«, antwortete der Chief. Dylan bemerkte, dass er sich sehr genau im Zimmer umblickte, als wollte er nur ja nichts übersehen. Die Teetasse auf dem Tisch neben seinem Lesesessel, die staubige Fensterbank, die Zeitschriften auf dem Boden.

»Sie haben keine Kinder, Mr Barnes?«, fragte der Chief.

»Nein«, sagte Dylan.

»Sind Sie mit irgendwelchen Nachbarskindern befreundet?«

»In der Nachbarschaft wohnen keine Kinder. Weshalb fragen Sie?«

»Aber es kommen Kinder in Ihr Dojo.«

»Ja.«

Der Chief nickte. »Standen irgendwelche dieser Kinder Ihrer Frau nahe?«

»Meiner Frau?«, wiederholte Dylan ein wenig verwirrt. Erst hatte er schon den unangenehmen Verdacht gehabt, die Polizisten befragten ihn, weil jemand ihn des Missbrauchs beschuldigte. Dabei achtete er in seinem Studio immer darauf, dass nie ein Erwachsener allein mit den Kindern war. Er wollte gar nicht erst Missverständnisse aufkommen lassen. Das war eine Grundregel beim Karate. Bringe dich niemals in eine Position, in der du verletzt werden könntest. Dieser Gedanke brachte ihn geradewegs zurück zu dem, was gerade geschehen war, und er sah zu der Sporttasche auf dem Boden im Eingang.

»Kannte sie einzelne der Mädchen aus den Kursen näher?«, fragte der Chief.

»Meine Frau interessierte sich nicht besonders für das Dojo. Würden Sie mir verraten, worum es hier geht?«

»Mr Barnes, um ehrlich zu sein«, sagte der Chief, »ich hatte gehofft, dass Sie kurz mit uns kommen könnten. Da gibt es etwas, das Sie sich ansehen sollten.«

Dylan runzelte die Stirn. Hinter den beiden Polizisten stand das Foto von Ronnie, aber jetzt war es wieder das gewohnte alte Bild, auf dem sie lächelte. »Und was?«

Chief Mills seufzte. »Mr Barnes, ich weiß nicht, wie ich es Ihnen sagen soll, aber … Das Grab Ihrer Frau, es wurde …« Offensichtlich suchte er nach den richtigen Worten.

»Was ist mit dem Grab meiner Frau?«, fragte Dylan, der errötete, weil ihm auf einmal sehr heiß wurde. »Was wurde es?«

»Mr Barnes, das Grab Ihrer Frau wurde … geöffnet.«

»*Geöffnet?*« Das klang wie etwas, das man mit einer Büchse Sardinen tat, nicht jedoch mit dem kostbaren Boden, in dem Ronnie vergraben lag. »Sie meinen, jemand hat versucht, sie auszugraben?«

Die beiden Polizisten tauschten einen Blick aus, und als der Chief wieder zu Dylan sah, *wusste* der, was passiert war. Es schnürte ihm die Luft ab, und er lehnte sich an die Wand. Er brauchte eine Weile, bis er wieder atmen konnte, aber seine

Stimme klang eher wie ein Würgen. »Sagen Sie mir, was Sie damit meinen. Sagen Sie mir, was ich mir ansehen soll.«

»Sie ist weg, Mr Barnes«, antwortete Chief Mills.

»Weg?« War das irgendein kranker Scherz?

»Wir hatten gehofft, dass Sie mit uns zum Friedhof kommen könnten.«

Dylan sah vom Chief zum Officer und fragte sich, warum der zweite Polizist dabei war, wenn er doch offensichtlich nur stumm dastehen konnte. Dann fiel ihm ein, dass er wohl mitgekommen war, um dem Chief zu helfen, falls Dylan durchdrehte. Dachten die beiden tatsächlich, sie könnten ihn notfalls überwältigen? Lächerlich!

»Mr Barnes?«

Dylan sah im Geiste jenes dunkle Loch vor sich, in das er erst vor dreiundzwanzig Monaten hinuntergeblickt hatte. Da hatte er auf die Oberseite eines Messingsargs gesehen – einen Kasten, von dem der Beerdigungsunternehmer ihm versicherte, er würde Ronnie in alle Ewigkeit schützen.

»Was ist mit ihrem Sarg?«, fragte er.

»Wie bitte?«, entgegnete der Chief.

»Ronnies Sarg. Haben sie … Sie wissen schon … Haben sie ihn beschädigt oder entweiht? Oder haben sie ihn nur aufgemacht?«

Der Chief schüttelte den Kopf. »Weg.«

»Sie haben auch den Sarg mitgenommen?«, fragte Dylan. Was für Grabräuber nehmen einen Sarg mit, der dreihundert Pfund wiegt?

»Ja.« Der Chief sah wieder seinen Deputy an.

»Fahren wir«, sagte Dylan, nahm seine Jacke vom Haken neben der Tür und griff nach seiner Sporttasche und dem Umschlag. Der Chief und der Polizist warteten, bis er seine Sachen im Kofferraum des Saturns verstaut hatte und sich dann auf die Rückbank des Polizeiwagens setzte. Als sie auf die Straße einbogen, hätte Dylan schwören können, einen Schatten zu sehen, der sich hinter seinem Wohnzimmerfenster bewegte.

»Wollten Sie verreisen, Mr Barnes?«, fragte der Chief.

Dylan war so abgelenkt, dass er die Frage erst verstand, nachdem Mills sie wiederholt hatte. Natürlich interessierten sich die Polizisten für seine große Sporttasche.

»Nein, ich muss nur ein paar Tage aus dem Haus. Ich nehme mir ein Zimmer im Marberry.«

Der Chief nickte, und Dylan war froh, dass keiner der Polizisten etwas sagte und er so nicht gezwungen war, eine anstrengende Unterhaltung mit ihnen zu führen. Ihm gingen die letzten Minuten, bevor die zwei auf seiner Veranda auftauchten, einfach nicht aus dem Kopf. Immer noch roch er den fauligen Gestank, aber wenn er *nicht* wahnsinnig war, warum bemerkten die Polizisten ihn dann nicht auch? Oder dachten sie, *er* röche so? Waren sie bloß höflich und ignorierten es, wie man den Körpergeruch oder Blähungen bei jemand anders ignoriert?

Sie waren schon eine ganze Weile gefahren, ehe ihm auffiel, dass er keine Ahnung hatte, wo sie waren. Aber wo immer das hier sein mochte, es war nicht einmal in der Nähe des Meekham-Friedhofs, auf dem Ronnie begraben war. Hatten die Polizisten sich geirrt? War das Grab von jemand anders aufgebuddelt worden?

»Wo fahren wir hin?«, fragte er heiser.

Der Polizist blickte über seine Schulter nach hinten, doch es war der Chief, der antwortete: »Meekham.«

»Das ist der falsche Weg«, sagte Dylan.

Der Chief schüttelte den Kopf, und der Polizist sah wieder nach vorn auf die Straße. »Es gab einen Unfall an der Kreuzung, wo man von Ihnen aus auf den Highway kommt. Hier geht es schneller.«

Sie fuhren eine lange Straße hinunter, die rechts und links von schneebedeckten Feldern gesäumt war. In der Ferne stand ein verfallener Schuppen, der von rostigen Strebebögen gestützt wurde, die tief in der Erde verankert waren. An der nächsten Kreuzung bog der Chief ein, und Dylan begriff, dass sie Richtung Lanks Mills fuhren, wo sie über die Route 26 zurück nach Needland gelangen würden. Ihnen kamen einige Wagen entgegen, und der Chief winkte den Fahrern zu. Alles schien so *normal*. Langsam verflog der Gestank wie Frühtau, der von der Sommersonne getrocknet wird. Oder war er überhaupt nie da gewesen?

Sie fuhren auf die County Road 12, und Dylan wurde klar, dass sie von der anderen Seite auf den Friedhof kamen. Diese Strecke war er nie gefahren, und er begann, die alten Grabsteine abzusuchen. Der Winter war ziemlich eigenartig gewesen. Es hatte keine zwei Meter Schnee gegeben, die jedoch liegen geblieben waren. Die Grabsteine staken aus der sterilen weißen Schneedecke wie Borsten aus einer Wurzelbürste.

»Alles in Ordnung mit Ihnen?«, fragte der Police Officer.

»Ja, mir geht es gut«, sagte Dylan, der überrascht war, den Mann sprechen zu hören.

»Sie sehen ein bisschen mitgenommen aus.«

»Würden Sie das nicht?«, erwiderte Dylan, der Mühe hatte, sich zusammenzunehmen.

Der Polizist zuckte mit den Schultern und blickte wieder nach vorn.

Der Weg über den Friedhof bestand lediglich aus zwei tiefen Reifenspuren im Schnee, und der Streifenwagen schlitterte zwischen den Grabsteinen hin und her wie eine Flipperkugel. Vor ihnen war eine Ulme, eine der letzten überlebenden hier, mit mannsdicken Ästen, und Dylan sah einen frisch aufgeschütteten Erdhügel, genau wie vor dreiundzwanzig Monaten. Der Chief fuhr so dicht ans Grab heran, dass Dylan die langen Schatten der Äste sah, die bis in die offene Grube fielen. Als der Polizist Dylan die Tür geöffnet hatte, musste dieser sich erst einmal an den Wagenrahmen lehnen, um das Gleichgewicht wiederzufinden.

Ich bin nicht hier. Aber ich war auch niemals hier. Das musst du mir glauben!

Ronnies Stimme warnte ihn, und er schüttelte die Hand des Officers ab, als er zum Grab stolperte, um in die leere Grube zu sehen. Heute waren keine feinen Tücher da, um die offene Wunde in der Erde zu bedecken, und das Loch war auch nicht so akkurat gegraben wie damals. Allerdings erkannte Dylan auch sofort, dass dies nicht das Werk von ein paar Kindern war. Hier hatte eindeutig eine gewaltige Baggerschaufel ins Erdreich gegriffen und sowohl Wurzeln als auch steinhart gefrorenen Boden herausgerissen und alles mitsamt der nicht gefrorenen Erde darunter zu einem Haufen neben dem Loch aufgeschichtet. Dylan bohrte die Finger in den Haufen. Die Erde begann gerade erst zu überfrieren. Er hielt einen Brocken davon ins Licht und zerbröselte ihn in der Hand, während er sich dem Chief zuwandte, der mit dem Kopf nickte.

»Vor kurzem erst. Wir vermuten, gegen Morgen.«

Dylan wischte sich die Hände an seiner Hose ab und starrte hinab in das Loch. Unten war noch der Abdruck des Sargbodens zu erkennen. Er blinzelte und blickte auf die kantigen Vertiefungen.

»Was sind das für Schürfspuren?«, fragte er und zeigte auf zwei messerähnliche Einschnitte seitlich vom Grab.

Der Chief betrachtete die Vertiefungen, während Dylan um das Loch herumging.

»Auf dieser Seite sind sie auch«, sagte Dylan. »Sie müssen Seile und irgendwelche Maschinen dabeigehabt haben, um den Sarg herauszuhieven. Warum sollte sich jemand so viel Mühe machen, um einen zwei Jahre alten Sarg zu stehlen? Und wie konnten sie das machen, ohne dass jemand etwas bemerkte?« Doch als er sich umblickte, fiel ihm wieder ein, dass diese Stelle besonders abgelegen war. Deshalb hatte er Ronnies Grabstelle ja genau hier gewählt. Sie liebte ruhige, abgeschiedene Orte.

»Offensichtlich konnten sie es«, sagte der Chief. »Wir haben mit den Leuten gesprochen, die in den umliegenden Straßen wohnen, allerdings liegen auch deren Häuser ziemlich weit entfernt von hier.«

Dylan sah breite Reifenspuren, die neben dem Grab begannen und in dieselbe Richtung verliefen, aus der er mit den Polizisten gekommen war. Sie mussten von einem schweren Truck stammen – schwer genug jedenfalls, um großes Gerät zu transportieren. Ronnies Grabstein war umgeworfen worden. Und ein weißer Riss, der so breit war wie Dylans Daumen, verlief quer über die Vorderseite. Vermutlich war einer der Zähne an der Baggerschaufel darübergeschrammt. Der Riss war nicht weiter schlimm, und dennoch hätte es nicht dazu kommen dürfen.

»Können wir gehen?«, fragte er.

In die Grube zu starren, erinnerte ihn daran, wie leer sein Leben geworden war. Jetzt blieben ihm nicht einmal mehr die Besuche an Ronnies Grab, und wider alle Vernunft fühlte er sich schuldig an dieser Untat wie an allem anderen, was derzeit geschah. Dylan hatte niemals an so simple Dinge wie Ursache und Wirkung gedacht, um die Trauer oder die Schuldgefühle zu lindern, die ihn zermürbten. Im Grunde seines Herzens wusste er, dass er nicht viel mehr verkraftete. Und der Gedanke hatte beinahe etwas Tröstliches.

»Natürlich«, sagte der Chief und nickte Richtung Auto.

Statt ihn nach Hause zu fahren, brachte er Dylan zu einem Parkplatz hinter dem Rathaus, in dem sich auch das Polizeirevier befand.

»Warum sind wir hier?«, fragte Dylan.

»Wir müssen Ihre Aussage aufnehmen«, antwortete der Chief und öffnete Dylans Tür.

»Ich weiß doch überhaupt nichts.«

»Reine Formsache.«

Sobald sie im Büro des Chiefs waren, setzte Dylan sich auf den Besucherstuhl vor dem Schreibtisch. Der Chief ließ sich auf seinen abgewetzten Ledersessel fallen und begann, in einer der unteren Schreibtischschubladen herumzuwühlen. Dylan betrachtete die gesprungene Fensterscheibe, die zur Straße ging und auf der NEEDLAND POLICE DEPARTMENT in Goldlettern stand, den Zettelkasten in der einen Ecke, in dem Marihuanapfeifen, Papierrollen und sonstiger Kleinkram steckten, sowie die große alte Uhr, die unter der gestrichenen Metalldecke hing. Dylan bemerkte, dass der Polizist, der sich in die Tür hinter Dylan gestellt hatte, jetzt auf besagte Uhr starrte. Es war bereits Nachmittag, und wahrscheinlich fragte er sich, wann er endlich seine Mittagspause nehmen konnte.

»Wo zum Henker ist dieses Formular?«, murmelte der Chief.

»Muss das wirklich jetzt sein?«, fragte Dylan.

Für einen Moment vermischte sich der Alptraum in seinem Haus mit Ronnies leerem Grab. Er hatte eine Vision von dem Ding, das in der Nacht aus seinem Haus schlich und keinen Bagger, sondern eine Klaue von der Größe eines Kühlschranks benutzte, um sich durch den gefrorenen Boden zu wühlen und dann Ronnies Sarg achtlos auf den Friedhof zu werfen wie ein Mann, der eine Socke aus der Schublade schleuderte, weil sie die falsche Farbe hatte. Oder hatte *er* das auch irgendwie gemacht? Aber er kannte sich mit schwerem Gerät nicht aus und hätte nicht einmal gewusst, wo man einen Bagger mieten könnte. Nein, der Wahnsinn in seinem Innern und der da draußen hingen unmöglich zusammen.

»Wir können es ebenso gut gleich erledigen, wo Sie schon einmal hier sind«, antwortete der Chief. »Ah! Da ist es.« Er strich die Knicke aus einem Formularbogen und reichte ihn Dylan zusammen mit einem Kugelschreiber über den Schreibtisch.

Dylan beugte sich vor und las die Ausfüllhinweise. Der wichtigste war der, leserlich zu schreiben. Aber was?

»Was soll ich dahin schreiben?«, fragte er.

Der Chief zuckte mit den Schultern. »Erzählen Sie einfach, was passiert ist – mit Ihren eigenen Worten.«

»Ich *weiß* doch gar nicht, was passiert ist! Ich war ja nicht da. Wer hat das offene Grab entdeckt?«

»Eine Frau, die das Grab ihres Mannes besuchte«, sagte der Chief. »Das ist eine reine Formsache. Helfen Sie uns ein bisschen, ja? Sie können schreiben, dass der Officer und ich zu Ihnen nach Hause kamen, gegen … Mittag, ja, und Ihnen von dem Verbrechen erzählten, das sich an der Grabstelle Ihrer Frau zugetragen hat. Wir fuhren Sie zum Friedhof. Sie haben mit eigenen Augen gesehen, dass eine Exhumierung vorgenommen wurde. Danach brachten wir Sie her. Vielleicht fällt Ihnen ja noch etwas anderes ein, während Sie schreiben.«

»Warum haben Sie diese Fragen nach Kindern gestellt?«, fragte Dylan. »Wieso wollten Sie wissen, ob Ronnie und ich näheren Kontakt zu kleinen Mädchen hatten?«

Der Chief runzelte die Stirn, verschränkte die Arme vor der Brust und sah zu dem Polizisten. »Ich greife nach jedem

Strohhalm, Mr Barnes. Wir versuchen nur, uns vorzustellen, warum jemand so etwas tun sollte.«

»Und wie kommen da kleine Mädchen ins Spiel?«

Der Chief schien fieberhaft zu überlegen, was er darauf antworten sollte. »Ich weiß nicht, wie ich Ihnen das erklären soll. Es war nur so ein Gedanke.«

Die einzige mögliche Erklärung, die Dylan einfallen wollte, war die, dass aufgebrachte, wirre Eltern glaubten, er hätte sich tatsächlich an kleinen Mädchen vergriffen, und sich diese bizarre Rache ausdachten. Meinte der Chief allen Ernstes, so könnte es gewesen sein? Dylan wollte nicht einmal fragen.

»War 'ne blöde Idee«, sagte der Chief. »Füllen Sie das Formular aus, ja?«

Dylan schrieb Wort für Wort auf, was der Chief gesagt hatte. Es gab keinen einzigen Grund dafür, dass jemand Ronnies Leiche oder ihren Sarg stahl. Diese Tat war reinster Wahnsinn. Und damit war er wieder bei seinem Ausgangsproblem. Sein Saturn parkte immer noch vor dem Haus, mit der Sporttasche und den Kreditkarten im Kofferraum. Jetzt, da die Sonne hell in die Fenster des Polizeireviers schien, wirkte seine Panik von vorhin seltsam entrückt. Hatte er wirklich vorgehabt, deshalb sein Haus zu verlassen?

Aber das Bild des verwüsteten Schlafzimmers, die Erinnerung an den entsetzlichen Gestank wie auch an die unwirkliche Finsternis mitten am Tag und die schrecklichen Geräusche im Flur, die ihn umfingen, als er die Haustür nicht aufbekam – all das war noch sehr gegenwärtig und gar nicht entrückt.

Falls es sich nur um eine Halluzination handelte, dann war es eine derart mächtige, dass er sie unmöglich noch einmal durchmachen könnte, zumindest nicht gleich. Heute Nacht würde er in der Stadt bleiben, in der Marberry Tavern zu Abend essen und sich dort ein Zimmer nehmen. Er könnte

Josh, dem Besitzer, sagen, dass er sich einmal etwas gönnen wollte. Niemand wunderte sich, wenn ein trauernder Witwer sich endlich wieder unter Menschen begab. Er schob das Formular wieder über den Schreibtisch. Der Chief sah darauf und runzelte erneut die Stirn.

»Sonst fällt Ihnen nichts ein?«

»Allmählich fangen Sie an, mir auf die Nerven zu gehen!«, erwiderte Dylan. »Ich will jetzt nach Hause.«

»Okay«, sagte der Chief und legte das Formular zurück in die unterste Schublade. »Aber Sie werden warten müssen, bis Officer Wilkes zurück ist.«

Dylan blickte sich verwundert um. Er hatte gar nicht bemerkt, dass der Officer gegangen war. »Wo ist er denn hin?«

»Er holt Kaffee.«

Dylan sah zu der Kaffeemaschine, die auf dem niedrigen Aktenschrank in der Ecke stand.

»Die ist kaputt«, sagte der Chief.

Dylan seufzte und lehnte sich auf seinem Stuhl zurück.

»Ihre Frau war nicht aus dieser Gegend, stimmt's?«, fragte der Chief.

Dylan schüttelte den Kopf. »Ich habe sie auf dem College kennengelernt, University of New Hampshire.«

»Und woher kam sie?«

»Aus Nevada.«

»Hat sie lange dort gelebt?«

Worauf wollte er bloß hinaus? Glaubte er, dass jemand den weiten Weg von Nevada hierher gemacht hatte, um Ronnies Grab zu plündern? Warum war er nicht draußen und suchte nach den Tätern, statt all diese Fragen zu stellen?

»Ich weiß nicht genau, wie lange sie dort lebte. Ihr Vater starb, bevor Ronnie geboren war. Und ihre Mutter ist auch schon ein paar Jahre tot.«

»Haben Sie Ihre Schwiegermutter vorher oft gesehen?«

Dylan sah ihn misstrauisch an. »Nur selten«, antwortete er. »Warum?«

»Jede Information kann uns bei der Suche nach den Tätern nützlich sein«, erwiderte der Chief.

Dylan nickte Richtung Tür. »Wo holt er den Kaffee?«

»Ein Stück weiter die Straße runter. Er wird gleich wieder hier sein.«

»Und was haben Sie jetzt vor?«

Der Chief trommelte mit den Fingern auf der zerkratzten grünen Schreibtischunterlage. »Erstmal fragen wir bei allen Firmen nach, die Baugeräte verleihen. Dann befragen wir alle Leute hier in der Stadt, die solche Maschinen besitzen. Außerdem erkundige ich mich bei der Bundespolizei und beim Sheriff-Büro, ob es schon einmal einen ähnlichen Fall gab.«

»Aber Sie haben keine konkreten Spuren?«

»Nein.«

»Wie hoch schätzen Sie die Chance ein, dass Ronnies … dass alles wiedergefunden wird?«

»Eine ehrliche Antwort? Ich habe keine Ahnung, Mr Barnes.«

Einige Autos hupten draußen auf der Straße, und der Chief schaute aus dem Fenster. Da kein Reifenquietschen oder Schimpfen folgte, wandte er sich wieder Dylan zu.

»Mr Barnes, ich weiß, dass es hart für Sie war, Ihre Frau zu verlieren und so. Aber als wir zu Ihnen nach Hause kamen, sahen Sie aus, als hätten Sie gerade einen Geist gesehen. Möchten Sie mir erzählen, was da passiert ist?«

Dylan schüttelte den Kopf. »Ich … ich schlafe in letzter Zeit schlecht.«

Der Chief nickte bedächtig und betrachtete Dylan noch eingehender. »Hat das einen besonderen Grund? Ihre Frau ist immerhin schon seit zwei Jahren tot.«

»Ich träume schlecht. Und das jede Nacht.«

»Wovon träumen Sie?«

»Daran erinnere ich mich hinterher nicht mehr. Ich weiß nur, dass es Alpträume sind.«

»Gehen Sie zu jemandem?«

»Ob ich zu jemandem *gehe*?«

»Ich meine, wegen der Träume.«

Dylan verneinte stumm.

Als er dem Chief keine weiteren Informationen anbot, verebbte das Gespräch, und schließlich ertappte Dylan sich dabei, wie er auf den Fußboden starrte. Es lag eine Spannung im Raum, die nicht zu der vorangegangenen Unterhaltung passte. Doch gerade als er noch einmal nachfragen wollte, warum der Officer so lange brauchte, kam der Mann herein.

»Kein Kaffee?«, fragte Dylan mit Blick auf die leeren Hände des Officers.

Der sah ihn verwundert an und hatte offensichtlich keine Ahnung, wovon Dylan sprach.

»Kann ich jetzt gehen?« Dylan stand auf.

Selbst in diesem Polizeibüro, am helllichten Tag, hatte Dylan das Gefühl, die ganze Welt wäre aus den Fugen geraten und nichts um ihn herum das, was es schien. Der Wahnsinn könnte auch hier lauern, könnte sich in der staubigen alten Metalldecke verbergen und jederzeit Schwerterklingen gleich auf ihn herniederregnen. Das Bild von Schwertern schien eine alte Erinnerung wachzurufen, die er nicht recht benennen konnte. Aber ihm war klar, dass er gefährlich ins Schlingern geriet, und dagegen musste er dringend etwas unternehmen.

»Klar«, sagte der Chief und nickte seinem Officer zu. »Würdest du Mr Barnes bitte nach Hause fahren?«

Officer Wilkes zuckte mit den Schultern und hielt Dylan die Tür auf.

Dylan fühlte sich ein wenig unsicher auf den Beinen und ging vorsichtshalber langsamer. An der Tür drehte er sich noch einmal zum Chief um. »Rufen Sie mich an, wenn Sie etwas herausgefunden haben?«

Der Chief nickte.

Während der ganzen Fahrt zurück zu seinem Haus sprach der Polizist kein Wort, und auch Dylan war nicht nach Reden zumute. Wilkes bestand darauf, ihn bis zur Haustür zu begleiten, obgleich Dylan gar nicht vorhatte, hineinzugehen. Als sie zur Tür kamen, stand sie offen.

Dylan starrte so gebannt auf die halboffene Tür, dass er zunächst gar nicht bemerkte, wie der Polizist beiseitetrat und zum Fenster hineinspähte. Dylan stellte sich neben ihn und erschrak. Die Möbel im Wohnzimmer sahen aus, als wäre eine Rinderherde darübergetrampelt. Der Holzofen war umgekippt, und sämtliche Bilder waren von den Wänden gerissen. Dylan entdeckte das Bild von Ronnie, das mit der Rückseite nach oben auf dem umgekippten Sofa lag.

»Oh, mein Gott!«, sagte er und eilte ins Haus.

»Sind Sie sicher, dass Ihre Frau keine Freunde hatte? Irgendwelche Kinder?«

Dylan fuhr so schnell herum, dass der Officer einen Schritt zurücktrat und automatisch die Hand an seine Waffe legte. »Warum fragen Sie mich das dauernd? Wer war das?«

Der Cop blickte sich ratlos um. »Woher soll ich das wissen?«

Warum wirkte der Polizist angesichts dieser Verwüstung kaum überrascht? War Dylans Haus jetzt nicht genauso ein Tatort wie Ronnies Grabstelle? Dylans Blick fiel auf seinen Liegesessel, der buchstäblich in Fetzen gerissen war. Zerrissene Stücke von Schrankfolie aus den Schubladen der Beistelltische lagen auf dem Boden, und plötzlich wusste er, dass *diese* Verwüstung nicht auf das Konto des geheimnisvollen Etwas ging, das neuerdings in seinem Haus herumspukte. Hier lag keine sinnlose Zerstörung vor, keine übernatürliche Heimsuchung, deren Ziel es war, ihn in den Wahnsinn zu treiben. Jemand hatte etwas gesucht. Im ganzen Raum war der Teppichboden an den Fußleisten ausgerissen worden. Die Plastikabdeckungen der Steckdosen und Schalter waren abgeschraubt, und die winzigen Schrauben lagen auf dem Boden.

Dylan bestand darauf, dass der Polizist mit ihm durchs Haus ging, und sie entdeckten, dass sogar die Dämmplatten im Dach heruntergerissen worden waren. Im Keller waren alte Kisten und Kartons ausgeleert worden, in denen sich Altkleider und Dinge befanden, die entweder kaputt waren oder die Ronnie und Dylan aussortiert hatten – nur *Müll*, der nun den Boden von einer Wand zur anderen bedeckte. Sogar der Heizbrenner war aufgebrochen worden. Der Metallrahmen war zerschnitten und aufgebogen, als hätte jemand jedes einzelne Heizungsrohr inspiziert. Doch trotz dieser verheerenden Schäden schien Wilkes weit mehr an Dylan interessiert als an dem Chaos, das in dessen Haus angerichtet worden war. Und Dylan konnte sich des Eindrucks nicht erwehren, dass ihm der Polizist unterstellte, *er* wäre irgendwie verantwortlich für das, was hier geschehen war, obwohl er die ganze Zeit mit den Polizisten zusammen gewesen war.

»Finden Sie nicht, Sie sollten den Chief herrufen?«, fragte Dylan irritiert. »Ich meine, müssten nicht Fingerabdrücke gesucht werden oder so?«

Der Officer sah ihn wütend an. »Ich weiß, wie ich meinen Job zu machen habe!«

Dylan ging mit dem Polizisten zurück ins Wohnzimmer und hob Ronnies Foto vom umgekippten Sofa. Er nahm das Bild aus dem zerbrochenen Rahmen und achtete gar nicht mehr auf Officer Wilkes, der ihm aus dem Haus in die Einfahrt folgte.

»Wo wollen Sie hin, Mr Barnes?«, fragte er, als Dylan sich hinters Lenkrad seines Saturns setzte.

»Habe ich doch gesagt. Ich nehme mir ein Zimmer im Marberry«, antwortete Dylan und fragte sich, ob er von jetzt an über jeden seiner Schritte bei der Polizei Bericht erstatten musste. »Erwarten Sie etwa, dass ich *da* drin bleibe?« Er zeigte auf sein Haus und startete den Motor.

»Nein, wohl nicht.«

»Sie rufen den Chief an, oder?«, fragte Dylan.

Der Polizist nickte. »Ja, ja.«

Ein leises Piepen ertönte, und Dylan sah, dass das Kofferraumwarnlicht aufblinkte. Er stieg wieder aus dem Wagen und öffnete den Kofferraumdeckel, wobei er bereits ahnte, was er dort vorfinden würde. Der Inhalt seiner Tasche und des Umschlags lag im Kofferraum verstreut, aber es schien nichts zu fehlen. Dylan schob das Geld und das Foto in den Umschlag zurück und steckte die Kreditkarten ein. Der Officer blickte nur auf das Durcheinander und zuckte mit den Schultern.

Am Morgen legte Lucy ein Trinkgeld aufs Bett und schlich sich aus dem Haus, während die alte Dame in einem der hinteren Zimmer staubsaugte. Die Vögel aus dem Baum vor dem Haus waren fort, und Lucy empfand einen Anflug von Traurigkeit, als wären sie und die Krähen alte Freunde, die sich auf parallelen Gleisen wiederbegegnet waren und sich von ihren Zugfenstern nur hatten zuwinken können.

Erwischt, dachte sie, als sie sah, wie ein Stück weiter die Straße herunter ein Wagen aus einer Einfahrt auf die Straße einbog. Anstelle eines Ehepaars, das gemeinsam zur Arbeit fuhr, saßen zwei Männer mit dunklen Sonnenbrillen in dem Auto. Der Anblick ihrer geheimnisvollen Verfolger versetzte sie sogleich wieder in Alarmbereitschaft, aber als sie auf die Interstate bog, verschwand der andere Wagen wieder. Sie überquerte die Bundesgrenze nach South Carolina und fand bald die Ausfahrt, die sie suchte. Von dort schlängelte sich die Straße durch mehrere Bergdörfer, ehe sie schließlich nach Merly kam.

An der Ortseinfahrt stand ein großes Schild, das Merly als *die Tourismushauptstadt von South Carolina* auswies. Das wagte Lucy zu bezweifeln. Eine schmale Hauptstraße führte zum Marktplatz mit den allgegenwärtigen Bürgerkriegsdenkmälern, aber auf den Fußwegen waren nicht mehr als sieben oder acht Menschen unterwegs, und auf dem Parkplatz im

Zentrum standen gerade einmal fünf Autos. Die Temperatur lag unter minus zehn Grad, womit es für diese Gegend sehr kalt war, und ein alter Mann in einem blauen Overall und einer dicken Kordjacke saß zeitunglesend auf einer Bank unter einer gigantischen Virginia-Eiche. Lucy hielt mitten auf der Straße an und sah zu ihm. Er blickte auf und nickte.

»Können Sie mir sagen, wie ich zur Webber's Bridge komme?«, rief sie ihm zu und schaute in den Rückspiegel. Hinter ihr war kein Wagen, aber sie konnte spüren, dass sie verfolgt wurde. Wahrscheinlich warteten sie hinter ihr auf der anderen Seite des kleinen Hügels.

Der alte Mann faltete gemächlich seine Zeitung zusammen und legte sie neben sich auf die Bank. Als Lucy sich bereits fragte, ob er sie nicht gehört hatte, stand er auf und kam in seinen schweren Arbeitsstiefeln zu ihrem Auto geschlurft, wo er sich zum Fenster hinunterlehnte und sie mit wässrigen Augen betrachtete.

»Wieso wollen Sie das wissen?«, fragte er. Wenn er sprach, klang es kratzig und brüchig, als wären seine Stimmbänder aus trockenem Pergament.

»Ich muss dahin.«

»Ach ja?«, sagte er und nickte nachdenklich. »Ist vielleicht jemand hinter Ihnen her?«

Wussten denn alle Bescheid außer ihr? »Vielleicht.«

Er blickte hinter den Van, und auf einmal wirkten seine Augen viel klarer als zuvor. Lucy bemerkte, dass sein Alter die straffen Muskeln und Sehnen unter der wettergegerbten Haut überhaupt nicht beeinträchtigt hatte. Plötzlich sah er aus, als könnte er jederzeit ausholen und seine knochige Hand durch die Seitentür rammen.

»Bleiben Sie auf dieser Straße«, erklärte er, ohne den Blick von der Straße hinter ihr zu wenden. »An der ersten Gabelung fahren Sie links, an der zweiten rechts. Und achten Sie nicht auf das, was dort passiert, verstanden?«

Sie nickte.

»Gut. Nehmen Sie den Weg, den ich Ihnen beschrieben habe, und fahren Sie immer weiter, bis Sie an die Brücke kommen. Falls Sie sehen, dass Ihnen jemand folgt, drücken Sie auf die Tube, klar?«

»Ja.«

Auf einmal nahm sein Gesicht einen milderen Ausdruck an. Er streckte den Arm ins Auto und legte ihr eine Hand auf die Schulter. Lucy war überrascht, wie sanft sich die Berührung anfühlte.

»Alles wird wieder gut«, sagte er.

»Können Sie mir sagen, was hier vorgeht?«, fragte sie ihn flehend.

»Sie haben die Augen und das Haar Ihrer Mutter, wissen Sie das?«

Lucy war sprachlos. Seine Worte klangen aufrichtig, aber er sprach nicht von ihrer Adoptivmutter, die blaue Augen gehabt hatte, veilchenfarben beinahe, und blondes Haar. Sollten natürlich die Männer, die sie erwarteten, mit denen, die hinter ihr her waren, unter einer Decke stecken, dann wussten sie wahrscheinlich, dass sie seit Jahren nach ihren leiblichen Eltern suchte. In diesem Fall wäre es kein Kunststück von ihnen, einen alten Mann mit falschen Informationen zu versorgen. Aber wozu? Sie befolgte doch bereits ihre Anweisungen.

»Sie kannten meine Mutter?«

Als wäre ihm eben klar geworden, dass er schon zu viel verraten hatte, runzelte er kopfschüttelnd die Stirn. »Fahren Sie einfach, so schnell Sie können, wenn Sie jemanden hinter sich sehen. Und jetzt verschwinden Sie!«

Sie wollte widersprechen, doch er schlug hart gegen die

Wagentür und wandte sich ab, während er weiter die Straße hinter ihr beobachtete.

Hinter einer Kreuzung mit einem Futterhandel auf einer Seite erstreckten sich nur noch brachliegende Felder zu beiden Seiten. Ein paar Meilen danach wichen die Felder dichten Gruppen von Virginia-Eichen und Pekanbäumen. In diesem Niemandsland war der Asphalt von Schlaglöchern zersiebt, die Stacheldrahtzäune an den Straßenrändern teils eingerissen, und es gab nicht einmal Überlandleitungen. Lucy fuhr tiefer und tiefer ins Hillbilly-Land, das von Kudzu und wildem Wein überrankt war, und überlegte immer noch, ob der alte Mann ein Freund oder ein Feind gewesen war.

Sechs Meilen hinter der Stadt kam sie an die erste Gabelung und bog nach links. Die zweite Gabelung erreichte sie schneller, als sie erwartet hatte. Auf der gegenüberliegenden Spur lag ein umgekippter Traktor. Ein rostiger Pritschenwagen mit eingedellter Beifahrertür und einer zerbeulten Frontstoßstange war in den Graben gerutscht. Mitten auf der Gabelung lag ein Mann, der am Kopf, an den Armen und Beinen blutete, und neben ihm kniete ein zweiter in einem ölverschmierten Overall.

Lucy fuhr rechts ran, doch der Verletzte setzte sich verärgert auf und brüllte sie an: »Weiterfahren!«

Der Helfer neben ihm winkte sie weiter, ohne dabei die Augen von der Straße zu nehmen.

Lucy fuhr nach rechts auf einen Kiesweg, auf dem ihre Reifen durchdrehten. Sie glaubte, einen Mann zu sehen, der aus dem Unterholz lugte, und einen zweiten, der sich hinter einen Sickerkanal im Seitengraben duckte, als sie vorbeifuhr. Im Rückspiegel sah sie, dass sich der Mann auf der Gabelung wieder hingelegt hatte. Sie war eine halbe Meile entfernt, als sie hinter sich Schüsse hörte und unwillkürlich aufs Gaspedal trat, wobei sie Mühe hatte, ihren Van unter Kontrolle zu halten.

Hinter einer Biegung tauchten unvermittelt die rostigen Bögen einer Brücke auf. Hinter der Brücke war noch mehr Wald, und der Weg schien buchstäblich zwischen den Bäumen zu verschwinden. Lucy fuhr langsam über die Brücke, und die alten Bretter knarrten unter den Wagenrädern. Auf der anderen Seite bog sie auf den Grasstreifen. Einige Minuten vergingen, und ihre Nervosität steigerte sich bis ins Unerträgliche. Nachdem sie den Motor abgestellt hatte, stieg sie aus dem Wagen. Sie hielt die Waffe mit beiden Händen umklammert. Ein großer Mann mit einer Skimütze trat unter den Bäumen an der Brücke hervor, dann tauchten drei weitere auf, und Lucy nahm nervös alle ins Visier.

»Miss Devereau?«, fragte der große Mann.

Sie nickte.

»Wir sollten gehen«, sagte er. »Es sei denn, Sie möchten uns lieber gleich erschießen.«

»Wer sind Sie? Warum sollte ich Ihnen trauen?«

Der Mann stand einfach ganz ruhig da.

»Wir hätten sie auch aus der Deckung unter den Bäumen töten können«, antwortete er.

»Vielleicht wollen Sie mich nur entführen.«

»Auch das hätten wir längst tun können, indem wir Ihnen die Reifen zerschießen und Sie direkt aus dem Wagen zerren.«

In der Ferne verstummten die Schüsse allmählich.

Keiner der Männer machte Anstalten, nach seiner Waffe zu greifen, und so steckte Lucy schließlich auch ihre wieder weg. Sie hatte keine andere Wahl. Entweder ging sie mit diesen Männern, oder sie wartete auf die Killer, die ihr dicht auf den Fersen waren.

Zwei der Männer kamen auf sie zu, während die anderen etwas auf Abstand blieben. Der große Mann vorn zog sich die Baumwollmaske bis zur Stirn hoch und enthüllte leuchtend blaue Augen und ein kantiges, gutaussehendes Gesicht. Er musste etwa Ende vierzig sein, besaß jedoch die gelenke, durchtrainierte Gestalt eines zwanzig Jahre jüngeren Mannes. Sein Gewehr baumelte unter seinem rechten Arm. Der andere Mann stieg in den Caravan und ließ den Motor an.

Der große Mann machte auf dem Absatz kehrt und war bereits über den Seitenstreifen in den Wald gehuscht, bevor Lucy begriff, was sie tun sollte, und ihm folgte. Sie holte ihn auf einem schmalen Pfad ein, der immer wieder von dichtem Unterholz überwuchert war.

»Wo gehen wir hin?«, fragte sie. Die beiden Männer hinter ihnen drehten sich um und stellten sich etwas seitlich vom Pfad auf, als der Anführer stehen blieb und sich zu Lucy wandte.

»Wir bringen Sie in Sicherheit«, sagte er, als wäre das offensichtlich.

»Wer sind Sie?«

Er schüttelte den Kopf, zeigte erst Richtung Weg und dann hinauf in den Himmel, der fast vollständig vom Laub abgeschirmt war.

»Wer sind die Männer, die mich verfolgen?«, fragte sie.

»Das erfahren Sie früh genug«, antwortete er. »Wir dürfen uns jetzt nicht aufhalten lassen. Es sei denn, Sie wollen lieber hierbleiben …«

Sie verneinte stumm, worauf er lächelte und weiter den Pfad entlangging.

Von weiter weg hörte sie einen Hubschrauber.

Das dichte Gestrüpp mit scharfen Dornen und rauher Rinde verhakte sich in Lucys Hose und zerkratzte ihr die Haut. Über ihr verwoben sich die Äste der Eichen mit denen der Zürgel-

und der Pekanbäume zu einem undurchdringlichen Netz, aus dem Kudzu in langen grauen Schleiern herabhing. Der große Mann vor ihr, dessen Schultern breit genug waren, um ganze Baumwollballen zu tragen, führte die Gruppe mit ruhiger Sicherheit durchs Unterholz, schob die dichten Büsche und Sträucher beiseite und schaffte es hin und wieder, von Tieren niedergetrampelte Pfade auszumachen, die ihnen allen das Gehen erleichterten.

Die drei anderen Männer waren alle sehr durchtrainiert, wahrscheinlich ehemalige Soldaten. Der Anführer mit den leuchtend blauen Augen und dem freundlichen Lächeln musste sich kaum umblicken oder ein Handzeichen geben, schon verschwand einer von ihnen im dichteren Wald oder blieb ein Stück zurück, um eventuelle Verfolger abzufangen, ehe er die Gruppe kurz darauf wieder einholte. Während sie durch den Wald marschierten, wechselten sie keine drei Worte.

Als der Anführer schließlich stehen blieb und die anderen drei zu sich winkte, kniete Lucy sich erschöpft auf den Boden. Anspannung und Unsicherheit kosteten sie beinahe ihre gesamte Kraft, zudem hatte sie den ganzen Tag noch nichts gegessen. Zwei der Männer gingen auf Abstand und bewachten die Umgebung, während sich der Große neben Lucy hockte und ihr eine kleine Wasserflasche reichte, die er in der Hosentasche gehabt hatte. Lucy trank die Flasche gierig leer und gab sie ihm zurück.

»Genießen Sie es«, sagte er lächelnd. »Es wird eine Weile dauern, bis wir da sind, wo wir hingehen, und das Wasser aus den Schlammlöchern, die sie hier Bäche nennen, wird Ihnen gewiss nicht schmecken.«

»Wohin gehen wir?«

Er seufzte. »Ich fürchte, das darf ich Ihnen noch nicht sagen.«

»Warum nicht? Sie sollen mich doch retten, oder? Wer sind die Männer, die hinter mir her sind? Wenn Sie auf meiner Seite sind, was soll dann die Geheimniskrämerei?«

»Ich befolge nur meine Befehle.«

Lucy sah ihn eine Weile an und nickte nachdenklich. »Ich bin Lucy Devereau«, sagte sie und reichte ihm die Hand.

»Das weiß ich«, erwiderte er lachend. »Ist das der Name, den Sie jetzt benutzen?«

Seltsam, dachte sie. Lucy Devereau war ihr Name, solange sie denken konnte, der Name, um den herum sie sich ein Leben aufgebaut hatte. Wenn sie ehrlich sein sollte, hatte sie sogar angefangen, zu glauben, sie *wäre* Lucy Devereau.

»Lucy ist mein Name«, sagte sie mit Nachdruck.

»Gut, dann eben Lucy.«

»Und *Sie* sind?«

Er lächelte wehmütig, als er ihre Hand nahm. »Wagner«, antwortete er.

»Wagner ...?«

»Nur Wagner.«

»Und die anderen Männer?«

Sein Lächeln wurde breiter. »Da werden Sie selbst sehen müssen, wie viel Sie ihnen entlocken können.«

Lucy nickte wieder. »In welcher Waffenfarbe haben Sie gedient?«

»In gar keiner.«

Lucy musterte ihn, doch er schien sie nicht zu belügen. »Und die anderen?«

»Auch da müssten Sie sie schon selbst fragen.«

»Sprich: Ich werde keine Antworten bekommen.«

»Wir haben unsere Befehle.«

»Von wem?«

Er sah sie schweigend an, doch sein Lächeln schwand nicht.

»Befindet sich das Hauptquartier dieser Geheimorganisation in Atlanta?«

Nun gesellte sich ein leicht verwirrter, fragender Ausdruck zu dem Lächeln. »Wie kommen Sie darauf?«

Sie zuckte mit den Schultern. »Ich dachte, Sie arbeiten vielleicht von Ihrer Heimatstadt aus.«

»Und woher wissen Sie, dass ich aus Atlanta bin?«

»Der Akzent ist unverwechselbar.«

»Zeit, zu gehen«, sagte er und half ihr auf.

Der größere der beiden Männer, die ihnen den Rücken deckten, der mit seinem blonden Haar, den blauen Augen und dem hellen Teint sehr skandinavisch anmutete, machte eine energische Handbewegung, bevor er in dem Gebüsch weiter hinten auf dem Pfad verschwand. Sein Partner, ein drahtiger kleiner Schwarzer, dessen Hände unablässig in Bewegung waren, sicherte den Pfad in ihre Richtung, und Lucy begriff, dass sie sich besser still verhalten sollte.

Wagner suchte mit den Augen den Wald ab, und Lucy lauschte angestrengt. Die Angst schärfte ihre Wahrnehmung so sehr, dass sie plötzlich das Gefühl hatte, barfuß im Wald zu sein.

Obwohl sie Schuhe und Socken trug, spürte sie deutlich die Erde unter ihren Füßen, kalt und abweisend, die sich gegen ihre bloße Haut presste, und diese Empfindung nahm eine bisher ungekannte Intensität an. Wenngleich sie nichts sehen konnte, war sie sich auf einmal sicher, dass ihre Verfolger ganz in der Nähe sein mussten.

Ein Gewehrschuss hallte durch den Wald, dann wurde das Feuer erwidert. Wagner packte sie an der Schulter und schob sie vor sich her weiter den Pfad entlang.

»Los!«, sagte er zu dem Schwarzen und gab ihm ein Zeichen.

Die Schüsse verstummten, und die einzigen Geräusche waren ihre eigenen Schritte, ihr Atmen und das Streifen des Unterholzes an ihren Kleidern. Etwa eine Meile weiter lichtete sich der Wald, und über ihnen tat sich der blaue Himmel auf. Wagner signalisierte ihr, dass sie anhalten sollte, und sowohl der Schwarze als auch der große Blonde holten sie ein. Lucy meinte, in der Ferne wieder einen Hubschrauber zu hören, und so wie Wagner nach oben sah, hatte er ihn ebenfalls gehört.

»Wie viele?«, fragte er Blondie flüsternd.

Der schüttelte den Kopf. »Ich habe zwei erwischt. Aber im Wald wimmelt's von denen. Wenn wir uns nicht beeilen, wissen sie bald, wo wir hinwollen, und warten dort auf uns.«

Wagner nickte. »Wir müssen zu den Wagen. Ich hatte allerdings nicht damit gerechnet, dass wir so weit nach Süden abgetrieben werden. Wenn wir weiter in diese Richtung gehen, müssen wir über offenes Gelände.«

»Wir haben keine Zeit mehr zum Umkehren.«

»Okay. Dann sollten wir schnell machen. Gehen wir!«

Das Unterholz dünnte rasch aus, und nachdem sie ein trockenes Flussbett durchquert hatten, an dessen Ufern hohe Pekanbäume standen, lehnte Wagner sich am gegenüberliegenden Ufer vor und blickte über die weite Ebene mit Weideland vor ihnen. Als Lucy sich zu ihm schlich, zeigte er auf das unschuldig aussehende Grasland.

»Eine Meile weit in dem Wald dahinten ist eine alte Scheune, in der wir zwei Jeeps bereitstehen haben. Aber wir müssen über die Felder.«

»Ich höre den Hubschrauber nicht mehr.«

Er nickte. »Das Dumme an den Dingern ist, dass sie sehr schnell sind. Sollten wir ihn hören, wenn wir da draußen sind, ist es schon zu spät.«

Lucy sah die Männer beinahe vor sich, die ihnen nachstellten, wie sie sich schattengleich und vollkommen lautlos auf sie zubewegten. Das waren gut ausgebildete, eiskalte Killer.

»Haben wir eine Alternative?«

»Nicht dass ich wüsste«, antwortete Wagner.

»Dann bringen wir es hinter uns.«

Er lächelte wieder. »Sie gefallen mir, Lady«, sagte er und klopfte ihr sanft auf die Schulter.

Sie kletterten vorsichtig aus dem Flussbett und gingen zwischen dem spärlichen Gebüsch am Waldrand in Deckung.

Lucy blickte auf die sonnenbeschienene Erde vor sich und hatte wieder und diesmal noch stärker das Gefühl, eins mit ihr zu sein. Sie spürte Füße, die in einem herzlosen Rhythmus auf sie eintraten, Jäger auf der Pirsch. Ohne auf Wagner oder die anderen zu warten, rannte sie auf die Bäume jenseits der Weiden zu.

Sie hatten es halb über die offene Ebene geschafft, als sie das Rumpeln von Rotorblättern vernahmen. Der Hubschrauber musste hinter dem Wald sein, auf den sie zurannten. Das bedeutete, dass er genau auf sie zukam. In wenigen Sekunden würde er über ihnen sein. Lucy und die Männer konnten sich hier nirgends verstecken und wären leichte Ziele. Sie lief noch schneller, aber sie wusste, dass sie nicht schnell genug sein könnte, um sich in Sicherheit zu bringen, bevor der Helikopter da war.

»Runter und nicht bewegen!«, rief Wagner.

Lucy warf sich auf die trockene Erde, wobei sie sich Arme und Beine zerkratzte. Über die Schulter blickte sie sich zu Wagner um, der sein Gewehr auf den Wald richtete. Der kleine Schwarze wühlte in Blondies Rucksack, und der Hubschrauber war fast da.

Als er über den Bäumen auftauchte, war der Lärm ohrenbetäubend, und die Rotoren verursachten einen solchen Wind, dass sich die hohen Gräser auf dem Weideland platt auf die Erde bogen. Staub und vertrocknete Pflanzenteile wirbelten auf und schlugen Lucy ins Gesicht, die nach oben sah, wo der riesige Helikopter über sie hinwegdonnerte, bevor er eine graziöse Schleife über den Wald flog, aus dem sie kamen. Wagners Versuch, sie inmitten des freien Feldes zu verbergen, war fehlgeschlagen, denn der Hubschrauber kam zurück, und Lucy sah den Lauf eines Maschinengewehrs, der aus einer der Seitentüren ragte. Er bewegte sich genau in ihre Richtung.

Wagner feuerte eine Kugel nach der anderen aus seinem Gewehr ab. Währenddessen schulterte der Schwarze etwas, das wie ein hässliches grünes Rohr aussah. Lucy brauchte einen Moment, ehe sie begriff, dass es sich dabei um eine Art Raketenwerfer handelte, mit dem er offensichtlich vorhatte, den Hubschrauber abzuschießen. Aber die Kugel, die vor ihm auf der Erde einschlug, sagte Lucy, dass er wohl nicht mehr rechtzeitig feuern könnte. Die Maschinengewehrsalve schnitt ihn in Stücke, und der Raketenwerfer fiel neben ihn, als der Hubschrauber über sie hinwegflog. Der Motor heulte auf, als er eine weitere steile Wende vollführte.

Lucy riss ihre Pistole aus dem Halfter, rollte sich auf den Rücken und zielte über die Bäume. Hinter ihr hörte sie Wagner fluchen und sein Gewehr erneut losballern. Aus dem Augenwinkel nahm sie wahr, wie Blondie sich auf den Raketenwerfer stürzte. Im selben Moment kam der Hubschrauber wieder hinter den Bäumen hervor, aus dem das Maschinengewehr feuerte und dabei Aststücke und Laub zu einem grünlichen Wirbelwind aufpflügte. Lucy begann langsam, den Abzug zu drücken, wie sie es gelernt hatte, hielt den Atem an und folgte mit dem Lauf dem Hubschrauber, wenngleich sie wusste, dass ihre kleine Automatik kaum Eindruck auf das schwere Fluggerät machen dürfte.

Als der Helikopter die letzten Bäume passiert hatte, gab der Raketenwerfer einen zischenden Laut von sich, und Lucy war nahe genug, um den Schrecken in den Augen des Piloten zu sehen, bevor er mitsamt seinem Gefährt explodierte. Sie rollte sich in die Embryonalstellung, während Wagner sich auf sie warf und sie vor den herabregnenden Teilen schützte. Der Boden um sie herum vibrierte beim Aufschlag der Maschinen- und Menschenfetzen, und als Lucy sich wieder aufrappelte, musste sie die Hand vors Gesicht halten, weil überall um sie herum Flammen aufloderten. Wagner eilte zu Blondie, und sie folgte ihm. Als sie den zierlichen Schwarzen sah und die gemeinen Wunden, die ihm das Maschinengewehr beigebracht hatte, überkam sie ein furchtbares Zittern. Sein Gesicht allerdings war gänzlich unversehrt. Ja, sie meinte sogar, ein Lächeln – oder war es eine Grimasse? – um seinen Mund zu erkennen, und in diesem Augenblick wurde ihr klar, dass er für sie gestorben war, genau wie die Männer auf der Landstraße. Wer waren diese Leute, die bereit waren, ihr Leben für eine Frau zu opfern, die ihnen vollkommen fremd war? Und warum taten sie es? Sie beobachtete Wagner, der dem Mann die Augen schloss. Als er wieder zu ihr aufsah, war sein Blick ebenso wässrig wie ihrer.

»Wir müssen weiter«, sagte er und zog Blondie hoch.

»Sie wollen ihn hier liegen lassen?«, fragte Lucy entsetzt und sah auf die Leiche.

»Wir haben keine andere Wahl«, sagte Wagner, drehte sie rabiat um und schob sie in Richtung der Bäume. »Wenn wir es bis zu den Wagen schaffen, ehe die anderen begreifen, wohin wir wollen, haben wir vielleicht noch eine Chance.«

Er starrte Lucy einen kurzen Moment lang prüfend an und schüttelte den Kopf. »Sie sind losgelaufen, bevor ich das Kommando gab.«

»Es war höchste Zeit.«

»Wie konnten Sie da sicher sein?«, fragte er stirnrunzelnd.

Sie sah auf den Toten und kämpfte mit den Tränen. »Nennen Sie das sicher?«

Wagner zuckte nur mit den Schultern und nickte Blondie zu, damit er vorauslief. Sie waren bereits im Wald und rannten, bevor Lucy klar wurde, dass sie die Männer hinter sich spürte.

Gregor Oskand starb am Samstag. Am Montag ereilte einen Mann, den Gregor nur als Cool Daddy kannte, ein vorzeitiges Ableben im Hinterzimmer seines Modellbauladens, als *sein* Computer einen Erdkurzschluss hatte, der ihn, den Rechner und das Geschäft – in dem es Unmengen an hochentflammbaren Materialien, Plastik und Kunstharzen gab – in einen Haufen Asche verwandelte.

Richtung Norden durch die Nacht fahrend, fühlte Crank sich seltsam unbehaglich. Eigentlich hätte er bis zur Grenze nach Vermont so entspannt sein müssen, wie er es sich überhaupt je gestattete, bereit, sich auszuruhen und neue Kraft zu schöpfen, aber er empfand eine merkwürdige Beklommenheit, die einer dunklen Gewitterwolke gleich über ihm hing. Zum ersten Mal in seinem Leben hatte er Befehle missachtet. Andererseits war er nun einmal ein Jäger. Das war sein Metier. Oskand und Cool Daddy waren Qedem Melech, und er konnte sie unmöglich am Leben lassen.

Der Schnee, dessen dichte Decke nur hier und da vom Steppengras durchbrochen war, glitzerte im Mondschein, und der Wind rüttelte an den skelettierten Ästen der Pinien zu beiden Seiten des Highways. Zwei Meilen weit fuhr er einen geschlängelten Feldweg hinunter, bevor er in die Einfahrt zu seinem Haus bog.

Sobald er in seiner kleinen Holzhütte war, goss er sich am

Küchentisch ein großes Glas Hennessy ein und drehte es in beiden Händen. Während er in der Stille dastand und trank, lauschte er den vertrauten Knack- und Knarrlauten, die das Haus von sich gab, wenn die Luft draußen abkühlte und die Temperatur unter null fiel.

Ein grauer Kater mit zotteligem Fell und einem merkwürdig stelzigen Gang kam langsam über den Dielenboden zum Tisch gehinkt, als Crank aufsah und ihre Blicke sich begegneten. Der Kater zögerte sogleich, machte jeden Schritt besonders bewusst – als könnte der Fußboden vermint sein –, bis er schnurrend bei Cranks Beinen ankam und abwartend einen kleinen Buckel machte. Crank leerte sein Glas und schob es von sich weg.

»Na, komm schon!«, sagte er.

Der alte Kater sprang ihm sofort auf den Schoß, schnurrend und tonlos pfeifend wie ein defekter Vibrator, und rieb sich an seinem Bauch.

»Alles klar mit dir, Azimut?«, fragte Crank und sah in die Küche, wo die Schale mit Katzentrockenfutter und der automatische Wasserspender standen. Beide waren drei viertel voll. »Vermisst du mich wirklich, oder benimmst du dich nur so, wenn ich nach Hause komme, damit ich dir immer genug Futter dalasse?«

Erschöpft stand er auf und trug den Kater ins karge Schlafzimmer, wo er ihn sanft auf das Doppelwasserbett legte, das an der Fensterwand stand. An der Türwand befand sich ein Computertisch, auf dem nun leise der Rechner anging und einen leeren Monitor zeigte. Crank lauschte einen Moment lang dem vertrauten Geräusch, bevor er seufzend auf den Stuhl vor dem Computer sank. Ein Dialogfenster erschien auf dem Bildschirm, und er tippte seine Antwort ein.

»Nein, Sir«, sagte er und beäugte die erscheinende Botschaft stirnrunzelnd. »War die ganze Zeit hier. Der Computer muss Macken gehabt haben.«

Clayborn war nicht blöd. Aber *vielleicht* glaubte er es trotzdem.

Die nächste Botschaft war länger, und während Crank las, wurden seine Augen zu Schlitzen, und er kniff die Lippen zusammen.

»Ist das Mädchen inzwischen in Gewahrsam?«, tippte er.

Als keine Antwort erschien, raunte er vor sich hin und spürte, wie ihn das Unbehagen mit voller Wucht einholte. Zwar hatte man ihm zu verstehen gegeben, dass das Mädchen nicht in seine Zuständigkeit fiel, aber er musste einfach fragen.

Er stand auf und ging zum Wandschrank. Viele Sachen hingen nicht darin, nur ein paar Anzüge, wenige Hosen und Hemden und ein sehr schwerer Wintermantel mit einer wolfsfellumrandeten Kapuze. Gleich dahinter hing ein Hüfthalfter mit einer Automatikpistole, den er herausholte. Nachdem er zwei Munitionsclips aus den Manteltaschen genommen hatte, legte er alles auf den Nachttisch. Dann zog er die Pistole aus seinem Schulterhalfter und prüfte, ob beide Waffen vollständig geladen waren, bevor er sie neben Azimut unter das Kopfkissen steckte.

»Gefällt dir das, du hässlicher alter Kater?«

Der Kater sah ihn mit einem halboffenen Auge an. Crank nickte, setzte sich aufs Bett und begann, sich auszuziehen. Das Unbehagen wich nun einer irritierenden Gewissheit, dass die Dinge nicht nach Plan verliefen, was Crank umso mehr verdross, als er planmäßige Abläufe in seinem Leben brauchte.

»Ich soll mich da nicht einmischen, Azimut. Aber ich fürchte, wenn ich das jetzt nicht selbst regle, vermasseln sie alles.«

Mit diesen Worten schlüpfte er unter die Decke, schaltete das Licht aus und schob den Kater ein Stück beiseite.

Seit drei Tagen und Nächten lebte Dylan wie ein Eremit in einem der hübschesten Zimmer des Gasthauses, das er nur zu den Mahlzeiten verließ oder um zum Polizeirevier zu gehen. Er hasste es, aus seinem eigenen Haus verbannt zu sein, aber wenigstens hatte sich sein Wahnsinn hier nicht bemerkbar gemacht. Das Monster war ihm nicht gefolgt. Offensichtlich beschränkten sich seine Halluzinationen auf das Haus, oder – was er schwerlich glauben konnte – da war tatsächlich etwas.

Er stand in der kalten, deprimierenden Nachmittagssonne vor der Post und betrachtete die vorbeifahrenden Wagen und vorübergehenden Menschen, ohne sie wirklich wahrzunehmen. Nachdem er seinen Saturn aufgeschlossen und seine Post auf den Beifahrersitz geworfen hatte, blickte er sich noch einmal auf der Straße um.

Needland bestand aus der Center Street, die an einem Ende von der Route 26 und am anderen von der Route 5 gekreuzt wurde. Erstere war die Haupt-Ost-West-Verkehrsader des Staates, Letztere eine kleine zweispurige Straße, die sich durch Meilen von Farmland und Wald schlängelte, bis sie schließlich in New Hampshire endete. Zu beiden Seiten der Stadtmitte erstreckten sich alte, eingewachsene Wohnviertel. Außerdem gab es die Colton Academy, eine kleine und sehr exklusive Privatschule für Schüler aus der Oberschicht, deren Kontakt zu den Ortsansässigen sich auf den Einzelhandel beschränkte.

Anders als andere Kleinstädte in Maine bot Needland allerdings nicht den heruntergekommenen, altmodischen Anblick, wie er sonst oft mit der desolaten Wirtschaftslage einherging. Seit die Asiaten in den Fünfzigern gelernt hatten, amerikanische Hemden und Schuhe zu fabrizieren, kämpften viele andere Orte in dieser Region mit einer verstärkten Abwanderung der jungen Leute, die hier keine Arbeit fanden. Needland indes lag in unmittelbarer Nähe des Skigebiets von Fall Mountain, so dass jeden Winter Skiurlauber aus New York, New Hampshire und Massachusetts herkamen und für verlässliche Einnahmen in der Hotellerie und Gastronomie sorgten. Das war ein Grund, weshalb die Straße im Stadtzentrum nicht von Dollar-Stores oder Versandhausniederlassungen gesäumt war, sondern von New-England-Versionen kalifornischer Trendboutiquen.

Seit ihrem gemeinsamen Ausflug zum Friedhof war Dylan mehrfach beim Chief gewesen, der jedoch nie Neuigkeiten für ihn gehabt hatte. Weder in seinem Haus noch in seinem Wagen hatten sie andere als seine Fingerabdrücke gefunden. Und je mehr Dylan den Polizeichef drängte, etwas zu unternehmen, umso weniger schien dieser zu tun. Angeblich war der Chef des Ouachita-County-Sheriff-Büros ebenfalls an dem Fall dran, doch davon merkte Dylan nichts, und der Polizeichef wusste offenbar auch nicht genau, was die Leute dort machten. Als Dylan beim Sheriff-Büro anrief, erklärte man ihm, dass der Chief sie zwar über den Grabraub informiert hatte, sie aber eigentlich nicht in die Ermittlungen einbezogen wären und dem Chief auch nicht dreinreden wollten. Der wiederum wirkte weit interessierter daran, jederzeit den Aufenthaltsort Dylans zu kennen, als nach Ronnies Sarg zu fahnden.

Ja, er legte eine geradezu übertriebene Sorge um Dylans Wohlergehen an den Tag. So fragte er ihn häufig, ob es ihm gutginge, ob er jemanden zu seinem persönlichen Schutz abstellen sollte. Dylan fragte sich, ob der Mann Symptome seiner Neurose erkannt hatte und ihn womöglich für selbstmordgefährdet hielt.

Das konnte Dylan nicht einmal von der Hand weisen. Vielmehr musste er zugeben, dass ihm dieser Gedanke seit Ronnies Tod durchaus hin und wieder gekommen war. Vor allem seit seine Angst, die Kontrolle zu verlieren, immer größer wurde, zog er Selbstmord als Lösung häufiger in Betracht. Doch bislang war es bei einem abstrakten Todeswunsch geblieben, und er hatte noch nicht einmal darüber nachgedacht, *wie* er es anstellen könnte. Nichtsdestoweniger war ihm in letzter Zeit klar geworden, dass er diese Anfälle von Halluzination nicht mehr lange ertragen konnte.

Seit der Fahrt zum Friedhof glaubte Dylan fortwährend, Bewegungen in den Schatten wahrzunehmen, Menschen, die ihn beobachteten und über ihn tuschelten, ohne dass er sie verstand. Und er wurde den verrückten Verdacht nicht los, dass die Polizei irgendwie in allem mit drinsteckte. Warum hatte ihn der Chief über den langen Umweg zum Friedhof gebracht? Im Gasthaus wusste niemand etwas von einem Unfall an jenem Tag. Und wieso war er hinterher ins Polizeibüro gebracht worden? Es roch alles verdammt danach, dass sie ihn in der Stadt festhalten wollten, während jemand anders sein Haus auf den Kopf stellte. Aber wozu? Als ihm bewusst wurde, wie paranoid er dachte, zwang er sich, tief Luft zu holen und an etwas anderes zu denken.

In diesem Moment hielt ein Mann in einem dunklen Chevrolet neueren Modells am gegenüberliegenden Straßenrand, der Dylan ansah, dann aber schnell wieder wegguckte.

Noch einmal blickte Dylan sich auf der Straße um und bemerkte, dass ein anderer Mann, der eine Straßenecke weiter parkte, ebenfalls wegschaute. Dylan stieg in seinen Wagen und mühte sich, das Rasen seines Pulses zu ignorieren.

Reiß dich, verdammt noch mal, zusammen! Atme tief durch und beruhige dich.

Statt wie gewohnt am Ende der Center Street zu wenden, bog er nach links auf die Route 5 Richtung Newell. Nach drei Meilen fuhr er allerdings rechts ran und wartete. Mehrere Autos kamen an ihm vorbei, und einige der Fahrer wurden langsamer, um ihn anzusehen. Aber keiner von ihnen wirkte verdächtig, und in keinem der Wagen saß einer der Männer, die ihm in der Stadt aufgefallen waren. Er kam sich reichlich idiotisch vor und fuhr weiter.

Der Wagen schien sich mehr oder minder allein zu lenken, bog erst in einen alten Feldweg ein, dann auf eine unbekannte Straße, bis Dylan keine Ahnung mehr hatte, wo er war. Nach ein paar Meilen wurde das Auto langsamer, als *müsste* es anhalten. Zu beiden Seiten der Straße ragten sanfte Hügel auf, und die Balsamtannen standen so dicht, dass unter ihren breiten Ästen permanentes Zwielicht herrschte. Er hielt an, stieg aus und lauschte auf andere Motorengeräusche. Aber auf der kleinen Nebenstraße herrschte um diese Zeit kein Verkehr.

Ein Stück weiter kreuzte ein holpriger Weg die Straße, auf dem Holzfäller die gefällten Baumstämme abtransportierten. Dylan wusste, dass in dieser Gegend seit Jahren nicht mehr gefällt wurde und die Holzfällertrupps längst weitergezogen waren. Trotzdem waren Reifenspuren im überfrorenen Schnee. Ein Anflug irrationaler Angst schnürte ihm beinahe die Kehle zu, und er hatte Mühe, dagegen anzukämpfen.

Hier gibt es Millionen alter Abfuhrwege. Jeder könnte da entlanggefahren sein – Ausflügler, Schneemobilfahrer, Ju-

gendliche, die ein verschwiegenes Plätzchen suchten, um zu knutschen oder Pott zu rauchen.

Aber die Spuren waren tief und breit, also mussten sie von einem großen Fahrzeug mit Doppelreifen stammen, möglicherweise sogar von einem Truck, der einen Bagger transportierte. Dylan sah den Weg hinauf und entdeckte eine Kette, die zwischen zwei Bäumen gespannt war. Solche Absperrungen benutzten Holzfäller für ihre Transportwege. Sie waren vollkommen normal in Regionen, in denen es nicht ungewöhnlich war, dass wertvolles Holz oder sogar schweres Gerät hin und wieder gestohlen wurde. Sein Instinkt sagte Dylan, dass mit diesen Spuren etwas ganz und gar nicht stimmte. Er stapfte durch den knöcheltiefen Schnee und sah sich die schwere rostige Kette genauer an, die um den Baum geknotet, jedoch nicht mit einem Vorhängeschloss gesichert war. Die Holzfäller, die Dylan kannte, waren breitschultrige Männer in groben gefütterten Karohemden, die gern filterlose Zigaretten rauchten und Bier tranken, während sie einen Ellbogen aus dem Fenster ihrer doppelrädrigen Lastwagen streckten. Holzfäller waren *nie* in Eile. Und keiner von ihnen hätte es jemals so eilig gehabt, irgendwo hinzukommen, dass er eine Kette an einem Baum befestigte, ohne sie abzuschließen.

Er blickte zu dem anderen Baum auf der gegenüberliegenden Seite des Wegs. Genau dasselbe: kein Schloss. Und es gab nur die eine Reifenspur. Entweder waren sie hineingefahren und nicht wieder herausgekommen oder umgekehrt. Vielleicht waren sie noch oben im Wald. Dylan kniete sich hin und strich mit den Fingern an der Kante der Spur entlang. Sie war messerscharf und musste mindestens seit ein paar Tagen und Nächten immer wieder angeschmolzen und neu gefroren sein.

Er tauchte unter der Kette durch und marschierte den Weg

hinauf, weil er hoffte, weiter oben auf dem Hügel einige Antworten auf seine Fragen zu finden. Doch als er sich umdrehte, zu seinem Wagen zurücksah und dem leisen Säuseln des Windes in den Tannen lauschte, kam ihm alles so normal vor, dass er zum tausendsten Mal überlegte, ob er eventuell verrückt wurde.

»Muss wohl so sein«, murmelte er und blies sich warmen Atem in die kalten Hände.

Doch nun hörte er Ronnies Stimme, die der Wind klar und deutlich herantrug.

Nein, wirst du nicht.

Dylan blickte sich hastig um, aber der Wald war ebenso leer wie Ronnies Grab.

»Woher weißt du das?«, flüsterte er.

Hier im Wald war es irgendwie in Ordnung, sich mit seiner toten Frau zu unterhalten. Das war anders, als in einer zehn Jahre alten L.L.Bean-Hose dazusitzen und auf ihr Foto einzubrabbeln.

Verrückte bringen sich um.

»Ja, dazu wollte ich später noch kommen.«

Nein, wolltest du nicht.

Er wartete darauf, dass sie sagte, er hätte nicht den Mut, sich das Leben zu nehmen. Dann wüsste er, dass die Stimme nicht Ronnie war. Doch es kam nichts mehr.

Der Himmel bewölkte sich, und er zog den Kragen seiner Sportjacke fester um den Hals. Eine Krähe beschimpfte ihn mit schrillen Rufen, die in den Baumwipfeln widerhallten. Er entdeckte den Vogel auf dem längsten Ast einer hohen Tanne, der über den Weg ragte. Die Krähe hatte den Kopf zur Seite geneigt und starrte ihn direkt an. Sie hockte da, bis Dylan auf halbem Wege bei ihr war, dann flatterte sie ins dichte Nadelgewirr, und als Nächstes entdeckte er sie ein Stück weiter vorn, wo sie seitlich einen Ast entlanghüpfte, um ihn besser im Blick zu haben.

Er folgte dem Weg über die erste Hügelkuppe und stellte fest, dass es von hier über eine längere flache Strecke zu einem weiteren Hügel ging. Vom Gehen war ihm warm geworden, und nach Tagen, die er nur vorm Telefon gehockt hatte, tat es ihm gut, wieder etwas zu tun, auch wenn er nicht recht erklären konnte, was er hier machte. Also ging er weiter.

Die Bäume waren hoch und das Unterholz so dicht, dass er nicht mehr als zwanzig Meter weit in den Wald hineinsehen konnte. Er fragte sich, warum hier eigentlich nicht mehr gefällt wurde. Andererseits gab es in Maine jede Menge Fällabschnitte, die teils in staatlicher, teils in bundesstaatlicher und teils in privater Hand waren, und die Zu- und Abfahrtswege durchzogen die Wälder, dass sie auf einer Karte wie ein Haufen Spaghetti aussehen würden. In dieser Gegend konnte man sich wenige hundert Meter von seinem Haus entfernt so verlaufen, dass man an Unterkühlung starb, selbst wenn man das Glück hatte, irgendwann einen Weg zu finden. Deshalb hatte Dylan auch nicht vor, den Weg zu verlassen und womöglich zu vergessen, aus welcher Richtung er gekommen war. Doch wohin führte ihn dieser Weg? Im Geiste sah er ein Bild von Ronnies Sarg vor sich, offen und von Ungeziefer umgeben, und sogleich verließ ihn das Wohlgefühl wieder, dass er eben noch empfunden hatte.

Was, wenn der Sarg irgendwo da vorn war? Vielleicht hatten die Grabräuber ihn einfach im Freien abgelegt. Aber warum sollten sie das tun? Es sei denn, sie hatten etwas damit gemacht. Mit ihr gemacht. Nur was?

Je länger er sich mit diesen Gedanken quälte, umso schrecklicher wurden die Bilder.

Beruhige dich! Krieg dich wieder ein!

Die Krähe hockte jetzt genau über ihm auf einem Zweig und stieß leise, traurige Rufe aus. Dylan hatte noch nie einen dieser schwarzen Vögel aus solcher Nähe gesehen. Die Art, wie das Tier ihn ansah, beunruhigte ihn.

»Weg hier!«, rief er und wedelte mit den Armen in der Luft.

Die Krähe flatterte mit den Flügeln, blieb jedoch sitzen und rief lauter, als wollte sie sich damit zur Siegerin erklären.

Dylan fand ein knapp einen Meter langes Aststück und schwenkte es drohend, doch auch davon zeigte sich die Krähe nicht beeindruckt. Verärgert schleuderte er den Stock in die Höhe und schaffte es, damit den Ast zu treffen, auf dem der Vogel saß. Der flog weiter nach vorn auf den Weg, krächzte wütend und forderte Dylan heraus, indem er Loopings vollführte. Erst jetzt fiel Dylan auf, dass die Rufe der Krähe nicht von einer anderen beantwortet wurden. Sie musste ein Einzelgänger sein, was ihm seltsam vorkam.

Er ging weiter, wobei er darauf achtete, in der Reifenspur zu bleiben und nicht in den tieferen Schnee seitlich zu treten. Winzige Eisbröckchen füllten bereits die Innensohlen seiner Schuhe, wo sie sich auflösten und seine Socken durchnässten. Als er oben auf dem zweiten Hügel ankam, stellte er frustriert fest, dass der Weg hier *immer noch* nicht endete. Vielmehr zog er sich durch ein einige hundert Meter tiefer gelegenes Tal und von dort aus über einen dritten Hügel. Doch wurde er den Gedanken nicht los, dass Ronnie irgendwo da vorn war.

Er holte tief Luft und stapfte weiter.

Die Krähe kreiste tief über ihm, als Dylan den Truck mitsamt Trailer fand. Er parkte mitten auf einer breiten abgeholzten Fläche, und auf dem Trailer stand ein orangefarbener Bagger, dessen Schaufel eingeklappt war, so dass er aussah wie ein riesiger Schimpanse, der sich unter der Achsel kratzt. Die Lichtung an sich war befremdlich, da in diesem Wald sonst nirgends etwas abgeholzt und so ein Kahlschlag schon seit Jahren verboten war. Entweder hatten die Holzfäller sich über die Regeln hinweggesetzt oder, was wahrscheinlicher war, die Lichtung gab es bereits seit einiger Zeit, und aus irgendwelchen Gründen wuchsen hier keine neuen Bäume.

Der Trailer war extra tief und hatte zwei ausklappbare Metallrampen, über die der Bagger aufgeladen wurde. Dylan legte eine Hand auf den kalten Stahl und blickte nach vorn. Aber da war nichts außer ein paar dicken Ketten und Spannschrauben, um den Bagger zu sichern. Dylan betrachtete die große Baggerschaufel mit den fünfzehn Zentimeter langen Zähnen und wusste, dass die gefrorenen Erdklumpen daran von Ronnies Grab stammten. In seiner Wut schlug er auf die Maschine ein, dass ihm die Hand schmerzte. Leise schlich er an dem Trailer vorbei zur Zugmaschine, wo er sich an dem Chromtürgriff hochzog, um ins Wageninnere zu sehen. Das Armaturenbrett war von einer dicken Eisschicht überzogen, auf den Vinylsitzen lag Rauhreif. In diesem Truck hatte seit Tagen niemand mehr gesessen.

Seine Vorahnung war falsch gewesen. Hier fand er keine Antworten, sondern stieß nur auf noch mehr Fragen. Der Fahrer des Trucks hatte die Kette zwischen den Bäumen angebracht, um Vorüberfahrende zu verwirren, war zehn Meilen den Abfuhrweg hinauf zu einer einsamen Lichtung gefahren und hatte sich dort mitsamt Ronnies Sarg in Luft aufgelöst. Selbst ein Idiot erkannte, dass hier etwas sehr Merkwürdiges vor sich ging – noch merkwürdiger jedenfalls, als es ein Grabraub an sich schon war. Dylan blickte sich auf der Lichtung um und wunderte sich abermals über den kahlen Flecken inmitten eines verwilderten Waldes.

Genau in diesem Moment hörte er das Rumpeln und Poltern eines Wagens, der den Hügel heraufkam. Sein erster Gedanke war, dass es vielleicht die Mistkerle waren, die Ronnies Sarg entwendet hatten; sein zweiter, dass sie bewaffnet sein könnten und er mithin keine Chance hätte, Ronnies Tod und den Grabraub zu rächen. Ganz abgesehen davon, musste er in jede Richtung mindestens fünfzig Meter zurücklegen, um in Deckung zu gehen, und selbst wenn er es schaffte, würden ihn seine Spuren im Schnee verraten.

Er rannte den Weg zurück, den er gekommen war. Dabei achtete er darauf, nicht außerhalb der Reifenspuren zu laufen. Als er den Rand der Lichtung erreichte, hörte er die durchdrehenden Räder des nahenden Wagens, der sich unaufhaltsam auf ihn zubewegte. Zwanzig Meter den Hang hinunter lag eine umgestürzte Kiefer, deren oberste Äste beinahe bis zu den Wagenspuren reichten. Er rannte auf den Baum zu, sprang von der Spurvertiefung aus auf das obere, dünnere Ende des Stammes und klammerte sich an die Äste. Von hier schaffte er es, über den Stamm weiter in die dichteren unteren Äste zu klettern, ohne verräterische Fußabdrücke zu hinterlassen, und warf sich zwischen die dichten, trockenen Zweige, während der Wagen keine fünf Meter entfernt vorbeifuhr. Aber er konnte sich hier nicht einfach verstecken. Sowie der Wagen hielt, musste er zurück zur Lichtung und nachsehen, wer da kam. Also krabbelte er über den Stamm wieder zurück zur Reifenspur und ging den Pfad hinauf, als er hörte, wie der Motor abgestellt wurde und zwei Wagentüren zuschlugen.

»Mr Barnes?«

Dylan wollte schon antworten, fragte sich dann jedoch, wer in aller Welt an einem frostigen Spätnachmittag ausgerechnet hier draußen nach ihm suchte.

»Mr Barnes! Wir wissen, dass Sie hier irgendwo sind. Wir haben Ihren Wagen an der Straße gefunden. Sind Sie okay? Wir dachten, Sie seien vielleicht verletzt.«

Das war eindeutig die Stimme des Chiefs, und abermals war er versucht, zu antworten, nur hatte er wieder einmal das Gefühl, dass irgendetwas mit dem Mann nicht stimmte. Jetzt wurden seine Bedenken zudem noch durch die unheimliche Stille im Wald verstärkt, in der die Stimme hallte wie Gewehrschüsse.

Er wanderte langsam zwischen den Bäumen bis zur Hügelkuppe, angestrengt bemüht, möglichst keine Geräusche zu verursachen. Der Chief und Deputy Schweigsam parkten neben dem Trailer, so dass sie unabsichtlich die Fußspuren von Dylan vernichtet hatten. Sie standen mit dem Rücken zu ihm am Wagen und starrten in den Wald. Als sie sich zu ihm umdrehten, wirkten beide angespannt, nervös. Warum waren sie nervös? Und wieso interessierten sie sich überhaupt nicht für den Truck mit dem Bagger auf dem Hänger?

Instinktiv zog Dylan sich weiter in den Wald zurück und

schlich um die Lichtung herum näher an den Streifenwagen heran. Das Knirschen seiner Schritte im Schnee kam ihm entsetzlich laut vor, aber er hoffte, dass die Bäume über ihm den meisten Lärm schluckten. Schließlich hockte er sich hinter einen dichten, wenn auch kahlen Erlenstrauch und beobachtete die beiden Männer durch die Zweige.

»Mr Barnes!«, rief der Chief. »Wir wollen nur mit Ihnen reden. Kommen Sie raus!«

Wir wollen nur mit Ihnen reden?

Wer sprach so mit jemandem, von dem er glaubte, dass er sich im Wald verirrt hatte? Officer Wilkes wandte sich plötzlich um und sah zum Weg. Gleich darauf hörte Dylan, dass sich noch ein Wagen den rutschigen Hang heraufkämpfte.

Wer zum Teufel mochte das sein? Noch mehr Polizisten? Wieso sollten sie zwei Streifenwagen herschicken?

Auf einmal erklang Ronnies Stimme in seinem Kopf.

Sie kommen.

Er schüttelte den Kopf. Für sein blödes Unterbewusstsein hatte er jetzt keine Zeit. Er war ohnehin schon nervös genug. Das brauchte er wahrlich nicht auch noch.

Aber es war kein Polizeiwagen, der da auf den Hügelkamm kam, zumindest keiner, der als solcher zu erkennen war. Als das Auto hinter dem Streifenwagen hielt, wich Dylan noch weiter ins Unterholz zurück. Vielleicht war das hier Routine und hatte nichts mit seinen paranoiden Vorahnungen zu tun, aber er wollte dennoch lieber abwarten, was passierte.

Die beiden Männer, die aus dem Wagen stiegen, kannte er nicht. Sie trugen Armeeparkas über schwarzen Tuchhosen und schwarze Lederschuhe. Und beide hatten den klassischen Mannschaftshaarschnitt.

»Habt ihr ihn gefunden?«, fragte der Größere, ein Mann mit grauem Haar und breiten Schultern.

»Wer seid ihr? Was macht ihr hier?«, donnerte der Chief gereizt.

»Wir wollen nur helfen.«

Der Chief schien beunruhigt. »Ihr mischt euch in eine offizielle polizeiliche Ermittlung ein. Wir suchen nach einem Mann, der sich im Wald verirrt hat.«

»Warum geht ihr dann nicht in den Wald und sucht nach ihm?«, schlug der Partner des Großen vor.

»Er wird herauskommen, wenn er so weit ist«, entgegnete der Chief.

»Er könnte da drin erfrieren«, gab der Große zu bedenken.

»Wer zum Geier seid ihr?«, fragte der Chief und sah sich dabei auf der Lichtung um. »Und woher kennt ihr eigentlich diese Stelle?«

»Die Frage ist doch«, sagte der Große, der sich vom Chief kein bisschen einschüchtern ließ, »woher *ihr* sie kennt!« Er ging zum Bagger und strich mit der Hand über das Metall. »Nette Maschine. Ich möchte wetten, dass man damit ziemlich was wegbuddeln kann.«

Der Chief nickte. »Wette ruhig.«

»Damit lässt sich vielleicht auch ein altes Grab ausschaufeln.«

»Oder ein neues.«

Der große Mann und sein Partner gingen in Habtachtstellung.

»Ich würde sagen, es gibt nur *einen* Grund, weshalb ihr zwei hier seid«, fuhr der Chief fort.

Zu Dylans Überraschung schien der Chief nicht zu bemerken, wie ihm die beiden Männer allein durch ihre Haltung drohten. Wilkes trat einen Schritt zurück und legte eine Hand an seine Waffe. Dylan bemerkte, dass der Officer zitterte, wohingegen die beiden Parkaträger vollkommen ruhig waren. Beide hatten die Hände in den Taschen.

»Reden wir jetzt nicht mehr über Barnes?«, fragte der Chief, dem ein Lächeln über den Mund huschte. »Ihr Burschen sucht heute gar nicht nach Barnes, oder? … *Rantasas.*«

Der große Mann schüttelte den Kopf und zog gleichzeitig seine Pistole. Sein Partner tat dasselbe. Beide Waffen feuerten synchron. Der Chief und Officer Wilkes brachen auf der Stelle zusammen. Während Dylan sprachlos zusah, legten der Mann und sein Partner den Polizisten die Waffen an die Köpfe. Zwei weitere Schüsse hallten durch die Luft.

»Heilige Mutter Gottes!«, hauchte Dylan.

Das Paar steckte die Pistolen wieder ein und schleifte die toten Polizisten in Dylans Richtung. Er wich so weit ins Unterholz zurück, wie er konnte, und betete, dass sie ihn nicht entdeckten. Als sie den Waldrand erreichten, waren sie immer noch knapp zehn Meter entfernt, nahe genug, dass er ihre Stimmen deutlich hören, aber nicht sehen konnte, was sie taten. Das Knacken von Zweigen verriet ihm allerdings, dass sie die Leichen bedeckten.

»Das ging schnell.« Die Stimme des Großen hörte sich an, als stünde er direkt über Dylan. »Was jetzt?«

»Barnes finden. Das neben dem Truck müssen seine Fußspuren gewesen sein.«

»Was ist mit dem Streifenwagen?«

»Darum kümmern wir uns später.«

Dylan drückte sich noch tiefer in die schneebedeckte Erde.

»Er muss den Reifenspuren wieder nach unten gefolgt sein. Falls er sich in den Wald geschlagen hat, ohne dabei Fußabdrücke zu hinterlassen, wird es verdammt schwer werden, ihn zu finden. Und wenn wir ihn verlieren, sind wir am Arsch.«

Der große Mann trat wieder auf die Lichtung hinaus, und sein Partner folgte ihm. Dann bildete der Große mit den Händen einen Trichter vor seinem Mund und rief: »Mr Barnes! Kommen Sie raus. Wir müssen mit Ihnen reden!«

Klar. Jeder wollte heute mit ihm reden.

Dylan fiel auf, dass sie zwar ihre Waffen wieder in die Halfter gesteckt hatten, ihre Parkas jedoch offen waren.

»Mr Barnes! Es wird höllisch kalt heute Nacht. Sie verrecken, wenn Sie hierbleiben. Wir sind Ihre Freunde.«

Jesses! Der Kerl war ein echter Witzbold.

»Und was jetzt?«, fragte der Partner.

»Wenn er hier irgendwo ist, muss er über kurz oder lang wieder auf den Weg kommen.«

»Und wenn nicht?«

»Wart's ab.«

Dylan beobachtete, wie die zwei zu ihrem Wagen zurückstapften. Als sie auf der Lichtung wendeten, duckte er sich, so dass er unterhalb der Scheinwerferstrahlen war. Vom Sonnenlicht war nur noch ein dumpfer roter Schimmer zwischen den Bäumen übrig, und die Temperatur fiel rapide. Allein während der letzten paar Minuten, die er regungslos im Gebüsch gekauert hatte, war er vollkommen ausgekühlt. Er dachte an den langen Marsch durch die Dunkelheit, der ihm bevorstand und auf dem ihm hinter jeder Biegung der Große und sein Partner auflauern könnten. Dann dachte er an den Chief und Officer Wilkes, die in unmittelbarer Nähe lagen. Wie konnte das, was mit Ronnie geschehen war, etwas mit den beiden Killern zu tun haben? Warum wollten sie *ihn*? Und wie zur Hölle sollte er die Nacht überleben?

Er lauschte dem Rumpeln des Wagens auf dem Abfuhrweg und stand vorsichtig auf. Den Weg konnte er nicht nehmen. Er musste durch den Wald zurück und versuchen, einen Pfad zu finden, auf dem sie nicht nach ihm suchten. In der kurzen Zeit, in der er über seine Möglichkeiten nachdachte, war die

Sonne vollständig hinter den Bergen verschwunden, und als er nach oben sah, funkelten bereits die ersten Sterne über der Lichtung. Dylan blieb einen Moment stehen, um sich zu sammeln.

Er glaubte, Schüsse von weiter unten auf dem Weg zu hören, und horchte regungslos, bis sie verstummten. Auf keinen Fall würde er den Weg wieder zurückgehen. Während er durch den knöcheltiefen Schnee zwischen großen Tannen stapfte, fielen ihm die Worte des Chiefs ein. Hatte er wirklich gehört, was zu hören er meinte?

Hatte der Chief *Rantasas* gesagt?

Crank schenkte eine Schale Milch für Azimut ein, für sich ein Schnapsglas Hennessy und trug beides ins Schlafzimmer. Draußen war es eisig und dunkel wie am Nordpol, und obwohl das Feuer im Holzofen loderte und der Whisky ihm in der Kehle brannte, kam es ihm in der Hütte entsetzlich kalt vor. In seinen dreißig Dienstjahren hatte er oft über längere Zeit keinen Kontakt zum Burgfried gehabt, aber das Schweigen zwischen ihnen war jeweils von ihm ausgegangen.

Crank war schon als Kind ein Eigenbrötler gewesen. Ein kurzer Aufenthalt in der Jugendbesserungsanstalt und eine spätere Untersuchungshaft hatten seine angeborene Neigung zur Verschlossenheit nur verstärkt.

»Hast du eine Ahnung, wie es im Knast ist?«, fragte er den Kater.

Azimut ignorierte die Frage.

»Man ist dauernd auf der Hut«, sagte Crank. »Man redet nicht unaufgefordert, und man macht sich *weder* Feinde *noch* Freunde. Feinde und Freunde sind gleich schlimm. Ich würde wohl immer noch da drinhocken, wenn der Boss nicht gewesen wäre.«

Der Kater wandte sich ab und tapste aus dem Zimmer. Offensichtlich betrachtete er das Gespräch als beendet. Crank nickte.

»Ja«, murmelte er. »Also, was mache ich jetzt?«

Vor vierundzwanzig Stunden hatte er eine andere E-Mail geschickt und sich erkundigt, wie es in Needland voranging. Auch auf diese Anfrage hatte er keine Antwort erhalten. Inzwischen waren also zwei Versuche, irgendetwas zu erfahren, gescheitert. Und als er letztlich die Geduld verlor und den Boss auf seinem Privatanschluss zu erreichen versuchte, war dauernd nur das Besetztzeichen gekommen. Das hatte ihm echte Angst eingejagt, weshalb er am Ende klein beigab und die Nummer anrief, die Baxter ihm vor Jahren gegeben hatte – in dem Wissen, dass Clayborn ausflippen würde, sollte er je herausfinden, dass Crank wusste, wie er an Baxter herankam. Aber leider hatte ihm das nichts als die Erkenntnis eingebracht, dass Baxter und sein Partner die einzigen *Guten* in Needland waren, was überhaupt keinen Sinn ergab. Crank war darin geschult, ungewöhnliche Situationen zu meistern und mit allem fertig zu werden, was ihm die Erfüllung seines Auftrags abforderte. Seine Hände zitterten nicht, sein Herz pochte nicht wild. Allerdings verspürte er ein Kribbeln zwischen den Schulterblättern, und er wusste, dass der falsche Schritt nicht bloß ihn, sondern auch eine Menge andere Leute das Leben kosten könnte.

Er war nicht befugt, sich in die Vorgänge in Needland einzumischen, und ohne jeglichen Kontakt zum Burgfried konnte er sich eine solche Befugnis auch kaum erteilen lassen. Andererseits war es ihm unmöglich, einfach dazusitzen, während alles den Bach runterging. Er blickte aus dem Fenster auf den seidig weißen Schnee, der unter dem wolkengefilterten Sternenlicht gleichsam zu tanzen schien. Der Kater kam zurück und rieb sich an Cranks Wade.

Zwar hatte er alle Eventualitäten einkalkuliert, jedoch nicht die, den Kontakt zum Burgfried zu verlieren. Und er hoffte inständig, dass die Verbindung nicht abgebrochen war, weil jemand den Burgfried enttarnt hatte.

Die Organisation hatte so verdammt lange gebraucht, Ronnie Barnes aufzuspüren, dass sie bereits tot war, als sie sie endlich fanden. Nun bestand ihre letzte Hoffnung darin, dass ihr Mann irgendwie ihren Platz einnehmen könnte. Cranks Ausrüstung war bereits im Van, doch wenn er jetzt einfach losfuhr, war nicht abzusehen, worauf er in Maine stoßen würde. Und ohne nähere Informationen könnte es verflucht schwierig werden, Barnes zu finden und lebend wieder wegzukommen. Als sein Laptop endlich piepte, starrte er ungläubig auf den Bildschirm.

Er ist weg.

Wütend tippte er ein: »*Wohin weg?*« Ihm war klar, dass die Frage idiotisch klang.

Ungefähre Koordinaten folgen.

Eine Karte erschien, und Crank druckte sie sich aus. Nachdem er sie genauer angesehen hatte, schüttelte er angewidert den Kopf. Er musste Baxter helfen, Barnes zu finden, und falls sie ihn tatsächlich fanden, konnte er nie mehr hierher zurückkehren. Vor ihm lag ein steiniger Weg voller Gefahren, und obgleich Crank derlei Anwandlungen normalerweise fernlagen, meinte er deutlich seinen Tod vorauszuahnen. Er fürchtete, dass er in den Tagen, die ihm bevorstanden, außerstande sein würde, auf sich selbst aufzupassen – von Barnes ganz zu schweigen.

»Wie es aussieht, müssen wir beide uns trennen«, sagte er und folgte dem Kater zu seiner Schale.

Er wartete, bis das Tier aufgefressen hatte, dann hob er es hoch und trug es unter seinem Mantel hinaus zum Van, wo er es sanft in den Schnee setzte.

»Ich hätte dich nie aufnehmen dürfen, Azimut«, sagte er.

Der Kater blickte sich nervös um, zog fröstelnd die Schultern hoch und schien zu überlegen, ob er lieber wieder ins warme Haus rennen sollte. Aber die Tür war zu.

»Es tut mir leid«, sagte Crank. Mit einer fließenden Bewegung hatte er die Pistole unter seinem Arm hervorgezogen und den Kater mit einem gezielten Kopfschuss niedergestreckt, bevor der überhaupt begriff, was los war. Dann steckte er die Waffe wieder ein, stieg in den Van und fuhr zum Schuppen, wo er den Schneemobilanhänger an den Van kuppelte. Als er wieder hinters Lenkrad stieg, hatte er Tränen in den Augen. Doch er fuhr weg, ohne den toten Kater noch einmal anzusehen.

In den dunkelsten, tödlichsten Stunden der Nacht kam Lucy die Stille vor dem Motelzimmer, das sie sich mit Wagner und dem Mann teilte, den sie nur als »Blondie« kannte, geradezu erdrückend vor. Den ganzen Tag über hatte sie eine düstere Vorahnung gehabt, als wäre die Atmosphäre seltsam beschwert und legte sich mit ihrem ganzen Gewicht auf sie. Und als die Sonne unterging, hatte Lucy das Gefühl gehabt, es handelte sich nicht um eine simple Wiederholung dessen, was schon Millionen Male geschehen war, sondern vielmehr um ein endgültiges Leuchten vor dem Einbruch ewiger Finsternis. Der Kaffee aus dem Supermarkt brannte ihr zwar im Magen, aber das Koffein hielt sie wenigstens wach. Sie reichte Blondie, der neben ihr auf dem Bett saß, einen Müsliriegel vom Tisch. Wagner stand am Fenster und spähte durch die schmutzigen grünen Vorhänge hinaus auf den neonbeleuchteten Highway. Schließlich ließ er den Vorhang los, sackte auf den einzigen Stuhl im Zimmer und öffnete noch einen Knopf seiner Feldjacke.

»Jetzt?«, fragte Blondie.

»Sehr bald.«

Lucy sah zu Wagners Handy auf dem Nachttisch, und er runzelte die Stirn. Drei Tage waren sie herumgeirrt, ziellos, wie es Lucy schien, erst nach Westen, dann nach Norden und wieder nach Osten. Und während der ganzen Zeit war es

Wagner nicht gelungen, Kontakt zu jemandem aus der mysteriösen *Gruppe* aufzunehmen, die er Rex Deus nannte. Es war klar, dass ihr zwischenzeitliches Herumirren einzig dem Zweck diente, ihren Verfolgern stets einen Schritt voraus zu sein. Doch wenngleich Wagner und Blondie äußerlich ruhig wirkten, machten sie sich offensichtlich Sorgen.

Wagner saß direkt neben dem Fenster, aber Blondie schaute sicherheitshalber auch immer wieder hinaus und ging zusätzlich in regelmäßigen Abständen nach hinten, um auch die Lage auf der Seite des Badezimmerfensters zu überprüfen. Trotz seiner Größe bewegte er sich mit den lautlosen Schritten und dem aufmerksamen Blick einer Dschungelkatze.

»Woher wussten Sie von dem Polizisten vor meinem Haus?«, fragte Lucy Wagner.

Der sah sie finster an, wie jedes Mal, wenn sie anfing, Fragen zu stellen. »Wir sahen ihn, als wir vorbeifuhren. Aber so kurzfristig konnten wir nicht eingreifen. Hätten wir versucht, Sie gleich da zu holen, wären die paar Männer, die ich hatte, niedergemetzelt worden. Die Polizei hatte in sämtlichen Nachbarhäusern Leute postiert, die auf uns warteten. Mich wundert, dass der Detective nicht versucht hat, Sie zu foltern, damit Sie alles sagen, was Sie über uns wissen.«

»Aber ich weiß doch gar nichts!«

»Das wiederum wussten die ja nicht, und außerdem macht es einigen von ihnen Spaß, andere zu quälen.«

Lucy erschauderte. »Warum wollten diese Leute mich umbringen?«

»Weil Sie Sie sind.«

»Ich bin ein Niemand«, sagte sie und wandte den Blick ab. »Ich weiß ja nicht einmal, wer ich bin.«

Er lächelte. »Sie sind Lucy Devereau, eine kluge, schöne Frau, die eine Zeitlang mit ein paar Idioten zusammenlebte.

Oder möchten *Sie* uns verraten, was an Ihnen außergewöhnlich ist?«

»An mir ist gar nichts außergewöhnlich«, log sie.

»Na gut, dann eben nicht.«

»Was wäre, wenn ich einfach aufstehen und gehen würde?«, fragte sie.

»Ich hoffe, das versuchen Sie gar nicht erst«, antwortete Wagner.

»Würden Sie mich aufhalten?«

»Nein.«

»Warum nicht? Sie sollen mich doch beschützen, oder nicht?«

Blondie nickte Wagner zu, dass draußen alles in Ordnung war, und verschwand wieder im Bad.

»Ja«, sagte Wagner.

»Und da draußen ist es gefährlich, nicht wahr?«

»Sehr.«

»Aber Sie würden mich nicht davon abhalten, zur Tür hinauszumarschieren?«

»Nein.«

»Wieso nicht?«

»Weil wir alle unser eigenes Schicksal haben.«

»Was soll denn das heißen?«, fragte sie.

»Wir«, sagte er und nickte Richtung Bad, um Blondie mit einzuschließen, »sind beauftragt, auf Sie aufzupassen, *wenn* Sie uns lassen. Wir können Sie nicht zwingen, sich von uns beschützen zu lassen. Das haben wir schon einmal versucht. Unsere Schutzbefohlene floh und begab sich in schreckliche Gefahr. Diese Erfahrung lehrte uns, dass wir unsere Dienste nur anbieten können und sehen müssen, ob sie angenommen werden oder nicht.«

»Sie würden nicht zulassen, dass eine Frau Selbstmord begeht, oder?«

»Nicht, wenn ich es verhindern kann.«

»Aber Sie würden mich da rausgehen lassen, wo mich diese Leute einfangen oder umbringen.«

Er nickte. »Ich denke, das wäre dann Ihr Schicksal. Allerdings würde ich versuchen, Sie davon abzubringen und zu beschützen.«

»Auch wenn es Sie Ihr Leben kostet?«

»Ja.«

»Das ist verrückt!«

Wagner zuckte mit den Schultern.

Blondie kam zurück ins Zimmer und wischte sich das Gesicht mit einem Handtuch ab.

»Es ist Zeit.« Wagner stand auf.

Acht Mal hatte er seit Merly diese Anweisung gegeben, und acht Mal waren sie daraufhin aufgebrochen und weitergezogen. Ungeachtet seiner Behauptung, er würde sie nicht aufhalten, falls sie zu gehen beschloss, hatte er keinerlei Hemmungen, sie zum wartenden Pick-up zu schieben, während Blondie ihre Gewehre hinter den Vordersitzen verstaute.

Kaum dass sie losgefahren waren, verschwanden die Lichter der Stadt, und Farmland umgab sie. Der Mond, die Sterne und silbern geränderte Wolken bildeten eine matt schimmernde Kuppel über der grabesdunklen Erde. Der Motor ließ den Wagenboden bedrohlich vibrieren, und Lucy fragte sich, welcher Ausfall des kosmischen Uhrwerks dafür gesorgt hatte, dass sie sich an diesem befremdlichen Ort und zu dieser befremdlichen Zeit zwischen zwei geheimnisvollen und gefährlichen Männern in einem höchstwahrscheinlich gestohlenen Wagen wiederfand.

Wagner blieb knapp unter dem Tempolimit und fuhr über Nebenstraßen, die er sehr gut zu kennen schien, durch die

Nacht. Draußen war es sehr viel dunkler, als es in Anbetracht des Mondes und der Sterne sein sollte.

»Wonach suchen Sie da eigentlich?«, fragte sie Blondie, dessen Gesicht buchstäblich am Seitenfenster klebte. Die Felder waren winterfahl und leer. Während Blondie ununterbrochen nach rechts sah, behielt Wagner die Landschaft zur Linken im Auge. Beide Männer tauschten Blicke. Wagner schüttelte den Kopf, Blondie antwortete mit einem Achselzucken. Aber *irgendetwas* machte ihre beiden Beschützer ungewöhnlich nervös, und das wiederum ängstigte Lucy.

Als sie um eine langgezogene Biegung kamen, schoben sich Wolken vor den Mond. Das verbleibende Sternenlicht war zu schwach, um die nachtschwarze Umgebung zu beleuchten. Plötzlich ging der Motor des Trucks aus, und die Scheinwerfer erloschen. Wagner drehte den Zündschlüssel mehrmals, aber nichts geschah, und so rollten sie durch die Dunkelheit, die beklemmend still war.

»Da!«, sagte Blondie und zeigte nach vorn und nach rechts.

Lucy folgte seinem Finger, sah jedoch nichts außer dem schwarzen Streifen des Horizonts. Nichtsdestoweniger hatte sie das Gefühl, etwas Unheimliches, Unsichtbares läge in der Luft.

Wagner nickte und lenkte den Wagen rechts auf den Seitenstreifen. Dann öffnete er die Tür, stieg aus und reichte Lucy die Hand. Währenddessen griff Blondie hinter den Sitz, um die beiden Gewehre herauszuholen, von denen er Wagner eines gab. Zu dritt schlichen sie über die Straße und stiegen in den Entwässerungsgraben. Wagner half Lucy über den Zaun, und Blondie sprang mit einer Leichtigkeit darüber, wie andere über eine Baumwurzel auf einem Waldweg hüpfen.

»Was ist los?«, flüsterte Lucy.

Wagner klatschte ihr die Hand auf den Mund und strich ihr

mit dem Finger quer über den Hals. Sie hoffte, dass er ihr damit sagen wollte, sie könnte sterben, wenn sie redete, und nicht, er wolle sie umbringen. Dann lief er über die Ackerfurchen. Lucy und Blondie folgten ihm.

Sie waren vielleicht zweihundert Meter weit gekommen, als Wagner anhielt und sich bäuchlings und schwer atmend auf den Boden warf, wobei er Lucy mit sich nach unten zog. Der strenge Geruch feuchter Erde schlug ihr entgegen, als sie sich nach der entfernten Silhouette des Wagens umdrehte. Eine trübe, neblige Dunkelheit umgab den Truck, als sammelte sich die Finsternis an jener Stelle und verschluckte alles, was dort war. Außerdem bewegten sich mehrere Gestalten im Schatten, die sich wie Hunde auf einer Fährte vor und zurück bewegten.

»Wie konnten sie uns hierher folgen?«, flüsterte sie.

Wieder hielt Wagner ihr den Mund zu. Beide Männer lagen dicht an sie gedrängt da, während dunkle Schatten in den Graben tauchten und sich dann dem Zaun näherten.

Lucy hatte das Gefühl, dass sie überall waren. Sie spürte ihre Gegenwart in den Fingerspitzen – die tief in den kalten, feuchten Boden eingegraben waren, und an ihrem Körper, der fest gegen die Erde gedrückt war. Es war ein entsetzliches Gefühl, das Lucy bereits seit der Kindheit verfolgte. Genauso hatte sich die Erde im Wald außerhalb Merlys angefühlt.

Aber da war auch etwas Neues.

In Merly hatte sie die Schritte, die sich ihr über den Waldweg näherten, als Gefahr empfunden. Hier jedoch nahm sie etwas weit Schlimmeres wahr. Eine Fäulnis, Zersetzung und Bedrohung, wie sie sie nie zuvor erlebt hatte.

Sie sah Wagner an und erkannte einen neuen Ausdruck in seinen Augen.

Angst.

Harry Waldrips Haus lag in der hübschesten Gegend von Chevy Chase und war von einem hohen Schutzzaun umgeben. Er schätzte es nicht, wenn Fremde auf sein Grundstück kamen, und für Harry war *jeder* ein Fremder. Nach zweiundzwanzig Jahren bei der CIA war Paranoia zu einem festen Bestandteil seines Lebens geworden. Harry arbeitete für die Nahost-Sektion. Er sprach Arabisch, Hebräisch und fünf regionale Dialekte, und obwohl er noch kein einziges Mal in Übersee gewesen war, kannte er die dortige Geographie und Demographie besser als irgendein oxfordstudierter Einheimischer. Was seine Freunde und Kollegen jedoch nicht wussten, war, dass er noch für eine weit ältere und multinationalere Organisation arbeitete, die unter dem Namen »Qedem Melech« operierte. Ihr galt Harrys wahre Loyalität – sofern sich Begriffe wie *wahr* oder *Loyalität* überhaupt auf Harry anwenden ließen.

Er war noch ein fetter, pickliger Collegestreber gewesen, als er der Organisation beitrat. Qedem Melech schätzte Harrys Talente und seine Neigungen. Sie hatten ihm sein erstes Vorstellungsgespräch bei der CIA verschafft und dafür gesorgt, dass er dort zügig aufstieg. Sie zahlten regelmäßig auf sein Schweizer Nummernkonto ein, und wenngleich Harry niemals fragte, vermutete er doch, dass Qedem Melech eine Menge Leute hatte, die in Washington und anderen Hauptstädten für sie arbeiteten. Und nicht zuletzt war es Qedem Melech, die ihn mit nicht sehr willigen Opfern für seine gelegentlichen Ausflüge ins Satanische versorgten. Harry glaubte eigentlich nicht an Satan, aber er genoss das Rituelle und die Macht, die er über seine Opfer hatte.

Im Gegensatz zu Aldrich Ames – und mit Ausnahme seiner seltenen Exkurse in die Dämonologie – lebte Harry einfach und entsprechend den Mitteln eines Regierungsangestellten seiner Gehaltsgruppe. Weder seine Schlampe von Frau noch sein schwuler Sohn – der jetzt meist in der Wohnung über der Garage blieb, so dass Harry ihn kaum sah – wussten etwas über seine Nebentätigkeiten. Eines Tages, bald schon, würde er die gewaltige Summe von seinem Schweizer Konto abheben und dann einen Bootsunfall haben. Seine Leiche würde nie gefunden werden. Aber sein Geist würde in einer reizenden Villa in Brasilien feiern. In Rio gab es die schlüpfrigsten Bars und die heißesten Nutten auf der ganzen Welt, und er hatte genug Geld, um sich beides zu leisten. Außerdem wäre es dort nichts Außergewöhnliches, wenn ein oder zwei Prostituierte im Jahr verschwanden.

Leider hatte Harry heute Morgen beim Aufwachen Schwierigkeiten mit dem Sehen gehabt. Das Licht im Schlafzimmer war so grell gewesen, dass es wie Laserfeuer in seinen Augen brannte. In seiner Verzweiflung war er ins Wohnzimmer gestolpert und hatte dort eine Decke vors Fenster gehängt. Das half, obwohl immer noch zu viel Licht hereinschien. Deshalb tackerte er die Decke an den Seiten fest und stapelte Zeitschriften vor die Tür, damit kein Licht mehr vom Flur hineindrang. Anschließend hatte er sich krankgemeldet und sich einen starken Drink eingeschenkt. Doch der Bourbon schmeckte fies, und er goss ihn angewidert ins Waschbecken. Danach lag er stundenlang auf dem Sofa, die Augen mit einem

Kissen verdeckt, und fühlte sich, als würde er bei lebendigem Leib von Würmern zerfressen. Er fragte sich, ob er womöglich an einer unbekannten Krankheit litt oder die Arschgesichter in der Agency beschlossen hatten, ihn als Versuchskaninchen für irgendeine neue chemische Waffe zu benutzen. Als Marie von ihrer Arbeit im Krankenhaus zurückgekommen war, angeklopft und ihn gefragt hatte, was er zum Abendessen wollte, hatte er sie angeschrien.

»Mir doch scheißegal! Koch einfach irgendwas.«

»Ich fand's auch schön, mit dir zu reden«, hatte sie gekontert und war den Flur hinuntergestampft. Da sie zweihundert Pfund wog, konnte sie sehr gut stampfen. Dennoch könnte Harry sie jederzeit beim Catchen besiegen.

Nach einer Weile fühlte er, dass die Sonne draußen unterging. Und nun ging es ihm noch merkwürdiger, als wären seine Knochen zu Schlangen geworden, die sich an den Würmern gütlich taten. Er rollte sich vom Sofa und begann, nach Marie zu rufen, nur wollte ihm seine Stimme nicht gehorchen. Er starrte auf eine halbleere Bierdose und erinnerte sich nicht daran, sie geöffnet zu haben. Er hob sie hoch. Das Bier roch unglaublich stark.

Er hatte schon gehört, dass die CIA Leute unter Drogen setzte oder vergiftete, um sich Probleme vom Hals zu halten. Vielleicht *wussten* sie von seinen nebenberuflichen Aktivitäten. Vielleicht hatten sie ihm eine neue Droge verabreicht, die ihn wahnsinnig machen sollte, damit sie ihn wegsperren konnten, statt ihn zu eliminieren. Oder aber es war einfacher für sie, ihn um die Ecke zu bringen, wenn sie ihn erst in irgendeiner Klapsmühle hatten, die von der CIA gesponsert wurde.

Als die Sonne nur mehr eine böse Erinnerung war, riss Harry die Decke vom Fenster, schmiss sie auf den Boden und starrte hinaus in die Nacht, die immer noch so außerordentlich hell war, dass er es kaum ertragen konnte, die Sterne anzusehen. Schließlich verließ er das Wohnzimmer und ging wie ein gefangener Kojote im Flur auf und ab. Marie war nirgends zu finden. Wenn sie richtig sauer auf ihn war, hatte sie sich womöglich zu ihrer nuttigen Schwester verzogen und kam erst morgen wieder nach Hause. Auf jeden Fall war es überall still und leer.

Trotz des anhaltenden Kribbelns in seinem Innern fühlte er sich schon erheblich besser, seit die Scheißsonne weg war – besser denn je, um genau zu sein, und ihm fiel auf, dass er sehr gut sehen konnte, obwohl alle Lichter im Haus aus waren. Außerdem schien sein Geruchssinn schärfer als sonst, auch wenn er nicht sagen konnte, *was* er roch.

Vor allem aber wurde ihm klar, dass er einen Mordshunger hatte. Als er jedoch in die Küche kam und die undefinierbaren Gerüche wahrnahm, die darin waberten, wusste er, dass er nichts essen könnte, was aus diesem Raum stammte. Er öffnete einen Topf, den Marie auf dem Herd stehengelassen hatte, und sah, dass es ein Eintopf aus Schweinefleisch mit Bohnen war. Normalerweise war das sein Leibgericht. Doch die Bohnen stanken seltsam faulig und ekelhaft. Er musste woanders hingehen, um seinen bohrenden Hunger zu stillen.

Also schlich er sich hinaus in die Nacht und atmete tief Düfte ein, die er nie zuvor bemerkt hatte – wilde Düfte, die ihm köstliche Nahrung versprachen. Er begann zu laufen, den Kopf nach hinten geworfen und geräuschvoll schnüffelnd.

Die exotischen Gerüche in der Luft erregten ihn auf eine Weise, wie er es bisher gar nicht für möglich gehalten hätte, und das Gefühl, ein jagendes Wesen zu sein, war beinahe so lustvoll wie Sex. Beschwingt lief er durch die Straße von Chevy Chase und wurde sich nur vage bewusst, dass in keinem der Häuser Licht brannte, keine Autos auf den Straßen fuhren und außer ihm niemand auf den Wegen oder in den Gärten war. Zweimal lockten ihn verführerische Düfte in fremde Häuser, deren Türen oder Fenster er, ohne zu zögern oder sich um das zerbrochene Glas zu scheren, aufbrach. In beiden Fällen stellte er allerdings drinnen fest, dass die Wohlgerüche einer Quelle entstammten, die sich bereits entfernt hatte.

Am Stadtrand gelangte er zu einem kleinen zweigeschossigen Backsteinhaus mit einem gepflasterten Gehweg davor. Von diesem Haus ging ein solch starker Duft aus, dass er eine ähnliche Erregung verspürte wie unmittelbar vor einem Orgasmus. Er raste zur Tür, warf sich so fest dagegen, dass der Rahmen zersplitterte, und fand sich in einer Diele wieder, wo er gierig jenen Geruch inhalierte, der ihn in den Wahnsinn trieb. Ihm fiel ein weiteres Mal auf, dass ihn die Dunkelheit nicht im mindesten beeinträchtigte. Ja, er erkannte alles in dem Hausflur ebenso gut, als wären sämtliche Lichter an.

»Bill? Bist du das? Was ist passiert?«

Die ängstliche Frauenstimme steigerte Harrys Lust noch. Er ballte die Fäuste und stellte erstaunt fest, dass sich seine Fingernägel tief in die Handflächen bohrten. Doch er mochte das Gefühl. Er marschierte den Flur hinunter, als die Frau in einer der Türen erschien. Das Gewehr in ihrer Hand brachte Harrys Herzschlag auf Trab, doch der Hunger, der betörende Duft und seine Lust trieben ihn an.

»Wer sind Sie?«, schrie die Frau. »Keinen Schritt weiter!«

Sie feuerte, und für einen Moment war Harry vom Mündungsfeuer geblendet. Aber die Kugel ging daneben, und Harry schlug mit der offenen Hand nach der Frau, um sie ins Schlafzimmer zurückzudrängen. Stattdessen durchschnitten seine auf einmal merkwürdig langen und scharfen Fingernägel ihren Hals, und eine Blutfontäne schoss ihm entgegen.

Als sie zusammensackte, fing er sie auf, fasziniert davon, wie heiß sie sich anfühlte. Er begriff sofort, welcher Duft es war, der ihn rasend machte.

Blut. Menschliches Blut.

Er vergrub das Gesicht an ihrem Hals und trank in großen Schlucken, bis er auch das letzte bisschen Leben aus ihr herausgesogen hatte.

Dann ließ er sie auf den Boden fallen, ging hinaus und blieb für einen Augenblick auf der Vorderveranda stehen. Eine vollkommen neue Kraft erfüllte ihn, als er den Kopf in den Nacken legte und laut aufheulte. Sein Heulen wurde aus der Ferne erwidert.

Nach Stunden, die er blind durch den Wald geirrt war, überwog Dylans Angst vor dem Erfrierungstod die vor den beiden Killern, die hinter ihm her waren. Deshalb beschloss er, sich wieder auf den Weg zu wagen. Doch je länger er nach dem Holzabfuhrweg suchte, umso weniger sicher war er sich, in welcher Richtung dieser liegen mochte. Die Nacht war stockfinster, da die tiefhängenden Wolken und Bäume auch das letzte schwache Sternenlicht schluckten. Zudem setzte Dylan die Kälte mehr und mehr zu, und sein Gesicht wies mittlerweile zahlreiche Schrammen von Zusammenstößen mit Zweigen und Ästen auf. Er entsann sich, irgendwo gelesen zu haben, dass der Tod durch Erfrieren eine sehr sanfte Art des Sterbens sein sollte. Wenn er sich nur hinlegte und einschlief, wäre alles vorbei. Allerdings fragte er sich, wie lange es wohl dauern würde, bis der Schmerz in seinen Wangen und seinen Händen nachließ.

Als er zwischen zwei hohen Tannen hindurchstapfte, hörte er das unverwechselbare Brummen eines Schneemobils, und dann sah er auch schon das flackernde Licht hinter den Bäumen. Er hatte den Weg also gefunden. Leider sah es aber so aus, als wären die Killer wieder da. Wo hatten sie ein Schneemobil aufgetrieben? Er blickte auf seine Uhr. Es war ein Uhr nachts. Wer sonst sollte um diese nachtschlafende Zeit hier draußen sein?

Er stolperte, fiel hin, und der scharfkantig gefrorene Schnee schlug ihm ins Gesicht. Mittlerweile schwanden seine letzten Kräfte rapide, und ihm war klar, dass es beinahe schon unerheblich war, ob das auf dem Schneemobil die Mörder waren oder nicht. Er würde sterben, wenn er nicht innerhalb der nächsten paar Minuten Hilfe fand. Mühsam rappelte er sich hoch und schleppte sich, halb schlurfend, halb kriechend, zum Abfuhrweg.

Der einzelne Scheinwerfer tauchte die Bäume um ihn herum in blendend gelbes Licht. Dylans erschöpfter Körper zitterte nicht mehr, sondern krampfte buchstäblich. Wie im Traum nahm er wahr, dass jemand seinen Namen rief.

»Mr Barnes!«

Die Laute hallten durch seinen Kopf und vermischten sich mit dem Rumpeln des Schneemobils und dem Knirschen der Kufen auf der gefrorenen Wagenspur. Er schloss die Augen und betete, dass er einschlafen und nie mehr aufwachen möge. Würde das verdammte Schneemobil doch bloß weiterfahren und ihn in Ruhe lassen, dann könnte er sich endlich ausruhen – ein klein wenig nur.

»Mr Barnes!«

Die Stimme kam näher, aber das Motorengeräusch entfernte sich, als wäre das Schneemobil ohne Fahrer fortgefahren. War das nicht komisch?

»Scheiße!«, sagte die Stimme. Grobe Hände packten Dylan und drehten ihn auf den Rücken. Dann sah er die Umrisse eines Mannes. Er versuchte, sich zu schützen und nach dem Hals des Mannes zu schlagen, aber seine Muskeln gehorchten ihm nicht.

Der kleine Mann wehrte Dylans Hände mühelos ab. »Was machen Sie denn? Beruhigen Sie sich!«

Dylan brauchte einen Moment, ehe er begriff, dass es sich womöglich doch nicht um einen der Killer handelte.

»Können Sie aufstehen?«

Die Frage kam Dylan ziemlich verrückt vor. Er stand doch schon!

Der Mann schüttelte ihn. »Helfen Sie mir!«

Dylan spürte, wie er recht unsanft aufgerichtet wurde. Er versuchte, neben dem anderen herzustolpern, und kurz darauf fielen sie beide zusammen quer auf das Schneemobil. Der kleine Mann rollte sich unter Dylan heraus, bugsierte ihn in eine sitzende Haltung und lehnte ihn gegen den hinteren Sitzbügel. Dylan lachte, worauf der andere ihm zulächelte.

»Hysterie«, murmelte der Mann, wickelte Dylan in eine Decke und schnallte ihn mit Gummizurrbändern an dem Bügel fest. »Na, wenigstens haben Sie noch ein kleines bisschen Kraft übrig. Ich muss Sie irgendwohin bringen, wo es warm ist, und zwar schleunigst.«

»Dylan Barnes«, stellte er sich vor, konnte aber wegen der Zurrbänder die Hand nicht heben. Daraufhin bekam er noch einen Kicheranfall.

»Mein Name ist Crank«, sagte der kleine Mann mit einem verschmitzten Grinsen.

Dylan stutzte. »Sagten Sie nicht ›Hysterie‹?«

»Nur ein Spitzname«, erwiderte Crank.

»Witzig«, sagte Dylan.

Crank kletterte auf die Maschine und ließ den Motor aufheulen. Dann drehte er sich um, nahm seine Wollmütze ab und stülpte sie Dylan über den Kopf. Dylan fühlte, wie das Fahrzeug unter ihm zu Leben erwachte, und bemerkte, dass Crank wendete und den Berg hinauffuhr.

»Wo…Wohin fahren Sie?«, stammelte er. Wegen des Motorenlärms hörte Crank ihn nicht, also schrie er die Frage nochmal, wobei seine bebende Stimme abgehackt klang, wie aus einem Telegrafen.

»Zurück zu meinem Van«, antwortete Crank und nickte in Fahrtrichtung.

»Wollten mich umbringen«, sagte Dylan.

»Wer?«

»Männer … haben den Polizeichef umgebracht.«

Zu Dylans Überraschung quittierte Crank diese Information mit einem Kopfnicken, als wüsste er längst über alles Bescheid.

Dylan war dankbar für die dünne Decke, die ihn vor dem Wind schützte, wenngleich sie wenig gegen die Kälte auszurichten vermochte, die ihn bis ins Mark erfüllte. Als sie auf die Lichtung kamen, hielt der kleine Mann das Schneemobil an und starrte für eine ganze Weile über die große Freifläche.

»Worauf warten Sie?«, fragte Dylan.

Crank bedeutete ihm, still zu sein.

Der grinsende Mondschädel drängte sich zwischen den Wolken hindurch und tauchte den ebenen Schnee in ein gespenstisch fahles, fleckiges Licht.

»Was soll's«, murmelte Crank. Er reckte das Kinn, gab Gas und startete quer über die Lichtung.

Dylan spürte den Sitzbügel, der hart gegen seinen Rücken drückte. Um besseren Halt zu finden, wollte er sich mit den Beinen an Crank klammern, doch sie zitterten viel zu sehr, weshalb es ein Segen war, dass er mit diesen Zurrbändern festgeschnallt war. Sie hatten ein Drittel der Strecke geschafft, als Dylan glaubte, eine Bewegung zur Rechten wahrzunehmen. Ein dunkler Tunnel schien gleichsam in die Nacht hineingemeißelt, und ein schummriger Schatten wogte darin auf und ab.

»Crank«, sagte er. Aber das Röhren des Motors, das Heulen des Fahrtwindes und seine eigene Schwäche dämpften seine Stimme. Er schaffte es, Crank mit einem bebenden Knie anzutippen.

»Crank!«, wiederholte er lauter.

Sie waren inzwischen halb über die Lichtung, als der Mond sich schließlich ganz hinter den Wolken hervorkämpfte und sie beide beleuchtete. Crank wandte den Kopf und blinzelte in die Finsternis.

Dann war es also kein Traum, dachte Dylan, als Crank mehr Gas gab.

Dylans Angst fühlte sich an wie ein gezackter Eiszapfen. Vollkommen erstarrt, beobachtete er, wie eine gigantische, in Dunkelheit gehüllte Gestalt über die Lichtung gerast kam. Das Ding war beinahe so groß wie die Bäume und schnell wie ein Rennwagen. Im nächsten Moment war es fast bei ihnen, und sie hatten erst drei Viertel des Weges bis zu den Bäumen hinter sich. Als es näher kam, konnte Dylan seine Augen sehen, die von einem flackernden Licht aus dem Innern erleuchtet wurden. Er hörte seine gewaltigen Füße auf dem harten Schnee, fühlte den keuchenden Atem und hörte das allzu vertraute Wort, das ihm durch den Schädel hallte.

Rantasas!

Es war eher wie ein Schrei in Dylans Kopf, wie das Gefühl von etwas Fauligem, das in ihn hineindrängte und danach gierte, ihm den Verstand zu rauben.

»Oh, mein Gott!«, hauchte er.

»Dableiben!«, sagte Crank, lehnte sich vor und trat das Gaspedal ganz durch.

Unmittelbar vor ihnen machte Dylan die schwachen Umrisse eines Schneemobilanhängers aus, der zwischen einer Buchengruppe und ein paar umgeknickten Balsamtannen eingeklemmt war. Im Scheinwerferlicht nahm sich der Anhänger wie ein einladendes Versteck aus, aber das Ding hinter ihnen machte nicht den Eindruck, als ließe es sich von ein paar Bäumen aufhalten. Dylan wollte sich ebenfalls vorlehnen, sich gegen Cranks Rücken drücken und gleichsam unter diesem bedrohlichen Etwas hindurchschlüpfen. Wie sonst könnte er den gigantischen Pranken mit den blitzenden, schlachtermessergroßen Krallen entkommen, die nach ihm griffen? Doch er war ja aufrecht festgeschnallt. Er fühlte das Ding jetzt ganz deutlich, dessen Atem ihm über den Nacken strich. Auch in sich spürte er es. Was immer das sein mochte, es breitete sich in ihm aus wie ein bösartiger Organismus, der seine Willenskraft schwächte und sein Herz zum Stillstand brachte.

»Jesses«, keuchte er, »Jesses, Jesses, Jesses!«

Sein Körper zitterte nicht mehr, sondern war so angespannt, dass er kaum genug Atem bekam, um zu fluchen. Er malte sich aus, wie die Klauen seinen Hals durchschnitten und Crank durch die Nacht raste, ohne zu ahnen, dass er eine kopflose Leiche transportierte. Das Versteck war noch immer zehn Meter entfernt, als der kalte, nasse Atem Dylan vollkommen umfing. Krallen legten sich ihm um den Hals.

Und dann waren sie im Schutz der Bäume. Über ihnen verwandelte ein Fächer aus spindeldürren Zweigen das Mondlicht in einen Diamantenregen, durch den hindurch das Schneemobil über die Baumwurzeln brauste und kurvte wie ein Achterbahnwagen. Bis Crank endlich anhielt, waren sie meilenweit im Wald und starrten keuchend auf den Pfad hinter sich. Dort bewegte sich nichts, und ein Ding von der Größe des beängstigenden Schattenwesens hätte es niemals durch dieses Dickicht geschafft, ohne dabei den halben Wald zu zerlegen.

Dylan schüttelte den Kopf. »Was zum Teufel war das?«

»Was?«, fragte Crank, der beim Sprechen leicht durch die Zähne pfiff.

»Ach, kommen Sie! Sie haben das Ding auf der Lichtung doch gesehen!«

Aber der kleine Mann bedachte Dylan nur mit einem seltsamen Blick. »Ich weiß nicht, wovon Sie reden. Ich war nervös, deshalb wollte ich da schnell weg. Und ich habe gelernt, meinem Überlebensinstinkt zu vertrauen. Was haben Sie gesehen?«

Dylan schüttelte verwirrt den Kopf, während ihm langsam wieder sehr kalt wurde. Die Nacht erdrückte ihn buchstäblich, als wäre die Dunkelheit um ihn herum lebendig.

Schließlich gab Crank wieder Gas und fuhr weiter den Weg hinunter.

Als Pater Anton Remedios aufwachte, brauchte sein Verstand eine Weile, ehe er die Umgebung wieder erfasste. Remedios lauschte angestrengt. Das Gebäude, in dem er seit vier langen Jahren festgehalten wurde, war voller Sünder wie ihm – von denen zu allen Tages- und Nachtzeiten diverse wach waren –, und selbst in finsterster Nacht konnte man oft hören, wie die Wärter ihrer Arbeit nachgingen. Aber alle anderen Insassen auf dem Flur schienen tief und fest zu schlafen. Sogar die uralte Nonne, die glaubte, von Außerirdischen wider ihren Willen mehrfach entführt und geschändet worden zu sein, war erstaunlich ruhig.

Remedios lag auf dem Rücken und starrte hinauf an die Decke, an der eigentlich die Lampe in dem kleinen Stahlkorb brennen müsste – wie sie es stets tat. Jetzt jedoch stellte er sich die weiße Decke lediglich vor und fragte sich, was ihn geweckt haben könnte und warum der Strom offensichtlich weg war. Selbst die batteriebetriebene Notbeleuchtung war aus.

Dann fiel ihm auf, dass der wahnsinnige Priester, der nie aufhörte, Ave-Marias zu beten, ebenfalls eingenickt sein musste. Nun gut, der Mann schlief tatsächlich dann und wann, um neue Kräfte für den nächsten Wahnsinnsanfall zu schöpfen. Aber es kam überaus selten vor, dass der Priester und die Nonne gleichzeitig verstummten. Heute Nacht jedoch breitete sich auf der Station wahrhaft eine Totenstille aus.

Manchmal – in den raren Momenten, in denen dieser Flur hinreichend friedlich war – konnte man selbst in den tiefsten Tiefen der Anstalt den Wind pfeifen hören, der den Druck in den Rohren der Heizungs- und Klimaanlage hob und senkte und zu einem Puffen in den Zellen führte. Aber da war kein Wind.

Remedios rutschte auf den Fußboden in der Mitte des Raums und saß vollkommen regungslos da. Die Zelle war so klein, dass er die Hände nur nach links oder rechts auszustrecken brauchte, um die harte Glaswolle seiner Pritsche oder die kalte Betonmauer zu fühlen. Die Wand war jetzt richtig eisig, denn wenngleich das Gebäude groß war und Hitze speicherte wie ein Stein, der im Feuer gelegen hatte, kroch der Winterfrost doch allmählich auch hier herein. Ihm fiel auf, dass er noch keinen warmen Luftstrom aus den Heizungsschächten gespürt hatte, seitdem er aufgewacht war.

Er saß in der Dunkelheit und wartete darauf, die Ursache für den plötzlichen Stromausfall zu entdecken – von der er fürchtete, sie bereits zu kennen. Zugleich zwang er sich, der Kälte zu trotzen, während er, nur mit einem Baumwollhemd und einer Hose bekleidet, auf dem eisigen Boden ausharrte. Er untersagte sich, das Brennen seiner Füße auf dem unangenehm kühlen Boden wahrzunehmen. Ja, er besaß die Willenskraft, um Schmerzen abzuwehren. Er atmete tief durch die Nase, entspannte seinen Körper und vergaß die Kälte, die Einsamkeit und die Dunkelheit um sich herum.

Plötzlich klagte die Nonne lauthals, bevor sie in jenes kindliche Jammern verfiel, das sie beinahe ununterbrochen ausstieß.

»*Qui vient là?*«, heulte sie. »*Sacre bleu!* Wo seid ihr? Wer seid ihr? Lasst uns raus! Um Gottes willen, lasst uns raus! Oh! Du bist es! Ich wusste, dass du zurückkommst, *mon ami.*«

Dann wachte der wahnsinnige Priester auf und schrie ebenfalls los, doch seine Laute waren keine Worte, sondern nur kehliges, tierähnliches Lärmen.

»Nein!«, kreischte die Nonne. »Verlass mich nicht! Lass mich nicht wieder allein!«

Danach kehrte für einen wunderbaren Moment komplette Stille ein. Der Priester hielt mitten im Schrei inne, die Nonne verstummte. Remedios wandte sich zur Tür.

»Wer bist du?«, rief die Frau und erschütterte die Stille aufs Neue. »Du bist nicht Er! Du gehörst hier nicht her! *Grace à dieu!* Was hast du mit dem Trauernden gemacht?«

Die Worte der Frau tippelten unter Remedios' Tür hindurch wie winzige Rattenfüßchen, und er wollte der verrückten alten Karmeliterin zuschreien, sie sollte ruhig sein, sonst lockte sie das Ding nur zu sich zurück. Als er über den glatten Zement zur Stahltür kroch, konnte er spüren, dass da auf dem Gang etwas war. Was auch immer das sein mochte, es handelte sich keineswegs um einen Alien, der zurückkehrte, um sich an der geistesgestörten Nonne zu vergreifen. Vielmehr fühlte es sich wie ein nächtlicher Jäger auf der Pirsch an. Und im Grunde seines Herzens wusste Remedios, dass *er* dessen Beute war.

Es gab einmal eine Zeit, in der er Zuflucht im Gebet gesucht hätte. Doch die war längst vorbei, und heute war er gewiss, keine Rettung darin finden zu können. Was auf der anderen Seite der Tür lauerte, ließ sich durch Aberglauben nicht aufhalten.

»Wer bist du?«, rief die Nonne. »Antworte mir, Dämon!«

Das Zittern ihrer Stimme verriet, dass auch sie *etwas* spürte und in dem, was sie sah, etwas Beängstigendes oder zumindest Befremdliches erkannte. Doch wenngleich dieses Ding ihren Wahn nährte, vermochte es sie nicht so sehr zu erschrecken, dass sie deshalb ihr enervierendes Lamentieren aufgab.

»Möge der Herr dich dafür in der Hölle schmoren lassen!«, kreischte sie.

Bevor sich wieder eine düstere Stille über die Station legte, hörte Remedios das gespenstische Klicken des Schließsystems, das von einem schweren Hebel am Ende des Zellenblocks bedient wurde und die Stahltüren auf der gegenüberliegenden Seite des Flurs verriegelte. Jenes Ding hatte also sowohl die Zelle des wahnsinnigen Priesters als auch die der Frau geöffnet. Remedios spähte durch das kreuzförmige Schlüsselloch seiner Tür. Die Räume auf seiner Gangseite waren Jahre vor den gegenüberliegenden gebaut worden und entsprechend noch mit altmodischen Schlössern versehen. Daher konnte dieses befremdliche Etwas sie nicht öffnen, ohne einen der Wärter mit den dicken Schlüsselbunden aufzutreiben. Zumindest *hoffte* Remedios, dass es die Schlösser nicht anderweitig aufbekam.

Er drängte sich noch dichter an seine Tür und begann – gegen seine Überzeugungen und seinen Willen –, ein stilles Gebet zu sprechen, für das er später bezahlen würde, indem er sich selbst zerbiss und zerkratzte. Denn er betete, das Ding möge seinen Hunger an der Frau und dem alten Mann stillen, so dass es keine Notwendigkeit mehr sah, den Korridor zu überqueren.

Seine Fingerspitzen strichen antennengleich über den glatten Stahl der Tür. Die Nähe des Dings jenseits der dünnen Barriere aus eisigem Metall erschreckte ihn, und lautlos wich er von der Tür zurück. Gleichzeitig wurde ihm auf einmal klar, dass außer ihm alle auf der Station tot waren. Draußen vor der Zelle herrschte die beklemmende Stille einer Leichenhalle, obwohl Remedios sicher war, dass das Ding wieder über die Gänge pirschte, da sein Hunger keineswegs gestillt, sondern vielmehr seine Mordlust durch die bisherigen Taten noch angekurbelt war.

Er glaubte, eine Bewegung an jener Stelle der Tür wahrzunehmen, wo sich das kleine Fenster befand, durch welches die Wärter die Insassen kontrollierten. Dabei war das unmöglich, denn durch den Stromausfall war es ja stockfinster auf der Station, also wie sollte er da überhaupt etwas erkennen können? Dennoch erhob er sich auf zittrigen Beinen, ohne es zu wollen, weil ihn die Andeutung von Licht geradezu magisch anlockte.

Plötzlich überkam ihn lähmende Angst. Die Bewegung, die er zuvor glaubte wahrgenommen zu haben, stammte von einem pechschwarzen Augenlid, das sich über einem glühend roten Auge schloss, und er fühlte sich, als wäre er bereits dem Untergang geweiht und wartete nur darauf, dass die Kreatur auf der anderen Seite des Glases sein Ende verkündete. Sein Herz drohte ihm in der Brust zu explodieren. Ein letztes Mal blickte er in die Tiefen dieses furchtbaren Auges, bevor er auf dem eisigen Boden zusammenbrach, nach Luft ringend und die Hände an den Brustkorb gepresst.

Dass er das Bewusstsein verlor, erschien ihm beinahe wie eine Gnade.

Als er wieder erwachte, herrschte nach wie vor vollkommene Dunkelheit in der Zelle. Aber in dem kleinen Sichtfenster hing nicht mehr der rote Kreis. Schweigend stand er auf und fragte sich, was mit der Welt da draußen passiert sein mochte, wo seine Wächter hingegangen waren und ob die eingesperrten anderen Irren überlebt hatten. Das Ding könnte in die Nacht verschwunden sein, aber er wusste, dass es wiederkommen und ihn holen würde, wenn es die Zeit für gekommen hielt. Oder vielleicht hatte es bloß alle anderen ermordet und ihn zurückgelassen, damit er hier allein starb.

Auf jeden Fall war die Veränderung noch nicht abgeschlossen, denn dann wäre er gewiss tot. Das hieß, dass es noch

Hoffnung gab, so gering sie sich in einer winzigen, von der Welt abgeschnittenen Kammer auch ausnahm. Und selbst diese vage Aussicht auf Rettung hing ganz von anderen ab. Er machte sich nicht vor, dass er es allein schaffen könnte, die schwere Stahltür aufzubrechen. Trotzdem widerstand er dem Aberglauben nicht, wie Johannes der Täufer einfach aus seinem Kerker marschieren zu können, griff nach dem Türknauf und zog daran. Natürlich war die Tür genauso fest verschlossen wie immer. Nein, zu ihm kam kein großer und mächtiger Gott, der ihn freiließ.

In seiner Verzweiflung sank Pater Remedios auf die Knie und begann, die Stirn rhythmisch gegen die gestrichene Betonwand zu schlagen, bis sein Geist schließlich in eine willkommene Leere eintauchte.

Dylan und Crank erreichten gerade eine Seitenstraße, als der Mond wieder zwischen den Wolken hervorleuchtete. Im silbrigen Licht fühlte Dylan sich unangenehm nackt. Statt dem schmalen Weg zu folgen, lenkte Crank das Schneemobil zurück zwischen die Bäume, stieg ab und verschwand im Wald. Wenige Minuten später kam ein großer blauer Van mit röhrendem Motor den Pfad hinauf.

»Warten Sie«, sagte Crank und eilte herbei, um Dylan in den Van zu helfen. »Wir müssen Ihnen jetzt erst mal etwas Heißes einflößen, bevor Ihre Organe endgültig schlappmachen.«

Dylan überkam eine bleierne Müdigkeit, die ihm die Lider schwer machte.

Schließlich wurde ihm klar, dass er schon eine ganze Weile in dem Van war, eingewickelt in eine Decke. In seiner Hand war ein Becher mit warmem Kaffee, und der Van schlängelte sich eine Landstraße entlang, die er nicht erkannte. Benommen starrte er in die Nacht hinaus, lauschte dem beruhigenden Brummen des Motors und dem Surren des Heizgebläses, aus dem ihm eine warme Brise entgegenwehte.

»Woher kommen Sie?«, fragte Dylan und schlang die Decke noch fester um sich.

»Vermont.«

Dylan betrachtete den seltsamen kleinen Mann eingehend,

prägte sich sein hartes Gesicht ein. »Sie haben mich doch nicht zufällig gefunden, stimmt's?«

»Nein.«

»Wer sind Sie?«

Crank lachte leise. »Wissen Sie nicht mehr, dass wir uns vorgestellt haben? Sie dürfen mich Crank nennen. Das tun alle.«

»Aber was machen Sie hier? Warum haben Sie nach mir gesucht?«

»Das ist mein Job.«

»Sind Sie eine Art Cop?«, fragte Dylan.

»Wohl kaum. Wird Ihnen schon wärmer?«

»Allmählich ja. Wo sind wir?«

»Auf dem Weg raus aus Kansas«, antwortete Crank grinsend. »Was wissen Sie über die Leute, die hinter Ihnen her waren?«

»Rein gar nichts – außer dass sie dieselben sind, die das Grab meiner Frau ausgeräumt haben. Damit fing alles an. Sie nahmen den Sarg und alles. Dafür haben sie den Bagger benutzt, der auf der Lichtung stand. Aber Ronnies Sarg war nicht da.«

»Woher wussten Sie, dass der Bagger dort stand?«

»Mir fiel eine Kette auf, die quer über einen Abfuhrweg gespannt war, aber irgendwie nicht wie die üblichen Absperrungen aussah. Ich hatte einfach das Gefühl, dass da etwas nicht stimmte.«

»Das Gefühl?«, wiederholte Crank und sah ihn merkwürdig an. Jedenfalls fand Dylan, dass er merkwürdig guckte. Andererseits musste er zugeben, dass ihn in letzter Zeit *jeder* komisch ansah.

»Ich weiß auch nicht«, sagte er. »Es hört sich dämlich an.«

»Aber der Bagger *war* da.«

Dylan nickte.

Crank biss sich auf die Unterlippe und blickte wieder hinaus auf die Straße. »Haben Sie noch andere ausgefallene Talente, Mr. Barnes? Ich meine, abgesehen davon, dass Sie Dinge *fühlen*?«

»Ich bin Karate-Lehrer.«

»Taugen Sie was?«

Dylan zuckte mit den Schultern. »Ich bin *San dan*, sprich: Ich habe den schwarzen Gürtel dritten Grades.«

»Ich bin nicht hier rausgefahren und habe mir fast den Arsch wegpusten lassen, um einen Karate-Fachmann abzuholen.«

»Wozu sind Sie dann hier rausgefahren?«

»Um Ihren Arsch zu retten. Das wird mir aber erst gelungen sein, wenn ich es schaffe, uns lebend aus der Stadt zu bringen.«

Crank schaute auf die Karte in seinem Schoß und drückte eine Kurzwahltaste auf seinem Handy. Als nach mehrmaligem Klingeln endlich jemand ranging, seufzte er. »Ein Glück, dass du noch in der Nähe bist! Ich habe die Lieferung. Wir treffen uns an der Route 5. Kennst du eine geeignete Stelle?«

Dylan nahm das, was der andere Teilnehmer sagte, nur als unverständliches Brummen wahr. Derweil nickte Crank, lauschte noch eine Sekunde und schaltete das Telefon wieder aus.

»Wen treffen wir?«, fragte Dylan.

»Einen Freund. Wir werden uns eine Weile unsichtbar machen und es langsam und vorsichtig angehen.«

Dylan blickte sich um, fühlte sich aber nach wie vor etwas benommen. »Kommt mir vor, als wäre ich tagelang herumgeirrt.«

»Das hier ist die Route 5 Richtung Needland. Baxter sagte, dass weiter vorn irgendwo eine Autowerkstatt sein muss.«

Während Crank noch sprach, erhellte ein grellrotes Licht den Himmel, und unmittelbar darauf ertönte der Knall einer gewaltigen Explosion in der Ferne, gefolgt vom pulsierenden Flackern eines Großfeuers.

»Was zum Teufel ist das?«, fragte Dylan.

»Höchstwahrscheinlich Baxter«, antwortete Crank. »Er versucht, Zeit für uns zu schinden.«

Als Crank den Van hinter einen großen Holzverschlag lenkte, in dem die einzige Werkstatt am Ort untergebracht war, bemerkte Dylan einen zehn Jahre alten Chevy, der am anderen Ende des Parkplatzes stand. Crank stellte sich direkt dahinter und summte etwas vor sich hin, das wie das »Glory, Glory, Hallelujah« klang – die Schlachthymne der Nordstaaten im Bürgerkrieg.

»Was machen wir jetzt?«, fragte Dylan, der auf den Hinterkopf des Mannes in dem Wagen vor ihnen sah.

»Warten«, sagte Crank.

»Worauf?«

»Darauf, dass Baxter entscheidet, ob er uns umbringt oder nicht«, erklärte Crank.

»Ist das Ihr Ernst?«

»Entspannen Sie sich«, sagte Crank und nickte zu Dylans Fenster. Dylan sah nach rechts und erlitt beinahe einen Herzschlag. Der große grauhaarige Killer von der Lichtung blickte ihm direkt in die Augen.

»Drehen Sie Ihr Fenster runter«, wies Crank ihn an.

Dylan tat, was er sagte, wenn auch sehr langsam. Falls der Mann eine plötzliche Bewegung machte, könnte er zuschlagen und ihm mit den Fingerspitzen die Kehle eindrücken – und zwar so, dass der Kerl tot war, ehe er den Boden berührte. Aus dem Augenwinkel erkannte er, dass der *Mann* im Wagen vor ihnen sich nicht rührte. Es war eine Pappfigur, ein Täuschungsmanöver.

»Habt ihr Probleme?«, fragte Crank.

»Ja. Reese wurde umgebracht.«

»Ein Jammer«, sagte Crank. »Steig ein.«

Baxter rutschte auf die Rückbank, und Crank fuhr vom Parkplatz zurück auf die Straße.

»Was ist passiert?«, fragte Crank.

»Wir warteten am Berg, ungefähr auf halber Höhe«, erzählte Baxter. »Wir hatten gehofft, dass Mr Barnes zurück auf den Weg findet.«

»Damit Sie mich erschießen können?«, fragte Dylan und blickte von Crank zu Baxter.

»Baxter ist auf Ihrer Seite«, erklärte Crank.

»Er hat den Polizeichef und einen Polizisten ermordet«, erwiderte Dylan.

»Dann *waren* Sie auf der Lichtung«, folgerte Baxter.

»Ich war da«, sagte Dylan, dessen eine Hand noch auf dem Türgriff lag.

»Die Cops waren da, um Sie zu schnappen, womöglich noch Schlimmeres, Mr Barnes«, verteidigte Baxter sich. »Das konnte ich nicht zulassen.«

»Erwarten Sie von mir, Ihnen zu glauben, dass der Polizeichef und der Deputy es darauf abgesehen hatten, mich umzubringen?«

»Vielleicht. Vielleicht wollten sie Sie auch verhaften. Das wäre allerdings nicht die Art Haft gewesen, die Sie sich vorstellen.«

»Wohin?«, fragte Crank.

»Fahr nach rechts und dann Richtung Stadt.«

»Sicher?«

»Da dürften wir im Moment keine Schwierigkeiten bekommen«, sagte Baxter, worauf Crank nickte.

Am Stadtrand von Needland loderten gewaltige Flammen gen Himmel.

»Und was ist das?«, fragte Crank mit Blick auf die gigantische Feuersbrunst.

»Das Gaswerk. Ich fürchte, es ist ein bisschen unschön geworden.«

»Sie haben das Gaswerk gesprengt?«, fragte Dylan.

»Deshalb brauchen Sie keine schlaflosen Nächte zu bekommen. Der neue Eigentümer war genauso mies wie die Polizei.«

»Was zum Geier reden Sie da?« Dylan war entsetzt.

»Ich meine damit die Tatsache, dass acht von zehn Leuten in dieser Stadt für die bösen Jungs zu arbeiten scheinen, Mr Barnes. Und ich versichere Ihnen, dass wir es hier mit Leuten zu tun haben, die Sie wie Altpapier verbrennen würden, wenn sie mit Ihnen fertig sind, ohne dabei eine Krokodilsträne zu vergießen. Ist Ihnen nicht aufgefallen, wie viele neue Leute in den letzten paar Monaten in die Stadt gezogen sind?«

Dylan schüttelte den Kopf. »Darauf habe ich nicht geachtet.«

»Das Feuer bietet hinreichend Ablenkung für die *echten* Einheimischen, aber was ist mit unseren Freunden?«, gab Crank zu bedenken.

»Wir werden in die Stadt rein- und wieder rausfahren, ohne dass jemand etwas merkt«, sagte Baxter. »Und dieser Van fällt nicht weiter auf.«

»Was ist mit Reese passiert?«

»Sechs oder sieben von ihnen sind auf uns losgegangen, als wir gerade beschlossen hatten, den Hügel hinunterzufahren und auf der Hauptstraße auf Mr Barnes zu warten. Wir haben ein paar von ihnen erwischt, aber der Wagen wurde zu Schrott geschossen. Ich rannte ein oder zwei Meilen die Straße hinauf und in die Einfahrt von irgendjemandem. Ich war so frei, mir den alten Chevy von den Bewohnern zu borgen.«

»Bis jetzt haben wir noch keine Gesellschaft«, stellte Crank fest.

»Wie schade«, sagte Baxter und sah nach hinten. »Ich hätte nichts dagegen, mich mit ein paar von den Wichsern auf meine Weise bekannt zu machen.«

»Da stehen deine Chancen ziemlich gut«, versicherte Crank ihm und machte sich am Senderknopf des Autoradios zu schaffen. »Im Moment sollten wir uns aber lieber verkriechen.«

»Das Radio kannst du vergessen«, sagte Baxter. »Seit ungefähr zwanzig Minuten kommt auf jedem Kanal nur das Störsignal.«

»Wohin jetzt?«, fragte Crank stirnrunzelnd.

Baxter zeigte geradeaus. »Immer der Straße nach. Fünf Meilen weiter ist ein Feldweg mit einem Wegweiser zum Songo Pond. Ich habe mir den leeren Campingplatz dort angesehen. Auf dem können wir uns für eine Weile verstecken.«

Schneefall setzte ein, und die Dunkelheit vor dem Fenster schien zu nah, zu erdrückend, als handelte es sich nicht bloß um fehlendes Tageslicht, sondern um etwas Greifbares, etwas Vergiftetes und Tiefes, in das Dylan vollkommen wehrlos eintauchte.

Die Stille der Felder um Lucy herum und das Schweigen ihrer Begleiter erinnerten sie an die beklemmende Ruhe jenes Tages, an dem sie das Tagebuch ihres Vaters gefunden hatte. Wie damals, als sie das Gefühl gehabt hatte, von der Hütte umschlossen zu sein, war auch jetzt die Luft zu schwer zum Atmen. Wagner drückte ihren Kopf zurück auf den Boden. Zuvor jedoch hatte sie über ihre Schulter sehen und noch mehr Gestalten erkennen können, die durch die Bäume hinter ihnen krochen und ihnen so den Fluchtweg abschnitten. Sie fühlte Wagners Puls dort, wo seine Hand in ihrem Nacken lag. Blondie neben ihr war so still, dass er ebenso gut tot sein konnte.

Was waren das für Leute, die sie bedrohlich umschlichen? Sie wirkten gar nicht wie Menschen, sondern vielmehr wie Gespenster, die durch die Dunkelheit schwebten. Sie verhielten sich ebenso leise wie professionelle Mörder auf ihren Streifzügen, doch je näher sie kamen, umso mehr fiel Lucy auf, dass sie sich eher wie Raubtiere bewegten. Und obschon sie im schwachen Licht der Sterne keine Waffen ausmachen konnte, schienen die Gestalten von einer eiskalten Entschlossenheit angetrieben. Sie wollte Wagner anschreien, er solle etwas tun. Stattdessen lag sie stocksteif wie ihre beiden Beschützer da und gab dem Druck von Wagners Hand einfach nach. Wenn es Zeit war, wegzurennen, würde Wagner es ihr sagen. Dennoch *wollte* sie jetzt rennen, weil sie die blanke Angst der beiden Männer spürte, die für sie dem Tod ins Auge geblickt hatten und sie seit Tagen unter Einsatz ihres Lebens beschützten. Die beiden waren die mutigsten Männer, denen sie je begegnet war – die einzigen, bei denen sie sich jemals geneigt gefühlt hatte, ihnen zu vertrauen –, und ihre Angst machte Lucys eigene umso größer. Ihr Kopf sank millimetertief in die verkrustete Erde, und sie atmete geräuschlos durch ihre gespitzten Lippen.

Schließlich zogen noch dichtere Wolken herauf und hüllten den Himmel über ihnen in komplette Dunkelheit. Da zog Wagner sie an sich, so dass sein Gesicht ganz nah an ihrem war und Lucy zuerst fürchtete, er wollte sie küssen.

»Nicht bewegen!«, flüsterte er und streckte den Arm über sie, um Blondie anzutippen.

Während das schreckliche Gefühl lauernder Verdammnis beständig unerträglicher wurde, spürte Lucy, dass sich ein weiteres Mal all ihr Empfinden mit dem Boden unter ihr vereinte, nur in diesem Moment wehrte sie sich nicht dagegen. Die Erde um sie herum wurde gleichsam zu einer Verlängerung ihres Körpers, und sie erspürte schwere Füße, die bei jedem fauligen Schritt tief ins Erdreich sanken und es durch die bloße Berührung besudelten. Da wusste sie, dass es sich bei diesen Wesen, die sie durch die Nacht jagten, eindeutig nicht um Menschen handelte. Und sie erkannte, dass es genau neun waren. Drei waren vor ihnen und näherten sich von der Zaungrenze aus, vier steckten in den Baumgruppen – zwei auf jeder Seite –, und zwei schlichen sich von hinten heran. Mit jedem ihrer Schritte intensivierte sich Lucys Eindruck, dass sie nicht auf den Boden traten, sondern auf einen Teil von *ihr*, und sie erschauderte.

»Entspannen Sie sich«, flüsterte Wagner.

Die Dinger krochen noch näher. Entweder sie töteten all diese Bestien, oder sie würden hier auf diesem gottverlassenen Feld sterben. Gerade deshalb verstand sie nicht, warum Wagner und Blondie stoisch neben ihr liegen blieben.

Lucy zögerte.

»Neun«, flüsterte sie Wagner zu und erklärte ihm, wo sich die Angreifer befanden. In der Dunkelheit konnte sie Wagners Augen nicht sehen, doch als sie ihm zunickte, nickte er zurück.

»Los!«, rief er plötzlich, kam auf die Knie und riss zeitgleich mit Blondie sein Gewehr hoch. Karabinerschüsse donnerten über die Felder, und Lucy wurde von den Mündungsfeuern geblendet. Als sie hörte, wie Wagner ein leeres Magazin herausriss und ein neues einsetzte, presste sie beide Hände fest in die feuchte Erde und zählte, wie viele dunkle Bestien zu Boden stürzten. Sie fühlte deren Blut, von dem das Erdreich noch weit schlimmer geschändet wurde als von den bloßen Berührungen zuvor.

Sechs Gefallene.

Aber die anderen drei flohen nicht. Zwei staksten immer noch vorwärts. Eine Kreatur kroch auf sie zu wie eine Giftschlange. Und sie war nah.

»Blondie!«, schrie sie über den Gewehrlärm hinweg. »Hinter Ihnen! Auf dem Boden!«

Wagner erschoss eines der beiden Wesen, die aus dem Wald auf sie zukamen, doch dann war auch das zweite Magazin leer, und die andere Kreatur war fast bei ihm. Lucy riss die Beretta aus ihrem Hüfthalfter und feuerte alle vierzehn Kugeln ab, wobei im Mündungsfeuer zu sehen war, wie auch die letzte Gestalt im Kugelhagel zusammenbrach. Danach war alles wieder still und nichts zu hören außer dem Klicken, als Wagner ein neues Magazin in sein Gewehr rammte.

»Waren das alle?«, fragte er kurz darauf. Lucy sah ihn an und begriff erst gar nicht, dass er mit ihr sprach, nicht mit Blondie.

»Ich glaube schon«, antwortete sie mit bebender Stimme.

Auf einmal begannen zwei der Kreaturen, sich langsam auf die Knie zu stemmen. Wagner schoss wieder und wieder, aber erst als Blondie beide in den Kopf getroffen hatte, fielen sie um und hörten auf, sich zu bewegen. Lucy beugte sich vor, um sich eines dieser widerlichen Wesen genauer anzusehen. Es hatte einen Kopf, zwei Arme und zwei Beine wie ein Mensch. Doch die Augen waren rote Ovale, und hundeartige Zähne, lang wie Messerklingen, blitzten zwischen den vom Todeskampf verzerrten Lippen hervor. Außerdem schien der Verwesungsprozess bereits einzusetzen, denn die Leiche schwoll an, so dass Hemd und Hose an mehreren Stellen aufrissen. Darunter kam eine Haut zum Vorschein, die größtenteils von quallenartigen Schuppen bedeckt war.

»Was sind das? Mutanten?«, flüsterte sie und blickte sich auf dem Feld um, da sie nicht mehr darauf vertraute, dass sie alle tot waren.

»So eine Art«, sagte Wagner und spuckte auf den Boden.

»Sie sind alle tot«, murmelte Blondie und versetzte einem der Dinger einen heftigen Fußtritt. »Warum verändern sie sich nicht?«

Wagner starrte auf die Bestie und antwortete achselzuckend: »Vielleicht ist das nur ein Mythos.«

»Was meinen Sie mit ›verändern‹?«, fragte Lucy und blickte von Blondie zu Wagner.

»Kommen Sie!«, befahl Wagner und dirigierte sie zur Straße zurück.

Er führte sie eilig zum Zaun und half ihr hinüber, während Blondie die unmittelbare Umgebung erkundete. Sie trafen sich am Truck wieder, wo Wagner sich an Blondie wandte.

»Sieh mal, ob du ihn anwerfen kannst.«

Blondie sprang in den Truck, doch außer dem Klicken des Zündschlüssels im Schloss gab der Wagen kein Geräusch von sich. »Springt immer noch nicht an«, sagte er. »Die Scheinwerfer und das Radio gehen auch nicht.«

»Super«, raunte Wagner.

Lucy schloss die Augen und versuchte, noch einmal den Boden zu spüren, wie sie es eben noch gekonnt hatte, aber ihre Vereinigung mit der Erde war vorüber, und sie fühlte sich schwächer und erschöpfter denn je.

»Was haben sie mit dem Truck gemacht?«, fragte sie.

Wagner schüttelte den Kopf und sah sich nervös auf der Straße um. »Keine Ahnung. *Falls* sie überhaupt etwas damit zu tun haben. Wir sollten lieber von hier verschwinden.«

»Was wollen Sie sagen, wenn jemand anhält und uns mitnehmen will?«, fragte Lucy mit Blick auf ihre schlammverschmierte Kleidung und die Gewehre.

»Wir sind Jäger, und unser Truck hat eine Panne«, erwiderte Wagner gleichgültig.

»Wir sind nicht wie Jäger angezogen. Außerdem ist es mitten in der Nacht und, soweit ich weiß, nicht einmal Jagdsaison.«

»Uns fällt schon etwas ein.«

»Sie lügen mich an. Ich gehe nirgends hin, ehe Sie mir nicht verraten, was hier los ist!«

»Darüber reden wir später«, sagte Wagner und wollte sie am Arm packen.

Aber Lucy wich zurück und starrte ihn wütend an. Dann drehte sie sich um und lief die Straße hinauf durch die Dunkelheit.

Natürlich konnte sie nirgendwohin und niemandem vertrauen. Aber sie musste weglaufen, wollte die Bewegung ihrer

Arme und Beine spüren, um überhaupt wieder etwas *Reales* zu erleben. Ihre Schritte hallten in der beängstigenden Stille. Als sie über einen Hügel kam, entdeckte sie einen kleinen ausländischen Wagen, der seitlich von der Straße im grasüberwucherten Graben stand, und rannte darauf zu. Ihr Wunsch, von hier fortzukommen, grenzte mittlerweile an Verzweiflung. Doch als sie die Fahrertür aufriss und die Innenbeleuchtung nicht anging, verlor sie allen Mut. Sie hörte Wagner und Blondie, die hinter ihr herkamen, weigerte sich jedoch, sich zu ihnen umzudrehen, und kämpfte vor Enttäuschung, Angst und Wut mit den Tränen.

»Was zum Teufel …?«, sagte Wagner und blickte auf den Fahrersitz, auf dem ein Bündel Männerbekleidung lag. Im Fußraum befanden sich Socken und ein Paar Wildlederschuhe. Wagner sah sich um.

Blondie langte an ihm vorbei und drehte den Zündschlüssel, der steckte. »Verreckt«, stellte er kopfschüttelnd fest.

Wagner seufzte und versuchte erneut, Lucy am Arm zu packen, doch wieder entwand sie sich ihm wütend.

»Wir können hier nicht bleiben«, sagte er.

Sie nickte nur, wischte sich mit dem Ärmel die Nase und folgte ihm zurück auf die Straße.

Über eine Stunde und mehr als acht Meilen wanderten sie, ehe Wagner anhielt. Als er zum dritten Mal innerhalb zehn Minuten auf die Uhr sah, fragte Lucy ihn, was los wäre.

»Stehengeblieben«, antwortete er und blickte sich wieder um.

Sie näherten sich einem Vorort von Knoxville. Immer noch waren um sie herum nichts als weite Felder, hier und da von Baumgruppen unterbrochen, aber in dieser Gegend gab es mehr Häuser. Lucy sah allein drei ein Stück weiter vorn, rechts von der Straße. Gegenüber lag ein dunkler Wald.

»Meine geht auch nicht mehr«, sagte Blondie und schüttelte sein Handgelenk.

Lucy sah auf ihre Digitaluhr, deren Display ebenfalls schwarz war. »Sind alle Batterien gleichzeitig leer? Glauben Sie, diese *Dinger* haben das gemacht, als sie den Truck lahmlegten?«

Wagner zuckte mit den Schultern, während er sich ein weiteres Mal nervös umsah. »Demnächst müsste die Morgendämmerung einsetzen. Ich hätte mit mehr Verkehr gerechnet. Ungefähr eine halbe Meile weiter ist eine große Kreuzung. Wir sollten Lastwagen hören, Scheinwerferreflexionen am Himmel sehen.«

Lucy schaute sich um und bemerkte, dass es außergewöhnlich dunkel war. Zudem hätte es in einem der Häuser, an denen sie vorbeigekommen waren, doch einen Frühaufsteher geben müssen oder wenigstens ein Verandalicht, das über Nacht brannte. Aber nirgends war ein Licht gewesen, und auch von den Lichtern der Stadt, die sich bei solch dichter Bewölkung gewöhnlich über Meilen am Himmel abzeichneten, war nichts zu sehen. Über ihnen war nur flaches, dunkles Grau.

»Diese Fragen werden wir nicht lösen, wenn wir auf dieser Nebenstraße stehen bleiben, und hier sind wir verloren, falls uns noch mal jemand überfällt«, sagte Wagner. »Weiter geht's!«

Als Lucy sich nicht automatisch zwischen ihn und Blondie einreihte, blieb er stehen. Sie hatte die Arme vor der Brust verschränkt und sah ihn streng an.

»Bitte, erzählen Sie mir endlich, was hier vor sich geht. Was waren das für Dinger auf dem Feld dahinten?«

»Wir müssen weiter«, sagte Wagner.

»Warum war Blondie überrascht, dass sie sich nicht veränderten? Was meinte er damit?«

»Ich verspreche Ihnen, dass Sie bald Antworten bekommen werden.«

»Wir sind im Kreis gelaufen, Wagner. Sie sagen mir dauernd, dass Sie mich irgendwohin bringen, damit mir jemand *anders* alles erklären kann. Doch ich habe die Blicke gesehen, die Sie beide austauschen, und ich glaube, dass der Plan geändert wurde, und Sie wissen gar nichts davon. Wollen Sie mir weismachen, dass alles, was uns in den letzten paar Stunden passiert ist, Teil eines großen Plans ist?« Sie bemerkte, dass Blondie Wagner fragend ansah.

»Rufen Sie die Leute an!«, forderte sie und deutete mit einem Kopfnicken auf die Wölbung in seiner Jacke, wo er sein Handy hatte. »Sagen Sie ihnen, was vorgefallen ist, und bitten Sie um Instruktionen!«

Wagner griff seufzend nach seinem Handy. »Es ist tot«, sagte er und schleuderte es angewidert in den Graben. »Ich versuch's vom nächsten Ort aus.«

»Wie kommen Sie darauf, dass Sie dort mehr Glück haben werden?«

Blondie wandte sich ab, als sie ihn ansah.

Noch ehe Wagner etwas erwidern konnte, fuhr Lucy fort: »Ich habe Ihnen dahinten das Leben gerettet. Ich habe auch Blondie das Leben gerettet, weil ich wusste, dass das Ding auf ihn zukroch. War Ihnen schon klar, dass ich das konnte?«

»Nicht direkt«, antwortete Wagner.

»Das Ganze ist so etwas wie ein Experiment, oder?«

»Experiment?«

Sie nickte. »Das Militär oder ein großes Unternehmen versucht vielleicht, Supermenschen zu erschaffen. Stattdessen haben sie diese Monster kreiert.«

Doch Wagner schüttelte den Kopf. »Kein Experiment, Lucy. Keine Regierungsstelle.«

»Wer sind Sie dann? Was ist los? Finden Sie nicht, dass es Zeit ist, mich aufzuklären?«

»Lucy, ich verspreche Ihnen, dass Sie ein paar Antworten erhalten werden. Wenn ich bis zur nächsten Stadt nicht durchgekommen bin, werde ich Ihnen verraten, was ich weiß – aber nicht hier und nicht jetzt. Wir dürfen nicht riskieren, anzuhalten, und ich will darüber nicht hier draußen im Freien sprechen.«

»Welcher Ort wäre besser geeignet? Wer soll uns hier hören?«

Die Dämmerung deutete sich sehr vage am Horizont an. Lucy fühlte Wagners Hand auf ihrer Schulter, und als sie sich zu ihm umdrehte, flehten seine Augen sie geradezu an.

»Sagen Sie mir, was vor sich geht, oder unsere Wege trennen sich hier«, sagte sie.

Wagner nickte und sah an ihr vorbei. »Sie würden die Straße wieder zurückgehen? Allein?«

»Ich will es nicht. Aber wollen Sie behaupten, es wäre gefährlicher, als die Straße mit Ihnen beiden weiterzugehen? Vielleicht führen Sie mich ja der Gefahr entgegen und nicht aus ihr heraus.«

»Denken Sie das wirklich?«

Sie schüttelte den Kopf. »Nein.«

»Also?«

»Also weihen Sie mich jetzt ein, oder wir bleiben. Es sei denn, Sie wollen mich gegen meinen Willen weiterzerren. Und ich würde mich wehren!«

Er lächelte.

»Na gut«, sagte sie. »Es wäre kein besonders harter Kampf für Sie, aber dennoch müssten Sie mich gegen meinen Willen weiter mitnehmen. Würden Sie das tun?«

»Nein«, antwortete er. »Lucy, ich bin nicht befugt …«

»Sir«, sagte Blondie.

Wagner winkte ab, ohne ihn anzusehen. »Lucy, ich befolge mein ganzes Leben lang Befehle …«

»Sir!«, zischte Blondie.

Sowohl Wagner als auch Lucy folgten seinem starren Blick die Straße hinunter. In der Ferne tauchte eine Figur aus dem Wald auf und bewegte sich in ihre Richtung.

»Mist!«, sagte Wagner und nahm das Gewehr, das Blondie ihm reichte. »Können wir uns jetzt darauf einigen, die Unterhaltung später fortzusetzen?«

»Wahrscheinlich ist es nur jemand, dessen Wagen genauso liegengeblieben ist wie unserer«, mutmaßte Lucy zögernd. Dabei wusste sie besser als Wagner oder Blondie, dass es sich um eine weitere dieser Mutanten-Bestien handelte.

»Der um diese nachtschlafende Zeit hier draußen herumläuft?«, fragte Wagner, der Blondie mit einem Kopfnicken bedeutete, sich in Bewegung zu setzen. »Wollen Sie bleiben und weiter Fragen stellen?«

Er legte das Gewehr an seiner rechten Schulter an und feuerte. Die Figur in der Ferne sackte auf den Boden und rappelte sich gleich wieder hoch. Wagner schoss noch einmal, und diesmal brauchte das Wesen länger, um wieder hochzukommen.

»Da!«, sagte Blondie und nickte zu den Bäumen auf der anderen Seite der Straße. Mehrere Silhouetten tauchten aus dem Wald auf. Aber dann verschwanden sie wieder in der Dunkelheit. Es ging so schnell, dass Lucy sich fragte, ob sie sie wirklich gesehen hatte. Über den Bäumen erschienen die ersten schwachen Strahlen der Morgendämmerung.

»Kommen Sie jetzt?«, fragte Wagner.

Lucy bejahte stumm.

»Gott steh uns bei!«, murmelte Blondie und hängte sich sein Gewehr um.

»Ich glaube nicht an Gott«, sagte Lucy, die weiterging. Sie sah noch mehr Gestalten, die sich näher bei ihnen zwischen den Bäumen bewegten.

Als Wagner lachte, drehte sie sich zu ihm um.

»Gott ist egal, was Sie glauben«, sagte er und schob sie sanft vor sich her.

Nach seinem Mahl irrte Harry stundenlang herum, ohne zu wissen, wo er hinging, aber von der unauslöschlichen Ahnung angetrieben, unbedingt dorthin zu müssen. Etwas *zerrte* ihn weiter. Es war anders als die Blutrünstigkeit, die vorher in ihm ausgebrochen war, wenngleich dieses Gefühl von derselben Unausweichlichkeit und demselben alles überragenden *Zwang* getragen war.

Während er durch die leeren Straßen stolperte, lenkte ihn mehrmals der Geruch frischen Blutes ab. Und obwohl er gesättigt war, brachte ihn seine Gier dazu, wieder und wieder zu töten, solange Beute da war. Wich er allerdings zu weit von der Richtung ab, in die es ihn magisch zog, kollidierte er jedes Mal mit einer unsichtbaren Barriere aus Schmerzen, die jeden Millimeter seines Körpers peinigten, so dass er unweigerlich zurückwich, sich langsam wieder erholte und dem geheimnisvollen vorgegebenen Weg folgte wie ein geprügelter Welpe.

Die seltsamen Veränderungen seines Körpers verursachten Harry nach wie vor Qualen. Es war, als brodelte in seinem Innern ein Kessel mit etwas Heißem und zugleich Eiskaltem. Seine Knochen schienen zu einer amorphen Knorpelmasse zusammengeschmolzen, die sich anfühlte, als würde sie sich beständig umformen und wachsen. Sie drückte an den merkwürdigsten Stellen gegen seine Muskeln, Sehnen und Organe. Die Krallen, die sich zunächst aus schwachen Fingernägeln gebildet hatten, waren bereits hart wie Stahl und rasiermesserscharf, als das Blut der Frau auf ihnen trocknete. Seine Haut aber entwickelte sich noch, und das weiche, teigige Fleisch verwandelte sich langsam in einen chitinartigen Panzer, der schwarzen, dornigen Schuppen ähnelte.

Er wusste, dass sein Verstand nicht einmal mehr annähernd das war, was er einmal gewesen war, und seine Willenskraft – die ohnehin nie sonderlich ausgeprägt gewesen war – schien so gut wie verschwunden. Obwohl er flüchtige Erinnerungen an den Mann besaß, der er bis vor kurzem gewesen war, begann er auf einer anderen, bestialischeren Ebene zu existieren. In dieser fremden neuen Welt sprach eine überirdische Stimme zu ihm, die anscheinend die letzten Überreste seiner Vernunft zu durchbrechen versuchte, und es kam ihm so *richtig* vor. Ja, beinahe war ihm, als hätte er diese Stimme sein ganzes Leben lang gehört und wäre im Grunde immer schon das gewesen, was er jetzt endgültig wurde.

Rantasas!

Das Wort donnerte durch seinen Kopf. Mitten auf der Straße fiel er auf die Knie und hielt sich den pochenden Schädel, in dem das eine Wort ohne Ende hallte.

»*Rantasas!*«, schrie er und stellte fest, dass sich die befremdlichen Laute mit seinen kratzigen neuen Stimmbändern mühelos formen ließen. »*Rantasas megana moor!*«

Inmitten von Bäumen und Gartenmauern ausgerufen, klangen die Worte blechern. Aber seine ungeheuer guten Ohren meldeten ihm Echos von anderen, die genau wie er riefen, irgendwo in der Ferne.

Rantasas.

Ich diene.

Rantasas megana moor.

Ich diene den Ewigen.

Zuerst glaubte Harry, die Stimme würde ihm erzählen, dass *sie* den Ewigen diente. Doch dann wurde ihm klar, dass das nur ein Teil der Botschaft war. Die Stimme in seinem Kopf sagte ihm, dass *er* den Ewigen ebenfalls diente. Sobald er das begriff, spürte er, wie in ihm ein Gefühl, vergleichbar mit Stolz, anschwoll, und er wusste, dass es nichts Besseres auf der Welt gab, als ein Diener der Ewigen zu sein. Indem er ihnen diente, erfüllte er ein Schicksal, von dem er vorher nicht einmal zu träumen gewagt hätte. Und das Größte daran war das Wissen, dass er als Diener sehr gut ernährt würde.

Harry war fünfundzwanzig Meilen von Chevy Chase entfernt, ehe er müde wurde und sich ausruhen musste. Er blickte einen schmalen Weg zwischen zwei pflanzenüberrankten Steinsäulen hinauf. Wieder roch er weiter vorn frisches Blut und noch etwas anderes. Er beschnüffelte seine Arme, auf denen sich die Schuppen zu eisernen Platten verhärtet hatten, dann schnüffelte er in die Luft. Da oben waren andere seiner Art.

Ein gusseisernes Schild hing über dem Weg, und Harry stellte fest, dass er Mühe hatte, die Buchstaben zu verstehen, die er eigentlich mit Leichtigkeit lesen können sollte. Als er die Worte schließlich entziffert hatte, wiederholte er sie mehrere Male, ohne in ihnen einen Sinn erkennen zu können. Sie bedeuteten ihm genauso wenig wie die einzelnen, schwer erkennbaren Buchstaben.

»Sacred Light«, murmelte er wieder und wieder, während er die lange gewundene Einfahrt entlangtrottete.

In regelmäßigen Abständen sah Dylan aus jenem Fenster, das die beste Sicht auf die lange gewundene Einfahrt bot. Der Schnee, der seit kurz nach Mitternacht fiel, hatte die Reifenspuren zugedeckt, und Cranks Van war in einem Schuppen neben der Hütte versteckt. Dylan wusste nicht, wie man sie hier aufspüren sollte. Der Sturm legte sich, und es wurde langsam hell. Dylan trat hinaus auf die Veranda und blickte zum Metallschornstein. Der Ölofen brannte sauber und verursachte keine verräterischen Rußwolken.

Bisher hatte er Crank und Baxter nur wenige richtige Informationen entlocken können, aber er wusste inzwischen zumindest so viel, dass Crank offiziell das Sagen hatte. Sie behandelten Dylan wie eine sehr wichtige oder gefährliche Person – jemanden, den beide nicht längere Zeit aus den Augen lassen wollten –, und Dylan fragte sich langsam, ob *sie* vielleicht die Verrückten waren. Baxter hatte den Polizeichef und dessen Assistenten umgebracht, und jetzt behaupteten er und Crank, dass praktisch ganz Needland von Leuten übernommen worden war, die Dylan körperliches Leid, wenn nicht noch Schlimmeres zufügen wollten. Doch welche Beweise hatten sie? Da waren zwei tote Polizisten und ein explodiertes Gaswerk, und wenn Dylan sich nicht sehr täuschte, brachte man ihn bereits mit den Männern in Verbindung, die für beide Verbrechen verantwortlich waren.

Nichtsdestoweniger hatten ihn in Needland Leute beobachtet. Daran bestand kein Zweifel. Und bei dem Chief und dem anderen Polizisten hatte er von Anfang an ein komisches Gefühl gehabt. Nur sollte man auf *Gefühle* nicht allzu viel geben. Er brauchte Antworten, und die gaben ihm die beiden Männer nicht. Am besten wartete er ab und nutzte die erste Gelegenheit, um sich den Behörden zu stellen.

Eine innere Stimme ermahnte ihn, Ruhe zu bewahren und sich Zeit zu lassen. Es war dieselbe Stimme, die sagte, die Dunkelheit, die Alpträume und diese Männer hingen irgendwie miteinander zusammen – so unmöglich es sich auch anhörte.

Dabei konnte er sich nach wie vor nicht einmal erinnern, wovon seine Alpträume handelten, auch wenn ihm mehr Traumfetzen einfielen als je zuvor. Da waren kleine Bruchstücke von Ronnies Stimme, ein verdunkelter Raum, kalter Schweiß. Was, wenn es nicht bloß Alpträume waren, sondern eine entsetzliche Erinnerung, die er verdrängte? Was, wenn dieses Ding in seinem Haus und auf der Lichtung nicht seiner fiebrigen Phantasie entsprang? Und was, wenn er in all den Nächten nicht schlafgewandelt war? Jedes Mal hatte er beim Aufwachen den Eindruck gehabt, den Ort *gewechselt* zu haben, ohne wirklich gegangen zu sein. Das widerliche Zusammenkrampfen seines Magens, das mit jeder der seltsamen nächtlichen Wanderungen einherging, war ihm bis jetzt gegenwärtig. Er fühlte sich, als würde er einer Antwort näher und näher kommen, die er fürchtete, während die Realität wie der Wahn ihre eigenen Gefahren zu bergen schien.

Der Uhr über der Spüle zufolge war der Strom ungefähr um zwei Uhr ausgefallen. Angesichts des starken Schneefalls war das nicht weiter verwunderlich. Aber all ihre Armbanduhren standen seitdem, die Handys waren tot, und die Batterien im

Wagen und in Cranks Schneemobil hatten ebenfalls den Geist aufgegeben.

»Ich habe irgendwo gelesen, dass ein elektromagnetischer Impuls einen kompletten Energieausfall verursachen kann«, überlegte Dylan laut.

Baxter sah zu Crank, aber der wandte sich ab.

»Ein Impuls, der stark genug ist, um sämtliche Energie in dieser Gegend ausfallen zu lassen, würde eine Explosion voraussetzen, bei der alle Bäume und Gebäude im Umkreis von zwanzig Meilen platt wären«, sagte Baxter. »Wir befinden uns in der Einflugschneise vom Bangor International Flughafen. An klaren Tagen ist der Himmel über und über mit Kondensstreifen gemustert. Aber heute Morgen habe ich kein einziges Flugzeug gesehen.«

»Wollen Sie damit sagen, dass der Strom *überall* weg ist?«, fragte Dylan.

Crank ging an Baxter vorbei zur Tür. Dylan bemerkte, dass er immer noch dieses Schlachtlied vor sich hinsummte. Das tat er schon den ganzen Morgen, und allmählich ging es Dylan auf die Nerven.

»Wohin willst du?«, fragte Baxter ihn.

Cranks Schultern zuckten. »Die Gegend erkunden. Ich gehe runter zur Straße und sehe, ob sich irgendetwas rührt.«

Sie sahen dem alten Mann nach, wie er langsam die Einfahrt hinunterhinkte.

»Ein seltsamer Vogel«, murmelte Dylan.

»Crank ist okay. Aber er ist ziemlich reizbar, falls es Ihnen noch nicht aufgefallen ist.«

»Wie lange kennen Sie ihn?«

»Seit fast dreißig Jahren, doch ich glaube nicht, dass irgendjemand Crank wirklich kennt.«

Dylan sah ihn eine Weile schweigend an.

»Was ist?«, fragte Baxter.

»Ich tippe, dass Crank in den Fünfzigern ist. Sie sehen nicht so alt aus. Das ist alles.«

»Vielen Dank.« Baxter lachte. »Ich altere wie guter Wein.«

»Warum sind Sie beide hier? Warum bin ich hier?«

»Weil wir den Befehl erhielten, nach Ihnen zu suchen.«

»Wozu sollten Sie mich finden? Erwarten Sie von mir, dass ich Ihnen beiden vertraue, ohne zu wissen, was los ist?«

»Das sollten Sie.«

»Weshalb?«

»Weil Sie am Leben sind.«

»Ich habe gesehen, wie Sie den Chief erschossen haben.«

»Er hatte es verdient, glauben Sie mir.«

»Wollen Sie mir allen Ernstes erzählen, der Polizeichef und der andere Polizist seien üble Typen gewesen?«

»Sie haben sie kennengelernt. Kamen sie Ihnen wie nette Kerle vor?«

Dylan runzelte die Stirn. Seine Begegnungen mit den beiden Polizisten waren bizarr gewesen, zugegeben. Warum hatten sie ihn fortwährend nach Kindern und vor allem kleinen Mädchen gefragt? Und wieso war ihnen sein verwüstetes Haus egal gewesen? Genau genommen hatte er das verstörende Gefühl gehabt, dass sie wussten, was im Haus passiert war. Hieß das, dass sie auch wussten, wer Ronnies Sarg gestohlen hatte?

»Warum hat jemand den Sarg meiner Frau gestohlen? Warum haben sie mein Haus auseinandergenommen? Warum sind sie hinter mir her? Warum interessierten sich die Polizisten so brennend für kleine Mädchen? Und wer sind Sie und für wen arbeiten Sie?«

»Was ich Ihnen erzählen könnte, würde Sie nur verwirren«, antwortete Baxter und hielt beide Hände in die Höhe. »Wir arbeiten für eine Organisation, die sich Rex Deus nennt. Aber das wird Ihnen nichts sagen. Sie brauchen bloß zu wissen, dass die Bösen Ihnen Böses wollen, und das wiederum ist Grund genug für uns, Sie ebenfalls zu wollen.«

»Und wer sind diese Bösen?«

Baxter blickte finster drein. »Eine Gruppe von Wahnsinnigen. Sie sind allerdings gefährlicher, als Sie sich vorstellen können.«

Dylan grinste verächtlich. »Woher weiß ich, dass Sie zwei nicht die gefährlichsten Wahnsinnigen sind?«

Darauf antwortete Baxter achselzuckend: »Tja, wenn Sie's nicht wissen, wissen Sie's eben nicht.«

»Was ist mit dem Strom los? Darüber wissen Sie doch auch mehr, als Sie zugeben.«

»Es könnte ein vorübergehender Ausfall sein.«

»Das hört sich an, als würden Sie eher nicht daran glauben.«

»Wenn Crank zurückkommt, erfahren wir Genaueres. He, wo wollen Sie hin?«

Dylan schlüpfte in den dicken Mantel, den Baxter in einem der Wandschränke gefunden hatte, und öffnete die Tür. »Zum Klo, falls es Ihnen nichts ausmacht.«

Einen Moment lang blieb Dylan auf dem kleinen Abhang stehen und hoffte beinahe, er wäre noch zu Hause und würde halluzinierend in seinem Sessel hocken. Aber leider sprachen die eisige Luft, die ihm in die Wangen schnitt, und der Rauchgeruch aus dem Kamin dagegen.

Er ging um die Hütte herum zum Klohäuschen. Weil es vom Haus aus nicht zu sehen war, gab er sich keine Mühe, die klapprige Tür zu verriegeln, bevor er sich erleichterte. Aus dem Plumpsklo schlug ihm der beißende Gestank frischen Urins entgegen. Eilig schloss er seine Hose wieder und ging hinaus. Als er sich langsam umdrehte, erkannte er einen schmalen Weg, der hinter den Bäumen verlief, und wurde neugierig. Nachdem er sich vergewissert hatte, dass man ihn nicht sehen konnte, stapfte er durch den kniehohen Schnee auf die Bäume zu.

Rechts und links des Weges standen sie so dicht, dass der fallende Schnee größtenteils in den Ästen hängen blieb und den Boden gar nicht erreichte. Dylan folgte dem schmalen gewundenen Weg etwa zweihundert Meter bergab, bis er an eine Lichtung mit einem kleinen See gelangte. Dort trat er aus dem Schutz der Bäume und auf einen kleinen Steg, der aus dem vollständig zugefrorenen Wasser ragte. Am Ufer lag ein umgedrehtes altes Kunststoffkanu, und etwas weiter draußen auf dem See standen zwanzig oder mehr Eisanglerverschläge. Dylan fragte sich, ob er sich lieber wieder in den Wald zurückziehen sollte, bevor ihn jemand bemerkte. Einer der Eisangler könnte wissen, zu welchem Haus der Steg gehörte, und sich wundern, dass jemand zu dieser Jahreszeit in die Hütte kam.

Tatsächlich trat ein Mann aus einem der Holzverschläge, doch selbst aus dieser Entfernung war Dylan sicher, dass er ihn nicht sah. Der Mann pochte schreiend an einen der Verschläge, rannte zum nächsten und hämmerte auch dort schreiend an die Tür. Er eilte so hektisch von Hütte zu Hütte, dass er dreimal im tiefen Schnee hinfiel, worauf er sich jedes Mal panisch wieder hochrappelte. Dylan beobachtete die Szene verwundert. Er konnte nicht genau hören, was der Mann schrie, aber es schien ein Name zu sein. Vielleicht hatte er eines seiner Kinder verloren. Allerdings kam niemand aus den anderen Hütten, und Dylan sah zu, wie der Kerl eine Tür aufriss, hineinstarrte und dann zu einer anderen Hütte raste, ohne die Tür wieder zu schließen.

Wie es aussah, war der Mann durchgedreht.

Aber wo zum Teufel waren alle anderen?

Dylans erster Gedanke war, hinaus aufs Eis zu rennen und zu helfen. Doch je länger er den Mann beobachtete – der wieder hinfiel, schrie und mit den Fäusten auf das Eis einhämmerte –, umso mehr wurde ihm klar, dass er nichts tun konnte.

Er blickte auf die Schornsteine um den See herum und nahm erstmals bewusst wahr, dass trotz der Eiseskälte aus keinem davon Rauch aufstieg.

Crank blickte sich nach rechts und links auf der Straße um. Die Morgensonne blitzte hier und da durch die Wolken und warf kantige Lichtflecken, ähnlich Glasscherben, in den frischen Schnee. Allem Anschein nach war die ganze Nacht kein Schneepflug hier gewesen. Und obwohl Crank die Gegend nicht besonders gut kannte, war er doch ziemlich sicher, dass diese Straße normalerweise geräumt wurde. Knapp zwanzig Zentimeter Neuschnee waren im ländlichen Maine kein Grund, den Räumdienst einzustellen.

Die fehlenden Spuren auf der glitzernden Schneedecke bereiteten ihm Sorgen. *Irgendetwas* sollte diese makellos weiße Oberfläche längst zerstört haben – die Fußspuren von jemandem, der losgezogen war, um Hilfe zu holen, Hufspuren oder Schlittenrillen. Aber hier waren nicht einmal die zarten Pfotenabdrücke eines Eichhörnchens zu entdecken, das über den weißen Schnee gehuscht war.

Der Wind hatte nachgelassen, und die Straße war zu beiden Seiten von hohen Tannen geschützt. Aber dann und wann stieß eine Böe zwischen die Äste und verursachte ein Rumpeln wie der Fall einer Bowlingkugel in den Schacht. Als Crank an die Kreuzung gelangte, wunderte er sich nicht einmal mehr, dass die Hauptstraße ebenso unberührt war wie die kleinere, aus der er kam. Eine halbe Meile weiter stand ein großes Bauernhaus, doch auch dort war keinerlei Bewegung auszumachen, und kein Rauch stieg aus dem Schornstein. Regungslos stand Crank mitten auf der Kreuzung und schloss die Augen. Bis auf das Pfeifen des Windes in den Bäumen herrschte absolute Stille. Kein Verkehrslärm aus der Ferne. Keine Geräusche von Landmaschinen. Keine Flugzeuge am Himmel. Keine surrenden Überlandleitungen.

Er klemmte seine handschuhverhüllten Hände unter die Achseln, atmete tief ein und überlegte, was hier eigentlich los war. Er musste Barnes in den Burgfried bringen und hoffen, dass sich alles wieder einrenkte, sobald er ihn dort hatte. Ohne Nachricht von Clayborn ließ sich nicht sagen, was geschehen war, und wie es aussah, würde er so bald auch nichts von ihm hören. Tausend Meilen waren es von hier zum Burgfried, und die mussten sie anscheinend zu Fuß zurücklegen.

Verdammt!

Er wusste, wie Baxter dies alles deuten würde. Crank konnte nicht umhin, sich einzugestehen, dass ihm spontan auch keine vernünftigere Erklärung einfiel. Aber das hieß noch lange nicht, dass er jetzt anfing, an Feen und Kobolde zu glauben.

Crank wollte Barnes aus anderen Gründen zum Burgfried bringen als Baxter. Für ihn zählte einzig, dass Clayborn Barnes im Burgfried brauchte, also musste Barnes auch dorthin, koste es, was es wolle. Die gegenwärtige Lage stellte nur ein weiteres Problem dar, mit dem Crank fertig zu werden hatte.

Er sah in den dichten Wald, schüttelte den Kopf und stapfte wieder zurück.

»Tut sich auf der Landstraße etwas?«, fragte Baxter.

»Nein, keine Menschenseele zu sehen«, antwortete Crank, der sich direkt aus der Pfanne von dem gebratenen Corned Beef nahm. »Sie wurde nicht geräumt.«

»Sie haben die Landstraße auch nicht geräumt?«

»Vielleicht gab es einen größeren Stromausfall.«

Dylan erzählte Crank von dem Mann auf dem See.

Der zuckte nur mit den Schultern. »Er suchte wahrscheinlich seine Kinder.«

»Und wo sind alle anderen?«, fragte Dylan.

»Wer zum Henker soll das wissen? Die können losgezogen sein, um sich zu erkundigen.«

»Sollten wir es ihm nicht sagen?«, mischte sich Baxter ein.

»Es gibt nichts zu sagen«, erwiderte Crank gereizt. »Hier herumzusitzen, bringt uns nicht weiter.«

»Was ist los?«, fragte Dylan verärgert. »Sagen Sie es mir endlich!«

Crank schüttelte den Kopf. »Wir werden mehr wissen, wenn wir in der Stadt sind«, antwortete er mit einer Endgültigkeit, die Dylan signalisierte, dass er nicht weiterzufragen brauchte.

»Dann sollten wir aufbrechen«, sagte Baxter, der seine Jacke überzog. Dylan folgte den beiden hinaus und die gewundene Einfahrt hinunter, ohne sich noch einmal umzudrehen. Als sie die Landstraße erreichten, waren da außer Cranks Fußabdrücken keine neuen Spuren.

»Wo entlang?«, fragte Crank und sah zu Baxter.

»Nach Needland zurückzugehen, halte ich für keine gute Idee.«

»Würde ich auch sagen.«

»In die andere Richtung sind es zwölf Meilen bis Arcos.«

»Na, dann los!«, sagte Crank.

»Warum sollte ich mit Ihnen gehen?«, fragte Dylan trotzig.

Crank runzelte die Stirn, und für einen Sekundenbruchteil war Dylan sicher, dass er drauf und dran war, in seinen Mantel zu greifen. Da trat Baxter zwischen sie.

»Sie gehen lieber nicht nach Needland zurück«, sagte er.

»Wieso nicht? Ich habe niemanden umgebracht.«

»Aber es wurden Leute Ihretwegen ermordet«, murmelte Crank.

Baxter seufzte. »Bis Arcos ist es nicht weit. Vertrauen Sie uns wenigstens, bis wir da sind. Dann werden wir genauer wissen, was vor sich geht, und können reden. Ist das ein Angebot?«

Dylan fand das Angebot alles andere als befriedigend, aber ein Blick in Cranks Augen verriet ihm, dass der kleine Mann allmählich die Geduld mit ihm verlor. Also nickte er und trottete zwischen den beiden in Richtung Arcos.

Während sie schweigend durch den Schnee stapften, sah Dylan zufällig hinauf in die Baumkronen und entdeckte eine einzelne Krähe. Und plötzlich war Dylan sicher, den Vogel schon einmal gesehen zu haben. Kaum jedoch näherten sie sich dem Baum, auf dem die Krähe saß, flatterte sie hoch und landete kurz darauf hundert Meter weiter in einer großen Kiefer. Dieses Ritual setzte der Vogel über mehrere Meilen fort.

»Glaubt ihr, die mag uns?«, fragte Baxter und nickte zu dem Tier, das nun auf einem toten Zweig fünfzig Meter weiter vorn saß.

»Sie folgt uns schon eine Weile«, antwortete Crank achselzuckend. »Wahrscheinlich hofft sie, dass wir etwas Interessantes fallen lassen.«

»Ich glaube, das ist der Vogel, der mich zur Lichtung geführt hat«, sagte Dylan.

»Was meinen Sie mit ›geführt‹?«, fragte Baxter mit einem Seitenblick zu Crank.

Dylan erzählte ihnen von der Krähe und seinem Marsch hinauf zu der Lichtung.

»Unwahrscheinlich«, folgerte Baxter, »es sei denn, der Vogel ist zahm und jemandem entflogen. Komisch ist allerdings, dass die Krähe allein ist, denn eigentlich leben sie in Gruppen.«

»Auf jeden Fall hat sie sich einen ungünstigen Platz ausgesucht«, sagte Crank und zog eine seiner Pistolen.

»Nicht!«, rief Dylan, stellte sich vor Crank und packte ihn am Handgelenk. »Was machen Sie denn?«

Crank lehnte sich an Dylan vorbei, um den Vogel im Auge zu behalten. »Zielübungen.«

»Crank«, sagte Baxter, »lass den Vogel.«

»Okay, okay.« Crank steckte seine Waffe wieder ein und ging weiter. Baxter und Dylan jedoch blieben stehen und beobachteten die Krähe, bis Crank sich schließlich umdrehte und die beiden fragend ansah.

»Wo sind die alle?«, fragte Baxter und sah erst in den Schnee zu ihren Füßen und dann auf die Straße hinter ihnen. »Hier stehen ein paar hundert Häuser und noch mal doppelt so viele an den Seitenstraßen.«

»Die warten bloß, bis sie wieder Strom haben«, antwortete Crank mürrisch.

»Und die Leute am See?«, fragte Dylan.

Baxter nickte. »Wenn auch alle Batterien tot sind, müssten einige von ihnen genauso besorgt und neugierig sein wie wir. Aber außer uns ist niemand auf der Straße.«

Dann sah er Dylan kurz mit einem Blick an, wie er ihn zuletzt bei den Leuten auf Ronnies Beerdigung gesehen hatte. Gleich darauf wandte Baxter sich ab, und Dylan beschloss, nicht weiter darüber nachzudenken.

»Weiter!«, sagte Crank und humpelte voraus. »Wir erkundigen uns im nächsten Haus, an dem wir vorbeikommen.«

In der ersten Einfahrt, an die sie kamen, stand ein komplett eingeschneiter Wagen vor einer verschlossenen Garage. Aber auch hier stieg kein Rauch aus dem Kamin.

»Kann ja auch gar nicht«, sagte Crank kopfschüttelnd und zeigte auf einen schwarzen Öltank neben der Garage. »Das Haus hat eine Ölheizung. Die läuft nur mit Strom.«

Die drei stiegen die Stufen zur Vorderveranda hinauf, und Baxter klopfte an die Tür. Als niemand aufmachte, rüttelte er am Türknauf, doch es war abgeschlossen.

Sie stapften um das kleine Bauernhaus herum und sahen in die Fenster. Es war niemand zu Hause, wenngleich die Betten benutzt aussahen.

»Vielleicht sind sie schon vor einer Weile losgewandert«, sagte Crank. »Der Schnee kann ihre Fußspuren inzwischen zugedeckt haben. Sie sind gewiss zu irgendwelchen Nachbarn mit Holzofen gegangen.«

»Mmm«, machte Baxter und zeigte durchs Fenster auf einen Kamin in der Ecke des Wohnzimmers.

Crank zuckte nur mit den Schultern.

Dylan blickte in den Schnee, in dem einzig ihre Spuren zu sehen waren. Als er wieder aufsah, flog die Krähe ein Stück weiter die Straße entlang.

Beim dritten Haus trat Baxter die Tür ein.

Eine große Perserkatze fauchte sie an, bevor sie aus dem Wohnzimmer rannte und einen Flur hinunter verschwand. Crank folgte ihr.

»Hier, Mieze. Hier, Miez, Miez, Miez.«

Baxter schüttelte den Kopf. »Lass die Katze, Crank. Wir haben andere Sorgen.«

»Sie wird verhungern, wenn wir sie hierlassen«, raunte Crank vor sich hin.

»Wir lassen die Tür offen.«

»Dann erfriert sie. Ich kann Katzen nicht leiden sehen.«

»Vergessen Sie die Katze«, sagte Dylan ruhig aus einem der Schlafzimmer.

»Wir könnten ihr wenigstens ein bisschen Futter hinstellen«, beharrte Crank.

»Ich sagte, vergessen Sie die verdammte Katze!«

Crank und Baxter folgten seiner Stimme den Flur hinunter.

Dylan stand mit dem Rücken zu ihnen vor einem großen Messingbett. Da waren Abdrücke von Köpfen auf den Kissen, aber das war es nicht, worauf Dylan zeigte. Der Kragen eines karierten Pyjamaoberteils lugte unter der Decke hervor.

»Leute legen ihre Pyjamas dauernd unter die Decken. Da bleiben sie wärmer«, erklärte Crank.

Dylan riss die Decke zurück.

»Legen sie ihre Seidenbodys und Schlüpfer auch darunter?«, fragte Dylan. »Denn diese Dame hier hat ihre auf ihrer Seite ausgelegt. Das ist seltsam, finden Sie nicht? Da zerknittern die Sachen ja völlig.«

»Was meinen Sie?«, entgegnete Crank. »Wollen Sie behaupten, die Leute seien einfach aus ihrer Unterwäsche geflutscht?«

Aber Dylan war schon zur Tür hinaus und den Flur weitergegangen.

»Die ganze verdammte Familie legt ihre Pyjamas aus!«, rief er und riss noch ein paar Bettdecken zurück, unter denen Baumwollpyjamas von Kindern zum Vorschein kamen.

»Ziehen Sie keine voreiligen Schlüsse«, sagte Crank.

»Gehen wir!«, kommandierte Baxter.

»Wohin?«, fragte Dylan.

»Ein paar andere Türen eintreten«, antwortete Baxter.

In den nächsten drei Häusern bot sich ihnen dasselbe Bild, nur dass offensichtlich einige der Bewohner nackt schliefen, und in dem letzten Haus stand jemand entweder sehr früh auf oder ging sehr spät schlafen, denn hier lag ein kleiner Haufen Bekleidung säuberlich aufgestapelt auf einem Paar Schuhe vor der offenen Kühlschranktür. Dylan und Baxter starrten stumm auf die Kleidung, die Crank mit seinem Fuß anhob.

»Glaubst du, das legt jemand hierher, damit er morgens schneller fertig ist?«, fragte Baxter ihn.

Crank antwortete nicht.

Dylans Blick fiel auf einen Hundenapf in der Ecke.

»Was ist?«, fragte Baxter.

»Wo ist der Hund?«

Im Schrank fand Dylan eine halbvolle Tüte Hundefutter.

»Wir haben eine Katze und eine Krähe gesehen«, stellte Dylan fest. »Aber haben wir irgendwo einen Hund bellen gehört?«

Baxter schüttelte den Kopf.

»Gehen wir«, murmelte Crank, stieß den Kleiderstapel mit dem Fuß um und ging zur Tür. »Wir verschwenden hier nur unsere Zeit.«

Dylan hatte den Eindruck, dass Crank vor allem aus dem Haus herauswollte, was ihm nur recht war. Als sie wieder auf die Straße kamen, beäugte die einsame Krähe sie spöttisch vom Gipfel einer hohen Fichte.

»Wo zum Teufel *sind* die alle?«, fragte Dylan. Die Stille war nervtötend. Er wollte ein Auto hupen, eine Tür quietschen, ein Radio hören – und sei es nur ein Rauschen. Stattdessen verschwor sich sogar das Wetter gegen ihn. Der Wind hatte sich vollständig gelegt, und alles war totenstill.

»Weiter!«, sagte Crank und ging wieder voraus.

Baxter sah Dylan achselzuckend an. »In der Stadt erfahren wir sicher etwas.«

Aber Dylan zweifelte zunehmend an Baxters Beteuerungen, zumal er sich fortwährend umblickte und mehr zu sehen schien als Dylan. Beim Blick zurück zu dem Haus holten Dylan die befremdlichen Ereignisse der letzten vierundzwanzig Stunden mit voller Wucht ein. Inzwischen fürchtete er, dass das Verschwinden von Ronnies Sarg, das Ding in seinem Haus, das merkwürdige Etwas auf der Lichtung und diese verschwundenen Leute in den Häusern irgendwie zusammenhingen.

Arcos war viel zu ruhig für eine Bezirkshauptstadt, selbst für eine, in der der Strom ausgefallen war. Ein Großteil der Stadt erstreckte sich entlang einer schneebedeckten Eisfläche, die von den meisten nur »der See« genannt wurde, und die alten Backsteinhäuser nahmen sich vor der weißen Ebene gleichsam störend aus. Dylan war froh, dass wenigstens ein paar Leute auf der Straße waren, die allerdings über die schneebedeckten Gehwege in ihre Häuser eilten. Keine Autos fuhren auf den Straßen, und kein einziges Neonschild leuchtete.

»Was auch passiert ist«, sagte Dylan, »es hat die Stadt genauso erwischt wie die Umgegend.«

Die Krähe flog voraus und hockte sich auf einen Dachüberstand oberhalb einer Klinkerfassade in der Hauptstraße. Als sie die Eingangstüren des Gebäudes erreichten, sahen sie, dass es sich um das Rathaus handelte. Ein kleiner Mann mit einem mächtigen Bauch stürmte heraus und zog sie ins Haus.

»Lebende Menschen! Sind wir froh, euch Jungs zu sehen!«, sagte er und stellte sich als Carl Smith vor. Dabei klopfte er Dylan auf den Rücken, als würden sie sich schon ihr ganzes Leben lang kennen. »Gott sei Dank seid ihr okay! Es werden so viele vermisst! Woher kommt ihr?«

Eine ältere Frau mit einer zerrissenen roten Jacke und einem so ausgeprägten Silberblick, dass Dylan sie kaum ansehen konnte, sagte ihnen, sie wäre Agatha, die Postamtsleiterin. Sie und zwei besorgt wirkende Männer in Overalls und Holzfällerstiefeln kamen herbei. Dylan bemerkte, dass Crank sie mit falschen Namen vorstellte und Carl erklärte, sie wären auf der

Durchreise gewesen, als ihr Wagen mitten in der Nacht plötzlich streikte.

»Haben Sie irgendeine Ahnung, was passiert ist?«, fragte Dylan.

»Keinen Schimmer«, antwortete Carl. »Die Leute sind einfach *verschwunden*. Meine Frau, Gott schütze sie, ist weg. Agatha hier hat ihre beiden Brüder verloren. Heute Morgen kommt sie in ihre Schlafzimmer, und beide sind einfach weg! Wir können weder den Sheriff noch die Deputys finden. Ein paar Leute sind hergekommen und wieder gegangen. Sie alle erzählen praktisch dasselbe. Und weil der Strom weg ist, kriegen wir keine Gespräche rein oder raus. Alles, was irgendwie mit Energie zu tun hat, läuft nicht – keine Autos, keine Generatoren, keine Batterien.«

Carl zeigte mit der Hand zur Hauptstraße. »Mike Tapley war vorhin hier. Er wandert rüber nach West Paris und schaut, ob er dort etwas erfährt. Der stellvertretende Feuerwehrchef geht von Haus zu Haus und sieht nach den Leuten. Ich habe ihm gesagt, dass er jeden, der nicht heizen kann, in die Schule schicken und den anderen sagen soll, dass sie vorerst nicht aus dem Haus gehen sollen. Aber wenn nicht bald etwas passiert, werden die Leute kribbelig.«

»Wie viele haben Sie bisher gefunden?«, fragte Dylan.

»Fünfzehn vielleicht.«

»Fünfzehn – in der ganzen Stadt?«

Carl nickte. »Von ungefähr achttausend, alles in allem. Wie es aussieht, sind die Leute aus ihren Betten gestiegen und splitternackt weggegangen.« Flüsternd fügte er hinzu: »Aber es gibt keine Fußspuren im Schnee.«

»Sie müssen verschwunden sein, bevor es zu schneien anfing«, sagte Crank und blickte von Dylan zu Baxter.

Wieder nickte Carl. »Aber wohin sollen sie gegangen sein?«

»Wie lautet Ihre Theorie?«, fragte Baxter.

Carl runzelte die Stirn. »Ich habe keine.« Dann sah er kurz zu Agatha, die stumm vor sich hin nickte, und legte ihr tröstend einen Arm um die Schultern.

Sie hatte Tränen in den Augen, aber ein Lächeln huschte über ihr Gesicht. »Du solltest wissen, was es war. Ihr alle solltet wissen, was es war. Das Jüngste Gericht. Und wir haben es nicht geschafft.«

Carl senkte nur stumm den Kopf.

»Das Jüngste Gericht?«, wiederholte Dylan.

»Die von Gott Auserwählten«, erklärte Agatha. »Er hat meine ganze Familie und all die anderen zu sich geholt.«

Carl brachte sie zu einem Stuhl und winkte einen der anderen Männer herbei, damit er bei ihr blieb. Dann führte er Dylan, Baxter und Crank zu den Fenstern weiter vorn, wo sie außer Hörweite waren.

»Es muss eine andere Erklärung geben«, murmelte Dylan.

»Das will ich hoffen«, sagte Carl. »Die Leute bekommen allmählich Panik. Ich meine, *kennen* Sie die Geschichte vom Jüngsten Gericht?«

Dylan schüttelte den Kopf.

»Nun, für Leute wie uns, die zurückgelassen werden, ist es nicht schön, kann ich Ihnen sagen.«

»Wie lange braucht Tapley bis West Paris und wieder zurück?«, erkundigte Crank sich.

Carl betrachtete die Eisblumen am Fenster. »Vier, vielleicht fünf Stunden, bis er dort ist. Ich habe ihm gesagt, dass er bei keinem der Häuser unterwegs anhalten soll, es sei denn, er sieht dort Leute. Er hat Weisung, rüberzumarschieren, nachzusehen, ob er etwas in Erfahrung bringen kann, und sich ein oder zwei Stunden auszuruhen, bevor er wieder zurückwandert.«

»Wann ist er aufgebrochen?«

»Gegen Mittag.«

»Also, er ist zu Fuß unterwegs und kann frühestens gegen Mitternacht wieder hier sein«, folgerte Baxter. Carl stimmte ihm zu.

»Da ist noch etwas«, sagte Carl. »Die Pferde.«

»Was ist mit ihnen?«, fragte Dylan.

»Sie sind nicht mehr hier. Mike hatte zwölf, und die sind alle aus dem Stall verschwunden, ohne dass die Tür auf war oder Hufabdrücke im Schnee zu sehen sind.« Wieder blickte er sich zu Agatha um, ehe er flüsterte: »Alle Kühe, Schweine und Schafe sind weg, und wie's aussieht, auch alle Hunde. Und ich glaube nicht, dass Nutzvieh und Haustiere mit in den Himmel kommen.«

Sie dankten Carl und verabschiedeten sich unter dem Vorwand, nach Freunden in Lovell sehen zu wollen. Als sie draußen auf der Straße waren, bemerkten sie, dass Carl und Agatha ihnen nachsahen.

»Was jetzt?«, fragte Dylan und zog den Mantelkragen höher um den Hals.

»Nach Süden«, sagte Crank.

»Gehen, meinen Sie?«

Baxter nickte. »Wir haben keine andere Wahl.«

»Aber wohin gehen wir?«

»Einfach nach Süden«, antwortete Crank.

»Warum?«, fragte Dylan. »Wovor soll ich diesmal weglaufen?«

Dazu blickte er sich in der leeren Stadt um.

»Wollen Sie wissen, wer die Männer waren, die hinter Ihnen her waren, und warum sie die Leiche Ihrer Frau gestohlen haben?«, fragte Crank.

»Ja.«

»Die Antworten sind im Süden.«

»Ich will hier ein paar«, sagte Dylan und starrte Baxter an.

»Es nennt sich die Verdunklung«, begann Baxter.

»Jetzt binde ihm bloß nicht dieses abergläubische Gewäsch auf!«, unterbrach Crank ihn kopfschüttelnd. »Es wird schon so schwer genug, zum Burgfried zu kommen.«

»Crank glaubt nicht an abergläubisches Gewäsch«, tat Baxter ihn achselzuckend ab und blickte sich um.

»Was ist diese Verdunklung?«, fragte Dylan, während Crank sich verärgert abwandte.

»Sie tritt ein, wenn die Ewigen zurückkehren, um die Welt einzunehmen«, erklärte Baxter und blickte sich in alle Richtungen um.

»Die Ewigen?« Dylan fragte sich wieder, wer hier wahnsinnig war.

»Dies ist nicht der Ort dafür«, sagte Crank, der zum Rathaus zurücksah. Carl war herausgekommen und beobachtete sie. »Und es ist viel zu früh, um an Märchen zu glauben. Sie bekommen Ihre Antworten im Burgfried – falls Sie sie wollen.«

»Er hat recht damit, dass dies nicht der richtige Ort ist«, murmelte Baxter und winkte Carl zu.

»Sie zwei benehmen sich, als wäre es schon gefährlich, nur von dieser Verdunklung zu sprechen«, sagte Dylan, der ein merkwürdiges Kribbeln zwischen den Schulterblättern spürte.

»Einige Dinge bespricht man lieber in geschlossenen Räumen.«

Nochmals schaute Dylan sich in der leeren Stadt um und fragte sich, von wem Baxter wohl belauscht zu werden fürchtete. Doch im selben Moment lief ihm erneut ein Schauer über den Rücken, für den er keinen Grund erkennen konnte.

»Vorerst komme ich mit Ihnen«, lenkte er ein. »Aber ich will Antworten.«

»Ich auch«, sagte Baxter und folgte Crank, der bereits die Straße weitergegangen war.

Bill«, sagte Lucy und beobachtete Wagner, der grinsend den Kopf schüttelte. »Earl, Stan, Frank.«

Blondie tat so, als hörte er sie nicht, und marschierte vor ihnen her, so dass sein breiter Rücken Lucy die Sicht auf die Straße versperrte. Es schien keine Menschen mehr auf der Welt zu geben, denn die kleine Stadt in Virginia, durch die sie kamen, wirkte ebenso ausgestorben wie alle anderen Orte zuvor. Die Häuser zu beiden Seiten der Straße sahen aus, als wären sie von Familien mit einem ausgeprägten *Vom-Winde-verweht*-Tick gebaut worden: Vor den Backsteinfassaden reckten sich große Säulen gen Dach, und riesige Treppenaufgänge schmückten Bauten, die kaum groß genug waren, um die Sklavenunterkünfte zu beherbergen, wie es sie auf Tara gab. In den Vorgärten standen gigantische moosüberwachsene Virginia-Eichen.

»Verraten Sie's mir, wenn ich richtig rate?«, fragte Lucy.

Als Wagner in seine Richtung sah, zuckte Blondie nur mit den Schultern, worauf Wagner Lucy zunickte.

»Okay«, sagte Lucy. »Es muss wohl etwas Schlimmes sein oder ein alberner Spitzname. Cuthbert? Maximilian?«

Wagner lachte. »Warum bleiben Sie nicht bei Blondie? Der scheint ihm zu gefallen.«

»Oh nein, so schnell gebe ich nicht auf!« Als Lucy Wagners Lächeln nicht erwiderte, schüttelte er den Kopf.

»Sag ihr, wie du heißt!«, befahl er Blondie.

»Nein!«, rief Lucy, als Blondie sich zu ihnen umdrehte. »Ich krieg's schon noch raus.«

Wagner gab es auf, und Blondie starrte wieder nach vorn auf die Straße.

»Nehmen Sie eigentlich alles so furchtbar ernst?«, fragte Wagner.

»Ja, das meiste. Ich gebe mich eben ungern geschlagen.«

»Wir haben doch nicht versucht, Sie zu *schlagen*. Aber wir wurden nun einmal darauf trainiert, Dinge für uns zu behalten – wobei das jetzt wohl nicht mehr nötig ist. Wer soll uns schon hören?«

Er sah zu den leeren Häusern, worauf Blondie lachend nickte.

»Gut, dann dürfen Sie mir verraten, wohin wir gehen«, sagte Lucy. »Ich vermute, Sie haben ein Ziel.«

Wagner nahm sich einen Moment Zeit, bevor er antwortete: »Wir wollen zu einem Ort außerhalb von Washington D. C. Wir nennen ihn den Burgfried.«

»Und was passiert, wenn wir dort sind?«

Er runzelte die Stirn.

»Sie wissen es nicht genau, stimmt's?«

»Nein. Ich meine, ich könnte es mir vorstellen, aber das hier«, er zeigte nach links und rechts, »hatte ich nicht erwartet.«

»Und was stellen Sie sich vor, das passiert?«

Wieder entstand eine kurze Pause, ehe er antwortete, und Lucy bemerkte, dass Blondie ebenso gespannt war wie sie. »Es könnte sein, dass das begonnen hat, was wir die Verdunklung nennen. Aber das ist reine Spekulation, Lucy. Ich bewege mich hier auf dünnem Eis.«

»Was ist die Verdunklung?«

Er zögerte. »Die Verdunklung ... setzt angeblich ein, wenn die Ewigen zurückkehren. Es heißt, dann verdunkelt sich unsere Welt.«

»Die Ewigen? Wer sind die?«

»Nicht *wer*, sondern eher *was*. Die Ewigen sind Wesen, die vor Äonen die Erde beherrschten. Sie wurden vertrieben, und seither versuchen sie, zurückzukehren.«

Lucy verspürte einen Anflug von Angst, wusste allerdings nicht, ob sie von dem hervorgerufen wurde, was Wagner gesagt hatte, oder vielmehr von der Tatsache, dass er jedes Wort davon zu *glauben* schien. »Das ist ein Scherz, oder?«

»Ich fürchte nicht.«

»Diese Wesen, diese Kreaturen auf dem Feld, waren das die Ewigen?«

Wagner schüttelte den Kopf. »Die Ewigen selbst treten nur in Begleitung von Lakaien, von Gefolgsleuten auf. Sie nennen sich Qedem Melech. Aber es sind Menschen wie Sie und ich. Die Dinger, die Sie auf dem Feld gesehen haben ... von denen habe ich nur gehört. Sie wurden Rhothag genannt.«

»Was meinen Sie mit *wurden genannt*?«

»Seit der letzten Verdunklung hat niemand mehr einen Rhothag gesehen.«

»Wollen Sie damit sagen, dass so etwas schon einmal passiert ist?«

Er nickte. »Schon oft, wenn man den alten Geschichten glauben kann. Und jedes Mal, wenn die Verdunklung beginnt, tauchen Rhothags auf, um die Überlebenden zu verhexen. Sie sind die Soldaten der Ewigen, die Vorhut oder Infanterie, könnte man sagen, die kommt, bevor die Ewigen auf diese Seite kommen.«

»Auf diese Seite?«

»Ich schätze, damit ist diese Dimension gemeint.«

»Sie scheinen nicht besonders viel zu wissen für jemanden, der behauptet, einer Organisation zu dienen, die diese Ewigen bekämpft.«

Er lachte. »Ich bin nur ein einfacher Fußsoldat.«

»Dann leben die Ewigen in einer anderen Dimension?«, fragte Lucy nachdenklich.

Wagner hob die Schultern. »Ich weiß nicht, ob das die richtige Formulierung ist. Auf jeden Fall existieren sie nicht in unserer Realität – oder haben es zumindest seit mehreren Jahrtausenden nicht.«

»Und Sie glauben das alles?«

»Absolut.«

»Erwarten Sie, dass ich es auch glaube?«

»Das hoffe ich – um unser aller willen.«

»Wieso?«

»Weil Sie unsere einzige Hoffnung sind«, antwortete er nüchtern.

Daraufhin sah Lucy ihn an, als hätte er ihr soeben eine entsicherte Handgranate zugeworfen.

»Okay«, sagte sie langsam. »Wie passe *ich* in dieses Bild?«

Zugegeben, die Ereignisse entwickelten sich zusehends befremdlicher. Da waren der Stromausfall, das plötzliche Verschwinden von Menschen und Tieren und der verhangene Himmel, der längst nicht mehr wie ein »Durchzug eines Tiefgebiets« anmuten wollte. Tief in ihrem Innern wusste Lucy, dass es für alles eine logische Erklärung gab, ungeachtet dessen, was Wagner und Blondie glauben mochten. Aber allmählich verließ sie ihre Fähigkeit, alles und jedes Geschehen mit einer vernünftigen Theorie zu unterlegen. Sollte es sich um ein Regierungsexperiment handeln, das eine unerwünschte Eigendynamik entwickelte, dann begriff sie nicht, was für ein Experiment das hätte sein sollen.

»Sie sind der Grund, weshalb es Blondie, mich und all die anderen von uns gibt«, sagte Wagner ohne den leisesten Anflug von Ironie.

»Ich bin bloß eine Privatdetektivin«, erwiderte sie matt.

Das Echo eines Gewehrschusses ließ sie alle drei zusammenschrecken. Wagner stellte sich vor Lucy.

»Weißt du, woher das kam?«, fragte er Blondie.

Der zeigte nach vorn.

»Tja, sehen wir nach, wer geschossen hat«, schlug Lucy vor.

»Warten Sie!«, sagte Wagner und hielt sie fest, da sie bereits losging. »Sie wissen nicht, wer da vorn ist.«

Sie zuckte nur mit den Schultern. »Ich glaube nicht, dass einer von diesen Rhothags geschossen hat. Wahrscheinlicher ist, dass dort jemand in derselben Situation ist wie wir.«

Wagner bedeutete Blondie, vorauszugehen und nachzusehen. In einigem Abstand folgte er mit Lucy und blickte dabei misstrauisch zu jedem Haus, an dem sie vorbeikamen. Als er Lucy ansah, schüttelte sie den Kopf.

»Ich glaube nicht, dass der Schuss einer dieser Kreaturen galt«, sagte sie.

»Das ist gut.«

»Aber irgendetwas stimmt da nicht – ganz und gar nicht.«

Blondie hielt bei der Kreuzung vor ihnen und wartete in der Mitte der Straße, bis sie bei ihm waren.

»Was ist?«, fragte Wagner.

Sein Partner zeigte zum Vorgarten eines alten Backsteinhauses auf der Ecke, in dem ein verwitterter Pavillon stand. Lucy sah eine Frau, die mit dem Rücken zu ihnen auf dem Boden des Pavillons hockte. Je länger sie die regungslose Frau betrachtete, umso unwohler wurde ihr.

»Sie könnte sich erschossen haben«, flüsterte Wagner.

Denselben Gedanken hatte Lucy auch gehabt. Aber dann bemerkten sie, dass die Frau schwankte, wobei ihr Pferdeschwanz träge von einer Seite zur anderen wippte. Lucy ging an Wagner vorbei auf den Pavillon zu, und wieder holte er sie ein.

Sie war gerade dabei, die Treppe zum Pavillon hinaufzusteigen, als die Frau eine leere Hand hob, ohne sich zu ihnen umzudrehen.

»Das ist nah genug.«

Lucy erstarrte, wohingegen Wagner und Blondie den Befehl ignorierten und begannen, um den Pavillon herumzugehen. Ein Pistolenschuss in die Decke stoppte sie.

»Ich weiß, wer ihr seid«, sagte die Frau. Ihre Stimme klang so ruhig, dass Lucy sich an die letzten Worte eines Sterbenden erinnert fühlte. »Und jetzt tretet zurück, bis ich fertig bin.«

»Fertig womit?«, fragte Lucy und stieg vorsichtig die erste Stufe hinauf.

Sie konnte sehen, dass die Frau seufzte, entweder vor Erschöpfung oder vor Resignation. Was geschah mit ihr? Für *wen* hielt die Frau sie? Für Rhothags?

»Ohne Peter können wir nicht leben«, sagte die Frau sehr leise. »Und wir haben ihn überall gesucht.«

Lucy machte einen sehr langsamen Schritt auf die nächste Stufe, bei dem sie betete, dass er kein verräterisches Knarren erzeugen würde. »War Peter Ihr Mann?«, fragte sie.

Die Frau nickte. »Das wusstet ihr.«

»Woher sollen wir das gewusst haben?« Lucy beobachtete, wie Wagner und Blondie sich näher heranschlichen.

»Ihr habt das getan. Ihr habt sie mitgenommen. Aber ihr habt uns nicht geholt, sondern einfach hiergelassen, wo wir allein sterben müssen. War das ein schlechter Scherz?«

Lucy war sprachlos. Die äußerliche Ruhe der Frau trog, denn sie musste vollkommen wahnsinnig sein.

»Wir waren das nicht«, sagte sie und nahm die letzte Stufe. »Wir sind genauso verloren und allein wie Sie.«

Sie schien Lucy nicht zu hören. Und jetzt erst bemerkte Lucy, dass Blondie mit dem Gewehr auf die Frau zielte. Eine faulige Brise blies Papierfetzen über die Straße, und ein paar Raben flatterten über sie hinweg, bevor sie blitzartig wieder verschwanden, als wäre nicht nur dieser Vorgarten gefährlich, sondern sogar die Luft darüber. Zugleich spürte Lucy, dass der faulige Gestank von einer Gegenwart stammte, die sie kaum zu erfühlen vermochte. Die Zeit stand still, oder vielmehr trat Lucy gleichsam aus ihr heraus und betrachtete die Szene, wie sie eine Fernsehsendung ansah, vollkommen unbeteiligt am Geschehen.

Die Frau blickte über ihre Schulter, und Lucy verharrte mit einem Fuß im Pavillon, doch es schien der Hockenden egal, dass sie sich nicht an ihren Befehl gehalten hatte. Stattdessen sah sie Lucy mit rotgeweinten Augen an.

»Dann seid ihr keine Engel?«, flüsterte sie.

»Engel?« Lucy schüttelte den Kopf.

Es dauerte einen Moment, bis die Frau begriffen hatte. Dann wandte sie sich wieder ab. »Ich dachte, ihr seid die Engel, die Peter und die anderen mitgenommen haben. Ich dachte, ich hätte vielleicht einen Fehler gemacht, und ihr kommt wieder, um uns zu holen. Aber dann habe ich ja das Richtige getan.«

»Was haben Sie getan?«

Blondie starrte wortlos auf den Rasen hinter dem Pavillon, und während die Frau sprach, sah Lucy, wie sich sein Gesicht verhärtete, als wäre er geohrfeigt worden. Sie blickte zu Wagner. Was immer da drüben sein mochte, er hatte es auch gesehen. Jetzt drehte er sich um und betrachtete die Frau mit einer Mischung aus Verwunderung und Ekel. Als Lucy ganz in den Pavillon trat, erkannte sie, dass die Frau einen großen Revolver in der Hand hielt. Auf der anderen Seite vom Pavillon lagen drei Leichen im Gras, alle drei Kinder, ungefähr zwischen vier und sechs Jahren. Jedem von ihnen hatte man ins Herz geschossen. Das Gras um sie herum war platt getreten, teils ausgerissen, und Lucy wusste, warum. Die Frau hatte das erste Kind vielleicht noch überrascht, aber die anderen beiden hatten wahrscheinlich versucht, wegzulaufen oder sich wenigstens zu wehren. Sie hatte sie hierher zurückgeschleift und regelrecht nebeneinander aufgebahrt.

»Sind das Ihre Kinder?«, brachte Lucy flüsternd heraus.

Die Frau schüttelte den Kopf. »Meine Beckie ist vor zwei Jahren gestorben. Nur Peter und ich waren noch übrig.«

»Sie sagten, *wir* haben ihn überall gesucht«, sagte Lucy und ging näher an die Frau heran, obwohl Wagner sie zurückwinkte.

»Habe ich das gesagt?«, fragte die Frau stirnrunzelnd.

»Ja, haben Sie. Aber Sie sind nicht mehr allein. Wie heißen Sie?«

»Terry.«

»Sie sind nicht allein, Terry – nicht mehr.«

»Peter ist fort.«

»Ja, das weiß ich.«

»Sie wissen nicht, wie das ist, allein zu sein.«

»Doch, weiß ich sehr wohl«, sagte Lucy, die spürte, wie sie wütend auf die Frau wurde. »Ich bin mein ganzes Leben schon allein, mehr noch, als Sie sich vorstellen können.«

Wieder schüttelte die Frau den Kopf. »Alle sind fort – alle. Dann fand ich die Kinder, und ich wusste, dass Gott sie mir geschickt hat, damit ich nicht allein bin. Aber ohne Peter war ich immer noch einsam und so durcheinander. Jetzt sind sie bei Peter, und ich will auch bei ihm sein.«

»Das werden Sie«, sagte Lucy und schlich sich noch einen

Schritt näher heran. Sie überlegte, ob es ihr gelingen könnte, der Frau die Waffe aus der Hand zu schlagen, oder ob sie am Ende noch selbst erschossen würde. Wagner signalisierte ihr, sie solle zurückbleiben. »Sie müssen nur Geduld haben.«

»Waren Sie geduldig?«

Lucy seufzte. »Ja«, antwortete sie, »das war ich.«

»Ich will …«

»Gut«, sagte Lucy. Sie war nur noch drei Schritte entfernt, als die Frau sie finster anblickte, den Kopf schüttelte und die Waffe anhob. Lucy sah im Augenwinkel, wie sich Blondies Finger um den Abzug legte.

»… bei Peter sein«, beendete die Frau ihren Satz und hielt sich den Lauf an die Schläfe.

»Sicher können Sie …«

Es knallte, und Blut und Hirnmasse spritzten Lucy entgegen. Benommen sah sie zu, wie der Revolver klappernd zu Boden fiel und die Frau langsam nach vorn sackte, als neigte sie sich zum Gebet. Lucy fiel auf die Knie, weinend und unfähig, den Blick von der Frau abzuwenden, deren Pferdeschwanz erstaunlicherweise vollkommen intakt und sauber geblieben war.

Wagner kam zu ihr gerannt und zog sie mit Blondie zusammen hinunter ins Gras.

»Warum?«, hauchte sie. »Sie waren alle am Leben. Es gab genug Nahrung und Wasser. Sie brauchten weiter nichts zu tun, als zu überleben. Sie hat diese Kinder ermordet und dann sich selbst. Warum?«

Wagner schüttelte traurig den Kopf. »Diese Kinder hatten das Pech, in einer Stadt zu überleben, in der die einzige Erwachsene bereits wahnsinnig war. Das Verschwinden der anderen hat ihr das letzte bisschen Verstand geraubt, vermute ich.«

Sie brauchten den Rest des Tages, um die Frau und die Kinder zu beerdigen, und Wagner bestand darauf, dass Blondie vier Kreuze aus Holzstücken nagelte. Da sie die vollständigen Namen der Toten nicht kannten, beschriftete Lucy das eine Kreuz mit *Terry* und die anderen drei mit *Unschuldiges Kind* sowie dem Datum des Sterbetages. Mit gesenkten Häuptern standen sie vor den Gräbern, und Lucy hörte, dass Wagner leise ein Gebet murmelte.

»Was für eine Verschwendung«, sagte sie.

Er nickte. »Jetzt sind sie zusammen.«

Verärgert kniff sie die Lippen zusammen, dass sie schmerzten. »*Glauben* Sie das?«

»Ich möchte es gern. Ja, ich muss es einfach glauben. Da muss doch mehr sein als das hier …«

Er schwenkte die Hand über den Vorgarten, und Lucy sah, dass seine Augen glänzten.

»Wenn wir sterben, sind wir tot. Wir gehen wieder ins Erdreich ein«, sagte sie mit einer Bestimmtheit, die inmitten der Stille grotesk hallte.

»So zu denken, stelle ich mir hart vor«, erwiderte Wagner und sah sie an.

Sie wandte sich rasch ab von dem Mitleid, das sie in seinem Gesicht las. »Das Leben *ist* hart. Niemand hat etwas Gegenteiliges behauptet.«

»Dann glauben Sie nicht, dass das Universum mehr ist als …«

Sie schüttelte energisch den Kopf. »Ich glaube, was ich sehen und fühlen kann.«

»Aber Sie fühlen sehr viel mehr als irgendjemand sonst, den ich kenne.«

Wütend kehrte sie ihm den Rücken zu.

»Ich denke, Sie *wissen,* was ich nur glauben möchte«, sagte er ruhig.

Ihre zunehmende Wut schnürte ihr die Kehle noch weiter zu. »Sie wissen nicht, was Sie da reden!«, schluchzte sie, ließ die Tränen fließen und sagte sich, sie wären für die Fremde und die mutterlosen Kinder, die niemals aufwachsen würden.

Wagner streckte die Hand nach ihr aus, doch sie wich vor ihm zurück und hob abwehrend beide Hände.

»Sie *wollen* glauben, dass es für alles eine logische Erklärung gibt«, sagte er. »Aber die gibt es nicht.«

»Jenseits der Logik gibt es nichts als Aberglauben und Wahnsinn.«

Er sah sie nachdenklich an, bevor er Blondie vorauswinkte und ihm zur Straße zurück folgte.

»Jenseits der Logik wohnt der Glaube«, sagte er, ohne sich nach ihr umzudrehen.

Während sie sich von dem improvisierten Friedhof entfernten, pochten Wagners Worte im Takt mit ihrem Herzschlag durch ihren Kopf. Sie fühlte sich entsetzlich schuldig, obgleich sie sich wieder und wieder sagte, dass sie nichts weiter hätte tun können, um die Frau zu retten. In ihrer Hilflosigkeit lief sie näher neben Wagner, dessen stoisches Schweigen ihr Kraft zu geben schien – wider alle Logik. Bis sie den Stadtrand erreichten, wurde das Tageslicht schwächer, und sie erkannten, dass sie sich verlaufen hatten. Anstatt auf der Landstraße befanden sie sich in einer kleinen Seitenstraße, die abrupt endete. Und wieder begann Lucy zu fühlen, wie die Erde um sie herum auf schreckliche Weise entweiht wurde.

»Was ist?«, fragte Wagner, dem nicht entging, wie beunruhigt sie war.

Lucy blickte stumm an ihm vorbei. Schließlich hob sie die Hand und zeigte über den breiten Entwässerungsgraben, mit dem die Straße endete, auf den dunklen Wald dahinter. Wagner spähte misstrauisch zu den Bäumen, über denen die allgegenwärtigen dichten Wolken im rötlichen Abendlicht glühten.

»Sie kommen«, flüsterte sie.

»Da hinein!«, sagte er und zeigte auf ein kleines Cottage auf der anderen Straßenseite.

Lucy und Blondie rannten hinter ihm her um das Haus herum zur Hintertür, die glücklicherweise offen war. Wagner schob sie beide vor sich hinein und verriegelte die Tür hinter ihnen. Dann gingen sie alle drei nach vorn ins Wohnzimmer, wo sie sich unters Fenster hockten und durch die dünnen Gardinen spähten.

»Sind Sie sicher, dass Sie sie gefühlt haben?«, flüsterte Wagner.

Lucy nickte und beugte sich vor, um über den Entwässerungsgraben zu sehen. »Sie sind da«, antwortete sie fröstelnd.

Wagner legte einen Arm um ihre Schultern und drückte sie. »Sie wissen nicht, dass wir hier sind.«

»Und wenn sie uns gesehen haben?«, fragte sie.

Er schüttelte den Kopf. »Noch stand die Sonne recht hoch, und sie scheinen sehr empfindliche Augen zu haben. Selbst wenn sie eine Bewegung gesehen haben, dürften sie auf diese Entfernung kaum erkennen, was es war.«

»Halten Sie das hier für ein gutes Versteck?«

Wagner blickte sich um. »Alle Häuser haben zu viele Fenster, als dass sie gute Verstecke abgäben, aber wenigstens haben wir hier eine Wand im Rücken, falls sie hereinkommen.«

»Was ist mit dem Keller?«, fragte Lucy.

Blondie runzelte die Stirn, und Wagner schüttelte den Kopf. »Nein, der hat nur einen Zugang, also auch nur einen Fluchtweg. Da säßen wir in der Falle. Wir müssen uns still verhalten, und mit ein wenig Glück bemerken sie uns nicht.«

»Und wenn doch?«

»Dann hoffen wir, dass es nicht zu viele sind.« Er warf Blondie einen Blick zu. »Überprüfe die anderen Räume.«

Als Blondie hinausging, wandte Lucy sich wieder an Wagner. »Ich habe sie auf dem Feld beobachtet, und ich glaube, dass sie nicht nur auf Sicht jagen. Sie können uns hier drinnen riechen.«

»Uns bleibt trotzdem nichts anderes übrig, als uns zu verstecken.«

Blondie kam wieder herein und signalisierte mit einem Kopfnicken, dass alles gesichert war. Er bezog in der Ecke bei dem zweiten Fenster im Raum Stellung. Die letzten Sonnenstrahlen schienen herein und ließen Staubflocken durch den Raum tanzen wie den Kunstschnee in einer Schneekugel. Als es ganz dunkel war, erkannte Lucy, dass sich in dem Graben etwas bewegte – etwas von der Größe eines Kaninchens. Dann waren es mehrere Umrisse, die vor- und zurückglitten, als hingen sie an unsichtbaren Schnüren.

»Was zum …«, begann sie leise.

»Still!«, flüsterte Wagner, als sie auch schon begriff, was sie sah.

Das waren keine Kaninchen, sondern Köpfe.

Die Rhothags waren in den Graben gekrochen und überblickten die Umgebung. Lucy konnte ihre rotglühenden Augen erkennen. Ein leises Klicken verriet ihr, dass Wagner sein Gewehr entsicherte. Lautlos holte sie ihre Pistole aus dem Halfter und umfasste sie mit beiden Händen, wobei sie sich befahl, nicht zu zittern.

Die Rhothags standen langsam auf, und sie zählte sieben. Alle sahen riesig aus, und es war schwer, zu glauben, dass sie einst Menschen gewesen waren, wie Wagner sagte. Sie bewegten sich mit merkwürdig vornübergebeugtem Rücken, drehten die Köpfe auf der Suche nach einem Geruch vor und zurück, und als sie sich dem Haus näherten, meinte Lucy, sie etwas sagen oder zumindest murmeln zu hören, was einem kehligen Gesang ähnelte.

Plötzlich blieben sie mitten auf der Straße stehen, und Lucy hielt den Atem an. Das große Alphamännchen an der Spitze der Gruppe blickte sich langsam um, bis es direkt auf das Fenster starrte und Lucy schwören wollte, dass es sie ansah. Wagner drückte ihre Schulter.

Sobald die Gruppe bemerkt hatte, wohin sich der Blick des Anführers richtete, folgten sie ihm. Ihre tiefroten Augen wanderten die Hausfront ab, während ihre Köpfe ununterbrochen hin und her schwankten und ihre Fäuste mit den Krallen beinahe über den Boden schleiften, als sie von der Straße in den Vorgarten traten. Lucy spürte, wie Blondie näher zu ihr kam. Aus dem Augenwinkel sah sie, dass er sich gegen die Wand presste, jederzeit bereit, vorzuspringen und durchs Fenster zu feuern. Ganz langsam atmete sie ein und legte einen Finger um den Abzug ihrer Pistole.

Dann blieb das große Männchen stehen – keine zwei Meter von dem Fenster entfernt, in dem sich, wie Lucy hoffte, nur die Straße spiegelte – und sah direkt in ihre Richtung. Der Rhothag neigte den Kopf erst nach rechts, dann nach links, ohne die rotglühenden Augen von Lucy abzuwenden, als überlegte er, ob er tatsächlich sah, was er zu sehen meinte. Schließlich streckte er träge einen Arm aus und zeigte mit einer dünnen schwarzen Kralle auf Lucys Gesicht. Sie hob ihre Pistole.

Ein rauher Schrei hallte durch die Stille, und der Augenkontakt wurde unterbrochen, als sich das Männchen umdrehte, um zu sehen, welcher seiner Gefährten den Laut ausgestoßen hatte. Ein gekrümmter Rhothag, dessen eines Bein fast vollständig verdreht war, hatte sich auf die Straße zurückgestürzt, in deren Mitte er nun kreischend umherstolperte und zur Seite zeigte. Der Lärm veranlasste die anderen, mit in das Geheul einzufallen, so dass eine Kakophonie von Jaulen und Heulen die ganze Umgegend erfüllte. Schließlich begann auch das Leitwesen, zu kreischen und dem Rhothag zu folgen, der die Straße hinunterhinkte.

Lucy, der es vorkam, als hätte sie tagelang die Luft angehalten, atmete erleichtert aus und sank gegen den Fensterrahmen. Wagner klopfte ihr auf den Rücken, und sie hörte, dass auch sein Atem schwer ging.

»Finde heraus, was sie weggelockt hat«, wies er Blondie an, der daraufhin wieder einmal verschwand.

Da ihre Beine nachzugeben drohten, rutschte Lucy an der Wand hinunter, bis sie auf dem Boden saß. Als der Adrenalinschub abebbte, tat ihr vor Erschöpfung jeder Muskel weh. Wagner holte eine Wasserflasche aus seinem Rucksack, nahm einen Schluck und reichte sie ihr. Die Dunkelheit draußen wirkte wie ein dicker, trüber Brei, der die Silhouetten der Häuser und Bäume in ineinanderfließende Karikaturen verwandelte.

»Warum schicken Sie Blondie hinter ihnen her?«, fragte sie. »Er könnte getötet werden.«

Er lächelte. »Blondie zu töten, ist gar nicht so leicht, und falls sie umkehren, kann er ein paar von ihnen umlegen, bevor er wiederkommt, auch wenn das unwahrscheinlich ist. Vor allem aber will ich wissen, was sie angelockt hat und was sie hier machen.«

»Wie Sie das sagen, klingt es, als wüssten Sie schon, was sie machen.«

Er kniff die Augen ein wenig zusammen. »Ich glaube, das wissen *Sie* auch. Sind Sie okay?«

»Mir geht es gut. Als das Ding mir in die Augen sah, da … Einen Moment lang dachte ich, ich könnte die Beherrschung verlieren und einfach losschreien.«

»Das hätte Ihnen niemand verübelt. Wir hatten großes Glück.«

Eine Weile saßen sie schweigend da, Schulter an Schulter, und starrten in die Dunkelheit. Auf ein leises Knarren im hinteren Teil des Hauses hin hob Wagner sein Gewehr und knuffte Lucy leicht. Aber es war nur Blondie, der zurückkehrte. Er lehnte sein Gewehr an die Wand, setzte sich auf einen alten Sessel und senkte den Blick.

»Wo sind sie hin?«, fragte Wagner.

Blondie seufzte. »Ein paar Straßen weiter.«

»Warum sind sie weggegangen?«

Blondie antwortete nicht, sondern sah erst zu Lucy und dann aus dem Fenster.

»Oh, mein Gott!«, hauchte sie und sah, dass auch Wagner begriff. »Sie haben die Leichen gerochen.«

Blondie nickte. »Sie schaufeln die Gräber mit bloßen Händen auf.«

Lucy sah die Kinder und die Frau vor sich, wie sie friedlich dalagen, und ihr wurde speiübel. Als Wagner sie in die Arme nahm, wehrte sie sich nicht. Sie lehnte den Kopf an seine Brust und schluchzte.

»Meinst du, wir sind hier sicher?«, fragte er Blondie.

Der zögerte. »Wie es aussieht, werden sie die ganze Nacht beschäftigt sein. Und es ist besser, hierzubleiben und den Sonnenaufgang abzuwarten, als durch die Nacht zu wandern. Draußen können sie eher unsere Witterung aufnehmen, oder wir treffen auf eine andere Gruppe von ihnen.«

Wagner stimmte ihm stumm zu. »Legen Sie sich hin«, sagte er und ließ Lucy los. »Ich übernehme die erste Wache.«

»Warum machen Sie das hier?«, fragte Lucy, die hoffte, endlich eine Antwort zu bekommen, und sei es auch eine, die sie nicht glauben konnte.

Achselzuckend erklärte Wagner: »Meine Familie – und Blondies – sind seit mehr Generationen Mitglieder von Rex Deus, als wir zählen können. In unseren Familien wird jeweils der älteste Sohn dort aufgenommen. Manchmal auch andere Söhne, aber der älteste immer.«

»Und Sie folgen bloß der Tradition?«

»Es ist nicht bloß eine *Tradition*«, entgegnete er, und dem Klang seiner Stimme entnahm sie, dass sie bei weitem nicht die Erste war, der er das erzählte. »Halten Sie die Rhothags für eine Tradition? Meinen Sie, all die Verschwundenen sind irgendeiner Art Tradition zum Opfer gefallen?«

Er atmete tief durch und fuhr fort: »Entschuldigung. Sie müssen verstehen, dass es nicht leicht war, das Leben zu führen, das Blondie und mir bestimmt war: zu wissen, dass wir die letzte Verteidigungslinie gegen etwas sind, von dem die wenigsten Menschen überhaupt wissen, geschweige denn es glauben würden. Menschen wurden getötet. Ich habe Menschen getötet, und auch wenn sie den Tod wahrhaft verdienten, wäre ich dafür lebenslang eingesperrt oder sogar hingerichtet worden, hätte man mich gefasst.«

Sie sah ihn an und erkannte noch eine neue Seite an ihm. Dies allerdings war eine, die sie nicht wirklich verstand und der sie noch weniger traute. »Sie haben sie umgebracht?«

»Ich tötete die bekannten Mitglieder von Qedem Melech, wie sie mich auch getötet hätten, wäre die Situation umgekehrt gewesen. Wir befinden uns in einem Krieg, der schon länger als Menschengedenken dauert.«

»Qedem Melech und Rex Deus sind so etwas wie zwei Glaubenskulte.«

»Ja, das denken manche. Einfach ausgedrückt, folgt Rex Deus dem Licht, Qedem Melech der Dunkelheit. Früher hielten sich beide Gruppen im Hintergrund. Wir wurden für Irre gehalten, wenn eine unserer Aktionen ans Tageslicht kam. Wie Sie sehen, hat sich jetzt einiges geändert. Und vor allem ist es Zeit, sich für eine Seite zu entscheiden.«

»Wer sind diese Ewigen? Was wollen sie?«

»Sie sind das verkörperte Böse, Kreaturen, die Leben verschlingen, bis nichts mehr übrig ist. Wir glauben, dass es dort, woher sie kommen, kein Leben mehr gibt, alles dunkel und leer ist und sie deshalb nach unserer Welt gieren.«

Sie schüttelte ungläubig den Kopf. »*Woher sie kommen?* Sie sprechen von der Hölle.«

Er hob die Schultern an. »Ja, so könnte man es sagen.«

»Ich glaube nicht an Himmel und Hölle.«

»Weil es das eine gibt, muss es nicht notwendig auch das andere geben. Ich würde jedoch sagen, dass ein Gleichgewicht nur entstehen kann, solange beide da sind.«

»Der Himmel steht für Gott, die Hölle für den Teufel. Ich sagte ja bereits, dass ich nicht an Gott glaube.«

Wagner lachte spöttisch. »Und ich sagte bereits, dass ihm das wohl egal sein dürfte. Ich glaube an Gott, und ich glaube an die Ewigen. Aber Sie müssen auch nicht unbedingt Gott akzeptieren, um an die Existenz des Bösen zu glauben. Die Ewigen existieren, so wie die Rhothags existieren. Die Verdunklung kommt.«

»Und ich soll sie aufhalten.«

Sowohl in Wagners als auch in Blondies Gesicht erkannte sie ein unglaubliches Vertrauen, und am liebsten wollte sie beide ohrfeigen, damit es wieder verschwand.

»Und wie soll ich das machen?«, fragte sie. »Indem ich die Dunklen *fühle,* wenn sie kommen?«

Wagner sah sie ungerührt an. »Ich wehre mich nicht dagegen, wer ich bin. Ebenso sollten Sie aufhören, sich dagegen zu sträuben, wer Sie sind.«

»Ich bin eine Frau mit einer seltsamen Begabung. Und dabei handelt es sich bestenfalls um ein passives Talent. Ich glaube, Sie haben die Falsche.«

»Qedem Melech hat Sie kurz vor uns gefunden. Sie glaubten nicht, dass sie die Falsche haben – und ich auch nicht. Sie sind mehr, als Sie wissen.«

Lucy schüttelte den Kopf. »Sie irren sich. Vielleicht könnte ich mehr sein. Vielleicht *sollte* ich mehr sein. Aber was immer ich sein könnte, ich bin es nicht. Seit ich denken kann, fehlt mir etwas. Das habe ich mein Leben lang gespürt. Womöglich ist es das, was Sie suchen.«

Wagner sah kurz zu Blondie, als wollte er ihm verbieten, etwas zu sagen. Auch Lucy drehte sich zu ihm um, doch Blondies Gesicht war so verschlossen wie immer.

»Unsere Reise ist noch nicht zu Ende«, sagte Wagner mit einer untypischen Traurigkeit in der Stimme. »Rex Deus ist heute nicht das, was es früher war. Und ich fürchte, diejenigen von uns, die noch übrig sind, werden eines Tages dafür büßen müssen, dass sie bei Ihnen und Ihrer Familie versagten.«

»Ich büße schon mein ganzes Leben«, murmelte Lucy.

Er nickte. »Unsere Leben wurden Ihrem verpflichtet, und wir haben Sie im Stich gelassen. Es tut mir leid.«

»Sie haben mir das Leben gerettet. Wie können Sie sagen, dass Sie mich im Stich gelassen haben?«

»Wir hätten Sie früher finden müssen. Wir hätten uns größere Mühe geben sollen. Sie hätten niemals gezwungen sein müssen, sich zu verstecken oder Ihre Begabung zu verbergen. Wären Sie bei uns gewesen, hätte man Sie in dem gefördert, was Sie sind. Stattdessen haben Sie es nie gewusst und konnten es nie verstehen.«

Hin- und hergerissen zwischen der Gegenwart und ihren Erinnerungen sah sie ihn an.

Sie erinnerte sich, wie sie mit zwölf Jahren eines Sommerabends in ihrem Bett lag. Draußen vor dem Fenster schoben sich tiefhängende Wolken vor die Sterne, und die Grillen zirpten laut. Es war beinahe Halloween, aber am Südzipfel von Texas herrschte selbst gegen Mitternacht noch eine Gluthitze. Sie lag auf ihrer Bettdecke, damit die leichte Nachtbrise wenigstens Arme und Beine kühlte.

Da spürte sie, dass etwas nicht stimmte.

Sie ahnte es schon in dem Moment, als sie nachmittags aus dem Schulbus stieg. Eine seltsame Spannung lag in der Luft. Wie immer begrüßte ihre Mutter sie an der Vordertür, doch ihr Lächeln wirkte unecht, und sie blickte die Straße hinauf und hinunter, bevor sie die Tür hinter ihnen schloss. Lucy beobachtete schweigend, wie ihre Mutter Kekse buk und dabei in einem fort plapperte – von dem Nachbarhund, der dauernd kläffte, von dem Mädchen, das sie im Supermarkt gesehen hatte und das eine Tätowierung hatte, bei Gott. Als sie fragte, wie Lucys Tag gewesen war, zuckte sie nur mit den Schultern.

»Was ist los?«, hatte Lucy gefragt.

»Nichts«, sagte ihre Mutter und mühte sich vergeblich zu lächeln.

»Wo ist Dad?«

Das halbherzige Lächeln erstarb. »Bei der Arbeit. Das weißt du doch.«

Lucy nickte, nahm ihre Schulbücher und ging ohne ein weiteres Wort in ihr Zimmer.

Aber sobald sie *in* ihrem Zimmer war, wurde das Gefühl

stärker, dass etwas geschehen würde. Sie konnte nicht sagen, was es war … ein Kribbeln in den Armen, eine beunruhigende Gewissheit, dass man sie beobachtete …

Als ihr Vater außergewöhnlich spät heimkam, war die Unterhaltung beim Abendessen angestrengt. Lucy spürte, dass er etwas sagen wollte, aber zu ihrer Mutter, nicht zu ihr, und sie wollte ihn anschreien, er solle ihr verraten, was vor sich ging. Aber man hatte ihr von klein auf beigebracht, ihre Eltern zu respektieren und brav zu sein. Wer nicht brav war, nahm ein böses Ende, hieß es, auch wenn sie keine Ahnung hatte, wie so ein böses Ende aussehen mochte. Also entschuldigte sie sich und verließ den Tisch, um fernzusehen. In Wahrheit wollte sie versuchen, Teile dessen zu hören, was ihre Eltern ohne sie in der Küche redeten. Nur unterhielten sie sich gar nicht. Als sie nachsah, saßen sich ihre Eltern am Tisch gegenüber und tauschten stumme Blicke aus. Daraufhin wurde Lucys Ahnung eines lauernden Unheils zu einem hallenden Pulsschlag in ihrem Kopf. Als sie ihren Eltern einen Gutenachtkuss gab, fühlten sie sich kalt und steif an wie Statuen – oder Tote.

Danach lag sie in ihrem dunklen Zimmer und hoffte, das Zirpen der Grillen würde sie einlullen, damit sie erst am neuen Tag wieder aufwachte, wenn die Sonne schien und alles Verstörende nichts weiter wäre als eine schlechte Erinnerung.

Plötzlich fühlte sie, dass etwas sie berührte. Sie erschauderte, krümmte sich zusammen, und prompt verschwand das Gefühl für einen kurzen Moment.

Doch dann war es wieder da, als würde sie überall von schrecklichen Dingen berührt, deren Kontakt sich anfühlte wie winzige Tropfen von etwas, über das sie lieber nicht nachdenken wollte. Sie rieb sich mit der Bettdecke ab, aber was immer dieses Gefühl verursachte, es wollte sich nicht wegreiben lassen, und außer dem schwachen Sternenlicht konnte sie nichts auf ihrer Haut entdecken. Schließlich stieg sie aus dem Bett, doch noch ehe sie drei Schritte gegangen war, wünschte sie, sie hätte es nicht getan.

Hier nämlich attackierte sie das Empfinden einer fremden Gegenwart durch die Fußsohlen. Vibrationen, die aus großer Tiefe kamen, übertrugen sich aus dem Boden auf ihre nackten Füße. Sie wusste sofort, was sie bedeuteten. Es waren Schritte. Schritte von jemand anders, jemand Bösem.

Sie rannte den dunklen Flur hinunter zum Schlafzimmer ihrer Eltern und rüttelte ihren Vater wach. Mit schläfrigen Augen sah er sie an, hielt sie bei den Schultern, doch er schien nicht wütend, weil sie ihn geweckt hatte. Was sie in seinen Augen sah, war vielmehr Angst als Wut. Sie erzählte ihm von dem Schrecklichen, das sie fühlte, und er warf ihrer Mutter einen merkwürdigen Blick zu.

Im gleichen Moment verstummte das Grillenzirpen.

»Ins Auto!«, flüsterte ihr Vater, und ihre Mutter eilte zum Schrank.

»Ich ziehe mich nur an.«

Doch er drängte sie und ihre Mutter den Flur entlang zur Garagentür. »Die Koffer sind im Auto. Los!«

Das war das einzige Mal, dass Lucy erlebte, wie ihr Vater mit quietschenden Reifen startete.

Als sie die Straße hinunterrasten, fragte Lucy sich, was so schrecklich sein konnte, dass sie es spürte, bevor es näher kam. Was konnte ihren Vater und ihre Mutter in solche Angst versetzen, dass sie von zu Hause flohen und alles zurückließen, was sie hatten? Denn sie wusste, dass sie nicht zurückkehren würden, ohne dass ihre Eltern es aussprachen. Und sie wusste ebenso, dass sie diese Nacht mit keinem Wort jemals erwähnen dürfte.

»Ich habe sie gefühlt«, flüsterte sie auf dem Rücksitz.

»Vergiss es!«, sagte ihr Vater über die Schulter. »Und sprich nie wieder davon.«

Sie hatte schon vorher gewusst, dass sie anders war, hatte Dinge *gefühlt.* Aber nie waren sie so stark gewesen wie in dieser Nacht. Und das war die Nacht, in der sie zu dem Schluss kam, dass ihre Eltern vielleicht doch nicht verrückt waren. In jener Nacht verstand sie, dass ihr Vater recht hatte. Sie konnte niemandem vertrauen. Niemals. Und sie begriff außerdem, warum es sich bei der Leere, die sie tief in ihrem Innern empfand, um einen Teil von ihr handelte, den sie sich nicht eingebildet hatte.

»Ich habe reichlich gebüßt«, flüsterte sie, und Wagner bedeutete ihr, dass er verstand, was sie meinte.

Sie brauchten Tage, bis sie das südliche New Hampshire erreichten. Wie sich herausstellte, waren Crank und Baxter nicht annähernd so gut in Form wie Dylan, aber sie hielten sich wacker. An diesem Morgen waren sie bereits über eine Stunde durch tiefen Schnee gestapft, und die Morgendämmerung über den Bergen schien so schwach wie weit entferntes Kerzenlicht.

Als sie in das kleine Städtchen Edly Pond kamen, wurden sie von einem Mann überrascht, der aus der Tankstelle geeilt kam und sie anhielt.

»Woher kommt ihr?«, fragte der Mann.

»Aus Maine«, antwortete Dylan, der sich im Geiste dafür ohrfeigte, als er Cranks Blick sah.

Der Mann schien den Tränen nahe. »Das ist ziemlich weit weg. Ist da oben noch jemand übrig?«

Baxter nickte. »Ein paar. Sind hier auch alle weg?«

»Alle außer mir und meiner alten Ma, und sie hat Alzheimer, deshalb kann ich sie nicht länger allein lassen.« Er nickte in die Richtung, in die sie marschierten. »Gestern bin ich fünf Meilen weit gewandert und habe in jedem Haus nachgesehen. Meine Ma musste ich so lange in ihrem Zimmer einsperren. Das kann ich nicht noch einmal machen, weil ich Angst habe, dass sie sich etwas antut. Meine Amy ist auch weg. Haben Sie eine Ahnung, was los ist?«

Dylan schüttelte den Kopf und warf Crank und Baxter einen Blick zu. »Wir wissen nicht mehr als Sie.«

»Es ist Gottes Wille«, sagte der Mann und starrte auf seine Füße. »Steht schon in der Bibel. Alle guten Christen kommen gleich in den Himmel. Und jetzt müssen wir auf die *Wiederkunft* warten.«

»Glauben Sie das?«, fragte Dylan, der daran denken musste, was Agatha, die Postfrau, im Rathaus gesagt hatte.

Der Mann hob langsam den Kopf und sah Dylan an. »Ja, Sie nicht? Liegt doch nahe, oder?«

»Ja, mag sein.« Wenn das allerdings die Wiederkunft sein sollte, dann waren eine Menge Leute direkt in den Himmel aufgefahren, und es fiel ihm schwer, zu glauben, dass es so viele gute Christen gab.

»Und es sind nicht nur die Leute«, murmelte der Mann. »Ist Ihnen das Wasser aufgefallen?«

»Was meinen Sie?«, fragte Dylan.

»Trinken Sie Wasser aus Flaschen?«

»Ja«, antwortete Dylan. An Flaschen war leicht heranzukommen, und sie ließen sich gut transportieren.

»Finden Sie nicht, dass es komisch schmeckt?«

Tatsächlich hatte Dylan bei der letzten Flasche einen säuerlichen Geschmack festgestellt, was er jedoch auf seine angegriffenen Nerven schob. Er sah zu Baxter, der nur mit den Schultern zuckte.

»Und das Essen«, fuhr der Mann fort. »Alle Konserven schmecken auf einmal komisch, und dabei sollen die gar nicht schlecht werden.«

»Vielleicht sind Ihre Dosen einfach schon zu alt«, sagte Crank.

»Kann sein. Auf jeden Fall würde ich gern mal wieder Nachrichten hören.« Der Mann trat einen Schritt zur Seite, als

Crank an ihm vorbeigehen wollte. »Kommen Sie noch einmal von dort zurück, wo Sie hinwollen?«

Crank schüttelte den Kopf, worauf der Mann noch trauriger dreinblickte.

»Tja, falls Sie zufällig doch noch einmal in der Nähe sein sollten, wär's nett, wenn Sie vorbeikommen und mir erzählen würden, was los ist.«

»Klar«, sagte Crank und schob den Mann sanft beiseite. Als sie um die erste Biegung gingen, etwa eine halbe Meile weiter, stand er immer noch auf der Straße und sah ihnen nach.

Sie wanderten, bis die Dämmerung kalt und grau einsetzte.

»Ich kann nicht mehr lange weitergehen«, sagte Baxter erschöpft.

»Ich glaube, ich auch nicht«, pflichtete Crank ihm bei und blickte müde auf ihre Spuren im Schnee.

Die nächste Einfahrt führte zu einer Sommerhütte. Sie traten die Tür ein und warfen ihr Gepäck auf den Boden, bevor sie auf das breite Sofa an der rückwärtigen Wand fielen.

Baxter lächelte. »Wenigstens schneit es nicht mehr. Es wird langsam wärmer, und je weiter wir nach Süden kommen, umso leichter sollte das Marschieren werden.«

»Wir müssen etwas essen, ehe wir einschlafen«, sagte Crank. »Und es wäre gut, wenn wir die Bude ein bisschen heizen.«

Er zündete eine Kerze an, die er dabeihatte, und durchsuchte die Konserven im Schrank. Unterdessen brachte Baxter die Handpumpe am Waschbecken in Gang, während Dylan genug Reisig fand, um ein Feuer in dem winzigen Ofen zu entfachen. Schließlich legte Baxter sich auf seinen Schlafsack und blickte an die Decke, wo schwache Reflexe von Kerzenlicht tanzten. Aus dem Topf, in dem Dylan rührte, stieg der Geruch von Eintopf auf.

»Hatten Sie in New York jemals so viel Schnee?«, fragte Baxter.

»Woher wissen Sie, dass ich aus New York bin?«, entgegnete Dylan. »Was wissen Sie sonst noch über mich?«

Baxter schloss die Augen und sagte auswendig auf: »Sie wurden vor neunundzwanzig Jahren in New York City geboren, wo Sie bis zum Ende der zweiten Klasse lebten. Es gefiel Ihnen dort nicht besonders.« Als er die Augen wieder öffnete, starrte Dylan ihn an.

»Richtig«, sagte Dylan.

»Als Sie in der dritten Klasse waren, zog Ihre Familie nach Newton, wo Ihr Vater bei einem Stromversorger arbeitete. Die Schule dort war auch nicht Ihr Fall.«

»Okay«, sagte Dylan, »Sie haben meine elende Kindheit ausgegraben. Warum?«

»Eigentlich hört sie sich ganz ähnlich an wie das, was viele andere Kinder auch durchmachen«, wandte Crank ein.

»Wirklich?« Dylan zog ein Hosenbein hoch und zeigte ihnen eine faustgroße Narbe mitten auf seiner Wade. Die Narbe war uneben und verzerrt, als wäre die Haut hier mehrmals geheilt und neu verletzt worden.

»Was ist das?«, fragte Baxter.

»Zigarettenverbrennungen. Sie wissen also doch nicht *alles.*«

Baxter runzelte die Stirn. »Warum haben die das gemacht?«

»Ich hatte als Kind Lernprobleme, war Legastheniker. Außerdem war ich klein für mein Alter und stotterte. Mehr Gründe brauchen Kinder nicht.«

»Deshalb beschlossen Sie, Karate zu lernen.«

»Nicht gleich«, sagte Dylan. »Wenn man so runtergemacht wird wie ich damals, kann man sich schwerlich vorstellen, dass sich jemals etwas ändern könnte. Angst macht fatalistisch.«

Sein Vater hatte ihn zu Sensei Ashiroatos Dojo gebracht, weil er sich schämte, einen Feigling zum Sohn zu haben. Für seinen Vater gab es keine Entschuldigung dafür, sich nicht gegen seine Peiniger zu wehren, ganz gleich wie klein man selbst oder wie viele die anderen waren. Ein Mann bekam das in den Griff.

Dylan erinnerte sich, wie er in dem kleinen Warteraum gesessen und seinen Vater beobachtet hatte, der sich mit dem Japaner unterhielt. Sensei Ashiroato trug einen naturweißen *Gi* mit dem traditionellen schwarzen Gürtel, an dem vier goldene Streifen prangten. Dylan hatte keine Ahnung, was die Streifen bedeuteten, obwohl er wusste, dass ein schwarzer Gürtel etwas war, das man entweder respektierte oder fürchtete oder beides. Aber der Mann hatte nichts Angsteinflößendes. Er war einen Kopf kleiner als Dylans Dad und wog wahrscheinlich keine hundertfünfzig Pfund.

Nach einer Weile wurde Dylan in den Trainingsraum gewunken, an dessen Wänden große Spiegel hingen. Außerdem waren da Boxsäcke und eine Sammlung seltsamer Waffen. Sein Vater verschwand im Warteraum, und Dylan begriff, dass er bleiben sollte, obwohl er Angst hatte. Damals hatte er *immerzu* Angst gehabt.

»Also, Dylan-san«, sagte Sensei Ashiroato, »glaubst du, du möchtest gern Karate lernen?«

Dylan starrte auf den Fußboden und schüttelte den Kopf.

»Warum nicht?«, fragte Sensei.

Darauf zuckte Dylan mit den Schultern.

»Weißt du, was das Schlimmste an der Angst ist?«, fragte Sensei Ashiroato, und Dylan sah ihn an. Was hatte sein Dad dem Mann erzählt?

Sensei lachte. »Wir alle haben Angst«, sagte er.

Dylan glaubte nicht, dass alle so viel Angst hatten wie er.

»Du denkst, dass deine Angst größer ist als die aller anderen«, fuhr Sensei fort. »Aber ein kleines bisschen Angst ist genauso schlimm wie große Angst. Die große Angst ist bloß mehr. *Karateka* haben keine Angst. Glaubst du mir das?«

Wieder schüttelte Dylan den Kopf, und der Sensei lachte.

»Du hast recht«, sagte er. »Aber *Karateka sollten* keine Angst haben. Jedenfalls nicht die Sorte Angst, die du hast, Dylan-san. Möchtest du, dass deine Angst aufhört?«

Dylan nickte. Aber er wusste, dass seine Angst immer da sein würde, denn er war schwach.

Sensei beugte sich vor, bis Dylan gezwungen war, ihm in die Augen zu sehen. Dann ballte er die Hand zur Faust und hob sie über den Kopf. »Sieh her.«

Blitzschnell hieb er mit der Faust auf den Dielenboden. Ein scharfes Knacken hallte durch den Raum, aber in Senseis Augen lag dieselbe stille Freude wie vorher.

»Glaubst du, das hat weh getan?«, fragte Sensei.

Dylan nickte, doch Sensei schüttelte den Kopf und zeigte ihm seinen Handrücken. Die Knöchel waren geschwollen, aber Dylan vermutete, dass sie es vor dem Schlag auch gewesen waren.

»Warum nicht?«, fragte Dylan, der sich nicht länger beherrschen konnte.

Sensei lächelte. »Weil ich weiß, wie ich meinen Schmerz kontrolliere. Und genauso kontrolliere ich auch meine Ängste, Dylan-san. Möchtest du lernen, wie das geht?«

Dylan bejahte stumm, aber das Lächeln des Sensei wich einem Stirnrunzeln, und Dylan fürchtete, dass es nicht ging, dass es wieder wie bei den merkwürdigen Tests war, die ihn die Beratungslehrer machen ließen und bei denen sie ihm sinnlose Fragen stellten, ohne ihm je Antworten zu geben.

»Es passiert nicht einfach so«, sagte Sensei und schnippte mit den Fingern. »Dazu brauchst du Anleitung, Disziplin und stundenlanges, hartes Training.«

Das konnte er schaffen. Er könnte alles schaffen, was nötig war, damit er die dauernde Angst loswurde.

»Monate«, sagte Sensei, »vielleicht Jahre.«

Dylan schluckte, und Senseis Lächeln kehrte zurück.

»Ich verspreche dir etwas, Dylan-san«, sagte Sensei. »Wenn du dich ganz dem Training widmest, dann wird es funktionieren, das verspreche ich dir. Und ich werde alles tun, um dich zu unterstützen. Ist das ein faires Angebot?«

Sensei überkreuzte beide Fäuste merkwürdig und schüttelte dann Dylans Hand.

»*Osu*«, sagte Sensei, wobei er das Wort wie *uus* aussprach. »Wir werden gemeinsam trainieren.«

Acht Jahre lang trainierten sie gemeinsam, bis Dylan sein *san-dan* erworben hatte, den schwarzen Gürtel dritten Grades, und ein Sensei, ein Anleiter, geworden war. Lange davor hatte er den Schulhofrüpeln bewiesen, dass mit ihm nicht zu spaßen war, und einen Großteil seiner Angst überwunden.

Allerdings hatte er es nie geschafft, das eine zu erreichen, was er sich in jener Zeit am allermeisten wünschte: die Liebe und die Anerkennung seines Vaters. Als Dylan dreizehn war, starb seine Mutter, und sein Vater wurde noch distanzierter. Er gab Dylan Essen und ein Dach über dem Kopf, aber kaum mehr als das, und als *er* starb – in Dylans drittem College-Jahr –, ging Dylan nicht zum Begräbnis. Am College lernte Dylan, damals ein verschlossener junger Mann im letzten Jahr, Ronnie kennen. Er war mehr als überrascht, dass ein wunderschönes Mädchen mit ihm sprach und sogar mit ihm ausging. Als sie ihm später sagte, dass sie heiraten wolle, war er sprachlos.

Mit Ronnie entdeckte er einen inneren Frieden, wie er ihn nicht einmal im Karate erreicht hatte, und er staunte, als er erfuhr, dass sie eine Menge über Angst wusste, wenngleich sie ihm nie erzählte, was genau ihr Angst machte. Irgendetwas aus ihrer Vergangenheit lastete wie ein dunkler Schatten auf ihr, und sie wollte oder konnte ihm nichts darüber sagen. Aber Dylan tat alles, um zu verhindern, dass ihr noch einmal weh getan wurde.

Nach der Heirat fuhr Dylan häufig die lange Strecke zurück nach Newton, um mit Sensei Ashiroato zu trainieren. Nichtsdestoweniger blieb ihm die spirituelle Ebene des Karate, von der Sensei ihm versicherte, dass es sie gebe, stets verschlossen.

»Es ist nicht nur ein Mythos«, sagte Sensei bei ihrer letzten Begegnung. Das Sonnenlicht warf warme gelbe Vierecke auf den Holzboden des kleinen Dojos. »Es ist ein Wunder. Und eines Tages wirst du es entdecken. Das verspreche ich dir. Gib nicht auf!«

Dylan jedoch hatte lächelnd den Kopf geschüttelt. »Ich brauche es nicht, Sensei«, hatte er gesagt. »Ich bin froh, dass du es gefunden hast. Aber ich brauche keine Mysterien mehr. Karate hat mir Frieden gegeben. Ich bin frei, und dafür danke ich dir.«

»Trotzdem bist du kein wahrer *Karateka,* ehe du nicht die letzte Ebene erreichst«, erwiderte Sensei traurig. »Und du bist der beste Schüler, den ich je trainiert habe. Ich wünsche mir das für dich.«

»Ich weiß, Sensei.« Dylan verneigte sich mit gekreuzten Fäusten. »Aber mir genügt es. Ein Mensch sollte nicht mehr anstreben als das, was genug für ihn ist. *Osu?*«

»*Osu,* Dylan-san«, sagte Sensei und nahm Dylans Hände. »Wenn es so sein soll, dann freue ich mich für dich.«

Obwohl Dylan fühlte, dass Sensei recht hatte, dass es eine tiefere Ebene des Karate gab, die er noch nicht erlangt hatte, versuchte er, sie als Mystizismus und orientalischen Aberglauben abzutun. Und wennschon sein Leben mit Ronnie mehr war, als er sich je erträumt hatte, wusste er, dass für sie immer noch etwas fehlte und sie tief im Innern einen Schmerz barg, den sie selbst nicht zu verstehen schien.

Als die Ärzte sie über Ronnies Unfruchtbarkeit informierten, vermutete Dylan, dass sie es die ganze Zeit gewusst hatte und dieser Makel die leere Stelle in ihr war, die er niemals füllen könnte. Sie sprachen über Adoption, aber für Ronnie war das keine wirkliche Lösung. Mehr als alles andere wünschte sie sich ein eigenes Kind, und genauso sehr hatte er es sich mit ihr gewünscht. Dann starb sie und mit ihr ein großer Teil seiner selbst.

»Sie haben 1996 in Japan gekämpft«, sagte Baxter und riss Dylan zurück in die Gegenwart.

»Ja, es war ganz okay.«

»Besser als okay«, widersprach Baxter, während er zu Crank blickte. »Sie waren der Zweite in Ihrer Gewichtsklasse.«

»Wo Sie schon alles über mich wissen, verraten Sie mir, warum ich hier bin?«

Baxter sah ihn finster an. »Ronnie war eine sehr besondere Frau, Dylan. Vor Ronnies Geburt suchten wir bereits nach ihrer Mutter.«

»Warum?«

»Weil sie die Letzten ihrer Linie waren. Die Anhänger der Ewigen, Qedem Melech, haben Ronnies Sarg ausgegraben – wir vermuten, um sich zu vergewissern, dass sie tot ist.«

»Sich zu vergewissern, dass sie tot ist?«, wiederholte Dylan verwirrt.

Baxter nickte. »Wir glauben, dass sie dachten, sie könnte etwas Besonderes an ein weibliches Kind weitergegeben haben. Und sobald sie das ausschließen konnten, wollten sie Sie. Deshalb waren der Chief und der andere Polizist an jenem Tag auf der Lichtung.«

»Was meinen Sie mit ›etwas Besonderes‹?«

Baxter schüttelte den Kopf. »Ronnies Linie *war* besonders. Wir verloren die Spur ihrer Mutter Veronica in den frühen Siebzigern. Crank fand sie einmal fast, verlor sie dann aber wieder.«

»Wieso wollten Sie sie unbedingt finden? Und warum wollen diese Qedem Melech etwas, das Ronnie hatte?«

»Weil das, was sie hatte, der Schlüssel zu allem war«, erklärte Baxter, »zu allem, was geschieht.«

»Das ist unmöglich! Wie kann all das hier mit einem einzelnen Menschen zusammenhängen?«

Aber die Vorstellung, dass die seltsamen Raumwechsel und das dunkle Etwas in seinem Haus und auf der Lichtung irgendwie zusammenhingen, war nicht ganz abwegig. Er fühlte sich wie ein Köder, der am Haken hing und tief im Meer versank.

»Was ist mit diesem Ding in meinem Haus? Was war es, und was wollte es von mir?«

»Ich weiß nicht, was das war«, sagte Baxter. »Aber es wollte wahrscheinlich dasselbe wie Qedem Melech: Sie.«

»Warum in aller Welt soll ich Ihnen glauben?«

»Ich vermute, das tun Sie bereits«, antwortete Baxter gleichmütig. »Standen Sie und Ronnie sich sehr nahe?«

Dylan funkelte ihn wütend an, weil er wusste, dass ihn seine Antwort erst recht in Baxters Realität verdammen würde. »Ronnie und ich waren wie eine Person. Wir wussten immer, was der andere sagen wollte.«

Baxter nickte. »Sie muss ihr Talent an Sie weitergegeben haben, Dylan – was immer es ist. Wissen Sie es nicht?«

»Ihr seid doch verrückt!«, entgegnete Dylan kopfschüttelnd. Dennoch wusste er im Grunde seines Herzens, dass Baxter nicht verrückt war. Schattenmonster jagten keine normalen Menschen. Und normale Menschen hörten keine Stimmen, die in unbekannten Sprachen redeten, und *verstanden* sie beinahe. Sie fühlten auch keine Klauen außerirdischer Wesen, die sich in ihren Verstand bohrten. Entweder war er ein normaler Mensch, der normal wahnsinnig wurde, oder Ronnie *hatte* ihm etwas weitergegeben.

»Wann hatte einer von Ihnen beiden zuletzt Kontakt zu Ronnies Mutter?«

»Sie kam vor ein paar Jahren bei einem Autounfall ums Leben.«

»Waren Sie nicht bei der Beerdigung?«

»Wir wussten gar nichts von dem Unfall, bis Ronnie in Nevada anrief und die neuen Mieter des Hauses es ihr erzählten. Ich habe nie begriffen, wie Veronica umkommen konnte, ohne dass irgendetwas auf ihre nächsten Angehörigen verwies. Ich schätze, sie hatte auch nicht viele Freunde.«

»Qedem Melech töteten Ronnies Mutter bei dem Versuch, sie zu fangen. Sie hinterließ keine Spuren, damit sie Ronnie nicht aufspürten.«

»Töteten? Veronica war eine stille Frau, die sehr zurückgezogen lebte und niemandem zur Last fiel. Sie wollen mir erzählen, dass eine Irrengruppe sie umbrachte, um ihre *Macht* zu bekommen?«

»Ich gehe davon aus, dass Ronnie keine weiteren Versuche unternahm, jemanden in Nevada zu kontaktieren.«

»Stimmt«, bestätigte Dylan. »Was heißt Qedem Melech?«

»Es ist Hebräisch für ›Diener der alten Götter‹. Die Organisation existiert schon *sehr* lange. Also, wenn Ronnie keinen weiteren Kontakt nach Nevada unterhielt, wissen Sie nicht, dass der Sarg ihrer Mutter ebenfalls gestohlen wurde, oder?«

Baxters Frage traf Dylan wie ein Fausthieb.

»Wir folgten den Qedem-Melech-Agenten zur Mutter Ihrer Frau, kamen aber zu spät«, fuhr Baxter fort. »Und es gelang uns nicht, schneller als sie die Verbindung zwischen Veronica und Ronnie und Ihnen herzustellen. Es gab keine Hinweise darauf, dass Ronnies Mutter je ein Kind bekommen hatte.«

»Aber irgendetwas muss es doch geben – eine Geburtsurkunde, Schulzeugnisse, Fotos!«

»Nichts.«

»Wenn Sie all das wissen, warum warnten Sie mich dann nicht?«

»Wir wussten ebenso wenig wie Qedem Melech, dass Ronnie ihr Talent auf Sie übertrug. Soweit uns bekannt war, wurde es bisher ausschließlich an weibliche Nachkommen weitergereicht. Aber wie dem auch sei: Hätten Sie uns geglaubt?«

»Was geglaubt?«, fragte Dylan. »Sie haben mir nichts außer einer Geschichte über einen wahnwitzigen Kult erzählt und dass meine Frau eine merkwürdige Vergangenheit hatte.«

»Hätten Sie geglaubt, dass der Polizeichef für eine Organisation arbeitet, die vorhat, die Leiche Ihrer Frau zu stehlen und Sie zu entführen oder umzubringen?«

»Nein«, gestand Dylan.

»Als wir herausfanden, dass Ronnie tot ist, warteten wir ab«, sagte Baxter. »Wir mussten sehen, ob sie ihre Absichten verrieten und uns zeigten, wonach sie suchten und warum. Hat Ronnie Ihnen nie etwas aus ihrer Vergangenheit erzählt, Ihnen nie anvertraut, dass sie eine besondere Frau ist?« Dylan verneinte.

»Was wollen diese Qedem Melech?«, fragte er.

»Ihr Ziel ist die Vernichtung der Menschheit«, antwortete Baxter. »Sie beten die ›Ewigen‹ an oder, wie sie sie bisweilen nennen, die ›alten Götter‹. Sie sehen ihren Auftrag darin, sie wieder zu Herrschern über die Erde zu machen.«

»Und Sie erzählen mir, dass Sie an diese Ewigen glauben?«

»Ja, auch wenn ich es zurzeit noch nicht von Ihnen erwarte.

Aber nehmen Sie mich wenigstens so ernst, wie Sie jeden anderen Wahnsinnigen auch ernst nähmen, okay? Ihre Frau wusste genug über Qedem Melech, um sich nach dem Tod ihrer Mutter nicht in Nevada sehen zu lassen. Und ich gehe davon aus, dass Veronica ihr von dem ›Erbe‹ erzählte, falls Ronnie es nicht schon selbst begriffen hatte. Ronnie hatte von Natur aus den Wunsch, ihr Geburtsrecht weiterzugeben. Wahrscheinlich wollte sie dringend Kinder bekommen. Da Sie keine hatten, müssen wir annehmen, dass einer von Ihnen beiden unfruchtbar war.«

Dylan nickte.

»Wie gesagt, wir *nehmen an,* dass sie ihr Vermächtnis lieber an den Überlebenden weitergegeben hätte, der ihr am nächsten stand, als es mit ins Grab zu nehmen.«

Dylan war erstaunt, wie nahe Baxters Worte seinen eigenen Vermutungen über Ronnies Kinderwunsch kamen. Konnte es tatsächlich sein, dass Ronnie mit etwas so Abwegigem wie dem hier zu tun gehabt hatte, ohne dass er etwas bemerkt hatte?

»Glauben Sie auch an diese Ewigen?«, fragte er Crank.

Der schüttelte grinsend den Kopf. »Ich glaube an das, was ich sehen, anfassen, riechen, schmecken oder hören kann. Qedem Melech ist real genug, wahnsinnig genug und mächtig genug dafür.«

»Und Sie behaupten, meine Frau sei das Einzige gewesen, was zwischen Qedem Melech und der Weltherrschaft stand? Und jetzt fällt diese Rolle *mir* zu?«, fragte Dylan und wandte sich wieder an Baxter.

»Es gibt noch jemanden«, antwortete Baxter. »Aber wir wissen nicht, wo.«

Es begann gerade zu schneien, als sie die Hütte am nächsten Morgen verließen, und während der nächsten drei Tage schneite es immer wieder, so dass es mittags fast ebenso trübe war wie in den stillen verschneiten Nächten. Seit dem Mann an der Tankstelle waren sie keinem Menschen mehr begegnet, und nirgends stieg Rauch aus einem Schornstein auf. Außer ihren eigenen sahen sie keine Fußspuren im Schnee, und sämtliche Häuser, in die sie kamen, waren leer, obschon sie in den meisten noch *Überbleibsel* von den Bewohnern fanden – Kleider und ungemachte Betten. Die Welt schien irgendwie zu verblassen, auch wenn Dylan nicht sagen konnte, was ihm diesen Eindruck vermittelte. Der alte Mann in dem Dorf hatte nicht ganz recht gehabt: Das Wasser und das Essen schmeckten nicht verdorben, sondern einfach weniger. Der Geschmack ließ langsam nach. Und selbst die dichten Wolken, die über ihnen hingen, konnten nicht allein schuld daran sein, dass alles diffuser wurde. Es war nicht wie ein ferner Nebel, sondern die Landschaft verschwand gleichsam, als zöge sich die ganze Welt um sie herum zurück.

Baxter bestand darauf, dass sie trotz des Wetters weiterwanderten, und erklärte Dylan, alles, was bisher geschehen war, wäre erst der Anfang, weshalb sie unbedingt den Burgfried erreichen mussten. Sogar Crank – der offen zugab, dass er nicht an den abergläubischen Quatsch glaubte, den Baxter von sich gab – versicherte Dylan, dass keiner von ihnen außerhalb des Burgfrieds sicher war. Aber Dylan fürchtete, dass diese Wanderung vergebliche Mühe war, denn er bezweifelte, dass er das war, wonach Baxter suchte, und wenn sie den geheimnisvollen Burgfried erreichten, würde Cranks Boss ihm gewiss erklären, dass auch er einen Fehler gemacht hatte.

Tagelang stapften sie von Dorf zu Dorf, wanderten Straßen entlang, die kaum mehr als schmale Schneisen inmitten von Wäldern und Feldern waren. Wo die Landschaft offener war, konnte man erraten, welches die Landstraße und welches die Felder waren. Mehr als einmal stellten sie fest, dass sie von der Straße abgekommen waren, und mussten wieder umkehren. Dadurch verlängerte sich ihre ohnehin schon anstrengende Wanderung jedes Mal um Meilen. Gestern Abend dann, als sie sich in einem weiteren leeren Haus aufwärmten, begann das Wetter umzuschlagen, und eine Warmfront rückte heran.

Seit sie morgens Connecticut erreicht hatten, fiel der Schnee in nassen Brocken von den Bäumen, was sich anhörte, als würde eine Horde Riesen durch die Wälder trampeln. Der warme Wind vermochte nichts gegen die dunklen Wolken auszurichten, die wie ein grauer Schleier über jedem Tag lagen, aber seltsamerweise schien es abends jeweils aufzuklaren, so dass Nacht für Nacht ein bleicher Mond und schwach funkelnde Sterne im tintenschwarzen Himmel hingen.

Sie waren bei Sonnenaufgang losgegangen, und am späten Nachmittag wanderten sie auf einem langen Autobahnabschnitt, zu dessen Seiten keine Häuser oder Bauernhöfe standen. Eine Unterkunft für die Nacht war also noch nicht in Sicht.

»Wir hätten bei der letzten Farm bleiben sollen«, sagte Dylan.

Crank schüttelte den Kopf. »Wir müssen so schnell vorankommen, wie wir nur können.«

»Ich habe noch nie so tiefen Schnee nach nur einem Schneesturm gesehen«, stellte Dylan mit Blick auf die anderthalb Meter hohe Schneedecke fest, die im Dämmerlicht glitzerte.

Crank lachte. »Ja, das glaube ich Ihnen aufs Wort.«

»Aber Sie denken doch nicht ernsthaft, dass Qedem Melech einen Schneesturm heraufbeschwören kann, oder?«, fragte Dylan.

»Wahrscheinlicher ist, dass der Schnee *ihnen* genauso ungelegen kommt wie uns«, sagte Baxter.

»Na, jetzt wird es ja wärmer. Es müssen fast zehn Grad sein«, stellte Crank fest.

»Das macht das Gehen nur noch beschwerlicher, nicht leichter«, gab Baxter zu bedenken und sah auf seine Schneeschuhe, die bei jedem Schritt tiefer in den schmelzenden Schnee sanken.

»Und zwar in vielerlei Hinsicht«, ergänzte Dylan, als sie an eine kleine Brücke kamen, die über einen namenlosen Bach führte. »Die Schneeschmelze wird Überflutungen bringen. Das passiert in Needland jedes Mal, wenn nach heftigem Schneefall eine Wärmeperiode folgt. Die Flüsse können nicht so viel Wasser aufnehmen.«

»Großartig«, brummte Crank, als sie die Brücke überquerten.

Bisher hatten sie nicht besonders viele gestrandete Autos gesehen, weil die Verdunklung erst spät in der Nacht eingesetzt hatte. Aber aus irgendwelchen Gründen schien auf dieser Strecke zu jener Zeit ziemlich reger Verkehr geherrscht zu haben. Sie kamen an drei umgestürzten Sattelaufliegern vorbei, die wie in einem seltsamen Paarungsritual ineinander verkeilt waren, und dahinter erstreckte sich eine lange Reihe von liegengebliebenen Autos, Vans und Pick-ups. Sie stiegen durch den Seitengraben aufs Feld, um an den Lastwagen vorbeizukommen.

»Leute«, sagte Dylan und zeigte nach vorn, wo eine Gruppe im Schatten der Bäume stand.

»Die gefallen mir nicht«, stellte Baxter fest. Crank hatte bereits sein Fernglas hervorgeholt und betrachtete die Gruppe genauer, die aus acht Erwachsenen zu bestehen schien.

Schweigend reichte er Baxter das Fernglas.

»Was stimmt mit denen nicht?«, fragte Dylan. »Sie bewegen sich nicht und winken nicht. Was machen sie hier draußen?«

Baxter nahm das Fernglas herunter, starrte aber weiter nachdenklich auf die Gruppe.

»Lassen Sie mich mal sehen«, sagte Dylan und riss Baxter das Fernglas aus den Händen.

Im Zwielicht waren die Leute schwer auszumachen, zumal sie im tiefen Schatten der Bäume standen, aber er erkannte, dass einige dicke Mäntel trugen, während andere fast nichts anhatten. Und dennoch sah es aus, als würde sie der Wind nicht stören, der zwar warm genug war, um den Schnee zu schmelzen, sich auf nackter Haut jedoch recht kalt anfühlen musste. Das Merkwürdigste an der Gruppe war, wie sie dastand und einfach nur abwartete. Sie sprachen nicht miteinander. Dylan drehte an dem Rädchen des Fernglases, bis er ein Gesicht genauer erkennen konnte. Im schwachen Licht sah die Haut ledrig, faltig und seltsam verformt aus. Am auffälligsten aber waren die leuchtenden blutroten Augen.

»Was ist mit denen?«, fragte Dylan.

»Es sind Rhothags«, antwortete Baxter, »Kreaturen der Ewigen. Sie sind höllisch gefährlich.«

»Blödsinn!«, widersprach Crank kopfschüttelnd, obwohl

Dylan bemerkte, dass er verwirrt aussah. »Sie sehen zwar wie Mutanten aus …«

Baxter zielte mit seinem Gewehr auf die Gruppe und legte den Finger an den Abzug.

»Was machen Sie da?«, fuhr Dylan ihn an und drückte den Lauf hinunter.

Baxter entriss ihm das Gewehr. »Sie haben keine Ahnung, was das für Biester sind«, sagte er. »Wir haben verdammtes Glück, wenn wir sie alle erledigen können!«

»Und du weißt genauso wenig, was sie sind«, entgegnete Crank und streckte die Hand aus, um Baxter vom Schießen abzuhalten.

»Also, was schlägst du vor?«, fragte Baxter ihn und sah zum Wald, wo dichtes Unterholz zwischen hohen Fichten und Kiefern wuchs und genug Verstecke für Tausende von Angreifern bot.

»Ich dachte, Rhothags kämen nur nachts raus. Sieh sie dir an. Sie sind bei Tag draußen.«

»Es ist fast dunkel, und mit den Bäumen und den dichten Wolken macht ihnen das Licht wahrscheinlich nichts aus. Sie könnten von Dylan hergelockt worden sein. Und wenn das der Fall ist, dann hält sie nicht einmal die Sonne auf.«

»Trotzdem ist es anders als in den Geschichten. Komm jetzt. Sei einfach vorsichtig.«

»Das ist Wahnsinn!«, stöhnte Baxter.

Dennoch folgte er ihnen.

Crank hatte sein Gewehr nach wie vor umgehängt, aber beide Pistolen aus den Halftern genommen. Baxter hielt sein Gewehr schussbereit, und Dylan entsicherte seine Waffe. Je näher sie der Gruppe kamen, umso sicherer war Dylan sich, dass Baxter recht hatte und diese Kreaturen keine Menschen waren. Sie sahen eher wie große bucklige Trolle aus.

»Gehen Sie im Bogen um sie herum«, murmelte Baxter, als sie noch außer Hörweite waren. »Und zeigen Sie keine Angst.«

Dylan wollte einwenden, dass das leichter gesagt als getan war, verkniff es sich aber.

Zwischen den Rhothags und den liegengebliebenen Wagen hindurchzugehen, wurde problematisch, als die Wesen hinaus in den Schnee traten und ihnen den Weg versperrten. Und als Dylan näher kam, sah er, dass es neun und nicht acht waren. Sie bewegten sich schleppend und lauernd zugleich, als wären sie jederzeit bereit, mit unglaublicher Geschwindigkeit vorzupreschen, falls es nötig war. Ihre Augen standen viel zu eng zusammen, und ihre Zähne ragten wie Hauer zwischen ihren geschlossenen Lippen hervor. Außerdem hingen ihre Arme tief herunter wie die von Affen.

Dylan erkannte, dass sie tatsächlich eine Aversion gegen Licht haben mussten. Sobald sie aus dem Schatten traten, schirmten sie ihre Augen ab, und die tiefen Strahlen schienen auch ihre schuppige Haut anzugreifen. Mehrere der Biester wurden unruhig und kratzten sich oder versuchten, sich mit dem zu bedecken, was sie an Kleidung trugen.

»Mein Gott!«, sagte Baxter und verzog angeekelt das Gesicht. »Guckt euch diesen großen Bastard an.«

Der Größte sah aus, als hätte er einen schweren Unfall gehabt. Seine Nase war so flach, dass Dylan sich fragte, wie er damit überhaupt noch atmen konnte, und die Ohren glichen nur blassen Hautlappen, die an seinem verbeulten Schädel hingen.

Der Schnee ging dem Riesen gerade bis zu den Knien, während er den meisten anderen bis zu den Oberschenkeln reichte. Dennoch war er nicht tief genug, um Dylan und seinen Begleitern in ihren Schneeschuhen einen Vorteil zu bieten. Die muskulös wirkenden Bestien konnten wahrscheinlich ebenso schnell durch den Schnee pflügen wie die drei Männer mit ihren schwerfälligen Schuhen.

Etwa sechs Meter vor der Gruppe hielten sie an. Achtzehn echsenartige Augen richteten sich auf Dylan, der nervös von einem Fuß auf den anderen trat und seine Waffe nicht *ganz* auf die Rhothags richtete.

»Hallo«, sagte Dylan, und Baxter sah ihn an, als hätte er den Verstand verloren.

Das große Biest drehte sein Monstergesicht zu Baxter, und Dylan bemerkte, dass sich dessen Hände noch fester um das Gewehr legten. Aber der Riese betrachtete Baxter, als würde er eine neue Art sehen.

»*Rantasas*«, sagte der Riese schließlich. Das sinnlose Wort, ausgesprochen mit einer Stimme, die klang, als würde Sand zwischen zwei Steinen zerrieben, erschütterte Dylan bis ins Mark. Die anderen Rhothags wiederholten das Wort mehrmals. Sie alle hatten diese rauhe Stimme. Als sie wieder verstummten, schien die Welt den Atem anzuhalten.

»Ja«, sagte Baxter nach einer Weile. »Tja, ihr steht uns im Weg.« Er nickte zur Straße hinter der Gruppe, aber keine der Kreaturen schenkte ihm Beachtung.

»*Rantasas*«, sagte der Riese noch einmal.

Diesmal griff er unter die Fetzen, die von seinem Hemd übrig waren. Baxter zielte mit dem Gewehr auf die Stirn des Rhothags. Sein Finger krümmte sich über dem Abzug, aber der Riese wirkte nach wie vor unbesorgt. Als die Bestie die Faust öffnete, fiel Dylan auf, dass die unglaublich langen Finger in messerähnlichen schwarzen Krallen endeten. Baxter runzelte die Stirn, blickte von der Klaue zu Dylan und dann wieder zu dem Riesen. Doch in diesem Augenblick war etwas geschehen. Als Baxter wieder hinsah, hatten *alle* Rhothags ihre Fäuste geöffnet. Neunzig Krallen schimmerten von innen heraus.

»Scheiße!«, murmelte Crank und hob beide Pistolen.

Dylan fühlte, wie sich die Welt um ihn herum verlangsamte, als befände er sich in einem Flugzeug, von dem die anderen nichts wussten. Seine Gedanken bewegten sich mit Lichtgeschwindigkeit. Die Dämmerung hielt inne, die leichte Brise zwischen den Ästen verstummte. Warum kannte das Biest dasselbe Unsinnswort, das Dylan durch den Kopf hallte, als er gegen das Ding in seinem Haus kämpfte, dasselbe Wort, das der Chief auf der Lichtung benutzt hatte, bevor er starb?

»Wartet!«, rief er, und seine Stimme hallte über den Highway. »*Rantasas! Rantasas!*«

Der Riese schwankte nach vorn, als hätte ihn ein Hieb in den Rücken getroffen, und seine Augen glühten. »*Rantasas Mella Duun*«, antwortete er rasselnd.

Dylan nickte, trat vor und schob Crank auf die Rhothags zu.

»Was soll der Mist?«, fauchte Crank, der durch den Schnee stolperte.

»Weitergehen!«, befahl Dylan, während sich die Gruppe der Rhothags vor ihnen teilte. »*Rantasas! Rantasas!*«

Crank richtete sich auf, trottete über die Schneewehen und betrat dann den Bereich, den die Rhothags mit ihren bloßen Füßen platt getrampelt hatten. Eilig humpelte er zwischen ihnen hindurch auf die andere Seite. Die Bestien musterten sie mit glühend roten Augen unter pelzigen Brauen. Dabei murmelten sie in ihrer unverständlichen Sprache vor sich hin. Dylan spürte ihren Hunger, und er wusste, dass Baxter recht hatte. Diese Kreaturen ernährten sich von Menschenfleisch. Er schob Crank energischer weiter, als sich die Meute hinter ihnen wieder schloss. Dann drehte er sich um und erkannte, dass sie zwar ihn und Crank durchgelassen hatten, ohne sie auch nur anzurühren, Baxter jedoch weniger Glück haben würde.

Der Riese legte eine Pranke von der Größe eines Baseballhandschuhs um Baxter und riss ihn so abrupt zurück, dass dieser sein Gewehr fallen ließ. Dylan zielte mit seiner Waffe direkt auf das Gesicht der Bestie. Doch wieder nahm der Rhothag keine Notiz von der Waffe. Baxter versuchte, sich ihm zu entwinden.

»*Rantasas Mella Duun!*«, sagte der Rhothag, und jetzt hörte es sich wie ein Höllentrommeln an.

»*Rantasas Mella Duun!*«, wiederholte Dylan, ohne eine Ahnung zu haben, was er da sagte.

Der Rhothag nickte, als wäre er zufrieden, riss Baxter noch dichter an seine Brust und setzte die andere Klaue zum Todesstoß an.

»Kommen Sie!«, sagte Crank und zog Dylan zurück. »Wir können nicht gegen sie alle kämpfen.«

Dylan drückte den Abzug seiner Waffe. Der Kopf des Riesen explodierte in einer Fontäne von Blut. Baxter stürzte vor und griff nach seinem Gewehr, während das Monster in den Schnee sackte.

Dylan legte zu einem zweiten Schuss an, doch die restlichen Rhothags wichen zurück. Ein Ausdruck von Verwirrung lag auf ihren widerlichen Fratzen. Einer von ihnen kniete sich neben den toten Anführer und untersuchte das, was von seinem Kopf noch übrig war, mit der Spitze einer Kralle. Die anderen Kreaturen beobachteten sie, bis sie es über die nächste Schneewehe geschafft hatten, hinter der sie sich alle drei in den Schnee warfen, die Waffen aufstützten und zurücksahen, ob sie verfolgt wurden.

»Was geschieht mit mir?«, murmelte Dylan, dem noch das

Echo der fremden Stimme durch den Kopf hallte. Da waren fiese Mutanten wie aus einem Fünfziger-Jahre-Horrorfilm, und er *sprach* zu ihnen.

»Was geschieht mit mir?«, schrie er.

»Ich weiß es nicht«, sagte Baxter viel zu ruhig. »Aber vielleicht verändern Sie sich wegen der Verdunklung.«

»Wie verändere ich mich?«, fragte Dylan, der nicht sicher war, ob er die Antwort hören wollte.

»Sie werden, was immer Sie werden sollen.«

»Oder aber er wird verrückt«, murmelte Crank, hilfreich wie immer.

Dylan sah ihn wütend an. »Und wenn ich mich nicht verändern *will?*«

Diesmal erkannte er die Antwort in Baxters Gesicht. »Aha.«

»Übrigens danke für die Hilfe«, sagte Baxter, der Dylan zunickte und wütend zu Crank sah.

»Ich dachte, wir könnten sie nicht alle ausschalten, ohne selbst umzukommen«, verteidigte Crank sich.

»Du wolltest mich opfern, du Arsch!«

»Du lebst noch, oder?«

»Was ich nicht dir zu verdanken habe.«

»Barnes muss zum Burgfried, koste es, was es wolle. Du weißt, wem ich verpflichtet bin.«

»Und ob. Meinst du immer noch, dass diese Dinger nur ein paar Mutanten sind?«

»Der Scheißschnee fängt an zu schmelzen«, wechselte Crank das Thema. »Wenn wir auf dem Freeway bleiben, kommen wir schneller nach D. C. – vorausgesetzt, es kommt nicht noch ein Schneesturm auf.«

»Oder wir bekommen es mit noch mehr von den Dingern zu tun«, ergänzte Dylan und blickte nach vorn.

»Fick dich, Crank!«, fluchte Baxter. »Wir klären das hier und jetzt.«

»Meinetwegen gern«, sagte Crank und sicherte seine Waffe.

»Dir ist doch scheißegal, dass Reese umgebracht wurde oder ob ich draufgehe, du Arschloch!«

»Was soll das, verdammt noch mal, heißen?«, fragte Crank mit blitzenden Augen. »Du und deine Kumpel seid Abtrünnige!«

»Was geht denn jetzt ab?« Dylan versuchte, die beiden Männer auseinanderzuschieben. »Ich dachte, ihr Jungs seid auf derselben Seite!«

»Crank hält uns für einen Haufen Verräter«, erklärte Baxter. »Eine Gruppe von uns hat sich vor ein paar Jahren von Rex Deus losgesagt. Jetzt sind wir die echten Rex Deus.«

»Du verlogener Drecksack!«, beschimpfte ihn Crank.

»Bin ich das? Du hast doch selbst gesagt, dass Reese und ich die einzigen Guten in der Stadt waren. Warum haben die anderen Rex-Deus-Mitglieder dem Polizeichef in die Hände gespielt?«

»Willst du behaupten, dass einige von Clayborns Leuten für Qedem Melech gearbeitet haben?«, fragte Crank so leise, dass Dylan ihn kaum verstand.

»Es sah verdammt danach aus«, antwortete Baxter. »Erzähl Dylan, was deiner Meinung nach hier los ist. Sag ihm alles, was Clayborn meint!«

»Wir verschwenden Zeit«, erwiderte Crank, der Baxter immer noch wütend anstarrte.

»Wozu die Eile?«, konterte Baxter. »Warum müssen wir so dringend zum Burgfried? Du denkst doch, wir hätten es nur mit einer technischen Panne zu tun. Da kann Rex Deus nichts ausrichten. Es gibt keine Verdunklung, keine Ewigen. Was schert es uns dann?«

»Da ist immer noch Qedem Melech«, sagte Crank.

»Und was soll Dylan damit anfangen?«

Cranks Gesicht war wutverzerrt. »Qedem Melech will ihn. Deshalb ist er wichtig für uns.«

Baxter nickte und zeigte nach hinten. »Inwiefern wichtig? Sieh dich doch um. Willst du das immer noch abtun? Glaubst du nach wie vor, dass diejenigen von uns, die sich abwandten, unrecht hatten?«

Crank spuckte in den Schnee. »Das finden wir heraus, wenn wir zum Burgfried kommen. Clayborn wird wissen, was zu tun ist.«

Baxter schüttelte den Kopf. »Selbst Clayborn wird inzwischen begriffen haben, dass er sich irrte. Warum kannst du es nicht?«

»Was glauben *Sie?*«, fragte Crank Dylan.

Mit dieser Frage ausgerechnet von ihm hatte Dylan nicht gerechnet, und er wusste nicht, was er antworten sollte.

»Ich glaube, dass es für alles eine rationale Erklärung gibt«, sagte er langsam.

Crank nickte und wandte sich wieder zur Straße. »Ich auch.«

Die Ausläufer der Catskills glitzerten hinter Wänden aus Wasserkaskaden, die Bäche traten über die Ufer, die Flüsse überschwemmten die niedrigeren Ebenen und verwandelten Täler und Felder in blubbernde braune Seen, die zu den braunen Grasbüscheln passten, welche hier und da unter dem schmelzenden Schnee zum Vorschein kamen. Ein schwerer Modergeruch hing in der Luft, und Dylan bemerkte, dass selbst das Moos auf den Bäumen zu verblassen und einzugehen schien.

Sie fanden ein großes Blockhaus, in dem sie Unterschlupf fanden und abwarten konnten, bis die Flut versickerte. Das Gebäude war ehedem ein Pumpenhaus und eine Abfüllanlage für Quellwasser gewesen. Tausende von Plastikflaschen standen auf einem stillgelegten schmalen Stahlfließband. Behälter mit blauen Plastikschraubdeckeln standen an einer Schütte bereit, die die Maschinen speiste, und Wasserpfützen auf dem Estrichboden zeugten von geplatzten Rohren, die inzwischen leergelaufen waren und wohl nie repariert oder wieder aufgefüllt würden. Riesige Paletten mit befüllten Flaschen enthielten genug Trinkwasser, um Dylan und die anderen für den Rest ihres Lebens zu versorgen. Aber nicht nur schmeckte jede Flasche fad und säuerlich, sondern es schien von Flasche zu Flasche schlimmer zu werden. Alles, was sie aßen, jedes Glas Erdnussbutter und jede Dose Lachs verstärkte den Eindruck, auf Pappe zu kauen.

Vom ehemaligen Büro des Managers aus konnten sie durch große Metallrahmenfenster hinaus auf die Flut sehen. Hier gab es auch einen Ölofen, der, wie Dylan schätzte, aus dem Zweiten Weltkrieg stammen musste. Nachdem sie einen Tag fast ausschließlich in dem beengten Raum verbracht hatten, stank er nach Suppe, Schweiß und feuchter Kleidung, aber wenigstens war es hier warm und trocken. Drei oder vier Mal am Tag stapfte Crank nach draußen und wanderte die steile Einfahrt hinunter, um die Wasserhöhe zu prüfen. Oft war er eine Stunde und länger fort, auf der Suche nach einem Weg um das herum, was inzwischen einer Sintflut ähnelte. Im Moment war er auch wieder weg.

»Er wird nichts finden«, sagte Dylan, der aus dem Fenster in den dichtverhangenen Himmel blickte. »Morgen vielleicht. Das Wasser versickert ziemlich schnell, nachdem der Schnee fast vollständig geschmolzen ist. Aber ich werde nicht versuchen, um die Flut herumzuwandern, das sage ich Ihnen.«

»Kann ich Ihnen nicht verdenken«, erwiderte Baxter.

»Warum sind Sie so sicher, dass Sie recht haben und er unrecht?«, fragte Dylan und nippte an einem Kaffee, der nach *nichts* schmeckte.

»Weil ich im Gegensatz zu Crank an mehr glaube als das, was mir meine fünf Sinne bestätigen. Ich weiß nicht, was Sie können, Dylan, nur, dass wir das aufhalten müssen, was kommt, und dass Ihre Frau einer der Menschen war, die es konnten. Das hat man mich jedenfalls mein Leben lang gelehrt. Wir haben höllisch lange nach ihr gesucht.« Er seufzte laut. »Ich fasse nicht, dass wir ihre Mutter verloren haben.«

»*Hatten* Sie ihre Mutter denn jemals? Sie reden, als wäre Veronica in Gefangenschaft gewesen oder so etwas.«

»Ich vermute, so kam es ihr auch vor, was ihr niemand verübeln kann. Sie wollte sich wohl einfach nicht damit abfinden, wer sie war, und sie wollte nicht, dass ihre Kinder dasselbe durchmachten. Aber im Grunde war sie nicht gefangen, sondern eher in einer Art Schutzhaft. Sie wusste besser als irgendjemand sonst, dass die Ewigen zurückkommen würden. Sicher hatte sie Angst. Und wer hätte die nicht?«

»Welches war ihr besonderes Talent?«, fragte Dylan.

»Sie war eine Hellseherin. Sie konnte die Zukunft voraussagen.«

»Das meinen Sie ernst, nicht wahr?« Falls Ronnie irgendetwas an ihn weitergegeben hatte, dann gewiss keine Hellsichtigkeit. Denn alles, was bisher geschehen war, hatte ihn eiskalt erwischt. In Millionen Jahren hätte er das nicht prophezeit.

»Ja, sehr. Veronica war eine erstaunliche Frau.«

»Die wenigen Male, die ich sie gesehen habe, hatte ich immer das Gefühl, dass sie mich nicht mag. Hellseherei würde erklären, warum.«

»Was meinen Sie?«

»Wenn sie tatsächlich die Zukunft voraussehen konnte, muss sie vorausgesehen haben, wie ich alles zugrunde richte.«

»Wie haben *Sie* alles zugrunde gerichtet?«

»Ronnie ist tot.«

»Ich dachte, sie wäre an einer unheilbaren Krankheit gestorben.«

»Ist sie auch.«

»Dann ist das das Dämlichste, was ich je gehört habe.«

Dylan wurde wütend. Seit langer Zeit hatte ihn niemand mehr dämlich genannt.

»Ja, ist es«, sagte Baxter. »Kommen Sie wieder runter! Menschen sterben. Und in den meisten Fällen gibt es nichts, was man dagegen tun kann.«

»Das haben die Ärzte auch gesagt.«

»Aber Sie glaubten ihnen nicht?«

»Ich hätte jemand anders finden müssen. Es gibt immer Alternativen.«

»Für mich klingt das, als müssten Sie dringend aufhören, sich selbst fertigzumachen.«

Er sah Baxter an, bevor er sagte: »Sie haben keine Ahnung, wie sich das anfühlt. Manchmal tut es so verdammt weh …«

»Schmerz und Schuld sind zwei verschiedene Paar Schuhe.«

Dylan seufzte, denn in Baxters Worten vernahm er Ronnies eigene bodenständige Weisheit. Er wusste, dass der Mann recht hatte – längst.

»Wir alle haben Menschen verloren, die uns viel bedeuteten, Dylan. Ich weiß, dass Sie gern glauben würden, Sie hätten Ihre Frau mehr geliebt, als irgendjemand auf der Welt je jemanden geliebt hat, aber bedaure. Dem ist nicht so.«

»Mit anderen Worten: Ich soll drüber wegkommen.«

Baxter hob die Schultern. »Sie ist seit zwei Jahren tot.«

»Mir ist durchaus bewusst, wie lange sie tot ist«, entgegnete Dylan und bemerkte auf einmal, dass er aufgehört hatte, die Tage und Stunden zu zählen.

»Veronica erzählte mir einmal vor Jahren, dass sie ein sehr ereignisreiches Leben für mich sähe, ich aber die Menschen verlieren würde, die mir in seinem Verlauf besonders teuer wurden. Genau so war es.«

»Klingt nicht wie die gängige Auskunft, die man von den Weissagerinnen auf Jahrmärkten bekommt.«

»Sie bot mir an, Namen zu nennen. Das hatte sie schon vorher für uns gemacht, aber wir haben gelernt, dass es nicht gut ist, zu viel über die Zukunft zu wissen.«

»Warum nicht? Ich würde meinen, dass es beim Planen hilft.«

Baxter schüttelte den Kopf. »Sie konnte *einiges* voraussehen, anderes war vager, etwa, dass Gefahr drohte. Wir benutzten das, was wir verstanden. Aber wie würde es Ihnen gefallen, den Moment zu kennen, in dem Sie sterben? Was wollen Sie mit dem Wissen anfangen?«

Dylan verstand Baxters Bedenken nicht. »Dann würde ich *darauf* reagieren.«

»Sie meinen, Sie würden versuchen, etwas zu ändern?«

Er nickte.

»Funktioniert nicht. Sie wären vielleicht nicht auf der Straße, wenn der Wagen kommt, aber zur selben Zeit würde wohl Ihre Schlafzimmerdecke einstürzen. Das Schicksal hat seine eigene Art, zu zeigen, dass es im Recht ist.«

»Und das war die Kraft, die Veronica an Ronnie weitergeben sollte?«

Baxter schüttelte den Kopf. »Jede Frau in Veronicas Linie besitzt eine andere Begabung. Manche sind telepathisch, manche telekinetisch, manche hellseherisch. Ich habe von einer gehört, die vor ein paar hundert Jahren lebte. Sie konnte die Gestalt wechseln, aber ich weiß nicht, ob das wahr ist.«

Dylan sah ihn ungläubig an, doch Baxter sah nicht aus, als machte er Witze.

»Warum ihre Linie?«

»Keine Ahnung. Ich weiß nur, dass es so ist, ob Crank es nun glauben will oder nicht. Seine vermeintlichen rationalen Erklärungen dafür, weshalb Qedem Melech Sie will – und weshalb er Sie braucht –, leuchten mir nicht ganz ein. Ich glaube, dass alles, was geschehen ist, Crank an eine Grenze führt, die er nicht übertreten möchte.«

»Vielleicht die Grenze des Wahnsinns«, sagte Dylan und dachte, dass Crank und er gar nicht so verschieden waren.

»Vielleicht.« Baxter lächelte. »Aber das kann ich mir nicht vorstellen, denn Crank ist viel zu dickköpfig, um wahnsinnig zu werden.«

»Sie sind davon überzeugt, dass diese Ewigen kommen, um die Weltherrschaft zu übernehmen, stimmt's?«

»Ja.«

»Und sie sind wie diese Dinger auf der Straße, diese Rhothags?«

»Nein.«

»Wie dann?«

Baxter hob die Schultern. »Kein Lebender hat sie je gesehen. Sie sind bisher noch nicht auf unsere Seite gekommen, oder zumindest bin ich mir sicher, dass wir es wüssten, wenn. Aber es gibt sie. Die Rhothags laufen nur herum, weil die Ewigen an Stärke gewinnen.«

»Ich glaube das alles immer noch nicht – ausgenommen das mit den Rhothags.«

»Schauen Sie sich um. Was denken Sie, was vor sich geht?«

Seit sie unterwegs waren, hatten sie nirgends Strom gefunden. Die meisten Menschen und alle Haustiere, bis auf ein paar Katzen, schienen verschwunden zu sein. Und die Katzen, die sie sahen, liefen verängstigt weg, sobald sie sie entdeckten.

»Trotzdem«, sagte Dylan. »Ich halte das Ganze nach wie vor für eine Katastrophe, die durch Menschen verursacht wurde.«

»Und wie? Was für eine Katastrophe soll das sein? Wo sind alle hin?«

»Sagen Sie es mir. Wo *sind* sie hin?«

Baxter überlegte. »Ich weiß es nicht. Über die vergangenen Kriege gegen die Ewigen ist kaum etwas überliefert. Immerhin soll der letzte vor dem Aufstieg der Ägypter gewesen sein.«

»Es könnte sich also ebenso gut um einen Mythos, eine Sage handeln.«

»Und die Rhothags?«, beharrte Baxter.

Dylan zuckte mit den Schultern. »Sie wussten auf Anhieb, was für Kreaturen das waren. Woher?«

»Wir alle haben Geschichten über große Helden aus der Vergangenheit gehört, die gegen Rhothags kämpften. Angeblich kann man sie nur töten, indem man ihnen die Köpfe abschlägt oder ihnen in die Augen, den Mund oder den Hals sticht.«

»Meine Waffe schien auch recht effektiv zu sein.«

Baxter stieß einen Seufzer der Erleichterung aus. »Ja, Sie haben ihm den Kopf weggepustet. Ich schätze, so geht es auch. Den Geschichten zufolge verwandeln sich getötete Rhothags in Menschen zurück.«

»In lebendige Menschen?«

»Ich weiß nicht – wohl eher nicht.«

»Das Biest sah nicht aus, als würde es sich in irgendetwas verwandeln.«

»Im Laufe der Jahrtausende werden wahre Geschichten oft über Gebühr ausgeschmückt.«

»Genau das macht mir ja Sorge.«

Wieder seufzte Baxter, wenn auch weniger erleichtert als verärgert. »Ich kann Ihnen nicht begreiflich machen, was ich weiß. Aber ich weiß es eben einfach.«

Wie Sensei und seine *Mysterien.*

»Mir war, als könnte ich die Rhothags verstehen«, sagte Dylan leise.

Baxter zog die Augenbrauen hoch. »Die meisten von uns bei Rex Deus haben schon so lange mit dem Bösen zu tun, dass wir gewisse *Gefühle* entwickelten. Dort auf der Straße, als die Dinger anfingen, in ihrer widerlichen Sprache zu reden, kam es mir vor, als würde ich in einen langen dunklen Tunnel gleiten.«

»*Rantasas?* Sie verstanden das Wort?«

»Ja. Einige von uns beherrschen ein paar Brocken der Ewigensprache. *Rantasas* bedeutet *Ich diene.* Ich glaube allerdings, es kann auch *Du dienst* heißen, denn ich spürte, wie es versuchte, in mich einzudringen.«

Dylan war sprachlos. Offensichtlich hatte Baxter genau dieselben Gefühle gehabt wie er.

»Ich hatte dieselbe Stimme viel zu oft im Kopf«, gestand Dylan schließlich. »Da war etwas Dunkles in meinem Haus, eine Präsenz, die ich nicht beschreiben kann. Als sie mich heimsuchte, löschte sie alle Lichter, und selbst draußen schien es dunkel zu werden, obwohl Tag war.«

»Von so etwas habe ich noch nie gehört.«

»Also, Ronnie war die Letzte ihrer Linie«, überlegte Dylan laut. »Aber ich habe nur eingeheiratet.«

Baxter nickte. »Und Sie haben niemals merkwürdige Begabungen an sich festgestellt?«

»Ich hatte Alpträume, an die ich mich hinterher nicht erinnerte«, gestand Dylan. »Dann wachte ich nachts an verschiedenen Plätzen in meinem Haus auf, ohne zu wissen, wie ich dorthin gekommen war. Und jedes Mal hatte ich das Gefühl, als wäre da etwas im Haus. Manchmal war ich mir sicher, dass ich mich überhaupt nicht *bewegt* hatte.«

»Wie meinen Sie das?«

»Mir war, als wäre ich einfach in dem anderen Raum *erschienen*. Ich dachte, ich hätte Halluzinationen.«

»Obwohl Sie sich nicht sicher waren, dass Sie tatsächlich halluzinierten?«

»Vielleicht«, sagte er und sah Baxter an. »Wie kam es zu Ihrem Bruch mit Rex Deus?«

»Eine Gruppe von uns sagte sich vor ein paar Jahren von den anderen los. Mit der Zeit wechselten mehr zu uns, als sie anfingen, die Zeichen zu erkennen. Heute gibt es zwei *Abteilungen*, wenn Sie so wollen, aber die eine erkennt die andere nicht an. Die Gruppe, der ich angehöre, glaubt an die Ewigen, die Verdunklung und all den *Quatsch*, wie Crank sagen würde. Clayborn, Crank und die anderen, die meinen, dass Qedem Melech im Grunde nur eine Terrororganisation sei, gehören zu den anderen.«

»Aber Cranks Seite hat das Sagen.«

»Sie behielten den Burgfried«, sagte Baxter. »Doch jetzt bleibt ihnen nicht anderes übrig, als sich unseren Überzeugungen anzuschließen.«

»Crank macht bisher keine Anstalten«, sagte Dylan.

»Ich kenne Crank schon sehr lange. Er ist Clayborn so ergeben, wie man es überhaupt sein kann. Aber nun ist alles anders.«

»Er war bereit, Sie auf der Straße zurückzulassen.«

»Ja ... Doch für Crank war das eine logische Entscheidung. Er hat die Pflicht, Sie zum Burgfried zu bringen – genau wie ich.«

»Dann nehmen Sie es ihm nicht mehr krumm?«

»Na ja, sagen wir, ich verstehe, warum er so entschied.«

»Er traut Ihnen nicht. Trauen Sie ihm?«

»Ich traue ihm zu, seinen Job zu machen. Solange einer von uns am Leben ist, werden Sie den Burgfried erreichen. Von jetzt an sollte ich nur besser auf mich selbst aufpassen.«

»Das muss ja sehr beruhigend für Sie sein.«

Baxter lachte, und in diesem Moment kam Crank mit schlammverkrusteten Stiefeln hereingestapft.

»Die Brücke ist wieder frei«, sagte er. »Morgen früh brechen wir auf.«

Lucy, Wagner und Blondie betrachteten benommen die Überreste von Marivelle, einst eine hübsche Kleinstadt an den Osthängen von Virginias Blue Ridge Mountains. Jetzt, im Licht der winzigen Sternenpunkte am Himmel, erinnerte die Stadt Lucy an Fotos von zerbombten Städten im Zweiten Weltkrieg. Eine Feuersbrunst hatte ganze Straßenzüge zerstört. Sie wanderten über trümmergesäumte Straßen und blickten sich immer wieder nervös um.

»Was ist hier passiert?«, fragte Lucy.

»Könnte ein Kampf zwischen Überlebenden und einigen der Rhothags gewesen sein«, antwortete Wagner achselzuckend. »Oder ein Unfall. Die Feuerwehren streiken ja sämtlichst.«

Blondie lachte leise, worauf ihm Lucy kopfschüttelnd einen Klaps auf die Schulter versetzte.

»Sehr witzig«, sagte sie. »Laut Karte sollten wir hier eine Stadt finden, keinen Haufen Asche. Mir ist nicht danach, heute Abend noch weiter über den Highway zu gehen. Was meinen Sie?«

»Nein«, pflichtete Wagner ihr bei. »Ich hatte sogar schon Sorge, dass wir es nicht einmal bis hierher schaffen.«

Die Rhothags wurden zusehends zahlreicher, und ihnen auszuweichen, wurde immer schwieriger. Kurz zuvor hatten sie schon beinahe beschlossen, in einem kleinen Dorf namens Evansville zu übernachten, als Lucy einige der Kreaturen in der Gegend spürte. Darauf waren sie weitergerannt, so schnell sie konnten.

»Tja, wir haben es geschafft, und jetzt müssen wir das Beste daraus machen«, sagte Lucy. »Irgendwo muss doch noch ein intaktes Haus stehen, das brauchen wir bloß zu finden.«

Aber im Mondlicht war die gesamte Innenstadt nichts als ein Chaos aus Betonbrocken, Steinen, zerbrochenem und geschmolzenem Glas. Wenngleich das Feuer offensichtlich längst erloschen war, hing ein beißender Rauchgestank in der Luft. Sie kletterten über einen Trümmerhaufen nach dem anderen, nur um immer wieder inmitten von Schutthalden zu stehen. Schließlich entdeckte Lucy eine offene Gasse, über der zwei hohe Wände gegeneinandergestürzt waren. Vorsichtig gingen sie durch den Steintunnel, der zu einer Straße mit einem kleinen Park führte. Lucy ließ sich auf eine Bank fallen, und ihre Schutzengel setzten sich neben sie. Alle drei starrten stumm auf die makabre Silhouette der zerstörten Stadt, die sich in den Nachthimmel erhob. Als Lucy aus dem Augenwinkel eine Bewegung wahrnahm, wandte sie sich abrupt um und blinzelte in Richtung eines großen Trümmerhaufens, der die Straße blockierte. Ein Augenpaar funkelte im Sternenlicht.

Wagner und Blondie hoben ihre Gewehre, aber Lucy bedeutete ihnen per Handzeichen, dass sie abwarten sollten. Langsam stand sie auf, ging drei Schritte auf den Schuttberg zu und kniete sich hin.

»Komm her, mein Kleiner«, rief sie leise. »Ist ja gut. Komm, hab keine Angst.«

Zögerlich wagte sich ein struppiger schwarz-weißer Hund zwischen eingestürzten Holzbalken hervor und kam auf Lucy zu. Als er nahe genug war, hielt Lucy ihm die Hand hin.

»Vorsicht«, mahnte Wagner, »er könnte Tollwut haben!«

»Hat er nicht«, entgegnete Lucy, die dem Hund sanft den Kopf streichelte. Das Tier beugte sich vor, damit sie es hinter den Ohren kraulen konnte.

»Border Collie«, stellte Blondie fest, der leise zu ihnen kam und sich neben Lucy kniete, um nach dem Halsband des Hundes zu sehen. »Und er ist geimpft.«

»Er ist eine *Sie*«, korrigierte Lucy. »Ich frage mich, woher sie kommt. Wir haben keinen Hund mehr gesehen, seit die Verdunklung begann.«

Wagner schüttelte den Kopf. »Wie es aussieht, haben ein paar von ihnen wohl doch überlebt.«

Blondie holte ein Stück Dörrfleisch aus seinem Rucksack und gab es der Hündin.

»Wenn sie reden könnte«, sagte Wagner, »hätte sie uns gewiss eine Menge zu erzählen. Wie wollen Sie sie nennen?«

Lucy blickte sich um. »Phönix.«

»Das passt.«

Die Hündin folgte ihnen zur Bank zurück, legte den Kopf in Lucys Schoß und futterte begeistert noch etwas Dörrfleisch. Lucy betrachtete die unglaubliche Zerstörung um sie herum, atmete den modrigen Gestank von verbranntem Holz und von etwas ekelerregend Süßlichem ein, das geröstetes Fleisch sein musste.

»Ist das die Hölle?«, flüsterte sie.

»Glaube ich nicht«, antwortete Blondie zu ihrer Überraschung.

»Ach nein? Warum nicht?«

»Zum einen, weil wir nicht tot sind, und zum anderen, weil ich nichts Böses getan habe.«

Lucy musste lachen. »Stimmt, haben Sie nicht. Aber vielleicht habe ich Sie einfach mitgeschleppt.«

»Was haben Sie denn Böses getan?«, fragte Wagner.

Lucy zögerte. »Eine Menge Dinge.«

»Zum Beispiel?«

»Einmal ließ ich ein kleines Mädchen sterben«, sagte sie leise. »Ich habe es noch nie zugegeben, nicht einmal vor mir selbst.«

Beide Männer sahen sie an, und sie wusste, dass sie nicht nachfragen würden.

»Ich habe eigentlich nichts getan«, sagte sie. »Ich weiß nicht … Ich wollte ihr helfen, aber ich tat es nicht.«

»Wie alt waren Sie da?«, fragte Wagner.

»Zehn. Sie und ihre Schwester wohnten bei uns nebenan. Ich spielte nie mit ihnen, weil mir außerhalb der Schule Kontakt mit anderen Kindern verboten war. Aber ich beobachtete sie von meinem Fenster aus, wenn sie über die Straße in den Park gingen. Annette und Debbie nahmen immer ihre Puppenwagen mit und spielten Vater-Mutter-Kind unter den Bäumen. Ich setzte dann meine Puppen unters Fenster und stellte mir vor, ich wäre auch dabei. Ich dachte mir sogar Antworten auf die Fragen der Leute aus, die bei den anderen beiden stehen blieben. Ist das nicht blöd?«

Wagner verneinte stumm.

»Eines Tages hatten sie ihre Puppen auf die Bank gesetzt, und Annette stand davor und redete auf sie ein. Sie war die Herrische von beiden. Debbie war ein Jahr jünger und machte alles, was Annette sagte. An diesem Tag war es heiß. Ich erinnere mich noch, dass es fast windstill war, und ich konnte die Hupen der Lastwagen hören und die Leute, die sich auf den Gehwegen unterhielten. Ich roch den Apfelkuchen, den meine Mutter unten in der Küche buk. Dann sah ich, dass Annette zum Haus zeigte und Debbie sich mit ihr stritt. Annette sah sie streng an und stemmte die Fäuste in die Seiten, worauf Debbie nachgab. Sie hatten etwas zu Hause vergessen, und Debbie sollte es holen.«

Sie sah das Gesicht des kleinen Mädchens vor sich. Ganz deutlich war ihr vor Augen, wie Debbies Haar in der Nachmittagssonne schimmerte und die Kappen ihrer Lederschuhe glänzten.

»Wurde die kleine Schwester von einem Auto angefahren?«, fragte Blondie, als Lucy nicht weitererzählte.

»Nein«, sagte sie. »Während sie im Haus war, kam ein Mann auf einem Fahrrad vorbei und sprach Annette an. Sie unterhielt sich mit ihm und rückte dabei ihre Puppen zurecht. Ich glaube, sie kannte den Mann und versuchte, ihn höflich zu ignorieren. Es ist komisch, aber im Nachhinein kommt es mir vor, als wäre die ganze Welt ausschließlich auf Annette und diesen Mann konzentriert gewesen. Aber das kann natürlich nicht sein.« Ihre Stimme begann zu beben.

»Nein«, sagte sie und räusperte sich, »das bildete ich mir nur ein. Wenn überhaupt, dann hätten alle Debbie angesehen, als sie, mit Töpfen und Pfannen beladen, aus dem Haus kam.«

»Mit Töpfen und Pfannen?«

»Annette hatte beschlossen, draußen Puppenküche zu spielen. Deshalb schickte sie Debbie los, damit sie alles holte, was sie dazu brauchten. Aber Debbie war klein, und es sah aus, als schleppte sie alle Töpfe herbei, die ihre Mutter besaß. Beladen, wie sie war, schaffte sie es kaum die Stufen vom Haus hinunter, und als sie vom Bordstein trat, ließ sie alles fallen. Das Scheppern war so laut, dass alle hinsahen und erstarrten – wie auf einem Foto.«

»Was passierte dann?«, fragte Wagner und legte sanft eine Hand auf ihre. Seine harten blauen Augen wirkten auf einmal sehr weich.

»Kreischende Bremsen. Schreie. Töpfe und Pfannen, die die Straße hinabkullerten. Blut.«

»Sagten Sie nicht, sie wurde nicht angefahren?«

»Debbie nicht. Annette. Kurz bevor Debbie auf die Straße trat, sah ich wieder zu ihrer Schwester. Annette drehte sich um, als der erste Topf auf dem Asphalt aufschlug. Sie sah den Lastwagen als Erste. Schreiend rannte sie auf die Straße. Dann blockierte der Lastwagen die Sicht, und es war alles sehr schnell vorbei.«

»Sie rettete ihre Schwester.«

»Ja.«

»Und wurde überfahren.«

Lucy nickte. »Meine Mutter fing mich an der Haustür ab. Ich wollte mich losreißen, aber ich war erst zehn, und sie hatte sehr starke Arme. Ich schrie und weinte, doch sie ließ mich nicht gehen.«

»Was hätten Sie tun können?«

Sie sah ihm in die Augen. »Nichts. Es war zu spät.«

Er drückte ihre Hände.

»Sie haben nichts falsch gemacht, Lucy.«

»Ich habe gar nichts gemacht. Es war das erste Mal, dass ich je spürte … der kommende Lastwagen … Selbst wenn ich es nicht hätte aufhalten können, hätte ich sie warnen sollen. Ich rief ja nicht einmal einen Krankenwagen.«

»Tat Ihre Mutter das denn nicht?«

»Nein. Meine Mutter hatte Angst, dass jemand sie nach ihrem Namen fragt. Wir durften uns nicht einmischen. Als ich ihr sagte, ich hätte gewusst, dass der Lastwagen kam, erzählte sie es meinem Vater, und beide hielten mir an diesem Abend einen langen Vortrag darüber, weshalb ich nie wieder so etwas sagen dürfte.«

»So mussten Sie leben, Lucy. Andernfalls hätten sie Sie gefunden und umgebracht. Das wissen Sie. Und wenn es das erste Mal war, dass sich Ihr Talent bemerkbar machte, dann konnten Sie nicht wissen, was da vor sich ging.«

Sie nickte. »Jahrelang habe ich versucht, es zu vergessen, mir einzureden, dass es überhaupt nicht geschehen war. Und wenn ich es wieder fühlte, wollte ich es leugnen, außer in jener Nacht, als die Gefahr so nahe kam und ich meinen Vater warnte … Selbst da wollte ich noch glauben, ich wäre wie alle anderen.«

»Sie konnten nicht verstehen, was Sie fühlten. Sie waren noch ein Kind. Manche Leute würden sagen, dass es Ihnen nicht bestimmt war, das kleine Mädchen zu retten.«

»Und was würden Sie sagen?«

»Ich würde dem wahrscheinlich zustimmen.«

»Dann glauben Sie an Schicksal?«

»Sie nicht?«

»Wenn ich es täte, müsste ich sagen, dass das Schicksal zum Kotzen ist.«

Er lachte. »Manchmal ja. Aber es kann auch etwas Gutes sein.«

»Wie das?«

»Ihr Talent hat uns mehr als ein Mal gerettet«, antwortete er achselzuckend. »Und wir haben Sie gefunden, oder nicht? Sie sind am Leben. Ja, wir haben sogar Phönix hier gefunden. Ist das nicht auch Schicksal?«

Plötzlich liefen ihr Tränen über die Wangen. »Ich will Ihr *Schicksal* nicht. Ich will nicht der Mensch sein, den Sie sich wünschen«, schluchzte sie. »Ich will einfach nur normal sein.«

»Ich weiß«, sagte er sanft.

»Aber Sie lassen mich nicht, oder?«

Er sah sie traurig an. »Es liegt nicht in meiner Hand, Lucy. Wenn es nach mir ginge, würde ich Sie sein lassen, was immer Sie sein wollen.«

Schließlich seufzte sie tief und wischte sich die Tränen mit dem Ärmel ab.

»Ich bin bloß ein Mensch mit einem kleinen Talent«, flüsterte sie.

»Vielleicht brauchen wir nicht mehr«, sagte er behutsam.

»Ich sagte ja, ich glaube nicht an Vorhersehung oder Gott oder wie immer Sie es nennen wollen.«

Selbst in ihren eigenen Ohren klangen ihre Worte mehr und mehr wie das ängstliche Pfeifen von jemandem, der allein über einen Friedhof ging. Überall um sie herum waren Kreaturen, die einer dunklen Fabel jenseits aller Vorstellung entsprangen. Das hier war kein außer Kontrolle geratenes Experiment. Trotzdem wehrte sie sich dagegen, Dinge zu akzeptieren, die mit solch fadenscheinigen Erklärungen wie »Schicksal« begründet wurden.

Wagner lehnte sich zurück und rieb sich die Nasenwurzel. Lucy bemerkte, dass er sehr erschöpft aussah. Sie wollte ihm für alles danken, was er und Blondie für sie getan hatten. Aber plötzlich fühlte sie einen Rhothag in der Nähe.

Die Hündin knurrte leise, und Lucy blickte sofort in die Richtung, in die Blondie gerade gegangen war, um die Umgebung zu inspizieren. Im nächsten Moment tauchte er wieder auf. Leise und leicht gebückt lief er auf sie zu. Als er drei Finger hochhielt und mit dem Daumen hinter sich wies, sprangen Lucy und Wagner auf. Phönix stellte die Haare auf.

»Gleich hinter dem Schutthaufen da«, flüsterte Blondie. »Sie schnüffeln herum wie Jagdhunde.«

»Lucy, kommen Sie mit mir!«, murmelte Wagner und signalisierte Blondie, er solle ihnen Rückendeckung geben.

Blondie verschwand in den Trümmern, während Wagner Lucy und die Hündin zwischen die Bäume führte. Als sie ein hölzernes Toilettenhäuschen erreichten, das in der Nähe der Schaukeln stand, trottete Phönix vor, schnupperte unter der Tür und drehte sich dann um. Mit einem Schwanzwedeln bedeutete sie ihren neuen Haltern, dass alles in Ordnung war. Sie gingen hinein, und Wagner sah noch einmal durch die halboffene Tür nach draußen, während die Hündin begeistert den starken Uringestank erschnüffelte und sich dann daranmachte, die drei Kabinen zu erkunden.

Als Blondie durch den Park gerannt kam, lehnte Wagner sich vor und winkte ihn in das Toilettenhäuschen.

»Und?«

Blondie zeigte zur Straße. »Sie arbeiten sich durch den Schutt.« Dann wies er zum Ende der Straße. »Da hinten sind noch mehr.«

»Mist!«, sagte Wagner.

»Hier können wir nicht bleiben«, erklärte Blondie. »Ich sah einen von ihnen, der auf allen vieren auf dem Gehweg hockte und schnüffelte. Und er sah in diese Richtung.«

»Okay.« Wagner hielt Lucy die Tür auf. »Machen wir, dass wir wegkommen!«

Phönix tapste aus dem Toilettenhäuschen und nieste. Dann blickte sie sich über die Schulter zu Lucy um, bevor sie zum anderen Ende des Parks lief.

Wagner sah zur Hündin, und Lucy zuckte mit den Schultern. »Ich glaube, sie mag die Rhothags genauso wenig wie wir. Und sie überlebt hier schon die ganze Zeit.«

»Dann hinterher!«, entschied Wagner und eilte der Hündin nach.

Der Park endete am Trümmerberg eines weiteren abgebrannten Gebäudes. Eine Messingtafel baumelte an einem Mauerteil, auf der »Kreisgrundbuchamt« stand. Für einen Moment fürchtete Lucy, dass Phönix sie verlassen hatte. Doch dann tauchte der Kopf der Hündin über einem Steinhaufen auf, und sie folgten ihr eine Kellertreppe hinunter in tiefe Dunkelheit.

»Das gefällt mir nicht«, raunte Wagner, der den Lauf seines Gewehrs nach vorn richtete.

Lucy schüttelte den Kopf. »Ich spüre hier keine Gefahr.«

»Es ist trotzdem eine Sackgasse.«

»Haben Sie eine bessere Idee?«

Wagner verneinte stumm und zündete sein Gasfeuerzeug an. Sie befanden sich in einem Büro. An den Wänden standen rauchgeschwärzte Aktenschränke. Teile verbrannten Teppichbodens kräuselten sich unter Metallschreibtischen. Die Hündin bellte kurz und leise, und Lucy lief ihr nach.

»Das Gebäude ist wahrscheinlich nicht einsturzsicher«, sagte Wagner, der sich mühte, mit ihr Schritt zu halten.

Lucy lachte, und die beiden anderen mussten mitlachen.

Als sie in knöcheltiefes Wasser kam, bemerkte sie, dass ein Teil des Kellerfußbodens abgesackt war – sei es durch die Hitze des Feuers oder durch eine Verschiebung im Gebäude darüber. Ein Wasserrohr musste geplatzt sein, oder die automatische Sprinkleranlage enthielt genug Wasser, um diesen Teil des Bodens zu fluten. Sie hörte das Platschen der Hundeschritte nicht allzu weit vor ihr. Die Decke über ihnen war teils eingestürzt und verengte den Weg. Im flackernden Licht von Wagners Feuerzeug konnte Lucy kaum etwas sehen. Inzwischen war der Geruch von Asche und altem Schimmel so stark, dass das Atmen schwerfiel, und das Wasser ging ihr bis zu den Knien. Sollte es noch tiefer werden, müsste Phönix schwimmen.

Lucy wusste, dass an Orten wie diesem oft Meldeunterlagen aufbewahrt wurden. Der Keller dürfte schon ein lausiger Arbeitsplatz gewesen sein, *bevor* die Hölle losbrach. Aber weil sie so oft in solchen Archiven gewesen war, um nach ihren Eltern zu suchen, wusste sie auch, dass sie meist mehr als einen Ausgang hatten. Wahrscheinlich hatte Phönix das bereits entdeckt.

»Geben Sie mir das Feuerzeug«, sagte sie zu Wagner und nahm es ihm ab.

Als sie sich wieder umdrehte, war Phönix zurückgekommen, wedelte mit dem Schwanz und tippelte im Wasser, das ihr bis zur Brust reichte, von einer Pfote auf die andere. Wieder bellte die Hündin verhalten.

»Wir kommen«, sagte Lucy.

Phönix drehte sich um und lief um einen Haufen verkohlter Balken herum.

Als sie an der Hintertreppe ankamen, wartete die Hündin oben auf sie und blickte sich schnüffelnd auf der Straße um. Aber sie wedelte immer noch mit dem Schwanz. Wagner schickte Blondie voraus. Als er wiederkam, winkte er die anderen zu sich nach oben, wo nach wie vor Phönix ihre kleine Gruppe anführte. Sie liefen hinter ihr den Gehweg hinunter in einen Teil der Stadt, der auf wundersame Weise vom Feuer verschont geblieben war. Die Hündin führte sie durch eine Geschäftsstraße, dann durch noch eine, bis in ein Wohnviertel, wo sie eine Einfahrt hinauf und durch die Hintertür in ein großes Backsteinhaus trottete. Lucy blickte in den mondbeschienenen Garten, in dem eine kleine Rutsche und ein Plastikschwimmbecken standen.

Die Hündin saß hechelnd neben dem Küchentisch und wedelte mit ihrem nassen Schwanz über den Linoleumboden. Ihr Maul sah wie die perfekte Imitation eines menschlichen Grinsens aus. Blondie fing Lucy ab, als sie ins Haus gehen wollte.

»Lassen Sie mich erst nachsehen.«

»Da drinnen ist niemand außer dem Hund«, sagte sie.

»Können Sie das fühlen?«, fragte Wagner.

»Ich kann es sehen«, antwortete sie, kniete sich auf die Hintertreppe, beugte sich weit über den Boden und winkte Wagner und Blondie zu sich hinunter.

»Sehen Sie«, sagte sie und zeigte auf die unzähligen Spuren im Staub auf dem Fußboden, die eindeutig alle von der Hündin stammten.

»Ich glaub's nicht«, murmelte Wagner. »Woher wussten Sie, dass da Spuren sind?«

»Ich habe einmal einen Kurs im Aufspüren von Ausreißern gemacht. Wir hatten einen Gastdozenten, der behauptete, dass man die Spuren eines Menschen in Hausfluren verfolgen kann. Wir dachten, er spinnt, aber er hat es uns bewiesen. Staub sammelt sich immer an, und Menschen und Tiere hinterlassen ihre Spuren darin. Man braucht nichts weiter als den richtigen Winkel und das richtige Licht, um sie zu sehen.«

Wagner und Blondie folgten ihr kopfschüttelnd ins Haus, wo Lucy die Hündin kraulte.

»Gut gemacht, Kleine, sehr gut gemacht!«, lobte sie Phönix und sank erschöpft auf einen der Stühle am Tisch. Die Hündin trottete hinüber zur Spüle und schnupperte an der Schranktür. Dann drehte sie sich zu ihnen um. Als Blondie eine Tüte mit Hundefutter und einige Hundesnacks in dem Schrank fand, füllte er etwas davon in eine Schüssel und gab der Hündin in einer anderen Schale Wasser aus seiner Flasche.

»Ich finde trotzdem, dass wir nicht hierbleiben sollten. Die Rhothags haben Phönix nicht erwischt, aber jetzt suchen sie nach *uns*«, sagte Wagner.

Lucy wrang sich die nassen Hosenbeine aus. »Sie ist klüger, als Sie ihr zutrauen. Stimmt es, dass Hunde keiner Fährte durch Wasser folgen können?«

Wagner dachte nach. »Bluthunde schon.«

»Dann wollen wir hoffen, dass diese Dinger nicht so gut sind wie Bluthunde«, sagte sie. »Ich kann nämlich keinen Schritt mehr weiterlaufen.«

»Selbst wenn sie uns im Wasser verloren haben«, wandte

Blondie ein, »könnten sie uns immer noch finden, wenn sie auf unsere Spuren hinter dem Keller stoßen.«

»Wenn sie nicht mehr weiterlaufen kann, müssen wir bleiben. Wir können sie nicht tragen und gleichzeitig beschützen«, sagte Wagner. »Verriegle die Türen, überprüf alle Fenster. Wir sichern das Haus, so gut wir können, und versuchen, ein bisschen Schlaf zu kriegen.«

Lucy hörte, wie die beiden Männer durchs Haus gingen, während die Hündin zufrieden ihr Futter fraß. Draußen war der Mond weiter gesunken und zeigte sich jetzt als gelber Bogen unter den Wolken. Lucy erschauderte. Die Hündin schien ihr Unbehagen zu spüren, denn sie ließ ihr Futter stehen und kam zu Lucy, um ihr den Kopf in den Schoß zu legen. Lucy sah sie an.

»Heute Nacht kommen sie nicht, oder?«, flüsterte sie. »Wir würden es wissen.«

Phönix setzte sich zwischen Lucys Beine und ließ sich von ihr umarmen. Den warmen Hundekörper zu spüren und das Herz darin schlagen zu fühlen, rührte an der alten Leere in Lucys Innerem.

Sie hörte, wie Wagner in die Küche zurückkam. Als sie sich zu ihm umdrehte, sah er so groß und kräftig aus. Er füllte beinahe den ganzen Türrahmen. Was trieb diese Männer dazu, sich Entbehrungen und Gefahren zu stellen, wie sie sie sich bis vor wenigen Wochen gar nicht hätte ausmalen können, und das für eine Frau, die sie nicht einmal kannten?

»In der Nacht, als ich entführt wurde, starben Männer bei dem Versuch, mich zu retten«, sagte sie. »Wie gut kannten Sie sie?«

»Gut.«

»Ein weiterer Mann starb bei der Brücke im Wald, und ich

wette, einige starben an dem Tag auf der Straße, als sie unsere Verfolger aufhielten. Sie und Blondie hätten mehr als ein Mal getötet werden können.«

»Wir glauben an Sie«, beantwortete er die Frage, die sie nicht zu stellen wagte.

»Warum?«, fragte sie. »Was soll ich denn tun?«

Er lächelte, und seine Augen strahlten. »Das werden Sie sehen.«

Der Mann war schlicht anstrengend.

»Übrigens hätte Blondie nicht gleich wegzugehen brauchen, nur weil ich im Park losgeheult habe, aber es war sehr rücksichtsvoll von ihm.«

»Sein Name ist Roy«, sagte Wagner leise.

Im schwachen Licht sah es aus, als wäre er den Tränen nahe, aber der Gedanke war natürlich absurd.

»Er ist nicht weggegangen, weil Sie weinten«, fügte er hinzu.

»Sie meinen, er hatte die Rhothags schon entdeckt?«

»Nein«, antwortete er.

»Was dann?«

»Seine kleine Schwester wurde vor seinen Augen von einem Auto überfahren«, erklärte Wagner und atmete tief durch. »Er konnte sie auch nicht retten.«

Sie stand auf und sah ihn an.

»Sie sind fast wie Brüder«, stellte sie mit einem Anflug von Neid fest.

Er nickte. »Ich kenne Roy schon, seit er ein Kind war.«

»Mein Leben lang habe ich mir Freunde gewünscht«, sagte sie ruhig.

»Sie sind nicht mehr allein.«

»Sagen Sie mir, was Sie von mir erwarten.«

»Retten Sie uns alle.«

Sie starrte ihn an. »Aber wie?«

»Wenn ich das wüsste.«

»Sie arbeiten für diese mysteriöse Organisation, die meine *Linie* beschützt. Das tun Sie schon Ihr ganzes Leben, und da wissen Sie nicht mehr über das, was vor sich geht?«

»Ich weiß, dass die Ewigen real sind. Qedem Melech ist real. Und das werden Clayborn und die anderen nun einsehen müssen. Irgendwo im Burgfried liegt der Schlüssel zu allem. Er *muss* dort sein.«

»Ich hoffe, Sie haben recht.«

»Ich auch«, sagte er lächelnd, bevor er ernst fortfuhr: »Alle Zeitalter der Menschheit endeten mit den Ewigen. Aber dann erschienen Retter, und die Menschen kamen durch.«

Sie wurde ernst. »Meine Familie.«

»Ihre Linie«, bestätigte Wagner. »Und Rex Deus, die Leute aus meiner Linie, beschützten Ihre. Das ist unsere Bestimmung – meine Bestimmung.«

Er streckte zaghaft die Hand aus und strich ihr über die Wange. »Sie werden es wissen.«

»Wieso sind Sie sich da so sicher?«

Sein Lächeln nahm ihr eine Last von der Seele. »Weil ich glaube. Schon vergessen?«

»Ich würde auch gern glauben«, sagte sie traurig.

»Vielleicht gelingt es Ihnen im Burgfried.«

»Sie haben eine Menge Vertrauen zu den Leuten dort.«

»Eigentlich nicht. Ich vertraue anderen nicht, habe ich nie getan. Man muss nur glauben.«

»Wie Dorothy im ›Zauberer von Oz‹.«

Er nickte. »Genau. Sehen Sie sich an, was sie mit der gemeinen Hexe gemacht hat.«

»Ich denke, für dies hier ist mehr nötig als ein Eimer Wasser.«

»Wahrscheinlich«, sagte er, ging an ihr vorbei und überprüfte den Riegel an der Hintertür.

Währenddessen strich eine leichte Brise draußen ums Haus und über die alten Dachschindeln.

Zum millionsten Mal fragte Pater Anton Remedios sich, welche Laune des Schicksals einen Mann mit seinen Fähigkeiten in diese einsame Zelle verbannt hatte, welcher absonderliche und unbegreifliche Plan dafür gesorgt hatte, dass er hier endete und überlebte, um seinen *Mangel* an Glauben zu prüfen. Wenn der Heilige Vater nicht gewollt hätte, dass man ihm erlaubte, die geheimnisvollen alten Texte und Artefakte in den Verliesen des Vatikans zu studieren, wäre er nie darauf gekommen, Fragen zu stellen. Und er wäre niemals auf jene Entdeckungsreise gegangen, die zu Häresie und Exkommunikation führte. Aber von der Kirche getrennt zu sein, schmerzte ihn weniger als die Untersagung seiner Studien. Denn er wusste, dass die Grundsätze der Kirche auf Halbwahrheiten und Fehlinterpretationen fußten. Daran vermochte auch die Schönheit der Rituale und deren trostspendende Kraft nichts zu ändern.

Die Zeit näherte sich dem Ende. Lange bevor er hier landete, hatte er die ersten Omen gesehen. Auf der ganzen Welt berichtete man davon, dass Tiere sich merkwürdig verhielten. Zwei neue Kometen wurden entdeckt. Weltweit nahmen die Erdbeben zu. Aber die Kirche entschied, alles als Zufälle abzutun. Und wer darin Zeichen sehen wollte, wurde für verrückt erklärt. Solche Leute hatten auf den Gehaltslisten des Vatikans natürlich nichts zu suchen.

Kardinal Bernaldi wollte nicht zuhören und der Vatikan-Ermittler, der die geheimnisvollen Ereignisse untersuchen sollte, Kardinal Delancy, ebenso wenig. Dennoch hielten sie es alle für fair, Pater Remedios' *Problem* mit jeder Erwähnung seines Namens etwas dramatischer zu schildern – bis der Heilige Vater bestimmte, dass Remedios entweder widerrief oder des Priesteramts enthoben und schließlich – der größte aller Schrecken – exkommuniziert wurde.

Bei einem kurzen Aufenthalt in Mailand dann trat ein Agent von Rex Deus an Remedios heran. Zuerst war er überglücklich gewesen, dass jemand seine Überzeugungen teilte. Er hatte den Mann bereitwillig in die Vereinigten Staaten begleitet und einige Monate lang die Aufmerksamkeit genossen, die ihm die Leute von Rex Deus schenkten. Er durfte Artefakte und Texte sehen, wurde gebeten, esoterische Schriften und alte Schrifttafeln zu übersetzen. Endlich hatte er das Gefühl, etwas zu erreichen.

Aber dann erkannte er nach und nach, dass nicht alle Leute bei Rex Deus dachten wie er. Die wirklich Mächtigen sahen keine Warnungen in den alten Texten, sondern lediglich *Anhaltspunkte*, die ihnen in ihrem Krieg gegen Qedem Melech nützlich sein konnten. Für sie war die Verdunklung nichts als eine Allegorie oder Fabel, die Rhothags und ihresgleichen mythische Wesen, ähnlich wie Greife und Drachen. Und je mehr Remedios sich anstrengte, ihnen ihren Irrtum klarzumachen, umso deutlicher distanzierten sie sich von ihm. Schließlich wurde er ihnen genauso lästig, wie er es der Kirche gewesen war, woraufhin seine neugefundenen *Freunde* ihn an einen Ort sperrten, an dem er keinen von ihnen je wieder in Verlegenheit bringen konnte. Er hegte allerdings den Verdacht, dass bei diesem letzten Debakel die Kirche ihre Hand im Spiel hatte.

Kardinal Delancy war plötzlich aufgetaucht, als Remedios in einem kleinen italienischen Restaurant am Rand von D. C. speiste, in dem sie eine wunderbare »Minestrone Odorose d'erbe« servierten, die ihn an zu Hause erinnerte. Der alte Kleriker schien vollkommen aus dem Rahmen zu fallen, da er einen Anzug trug, der mehr Geld gekostet haben dürfte, als Remedios jemals auf einem Haufen gesehen hatte, und der noch dazu schlecht saß, wie er fand. Als er aufstand, winkte ihm der Kardinal zu, er solle sich wieder setzen, und schaute sich rasch im Lokal um, bevor er an Remedios' Tisch Platz nahm.

»Ich freue mich sehr, Euch zu sehen, Eminenz«, sagte Remedios, der sich fragte, was die Kirche ihm denn noch antun könnte.

»Das beruht nicht auf Gegenseitigkeit«, erwiderte Delancy leise.

»Warum seid Ihr hergekommen? Ich bin kein Mitglied der Kirche mehr, wie Euch gewiss bewusst ist.«

Das war eine Untertreibung, da Delancy federführend gewesen war, als es darum ging, den Heiligen Vater von der Unausweichlichkeit der Exkommunikation zu überzeugen.

»Was Sie nicht davon abhält, für weitere Peinlichkeiten zu sorgen, wie es scheint«, sagte Delancy und knallte eine gefaltete Zeitung auf den Tisch. Vorsichtshalber sah er sich um, ob auch niemand außer Remedios das Blatt zu Augen bekam.

Remedios schaute auf das Bild auf der Titelseite und versuchte, die englische Schlagzeile über Kopf zu lesen. Doch er wusste auch so, was dort stand, obwohl das Foto von ihm drei Monate alt und von schlechter Qualität war.

Aus dem Priesteramt verstoßener Theologe verkündet bevorstehendes Ende der Welt.

»Haben Sie das gesehen?«, zischte Delancy.

Remedios nickte.

»Glauben Sie, der Heilige Stuhl lässt das stillschweigend zu?«

Remedios zuckte mit den Schultern. »Wie in der Überschrift steht, wurde ich aus der Kirche ausgeschlossen. Sie ist nicht mehr mein Hirte und stimmt mit meinen Glaubensüberzeugungen so wenig überein wie ich mit ihren. Wie kann ich da eine Peinlichkeit für sie sein?«

Delancy las laut aus einem Absatz vor, der dick unterstrichen war. »Pater Anton Remedios behauptet, der Vatikan würde unzählige Texte und andere aussagekräftige Artefakte und Daten lagern, die auf vergangene Kriege mit den Ewigen verweisen, gottähnlichen Wesen, die von Zeit zu Zeit auf die Erde zurückkehren, um sie zu erobern, zu plündern und zu brandschatzen. Gemäß Remedios wusste die katholische Kirche von Anfang an, dass diese Wesen existieren und vorherige Menschheiten, von denen heute niemand mehr weiß, von den Ewigen vernichtet wurden, weshalb die Kirche entschied, die Informationen unter Verschluss zu halten.«

Delancy funkelte Remedios wütend an. »Sie dürfen so etwas nicht in der Öffentlichkeit behaupten!«

Remedios lächelte. »Ich bin frei, alle Erklärungen abzugeben, die ich will. Falls der Vatikan sie abstreiten möchte, braucht er die Reporter ja nur in die Verliese des Petersdoms zu lassen.«

»Sie wissen, dass wir das nicht können!«

»Weil es zu schwer ist, sich der Wahrheit zu stellen?«

»In diesen Verliesen gibt es nichts außer unentzifferbaren Scherben – Textfetzen, von denen Sie *behaupten*, sie gelesen zu haben – und alte Waffen! *Sie* sind derjenige, der überzeugt ist, dass das alles etwas *bedeutet*.«

»Dann macht sie der Öffentlichkeit zugänglich.«

Delancy schüttelte den Kopf und winkte gleichzeitig den Kellner fort. »Die Artefakte lassen zu viele Interpretationen zu. Sie wissen, dass es da unten Tausende von Manuskripten gibt, und die Inhalte etlicher davon stimmen mit Ihrer Auffassung überein.«

»Genau.«

Oberhalb von Delancys Nasenwurzel bildete sich eine tiefe Falte, die beinahe seine Stirn spaltete. »Verfasst von abergläubischen Mönchen und Priestern zu Zeiten, in denen man noch glaubte, Teufel würden auf Erden wandeln und Hexen auf Besenstielen fliegen!«

»Mit Hexen kenne ich mich nicht aus«, sagte Remedios und beugte sich weiter über den Tisch. »Aber es gibt zweifellos Zeiten, in denen Teufel auf Erden wandeln.«

Delancy stieß einen tiefen Seufzer aus. »Das ist die letzte Warnung!«, sagte er, stand auf und stopfte die Zeitung zurück in die Innentasche seines Jacketts. »Die Kirche wird sich Ihre Unverschämtheit nicht länger bieten lassen.«

»Was wollt ihr mit mir machen? Rom würde sich doch nicht die Hände mit Blut beschmutzen, nicht einmal mit dem eines exkommunizierten Priesters.«

»Werden Sie nicht absurd!«

»Was dann?«

»Ich kann nur sagen, dass dies unsere letzte Warnung ist.« Und mit diesen Worten ging er aus dem Restaurant und ließ einen nachdenklichen Remedios zurück.

Von allen Strafen, die Remedios einfielen, kam keine der tatsächlichen auch nur nahe. Niemand bei Rex Deus hatte ihm gesagt, dass seine Aussagen *sie* nervös machten. Wenngleich Clayborn frühzeitig erklärte, dass er nicht an die Existenz der Ewigen glaubte, gab er dem alten Priester durch nichts zu verstehen, dass er sich auf gefährlichem Terrain bewegte. Und eine Verschwörung von Rex Deus und der Kirche konnte Remedios sich beim besten Willen nicht vorstellen. Doch die musste es gegeben haben.

Inzwischen zählte er dreißig Stoffrisse in der zerlegenen Matratze, auf der er sich vor der allgegenwärtigen Kälte schützte. Dreißig Tage seit dem Stromausfall, seit er eine andere menschliche Stimme gehört hatte. Seit er einen Bissen Brot geschmeckt oder genug Wasser getrunken hatte, um nicht nur seine Zunge zu befeuchten. Weil er jedoch wusste, dass er einen Großteil der Zeit schwach und dem Verdursten nahe gewesen war, schreckliche, visionenreiche Schübe von Demenz durchlebte, konnten es ebenso gut weniger Tage gewesen sein ... oder mehr. Trotzdem hätte er längst sterben müssen. Aber er lebte.

Ich glaube nicht.

Seit er die alten Texte studierte, stellte er die jüdisch-christliche Doktrin in Frage. In beiden Religionen wurden zu viele *Fakten* ausgelassen, als dass sie beanspruchen durften, der eine wahre Glaube zu sein. Und nach dem Bruch mit der Kirche veranlasste ihn seine Wut auf das, was er als heilige Vertuschung empfand, sogar, seinem Glauben an Gott abzuschwören. Es gab kein höheres Wesen. Es gab Menschen und die Ewigen, und sie bekämpften sich seit Anbeginn der Zeit. Gott war schlicht eine Illusion, welche die Gleichung verfälschte.

Dennoch: Dreißig Tage ohne Nahrung, nur mit den winzigen Kondenstropfen an den Betonwänden als Flüssigkeitszufuhr – ein Mensch konnte das normalerweise nicht überleben. Er aber war am Leben. Er war schwach, und womöglich halluzinierte er – mehr als ein Mal glaubte er, einen Engel gesehen zu haben, der am Tag durch das Glas zu ihm sah, anstelle der Dämonen, die ihn während der Nacht verfolgten –, aber er war nicht tot.

Wunder brauchen kein höheres Wesen.

Und was brauchten sie dann, wundersame Zufälle? Warum überlebte er in dieser Zelle, während alle anderen im Gebäude verschwunden oder tot schienen? Hätte er das überlebt, was er mit Sicherheit als den Beginn der Verdunklung deutete – er, der zu den wenigen Menschen zählte, die wussten, worum es sich handelte –, wenn er nicht gerade wegen dieses Wissens eingesperrt gewesen wäre?

»Sprecht zu mir!«, krächzte er und schwenkte eine Faust in der Luft. »Wo seid ihr? Was wollt ihr von mir?«

Er rappelte sich mühsam auf und stützte sich an der Wand ab, weil seine Füße kaum mehr imstande waren, ihn zu tragen. Als er an die Tür kam, riss er mit aller Kraft daran, wie er es Tag für Tag getan hatte, seit die Verdunklung eingesetzt hatte, aber sie war verschlossen, genauso fest wie sonst.

Durch das winzige Fenster drang gerade genug Licht, um ihm zu verraten, dass irgendwo in der Ferne noch die Sonne schien. Bald allerdings würde sie endgültig untergehen. Und seine ständigen Gefährten würden wiederkommen, um draußen vor der Tür sein Requiem zu kratzen, wieder und wieder.

Ob es nun dem Schicksal oder Phönix zu verdanken war – auf jeden Fall spürten die Rhothags sie in dieser Nacht nicht auf, und so konnte Lucy etwas Schlaf nachholen, was sie auch bitter nötig hatte. Nur zwei Mal wurde sie zwischendurch wach, einmal, als die Hündin aufs Bett kletterte, um sich neben ihr zusammenzurollen, und das zweite Mal, weil sie fühlte, dass jemand im Zimmer war. Als sie die Augen öffnete, sah sie Wagners Silhouette vor ihrem Fenster, wo er Wache hielt.

Kurz vor Sonnenaufgang stand sie auf und wurde von Blondie in der Küche begrüßt, der frischen Kaffee für Lucy und eine Schale Futter für den Hund bereithatte.

»Ich hasse es, mich aus anderer Leute Schränken zu bedienen«, sagte sie, trank den bitteren Kaffee aber trotzdem.

»Das ganze Essen auf der Welt wird sowieso nur schlecht«, erwiderte Blondie achselzuckend. »Irgendjemand muss es essen.«

»Kann sein. Es ist nur, dass mir das Einbrechen in fremde Häuser, das Schlafen in anderer Leute Betten und das Essen ihrer Sachen irgendwie falsch vorkommt.«

»Wir könnten uns auch etwas in den Läden stehlen«, sagte Blondie grinsend, »wie Robin Hood.«

Sie lächelte, schüttelte den Kopf und zeigte hinaus auf die Wolken, die tief über den Baumwipfeln hingen. »Ist Ihnen aufgefallen, dass da hinten ab und zu ein Glimmen zu sehen ist? Da ist ein ferner Flecken, der aussieht, als würde ich ihn durch fließendes Wasser betrachten.«

Blondie nickte. »Ich habe Wagner darauf angesprochen, als ich es zum ersten Mal sah. Er weiß auch nicht, was das ist.«

»Wie das merkwürdig schmeckende Wasser und das verderbende Essen, wie all die Veränderungen um uns herum. Das alles macht mir fast mehr Angst als die Rhothags.«

»Es wird alles gut.«

Sie blickte in seine sanften Augen und fragte sich, warum ausgerechnet er sich dessen so sicher war.

»Ich bin niemandes Retter, Blondie«, sagte sie leise. Doch wenn sie ihn ansah und daran dachte, dass er, ohne zu zögern, sein Leben für sie gäbe, *wollte* sie es sein.

Als Wagner auftauchte, gingen sie auf die Vorderveranda, wo sie sich ihr Frühstück auf dem Holzkohlegrill bereiteten. Lucy erwähnte noch einmal das Glimmen.

Wagner hob die Schultern. »Im Burgfried werden sie Näheres wissen.«

»Wenn Sie vom Burgfried sprechen, bekommen Sie jedes Mal diesen Ausdruck in den Augen«, sagte sie. »Was verschweigen Sie mir?«

Sein Gesicht verfinsterte sich. »In jüngster Zeit hat sich unsere Organisation in zwei Fraktionen gespalten. Aber wir können sonst nirgends hin. Solange wir nur gegen Qedem-Melech-Agenten und ein paar Rhothags hier und da kämpfen müssen, schaffen wir es allein, aber gegen die Ewigen anzutreten, ist eine vollkommen andere Sache.«

»Vertrauen Sie den Leuten im Burgfried?«, fragte sie.

»Ja, es war ja nicht so, dass wir ihnen nicht trauten«, antwortete Wagner. »Clayborn und seine Fraktion haben lediglich ein paar Fakten verzerrt. Sie glaubten, dass die Erzählungen über die Ewigen Quatsch seien, und halten Qedem Melech für eine Terrorbande, die sich als Teufelsanbeter verkleidet.«

»Und Sie gehen davon aus, dass sie ihre Meinung jetzt ändern?«

»Ich würde sagen, sie müssen. Sind Sie bereit, weiterzuziehen?«

»Bereiter geht's gar nicht«, antwortete sie und schulterte ihren Rucksack.

Diesmal ging Blondie anstelle von Phönix voraus, wenngleich die Hündin sich recht skeptisch ob seiner Wegwahl gab. Als sie drei Blocks vom Haus entfernt waren, begann sie zu winseln und schien unentschlossen, ob sie weiter bei der Gruppe bleiben sollte.

»Komm schon, Kleine«, lockte Lucy sie und klopfte ihr seitlich den Rücken.

»Sie wird ihren eigenen Weg finden«, sagte Wagner. »Wir können sie nicht mitschleifen.«

»Sie ist nur durcheinander«, erwiderte Lucy. »Ich verstehe ja selbst nicht, was los ist, wie kann man es da von einem Hund erwarten? Sie denkt wahrscheinlich, dass ihre Familie wiederkommt.«

»Ich glaube, Sie trauen ihr mehr Grips zu, als sie hat.«

»Ach ja? Und wer hat uns gestern Abend das Leben gerettet?«

Wagner runzelte die Stirn und stellte sein Gewehr ab. Die Hündin rannte unruhig im Kreis, erst zurück, dann zu Lucy. Offensichtlich wollte Phönix, dass die drei bei ihr blieben.

Lucy ging hinunter auf ein Knie, bis die Hündin in ihre Arme gelaufen kam. »Wir können nicht hierbleiben, meine Süße. Wir müssen weiter. Und ich möchte dich nicht zurücklassen. Muss ich mir wirklich eine Leine suchen?« Sie sah Wagner an, um ihn wissen zu lassen, dass sie die Hündin sehr wohl mitschleifen würde, ehe sie sie hier dem Hungertod oder Schlimmerem aussetzte. Die Hündin seufzte, und Lucy hätte schwören können, dass sie eine Entscheidung getroffen hatte. Als sie wieder aufstand, neigte Phönix den Kopf und trottete mit ihnen mit.

»Ich glaube, Sie trauen ihr weniger Grips zu, als sie besitzt«, sagte Lucy lächelnd.

»Einige Hunde sind ziemlich schlau«, pflichtete Blondie ihr lächelnd bei.

»Ist euch nicht der Gedanke gekommen, dass sie womöglich entschieden hat, an uns zu glauben?«, fragte Wagner und ging voran.

Lucy folgte ihm kopfschüttelnd. Dennoch traf sie die Bemerkung, die eindeutig als Scherz gemeint war. Was wusste die Hündin denn, das sie nicht wusste? Phönix lief neben ihr her, ohne sich noch einmal umzublicken. Welche Kraft verriet der Hündin, dass sie jetzt die richtigen Menschen für sie waren?

In einem kleinen Dorf, in dessen Mitte eine Futterhandlung stand, suchten sie nach Vorräten und wurden schließlich in den Schränken einer Frühstückspension fündig. Während die drei bretthartes Brot, das zum Glück keine Schimmelflecken aufwies, mit Erdnussbutter aßen, schnüffelte Phönix ein wenig herum und kehrte niesend zurück, die Nase von Getreidestaub bedeckt. Geistesabwesend wischte Lucy der Hündin die Nase ab, während sie auf die Karten sah, die Blondie unterwegs in einem Supermarkt gefunden hatte.

»Fürs Erste bestimme ich den Weg, falls es recht ist«, sagte Wagner und beäugte die Hündin skeptisch.

»Nur zu«, entgegnete Lucy. »Aber ist Ihnen aufgefallen, dass die Rhothags uns zusehends dichter auf den Fersen sind?«

»Ja, das ist mir bewusst. Deshalb müssen wir weiter. Und wir sollten heute Abend ein richtig sicheres Nachtquartier finden.«

»Schon klar, ich dachte nur, dass der Wassertrick, den Phönix uns gestern gezeigt hat, vielleicht gar nicht so schlecht ist.«

»Worauf wollen Sie hinaus?«

»Ein Stück weiter gibt es einen Bach«, antwortete Lucy und zeigte auf die Karte. »Wenn wir eine oder zwei Meilen in dem flachen Wasser gehen, könnten wir unsere Fährte verwischen.«

»Ich glaube nicht, dass es das Wasser war, was sie von unserer Fährte ablenkte«, sagte Wagner. »Gerüche halten sich über dem Wasser.«

»In dem Keller gestern anscheinend nicht.«

»Das können Sie nicht wissen.«

»Sie haben uns nicht gefunden.«

»Sie haben uns nicht *angegriffen.*«

»Bei fließendem Wasser verliert sogar jeder Hund die Fährte«, mischte sich Blondie ein. »Aber dazu muss man sich *mit* der Strömung bewegen. Geht man flussaufwärts, weht der Geruch wie ein langes Band hinter einem her. Geht man hingegen mit der Strömung, dann bleibt der Geruch bei einem, und sobald man aus dem Wasser steigt, wird er weiter flussabwärts getragen.«

»Woher wissen Sie das?«, fragte Lucy.

Blondie lächelte. »Ich bin ein passionierter Waschbärjäger. Die Tiere sind schlau und kennen sich mit Flüssen und Strömungen aus. Wenn die Hunde die Fährte verlieren, wartet man ab, ob sie von weiter flussaufwärts herantreibt. Falls ja, läuft man flussabwärts und versucht, sie wieder aufzunehmen. Der Waschbär gewinnt allerdings ziemlich oft.«

»Na gut«, sagte Wagner mit Blick auf die Karte. »Die Hillbilly-Taktik ist wohl einen Versuch wert.«

Phönix fand den Bach vor ihnen, rannte durch das hohe Gras, machte einen Satz in das flache Wasser und tobte darin herum wie ein Welpe. Wagner betrachtete die böschigen Ufer, und er und Blondie tauschten beunruhigte Blicke aus.

»Was ist los?«, fragte Lucy, die Phönix mit Wasser bespritzte.

Wagner schüttelte den Kopf. »Das ist keine günstige Lage. Die Uferböschungen zu beiden Seiten sind hoch und bieten jede Menge Verstecke. Müsste ich einen geeigneten Ort für einen Hinterhalt finden, würde ich diesen hier wählen.«

Lucy konnte sich lebhaft vorstellen, wie es in dem hohen Gras und Gebüsch nur so von lauernden Rhothags wimmelte. Allerdings würden sie sich nicht bei Tag hier aufhalten, auch wenn das Sonnenlicht schwach und trüb war.

»Lange ehe es dunkel wird, sind wir wieder draußen«, entgegnete sie. »Aber jetzt sind wir hier, da müssen wir es wenigstens versuchen.«

Wagner nickte und ging voran. Blondie sicherte ihnen den Rücken. Einige Male wollte Phönix aus dem Wasser springen, um einem Frosch nachzujagen oder sich einfach nur zu schütteln, aber Lucy schimpfte mit ihr, und so fand sie sich schließlich mit den Regeln des neuen Spiels ab und trottete neben Lucy her durchs Wasser.

In Abständen von ungefähr einer Meile blieben sie stehen und sahen in die Karte.

»Gleich da vorn muss eine Brücke sein«, sagte Wagner und blickte Blondie streng an, der einen Stock für Phönix flussabwärts warf, obwohl er darauf achtete, dass er im Wasser landete. »Wir können diese Straße nehmen und in die Stadt dort gehen. Das sind noch einmal zehn Meilen, aber die müssten wir vor der Dunkelheit geschafft haben.«

Sie einigten sich darauf, dass das Experiment abgeschlossen war. Ob es geklappt hatte oder nicht, würden sie vielleicht nie erfahren. Aber es hatte sie nicht viel Zeit gekostet und sie etwas Neues über Phönix gelehrt. Sie war ein *sehr* intelligenter Hund. Als Lucy bemerkte, dass sie zwischen ihnen nach oben auf die Karte sah, hielt sie ihr im Scherz den Bogen vors Gesicht. Statt die drei fragend anzusehen oder um einen Snack zu betteln, schien die Hündin zu versuchen, die seltsamen Zeichen zu verstehen, und studierte die Karte, bis Wagner sie nahm und wieder zusammenfaltete.

»Das war merkwürdig«, sagte Lucy.

Wagner schüttelte den Kopf. »War ja klar, dass der Streuner, den Sie aufsammeln, ein echter Hammer ist.«

»Glauben Sie nicht, dass sie versucht hat, die Karte zu entziffern?«

»Nein. Aber sie ist klüger, als ich dachte. So viel gebe ich zu.«

»Sie ist ein braver Hund«, sagte Lucy, wobei sie sich vergewisserte, dass Phönix sie auch hörte. »Und sie verdient einen Knochen.«

Phönix stellte sich auf die Hinterbeine, bis Lucy einen Hundesnack aus Blondies Rucksack geholt hatte und ihn ihr zuwarf. Als sie den bewachsenen Uferhang hinauf zur Brücke kletterten, lief die Hündin voraus, blieb am Brückengeländer stehen und sah sich auf der Straße um. Dann bellte sie kurz, als wollte sie sagen, dass sie sich beeilen sollten.

Der schmale Highway verlief zwischen steinernen Feldzäunen, die weite Äcker säumten, auf denen nichts als braunes Wintergras stand. Aus der Ferne leuchtete ihnen ein Farmhaus aus roten Ziegeln entgegen. Ein Krähenschwarm flog auf, umkreiste sie eine Weile in der Luft und flatterte dann davon. Lucy sah ihm nach, bis er hinter den Bäumen verschwand.

»Schrecklich ruhig«, flüsterte sie.

Blondie nickte und schaute sich um.

»Sie hätten krächzen müssen«, fuhr Lucy fort. »Krähen krächzen immer, wenn sie aufgescheucht werden.«

»Vielleicht haben wir sie nicht aufgescheucht«, sagte Blondie. »Es kann Zufall sein, dass sie losflogen, als wir kamen.«

»Vielleicht«, wiederholte Lucy, wenig überzeugt. Sie blickte in die Ferne, wo Straße und Horizont wie hinter einer Wasserwand verschwammen.

»Da ist es wieder. Es ist, als würde uns die Welt unter den Füßen weggezogen«, sagte sie und sah sich um. Das Gras wurde jeden Tag ein wenig brauner, und die grauen Wolken über ihnen schienen unwirklich flach und weich. Gedankenverloren kickte sie mit der Stiefelspitze in den Asphalt und war nicht allzu überrascht, als er an dieser Stelle zerbröselte wie trockener Kuchen.

»Weiter!«, trieb Wagner die anderen an, der schon ein ganzes Stück vorgegangen war und nun langsamer wurde. »Wie es aussieht, geht die Sonne heute früher unter, als wir dachten, und ich möchte bis dahin in einem *Gebäude* sein.«

Es war nicht so sehr die Sonne, die ihren Umlauf beschleunigte, sondern vielmehr sorgten die mit jedem Morgengrauen heranziehenden und beständig dichter werdenden dunklen Wolken dafür, dass es früher dunkel wurde. Der dichte Grauschleier zwischen ihnen und der Sonne hatte zur Folge, dass es bereits am späten Nachmittag Nacht zu sein *schien* – und möglicherweise dunkel genug, dass sich die Rhothags heraustrauten.

Bis sie das Dorf Dooley erreichten, waren Lucys Beine bleischwer, und Phönix baumelte die Zunge aus dem Maul. Wagner zeigte mit dem Gewehr auf ein Bankgebäude aus Ziegelstein, das zwischen einem Maklerbüro und einem Donut-Laden eingepfercht war. Sie liefen darauf zu.

»Was fühlen Sie?«, fragte Wagner und sah Lucy prüfend an.

Sie schüttelte den Kopf. »Ich habe seit Meilen keinen Rhothag mehr gefühlt. Wir sind wohl einigermaßen sicher.«

Das Türschloss gab nach drei Fußtritten von Blondie nach, und der Türrahmen zerbarst wie eine Eiswaffel. Phönix war ob dieser neuen Art des Betretens einer menschlichen Behausung ziemlich verunsichert und wahrte sicherheitshalber einen größeren Abstand zu Blondie, als sie die Innenräume inspizierten.

Nach hinten heraus gab es keine Fenster, und die Hintertür war massiv und mehrfach verriegelt. Vor den Vorderfenstern waren dicke Eisengitter, und Blondie schob je einen Stuhl unter die Knäufe beider Türen, um sie zusätzlich zu sichern. Wagner holte eine kleine Campinglaterne aus seinem Rucksack, zündete sie an und überprüfte den verschlossenen Tresorraum.

»Ich hatte gehofft, dass wir ihn im Notfall als letzte Festung benutzen können«, sagte er. »Aber ich schätze, das Schloss funktioniert über eine Zeitschaltung, also geht die Tür erst auf, wenn die Hölle zufriert.«

Lucy schüttelte den Kopf. »Ich möchte mich in keinem Tresorraum verstecken. Sind Sie wahnsinnig? Da drinnen würden wir ersticken. Lucy Devereaus wichtige Selbstverteidigungsregel Nummer eins: Bring dich niemals in eine Lage, in der du ersticken könntest.«

»Das ist ein Witz, oder?«, fragte Wagner.

Sie erklärte ihm, wie die Regeln lauteten, und er schmunzelte.

»Ich wollte ihn ja nicht ganz zumachen«, sagte er. »Aber die Tür muss dreißig Zentimeter dick sein. Wir könnten sie fast zuziehen und uns so bis zum Morgengrauen eine ganze Armee vom Hals halten.«

»Dann sehen Sie im Büro des Direktors nach. Irgendwo in seinen Akten finden Sie die Kombination. Für den Fall eines Stromausfalls haben viele Zeitschlösser eine Sicherheitsschaltung, die man bedienen kann, wenn die Notaggregate aufgebraucht sind. Dann braucht man nur die Kombination einzugeben.«

»Woher wissen Sie das?«

»Ich hatte einen Klienten, der Banker war.«

Wagner fand die Kombination nicht in einer Akte, auch nicht im Aktenschrank, sondern mit Klebeband am Boden der obersten Schublade der Sekretärin befestigt. Er drehte das große Tresorrad, das die knöcheldicken Türriegel kontrollierte, und zog die schwere Stahltür auf. Im Tresorraum lagerten Geldbündel auf Metallregalen, und an der hinteren Wand befanden sich Schließfächer in unterschiedlichen Größen.

»Wir sind jetzt alle reich«, sagte Lucy.

Wagner lächelte. »Und wo wollen Sie Ihr Geld am liebsten ausgeben?«

»Ich dachte da an Tiffany's. In D. C. müsste es eine Filiale geben.«

»Verraten Sie mir, was Ihnen gefällt. Ich kaufe Ihnen alles, was Sie wollen, sowie wir da sind.«

»Sehr freundlich von Ihnen«, sagte Lucy und machte eine halbe Verneigung.

Als sie sich zu Blondie umwandte, starrte er mit aschfahlem Gesicht in den Tresorraum.

»Was ist los?«, fragte sie.

»Das geht nicht«, antwortete er kopfschüttelnd. »Das ist eine Falle.«

»Wie meinst du das?«, fragte Wagner.

Blondie zeigte in den kleinen Schalterraum. »Hier gibt es nur drei Fenster. Wenn sie hereinkommen und wir uns im

Tresor verstecken, werden sie sich wie die Ratten in einer Scheune versammeln und einfach Decken oder etwas anderes gegen das Tageslicht vor die Fenster hängen. Dann kämen wir nie wieder hier heraus.«

»Mein Gott!«, flüsterte Lucy und malte sich die Szene aus.

»Außerdem kann ich enge Räume nicht leiden«, sagte Blondie. »Konnte ich noch nie.«

»Tja, ich denke, das dürfte so ziemlich der sicherste Ort sein, den wir bisher gefunden haben«, erklärte Wagner und überprüfte die Vordertür noch einmal. »Und jetzt gehen wir nirgends mehr hin.«

Blondie akzeptierte die Entscheidung stoisch wie immer und legte sein Gewehr und seine Pistole zusammen mit Munitionsclips für beide auf den Boden. Allerdings bemerkte Lucy, dass er immer wieder nervös zum Tresorraum blickte.

»Ich glaube nicht, dass sie uns heute Nacht hier überfallen«, sagte er, wobei er wohl eher versuchte, sich selbst zu beruhigen als die anderen.

Was Lucy am meisten ängstigte, war nicht die Vorstellung von einer Horde Rhothags, die in das Bankhaus eindrangen, sondern die Tatsache, dass Blondie die ganze Zeit ebenso viel Angst gehabt hatte wie sie. Und der Gedanke, dass ein großer, starker Mann wie er klaustrophobisch war und lieber im Freien mit einer Meute von Bestien kämpfte, als eine Nacht in einem engen Tresorraum zu verbringen, rührte sie. Bisher hatte sie gedacht, er würde überall hingehen und alles tun, um sie zu beschützen. Andererseits würde er im Zweifelsfall vielleicht die Tür von außen zuschlagen und sich lieber opfern, als mit ihnen drinnen Schutz zu suchen.

»Nun«, sagte Wagner und packte seine Munition neben Blondies, »wenigstens bekommen wir beide mal eine Nacht Schlaf.«

»Ich übernehme die erste Wache«, erklärte Blondie rasch.

Wagner lächelte. »Ich weiß, dass du sowieso aufbleibst. Aber versuch zumindest, ein wenig die Augen zu schließen.« Er sah zu Phönix. »Ich vermute, sie ist eine genauso gute Wache wie wir beide.«

Die Hündin spürte, dass über sie gesprochen wurde, und wedelte mit dem Schwanz.

Lucy setzte sich auf den Boden und machte es sich an der rückwärtigen Wand eines langen Stehpults bequem, so gut es ging. Phönix schmiegte sich an sie, und Lucy legte einen Arm um sie. Dann sah sie zu Blondie, der auf dem Boden saß und sich an eine kleine Säule lehnte, das Gewehr auf den Knien. In seiner unausgesetzten und bedingungslosen Wachsamkeit war er wie die Hündin. Blondies Wachsamkeit war ebenso unerschütterlich, und auch er fragte nicht nach dem Warum.

Ihr Blick wanderte zu Wagner, der in seinem Schlafsack unter dem Kassentresen lag. Als sie wegsah, überkam sie wieder die altbekannte Leere und schnürte ihr beinahe den Hals zu. Sie verdrängte es, schlief erschöpft ein und begann sofort zu träumen.

Sie lief durch eine große kahle Wüste – wissend, dass sich irgendwo weiter vorn das Ding befand, nach dem sie ihr ganzes Leben lang suchte, die eine Sache, die die Leere ausfüllen und sie ganz machen konnte. Während sie stolpernd rannte, fühlte sie, dass nicht bloß das Ende ihrer Suche näher rückte, sondern mit ihm auch ein schreckliches, nicht erkennbares Verderben. Der Himmel war ein tiefes Meergrün, und der Boden unter ihren Füßen vibrierte wie die Oberfläche einer gigantischen Trommel.

In der Ferne sah sie eine menschliche Gestalt, die ihr den Rücken zuwandte, und Lucy lief mit pochendem Herzen auf sie zu. Instinktiv wusste sie, dass die Person da vorn die Antwort auf die Frage kannte, die sie ein Leben lang umtrieb. Nun war es kein amorphes *Etwas* mehr, was sie suchte, sondern ein *Jemand*, und sie sehnte sich verzweifelt danach, ein Gesicht zu der Gestalt zu finden.

Doch auf einmal änderte sich der Traum, und sie konnte die Richtung auf die Figur nicht mehr halten. Stattdessen raste sie an ihr vorbei und erkannte im letzten Augenblick, dass die Gestalt am Rande eines Abgrunds stand, in den sie nun kopfüber hineinstürzte – in den Tod. Vergebens breitete sie die Arme aus, um den Flügelschlag der Vögel nachzuahmen, öffnete den Mund zu einem stummen Schrei. In diesem Moment fühlte sie, wie jemand ihre Hand nahm, und sie wurde zusammen mit der anderen Person, die sie nicht sehen konnte, ins Nichts gerissen. Dabei mühte sie sich, im Sturz den Kopf zu wenden, um zu sehen, nach wem sie so lange gesucht hatte. Das Gesicht war eine Wolke aus Dunkelheit, aber während sie fiel, konnte sie Lippen erkennen, die sich in dem Schleier aus Finsternis bewegten, und eine wunderschöne weibliche Stimme flüsterte in ihrem Kopf.

Es tut mir leid.

Auch Dylans Schlaf war von unruhigen Träumen durchbrochen, aus denen er jeweils schweißgebadet und in dem Bemühen erwachte, die Bilder festzuhalten, die sich wie Rauch auflösten.

Der erste Traum führte Dylan in das Schlafzimmer zurück, in dem Ronnie gestorben war – von der Krankheit ausgezehrt und bis auf die Knochen abgemagert –, aber wieder erinnerte er sich an nichts außer das entsetzliche Gefühl von Verlust und eine diffuse Angst. Weit größere Sorge bereitete ihm der zweite Alptraum, obwohl er sich nicht ganz so beängstigend *anfühlte*. Er war einfach nur befremdlich.

In diesem Traum lebte Ronnie und versuchte zu sprechen, aber er konnte sie nicht verstehen, weil sie beide sich in einem Sturm befanden, der sie auseinandertrieb. Dylan wusste, dass sie ihn vor einer Gefahr warnen wollte, konnte jedoch nicht von ihren Lippen ablesen, was sie sagte, und als er die Hände nach ihr ausstreckte, sog sie der Wind in eine große, tiefe Dunkelheit. Sie fiel. Der Schrecken dieser Vorstellung wollte nicht von ihm abfallen.

Jetzt zitterten seine feuchten Hände, als er sie in seinem Schlafsack abrieb. Still machte er seine *Ibuki*-Atemübungen, verlangsamte so seinen Herzschlag und konzentrierte sich auf seine Mitte, um wieder einzuschlafen. Diesmal fand er tiefen, ungestörten Schlaf.

Am Morgen brachen sie sehr zeitig auf. Der Streit zwischen Baxter und Crank war noch nicht zu einem offenen Krieg eskaliert, aber Dylan entging nicht, wie aufmerksam Baxter Crank im Auge behielt und wie konsequent er sich weigerte, Crank hinter sich gehen zu lassen.

Dylan wusste, dass sie beide glaubten, *er* wäre irgendwie der Schlüssel zum Ende dieses Wahnsinns, obwohl ihm weder der eine noch der andere sagen konnte, wie er Milliarden Menschen zurückbringen oder das Wüten einer Terrorgruppe oder überlegenen Art stoppen sollte. Dennoch zog Dylan mit ihnen, und das nicht bloß, weil ihm nicht einfiel, wohin er sonst gehen sollte, sondern weil er inzwischen fühlte, dass diese Reise *richtig* war. Ja, er fühlte sich regelrecht physisch von einer unsichtbaren Kraft weitergezogen.

Er fragte sich, ob es nicht etwas mit den Mysterien zu tun hatte, von denen Sensei Ashiroato sich so sehnsüchtig wünschte, dass er sie entdeckte. Vielleicht öffnete er sich am Ende ja doch anderen Sinnen, denen er sich all die Jahre versperrt hatte. Denn wenngleich er verstand, warum es für einen in Mystik verwurzelten Japaner nur ein natürlicher Schritt in der spirituellen Entwicklung sein mochte, Dinge jenseits von Sehen und Fühlen wahrzunehmen, kam das Streben nach unbekannten Zielen für Dylan eher einem Abstieg in den Wahn gleich. Trotzdem konnte er nicht leugnen, dass es gewisse Reize barg. Er wusste mittlerweile, dass Baxter oder Crank die Wanderung sofort abbrächen, wenn sie ihre Arbeit für erledigt hielten, und er in diesem Fall allein weitergehen könnte, weil er jetzt seinen Weg kannte.

Warum die Rhothags an der Straße ihn nicht angegriffen hatten, konnte er allerdings immer noch nicht sagen. Die Waffe hatte sie jedenfalls nicht abgehalten, und das seltsame Wort *Rantasas* war es auch nicht gewesen. Vielleicht *ahnten* sie, dass er von etwas angelockt wurde wie die Biene vom Honig, und genau das wollten sie auch.

Die Einsamkeit forderte allmählich bei allen dreien ihren Tribut. Dylan sah, wie in den Augen der anderen Hoffnung aufschimmerte und sogleich wieder erstarb, sobald eine Tür im Wind quietschte. Ihm selbst kam es seltsam vor, dass er nach den zwei Jahren, die er wie ein Eremit gelebt hatte, auf einmal menschliche Stimmen vermisste. Und ihm kam der Gedanke, dass, selbst wenn die Ewigen ein Mythos waren, dies sehr wohl das Ende der Menschheit sein könnte. Er, Crank und Baxter könnten sich ja wohl kaum fortpflanzen.

Als sie auf einem Randstein nahe einer Kreuzung Rast machten, fiel Dylan eine zottelige rote Katze auf, die ihn mit Mandelaugen aus einem Schutthaufen auf der anderen Seite des Gehwegs anfunkelte. Langsam legte er einen kleinen Brocken Dosenthunfisch auf den Gehweg und wartete. Die Katze schnupperte und leckte sich das Mäulchen. Mehrmals streckte sie vorsichtig eine Pfote aus, doch jedes Mal sah sie zu Dylan und zog sie wieder zurück.

»Was machen Sie da?«, fragte Crank.

Dylan nickte zu der Katze, worauf Crank lächelte.

»Hier, Mieze«, sagte er und warf ihr den Fischbrocken hin.

Die Katze schlang ihn gierig herunter, und Dylan wollte schwören, dass sie sich mit einem Kopfnicken bei Crank bedankte. Normalerweise hätte Dylan Mitleid mit dem Tier gehabt, aber der dunkle Schimmer in den Katzenaugen war ihm unheimlich. Jedenfalls bot er ihr nichts mehr von seinem Mittagessen an.

Crank hingegen fütterte sie aus seiner Dose, und schließlich traute sie sich unter den Trümmern hervor. An einem Bein und am Schwanz war ihr Fell ausgerissen, und sie hatte eine breite Narbe, die von einer Augenbraue bis fast in den Nacken verlief.

»Die Katze war in eine Prügelei verwickelt«, sagte Baxter. »Scheint das perfekte Haustier für dich zu sein, Crank.«

»Armes Ding«, murmelte Crank und legte ein Stück Thunfisch direkt neben sich ins Gras.

Die Katze hinkte über den Gehweg, ohne den Blick von Dylan abzuwenden. Sie schnappte sich den Fisch und wich zwei Schritte zurück, bevor sie ihn hastig auffraß. Dabei machte sie einen Buckel und richtete den Schwanz steil auf.

»Die mag Sie nicht besonders«, sagte Crank zu Dylan.

»Beruht auf Gegenseitigkeit.«

Crank sah ihn fragend an. »Was haben Sie gegen die arme kleine Mieze?«

»Ich glaube, mit der Katze stimmt etwas nicht.«

»Kann sein«, sagte Baxter. »Auf jeden Fall wurde sie ziemlich verprügelt. Wer weiß, wo sie ganz allein hier draußen hineingeraten ist.«

»In gar nichts«, entgegnete Crank und hielt dem Tier ein Stück Fisch hin.

Die Katze hockte sich auf die Hinterbeine und streckte den Kopf ganz weit aus, um den Fisch zu nehmen, ohne näher zu kommen. Nachdem sie den Bissen hinuntergeschluckt hatte, schien sie es sich jedoch anders zu überlegen, denn sie nahm noch einen Happen an und rieb sich an Crank.

»Siehst du? Sie hat nur schlechte Erfahrungen gemacht, aber jetzt geht es ihr gut.«

»Hast du vor, das Vieh mitzunehmen?«, fragte Baxter stirnrunzelnd.

Crank sah sich um. »Der Schnee ist weg, und wir rennen nicht, zumindest nicht im Moment. Wenn sie mitkommen will, kann ich sie nicht davon abhalten.«

Die Katze kam mit, trottete über Einfahrten, durch Hecken und im Zickzack durch Vorgärten, statt die drei einfach auf den Gehwegen zu begleiten. Bis sie ein geeignetes Haus fanden, in dem sie die Nacht verbringen konnten, musste sie die doppelte Strecke zurückgelegt haben, dachte Dylan. Doch immer noch schien sie weder ihm noch Baxter zu trauen. Und da es auch Crank nicht gelang, sie in die Küche zu locken, stellte er ihr schließlich eine Dose Thunfisch auf die Hintertreppe.

Als Dylan beim ersten schwachen Tageslicht aufwachte, starrte er direkt in zwei dunkle Augen und zuckte so heftig zurück, dass er mit dem Kopf an die Wand knallte.

»Jesses!«, rief er aus. Die Katze sprang vom Bett und huschte davon.

Baxter erschien lächelnd in der Tür. »Hat Satan Sie geweckt?«

»Satan?«

»Crank hat beschlossen, den Kater so zu nennen«, erklärte Baxter achselzuckend. »Ich finde, dass der Name passt. Sie nicht?«

Dem stimmte Dylan voll und ganz zu.

»Kommen Sie«, sagte Baxter. »Der Kaffee läuft gerade durch, und ich will Ihnen etwas zeigen.«

»Will ich das sehen?«

»Ja, ich glaube schon.«

Dylan folgte Baxter den Flur hinunter zum Bad, und noch ehe sie dort ankamen, fühlte er die Luftfeuchtigkeit und atmete angenehmen Seifenduft ein. Baxter stieß die Badezimmertür weit auf. Da lag Crank in der Badewanne, bis zum Hals in schmutzigem, dampfendem Wasser.

»Ein heißes Bad?«, fragte Dylan voller Ehrfurcht. Seit Einsetzen der Verdunklung hatte keiner von ihnen mehr als eine Katzenwäsche abbekommen. Damit sie nicht hoffnungslos zu stinken begannen, benutzten alle drei reichlich Deo und wechselten alle paar Tage die Kleidung.

Baxter grinste. »Mit diesem Haus haben wir einen Glückstreffer gelandet. Im Keller ist ein alter Holzofen mit einem Hilfsboiler, und die Stadt hat einen Wasserturm, so dass wir nicht von einer Pumpe abhängig sind. Ich lade Sie zu einem heißen Bad ein, sobald King Louis fertig ist.«

Crank lag währenddessen mit geschlossenen Augen im Wasser und verscheuchte sie nun mit einem sehr vornehmen Winken.

Dylan war nach dem Frühstück an der Reihe, und er nahm sich viel Zeit bei seinem Bad. Das heiße Wasser lockerte seine verspannten Muskeln und fühlte sich herrlich an. Es war schon merkwürdig, wie auf einmal die gewöhnlichsten Dinge ungemein wichtig erschienen. Im Gegensatz dazu vermissten sie Sachen wie Telefon, Fernseher oder E-Mails kaum. Sie waren eben froh, wenn sie ihre Grundbedürfnisse befriedigen konnten, und etwas Unspektakuläres wie ein Vollbad kam ihnen geradezu königlich vor.

»Wie geht es Ihnen?«, fragte Crank, als Dylan nach dem Bad mit geschultertem Rucksack und seiner Waffe wieder in die Küche kam.

»Großartig«, antwortete Dylan lächelnd und wunderte sich, dass weder Crank noch Baxter sein Lächeln erwiderten. »Was ist los?«

»Ich zeige Ihnen noch etwas«, sagte Baxter. »Crank und ich haben es gerade entdeckt.«

»Genau genommen hat Satan es entdeckt«, korrigierte Crank.

Dylan ließ seinen Rucksack fallen, behielt jedoch die Waffe in der Hand und folgte den beiden nach draußen.

Das Haus war auf allen vier Seiten von bepflanzten und mit Rindenmulch ausgestreuten Beeten umgeben. Unter sämtlichen Fenstern waren große Fußabdrücke im Mulch zu erkennen. Es sah aus, als wäre jemand von Fenster zu Fenster gewandert und hätte hineingespäht, oder aber – was noch beängstigender war – es hatte *an jedem* Fenster jemand gestanden.

»Rhothags«, sagte Dylan.

Baxter nickte.

»Der Kater hat die Spuren gefunden?«, fragte Dylan und sah sich nach dem Tier um, das sich jedoch wieder im Hintergrund hielt. »Hat er Ihnen das gesagt, oder wie?«

»Er kratzte in den Spuren, und das haben Crank und ich gehört«, antwortete Baxter. »Das verrückte Biest schien den Geruch zu mögen.«

Der Gedanke, dass der Kater den Gestank der Rhothags anziehend fand, machte das Tier für Dylan noch unsympathischer.

»Was glauben Sie, wo die hin sind?«, fragte er und sah sich nervös zum Nachbarhaus um.

Baxter nickte. »Sie können überall sein, wo es dunkel ist. Aber ich vermute, dass sie nicht weit sind.«

»Dann sollten wir aufbrechen«, sagte Crank. »Wir müssen bald in D. C. sein.«

Als sie in der Mitte der Straße gingen, der Kater parallel zu ihnen durch die Vorgärten, meinte Dylan mehrmals, Augen zu sehen, die hinter schweren Vorhängen hervorlugten. Er hatte einen Finger am Abzug seiner Waffe. Und die ganze Zeit hatte er das Gefühl, dass etwas fehlte. Entweder Baxter und Crank verschwiegen es ihm, oder sie hatten selbst keine Ahnung.

Das Ding in seinem Haus und in jener Nacht auf der Lichtung hatte ihm nachgestellt, ihn aber aus irgendwelchen Gründen nicht angegriffen. Die Rhothags, denen sie begegnet waren, hatten sich genauso verhalten. Was hielt sie davon ab?

Laut Baxter waren sie wahrscheinlich zu blöd, um Angst vor Waffen zu haben, was Dylan nach ihrer Reaktion bestätigen würde.

Die verdammten Biester warteten auf irgendetwas, und Dylan hatte das ungute Gefühl, dass er schon bald erfahren würde, was es war.

Der Tag wurde beständig düsterer als die grauen Tage, die hinter ihnen lagen, während Lucy, Wagner und Blondie müde über Meilen von offenem Farmland gingen. Maryland schien gleichsam auseinanderzubrechen. Der Straßenbelag zerbröselte unter ihren Füßen, das trockene Gras am Wegesrand wurde in ihren Händen zu Asche, die der leiseste Windhauch davonblies. Sie marschierten schneller, da der Sonnenuntergang nahte, und suchten nach einer Einfahrt, die sie zu einer sicheren Nachtunterkunft führte, als Lucy wieder spürte, dass Rhothags in der Nähe waren. Phönix knurrte leise, und Blondie nickte Lucy zu, um ihr zu bedeuten, dass er bereits die ersten Bestien hinter den Bäumen an der Seite ausgemacht hatte.

»Laufen Sie!«, sagte er und schob sie sanft zu Wagner.

Die Männer erledigten einige der Rhothags, sobald sie sich im ersten Dämmerlicht aus dem Schutz der Bäume trauten. Dann rannten alle drei eine halbe Meile weiter und suchten nach einem Platz, von dem aus sie sich besser verteidigen könnten. Währenddessen trampelten die Rhothags unablässig durch den Wald und hielten sich im Schatten. Aber die Sonne sank schnell so weit hinter die Bäume, dass sich die ganze Straße in einen dämmrigen Tunnel verwandelte. Der nächste Flecken, der noch in spärlichem Tageslicht lag, war über eine Meile entfernt, und die Rhothags kamen näher und näher.

So schnell sie auch rannten, war Lucy doch klar, dass sie nicht vor Sonnenuntergang in Sicherheit sein würden. Der Lichtfleck weiter vorn wurde sekündlich schwächer. Wagner und Blondie drehten sich um und zogen Lucy hinter sich, als eine Meute der Bestien von beiden Seiten der Straße auf sie zukam.

Die Rhothags waren buchstäblich *durch* die Reste ihrer Bekleidung hindurchgewachsen, und mit ihrer schuppigen Haut sowie dem sehnigen Körperbau ähnelten sie Reptilien. Blondie erlegte drei von ihnen, einen durch einen sauberen Schuss ins Auge, der ihn sofort zu Boden brachte. Die anderen verwundete er zwar, konnte sie allerdings nicht aufhalten, und selbst als er eine ganze Salve auf sie feuerte, verlangsamte das kaum ihren Angriff. Es mussten ungefähr dreißig Bestien sein, auf die nicht einmal so hervorragende Schützen wie Wagner und Blondie Kopfschüsse abgeben konnten, da sie liefen. Als klar wurde, dass die Rhothags dabei waren, sie zu umzingeln, packte Wagner Lucy und zog sie mit sich in Richtung einer kleinen Seitenstraße. Blondie folgte ihnen und gab ihnen dabei Rückendeckung.

Zweimal schnitten ihnen die Rhothags aus dem Wald beinahe den Weg ab. Doch beide Male konnte Lucy die beiden Männer rechtzeitig warnen, so dass sie den Hinterhalt jeweils durch heftiges Feuer abwehren konnten, bei dem genügend von den Biestern zu Boden gingen, um die anderen auf Abstand zu halten. Schließlich kamen sie aus dem Wald heraus und rannten eine Einfahrt hinauf zu einem großen Gutshof, während die Rhothags noch weiter zurückfielen. Da Haupthaus wie Nebengebäude auf einer großen Lichtung oberhalb einer leichten Anhöhe lagen, wurden sie noch von den letzten Sonnenstrahlen beschienen.

»Nein«, sagte Wagner und zeigte zur Scheune, als Lucy bereits auf die Vordertreppe des Haupthauses zustolperte.

Sie wunderte sich, dass er den offenen alten Bau dem Haus vorzog, verstand es jedoch, als sie hineinkamen. In der Scheune gab es einen Heuboden, der nur über eine Leiter und durch eine kleine Luke zugänglich war. Phönix begriff Wagners Plan offensichtlich auf Anhieb und überraschte sie alle, indem sie die Leiter hinauf- und durch die Luke kletterte. Lucy folgte ihr hinter Blondie und vor Wagner. Dann zog Blondie die Leiter nach oben und schloss die Luke. Durch die offenen Doppeltüren am anderen Ende des Gebäudes, von wo aus das Heu mit einem Förderband nach oben transportiert wurde, fiel das letzte Sonnenlicht hinein. Lucy stellte sich neben Wagner, der von dort nach den Rhothags Ausschau hielt. Sie lauerten im Schatten am Ende der Einfahrt.

»Durch die Luke können sie nicht kommen, und wenn sie versuchen, das Förderband hinaufzusteigen, können wir sie einzeln ausschalten«, erklärte Wagner.

»Was sagen denn Lucy Devereaus wichtige Selbstschutzregeln dazu?«, fragte Blondie grinsend.

Lucy rang sich ein müdes Lächeln ab. »Regel Nummer eins wäre wohl, heute Nacht auf der Hut zu bleiben.«

Wagner nickte. »Ich glaube, fürs Erste sind wir hier sicher.«

»*Sicher* ist ein relativer Begriff«, erwiderte sie.

»Wie geht es Ihnen?«, fragte er.

Vor Erschöpfung und Angst war sie vollkommen erledigt, aber das schüttelte sie ab. »Ich bin müde, verwirrt, habe Angst und rieche wie Kuhdung. Aber abgesehen davon, geht es mir gut.«

»Sie riechen ganz okay«, sagte Wagner, der an ihrer Schulter schnupperte.

»Vielen Dank, mein Herr.«

»Setzen Sie sich hierher.« Wagner richtete ihr einen Platz auf einem Strohhaufen her.

Dann hockte er sich neben sie. Den Ringen unter seinen Augen nach zu urteilen, war er nicht minder erschlagen. Instinktiv streckte Lucy die Hand nach seiner Wange aus, doch als Blondie sich auf die andere Seite kniete, um durch die Doppeltüren zu sehen, war der Zauber gebrochen.

»Lucy«, sagte Wagner, »ich hatte nicht damit gerechnet, dass es so beschwerlich werden und so lange dauern würde, zum Burgfried zu kommen. Sie wissen, dass wir nach D. C. wollen, aber den genauen Zielort kennen Sie noch nicht. Das gehört zu meinem Auftrag, allerdings halte ich es angesichts der Umstände für sinnvoll, Ihnen mehr zu verraten.«

»Sie meinen, falls Ihnen beiden irgendetwas zustoßen sollte«, flüsterte sie.

Er nickte.

»Sie brauchen es mir nicht zu sagen«, erklärte sie. »Ich fühle, wie ich dorthin gezogen werde. Jedes Mal, wenn Sie mir sagen, dass wir die Richtung wechseln müssen, weiß ich schon im Voraus, wohin wir müssen.«

Er sah sie nachdenklich an. »Sonst noch etwas?«

»Ich träume.«

»Was träumen Sie?«

»Es sind Alpträume. Ich bin in einer Wüste, und da ist jemand …«

»Wer?«

Wie sollte sie ihm erklären, dass in ihrem Traum die Person erschien, nach der sie schon ihr Leben lang suchte, ohne je gewusst zu haben, dass es sich überhaupt um einen *Menschen* handelte?

»Die Träume ergeben keinen Sinn«, sagte sie, warf ihren Rucksack ab und rollte ihren Schlafsack aus.

Wagner zuckte mit den Schultern. Dann bedeutete er Blondie, dass er neben der Luke schlafen sollte.

Lucy schlüpfte in ihren Schlafsack und starrte durch die offene Bodentür in die Nacht hinaus. Dass Wagner sich in seinen Schlafsack legte, nahm sie lediglich am Strohrascheln neben sich wahr. Blondie saß mit dem Gewehr im Schoß an der Tür, Phönix neben sich, und blickte nach draußen.

Am Morgen waren die Rhothags wieder verschwunden. Wagner erlaubte ihnen nur ein Frühstück aus Erdnussbutter und Crackern, ehe sie wieder aufbrachen. Bevor sie losgingen, befüllte Blondie ihre Wasserflaschen aus einem Tank in der Scheune. Im unteren Bereich der Einfahrt war das Gras zu beiden Seiten zertrampelt, als hätten sich hier Dutzende von Rhothags herumgetrieben, und Lucy fragte sich, warum sie nicht näher gekommen waren.

Da es wärmer als sonst war und der Weg größtenteils bergan führte, war Lucy ziemlich schnell außer Atem, und Wagner musste sie an einem Arm abstützen, als sie stehen blieb, um zu verschnaufen. Sie kamen gerade durch eine Kleinstadt, die sehr modern aussah. Anstelle der üblichen Klinkerfassaden blickten sie auf Aluminium- und Glasfronten, hinter denen Immobilienmakler und Copy-Shops residierten. Im Gegensatz zu Lucy war Phönix noch in Höchstform, wedelte der Gruppe vom Ende der Straße mit dem Schwanz zu und trottete dann über die Straße, um einen verlockenden Müllhaufen zu inspizieren.

Noch ehe sie anhielten, hatte Lucy den fauligen Gestank der Rhothags bemerkt, der sie von allen Seiten umgab. Sie versteckten sich in den Kellern, den Wandschränken und den dunklen Dachböden der umliegenden Häuser. Mittlerweile hatte Lucy sich an das Gefühl gewöhnt, überkam es sie doch in jeder Stadt, durch die sie wanderten, und sie wusste, dass sie bis Sonnenuntergang sicher vor ihnen waren.

»Hoffentlich frisst sie da nichts, wovon ihr schlecht wird«, sagte sie mit Blick auf Phönix. Die Hündin steckte bis zum Hals in einem zerrissenen Müllsack und schüttelte irgendetwas.

»Sie kann schon auf sich selbst aufpassen«, entgegnete Blondie, der sein Gewehr an das Fenster eines Supermarkts lehnte und hineinspähte.

Lucy trank Wasser aus ihrer Flasche, das sie jedoch gleich auf den Boden neben Wagners Füße spuckte. Er sah sie verwundert an.

»Schmeckt wie altes Schmieröl«, erklärte sie.

Wagner nahm die Flasche und roch daran.

»Mir kam es nicht schlechter vor als das, was wir vorher getrunken haben«, sagte Blondie. »Aber vielleicht war der Tank schmutzig.«

Kurzerhand trat er die Glastür des Supermarkts ein und ging hinein.

»Sieh nach, ob du da drinnen auch etwas zu essen findest«, rief Wagner ihm nach, stellte seinen Rucksack ab und setzte sich neben Lucy darauf.

»Wie weit ist es noch bis zum Burgfried?«, fragte sie.

»Gar nicht mehr weit«, antwortete Wagner, klopfte ihr aufs Knie und nickte Richtung Phönix. »Ungefähr fünf Meilen weiter kommen wir an eine Kreuzung. Von da sind es noch um die acht Meilen nach links.«

Lucy seufzte erleichtert. Dreizehn Meilen kamen ihr beinahe wie ein kurzer Spaziergang vor. Bei dem Tempo, das sie bislang vorlegten, konnten sie die Strecke in gut vier Stunden zurücklegen. »Dann haben wir es also geschafft.«

Wagner nickte. »Wir haben Sie zum Burgfried gebracht. Aber ich glaube nicht, dass damit alles vorbei ist.«

»Tja, dachte ich mir bereits. Aber im Burgfried wartet jemand auf mich.«

»Lucy«, flüsterte Wagner stirnrunzelnd.

Als sie ihn ansah, erkannte sie eine tiefe Traurigkeit in seinen Augen.

»Ich möchte nicht, dass Sie sich zu große Hoffnungen machen.«

»Warum sagen Sie das?«

Er schüttelte den Kopf. »Es gibt etwas, das ich Ihnen sagen muss, ich weiß nur nicht, wie.«

Nach Worten suchend, blickte er zu Phönix. Lucy sah ebenfalls hin. Die Hündin hatte ihren Müllschatz verlassen und war auf dem Weg zurück zu ihnen. Doch auf halber Strecke blieb sie wie erstarrt stehen, stellte die Ohren auf und sträubte die Rückenhaare. Als Lucy sie sah, fühlte sie ein unheimliches Kribbeln, und plötzlich wusste sie, dass Blondie in schrecklicher Gefahr war. Doch so schnell, wie das Gefühl gekommen war, verschwand es auch wieder, und im selben Moment wusste sie, dass Blondie ebenfalls verschwunden war.

»Oh, mein Gott!«, hauchte sie. Gleich darauf ertönte ein lautes Krachen hinter ihr aus dem Supermarkt.

»Mist!«, fluchte Wagner, der sofort auf den Beinen war und sein Gewehr im Anschlag hielt.

Bevor Lucy die Lärmquelle ausmachen konnte, hatte Wagner sie beiseitegeschoben und war in den Laden gegangen.

»Roy!«, rief er.

Lucy fühlte Phönix, die leise knurrend und mit gebleckten Zähnen direkt neben ihr stand.

»Ganz ruhig«, sagte Lucy zu ihr, da sie fürchtete, Phönix könnte an Wagner vorbei ins Ladeninnere preschen.

»Bleibt draußen!«, wies Wagner sie an, aber Lucy ignorierte ihn und zog ihre Waffe.

Kaum hatte sie einen Fuß auf den Fliesenboden im Innern gesetzt, überkam sie eine überwältigende Angst. Hier drinnen war das Gefühl von Entweihung und Verfall ungeheuer stark. Der Boden war viel zu verseucht, als dass sie sagen könnte, wie viele es waren. Es musste von Rhothags nur so wimmeln, und Lucy wurde klar, dass Wagner und sie zu spät kamen.

»Wagner«, flüsterte sie.

»Roy!«, rief er, und seine Stimme hallte von den Metallregalen und den Glastüren der Kühlschränke wider. Ohne Vorwarnung feuerte Wagner auf das Getränkeregal, worauf Bier- und Colafontänen bis an die Decke spritzten. Zwei Rhothags stolperten durch das zersplitterte Glas und Metall, verwundet, aber durchaus noch sehr lebendig. Im dämmrigen Ladeninnern war genug Licht, um die Bestien zu blenden. Sie schirmten ihre Augen ab, als sie auf Wagner und Lucy zukamen. Lucy schaffte es, einem ins Maul zu schießen, und Wagner pumpte so viel Blei in den anderen, dass ihm der Kopf von den Schultern polterte. Dann legte er neue Munition nach und blickte sich rasch nach weiteren Zielen um.

Lucy sah Blut auf dem Boden nahe der Kasse. Wagner schaute ebenfalls dorthin und dann zur Tür hinter der Kasse. Er würde jeden Moment durch die Tür stürmen und Phönix mit ihm, was Lucy nicht zulassen durfte.

»Wagner!«, schrie sie. Ihre Stimme klang so panisch, dass er sich sofort zu ihr umdrehte. Sie schüttelte den Kopf. »Dort sind Dutzende von ihnen, wenn nicht noch mehr. Es ist ein winziger Lagerraum und ganz dunkel.«

»Sehen Sie das?«

»Ich fühle es«, antwortete sie und bemerkte, dass sie Wagner und sogar Phönix ebenso deutlich fühlte wie die Rhothags hinter der normal aussehenden, jedoch unheilverkündenden Tür. »Er ist tot«, flüsterte sie.

»Sind Sie sicher?«

Sie nickte. Sein Gesichtsausdruck traf sie bis ins Mark. Die

Vorstellung, wie Blondie in diesen schrecklich dunklen, kleinen Raum gezerrt wurde, brach ihr beinahe das Herz. Wie musste es da erst Wagner gehen?

Doch die Bestien lauerten hinter der Tür und könnten jederzeit beschließen, ins dämmrige Licht des Geschäfts hinauszustürmen.

»Wir müssen weg«, flüsterte sie. »Sie werden uns angreifen, wenn wir bleiben, und sie sind zu viele.«

Sie nahm Wagner beim Arm und zog ihn hinaus bis zur Straßenmitte. Sein Gesicht war wie versteinert, doch als er zum Gebäude zurückblickte, funkelte blanke Wut in seinen Augen.

»Wir sind nur wenige Meilen vom Burgfried entfernt«, erinnerte sie ihn, auch wenn sie wusste, dass er sie kaum wahrnahm. Suchend schaute er sich zu den umliegenden Häusern um, und obwohl er sich einzig auf seine fünf Sinne verlassen konnte, war ihm wohl genauso bewusst wie ihr, dass diese ganze Stadt ein Hort des Bösen war.

»Ich bin es verdammt leid, gejagt zu werden!«, sagte er und umklammerte sein Gewehr.

Phönix bellte und tänzelte, als wollte sie sagen, dass sie schnellstens von hier verschwinden sollten.

Lucys eigene Angst und Trauer verwandelten sich in Zorn. Ihr ganzes Leben lang war sie weggelaufen und hatte sich versteckt. Seit Wochen wurde sie gejagt, bedroht, angegriffen und lief davon. Doch jetzt wollte sie Rache nehmen, nicht bloß an den hirnlosen Rhothags, sondern an denen, die ihr die Kindheit geraubt und sie zu einer Gehetzten gemacht hatten.

»Ich zünde sie an«, sagte sie und zeigte auf eine Tankstelle gegenüber. »Ich will, dass diese ganze Stadt bis auf die Grundmauern niederbrennt!«

Wagner blinzelte. Das Kassenhäuschen der Tankstelle bestand

aus einem kleinen Verschlag aus niedrigen Mauern und Glas, weshalb auszuschließen war, dass sich dort irgendwelche Rhothags verbargen. Also trat er die Tür ein und stand Wache, während Lucy an ihm vorbei hineinging, Kanister mit Motoröl und Regenjacken beiseitekickte und schließlich mit einem knapp zwanzig Zentimeter langen Eisenstab zurückkam, an dessen einem Ende sich ein längeres T-Stück befand, am anderen ein kürzeres.

»Suchen Sie einen Schlauch«, forderte sie ihn auf und warf einen Schlüssel aufs Pflaster.

Bis Wagner mit einem Stück Gartenschlauch zurückkam, hatte Lucy bereits den Fahrzeugzubehörladen nebenan aufgebrochen und mehrere Benzinkanister sowie eine kleine Handpumpe herausgeholt. Dann öffnete sie die Erdtanks auf dem Parkplatz mit dem schweren Schlüssel und begann, Benzin in die Kanister zu pumpen.

»Sie hätten da drin umkommen können!«, sagte Wagner und sah zu dem Fahrzeugzubehörgeschäft.

»Der Laden ist rundum verglast«, entgegnete Lucy. »Alles taghell, und ich habe sie dort drinnen nicht gespürt.«

»Woher wussten Sie von dem Tankschlüssel?«

Sie lächelte. »Privatdetektive wissen so manches.« Da er mit der Antwort nicht zufrieden zu sein schien, fügte sie hinzu: »Ist so eine Angewohnheit. Wenn ich jemanden etwas machen sehe, das ich nicht verstehe, dann frage ich. Ein Tankwart bei meiner Stammtankstelle in Ruredaga erklärte mir, wozu dieser Schlüssel ist. Kleinstadtleute erzählen einem alles.«

Plötzlich erinnerte sie sich an die Asche in der Stadt, in der sie Phönix gefunden hatten, und jetzt begriff sie, wie es dort zu dem Feuer gekommen war. Die Überlebenden mussten letztlich erkannt haben, dass sie nichts gegen die Rhothags ausrichten konnten und sie nur loswurden, indem sie ihre ganze Stadt zerstörten. Und doch hatte sie das nicht retten können.

Lucy ging es auch nicht um Rettung. Sie wollte Vergeltung und dafür sorgen, dass Böses wie die Rhothags nicht an einem Ort überleben durfte, der von Menschen erbaut und bewohnt worden war. Sie konnte nicht zulassen, dass die Rhothags, die Blondie umgebracht hatten, gemütlich in ihren Verstecken hocken blieben. Deshalb schleppte sie zwei der schweren Kanister auf die Straße.

Wagner zerschoss die Fenster aller umliegenden Gebäude, worauf überall Glas zerbarst und klirrend auf die Gehwege herabregnete. Der Lärm wirkte tatsächlich beruhigend auf Lucy. Als Nächstes begannen sie beide, das Benzin großzügig entlang der Fassaden und in die Fenster hinein zu schütten. Ihre Stiefel knirschten auf den Scherben, und Lucy rief Phönix zu, sie solle auf der Straße bleiben. Die Hündin rümpfte ohnehin die Nase ob des Benzingeruchs und hielt sich freiwillig auf Abstand.

Nachdem sie auch den letzten Kanister geleert hatten, griff Wagner in eines der Schaufenster, holte ein Herrenhemd vom ersten Kleiderständer, zerriss es und tränkte es mit Benzin. Dann nahm er sein Feuerzeug, setzte beide Stoffstreifen in Brand und reichte Lucy einen, die damit auf die andere Straßenseite ging. Auf Wagners Kopfnicken hin warfen sie beide ihre Fackeln.

Das Feuer züngelte gierig an den Fassaden entlang, drang durch die zerborstenen Scheiben und explodierte im Innern der Gebäude, bevor es an den Rückseiten wieder heraustrat. Lucy und Wagner griffen sich ihre Rucksäcke und rannten mit Phönix die Straße hinunter. Durch das Lodern des Feuers hörten sie die animalischen Schreie der verbrennenden Rhothags.

»Viele von ihnen werden es durch die Hintereingänge hinausschaffen«, sagte Lucy.

Wagner blickte achselzuckend in den Himmel. Es war bereits früher Nachmittag, aber die Sonne mühte sich, durch den allgegenwärtigen Schleier zu dringen.

»Wir haben getan, was wir konnten. Die meisten wird das Feuer erwischen, denn sie mögen dunkle Räume mit so wenigen Türen und Fenstern wie möglich. Und die, die rauskommen, müssen weit laufen, um Schutz zu finden. Mit ein bisschen Glück hat die Sonne sie bis dahin gekillt.«

Als sie an die Kreuzung gelangten, schlugen die Flammen und der Rauch hinter ihnen so hoch auf, dass sie aus der Ferne wie glühende Gewitterwolken aussahen. Lucy fühlte sich leerer denn je und überwältigt von Kummer und Enttäuschung. Sie bekam das Bild nicht aus dem Kopf, wie Blondie in einem Moment noch selbstsicher grinsend auf dem Gehweg gestanden hatte und im nächsten schon in seinem schlimmsten Alptraum landete.

»Hier entlang«, sagte Wagner und zeigte nach links.

Lucy schüttelte den Kopf und ging in die andere Richtung. »Nein, wir müssen dorthin.«

»Ich weiß, wo es zum Burgfried geht.«

»Und ich weiß, dass wir jetzt in diese Richtung müssen«, entgegnete sie und ging los.

Wagner holte sie ein, machte aber keine Anstalten, sie aufzuhalten. Stattdessen trottete er neben ihr her.

»Sind Sie ganz sicher, dass wir hier entlanggehen sollten?«

Sie sah ihn an. »Fangen Sie keinen Streit mit mir an!«

»Noch nicht.«

»Wissen Sie, was dort vorn ist?«

Er blickte nachdenklich geradeaus. »Zeigen Sie mir erst, wohin wir gehen. Dann reden wir weiter.«

Die Zelle wurde nur von einer Andeutung schwachen Lichtes erhellt, als Pater Remedios den dünnen Kondenswasserschleier von der Betonwand neben sich ableckte. Es war unmöglich, dass ein Mensch so lange ohne Nahrung, bloß mit einem Minimum an Flüssigkeit überlebte. Und allem Stolz zum Trotz begann er, neuen Glauben an Gott zu finden.

Allerdings war sein Puls schwächer denn je, und die Muskeln in seinen Armen und Beinen waren zu nutzlosen schlaffen Strängen verkümmert. Er erschauderte und hustete, bis er würgte. Glaube oder nicht – wenn ihn Hunger und Durst nicht bald töteten, würde es eine Lungenentzündung tun. Und vielleicht ließen ihn dann endlich die verfluchten Biester in Ruhe.

All die Jahre hatte er versucht, die Kirche und jeden, der ihm zuhören wollte, vor dem zu warnen, was kommen würde. Und all die Jahre hatten sie ihn verleugnet und beschimpft. Wo waren die Kardinäle jetzt? Gewiss hatten einige von ihnen überlebt. Jemand musste erkennen, was vor sich ging und dass er recht hatte. Sicher würde jemand kommen, um ihn zu retten.

Aber wenn sie nicht kommen konnten? Vielleicht waren die Biester *deshalb* hier.

Doch der Gott, der ihn so lange am Leben ließ, würde nicht zulassen, dass er nun einen sinnlosen Tod starb. Und wenn er ihn am Leben ließ, damit er gegen die Verdunklung kämpfte, dann musste jemand kommen.

»Warum sind Sie so schreckhaft?«, fragte Dylan Crank. »Sie sind zappelig wie ein Kind, das seine erste Gürtelprüfung ablegt.«

»Wir nähern uns dem Burgfried«, antwortete Crank.

»Und? Das ist doch gut, oder?«

Crank nickte, blieb stehen und streichelte den Kater, der ihnen seit Tagen folgte. »Wir wollen auf keinen Fall preisgeben, wo er ist.«

Dylan musste nicht fragen, auf *wen* sich das bezog. Er drehte sich um. Aber hinter ihnen war nichts außer der Straße, leeren Feldern und Stille.

Sie hatten nun häufiger Spuren vor den Häusern gefunden, in denen sie nächtigten, und einmal entdeckte Baxter sogar einen feuchten Fußabdruck *im* Haus, obwohl alle Türen verschlossen gewesen waren. Crank behauptete, sie hätten sich nicht gründlich genug umgesehen, bevor sie sich hinlegten. Die Vorstellung, dass ihn die Bestien beobachteten, während er schlief, erinnerte Dylan an den Schatten in seinem Haus. Was mochten sie denken, während sie ihn betrachteten? Und warum griffen sie nicht an?

Sie kamen um eine Biegung, und plötzlich wurde das Gefühl, das Dylan bereits seit längerem weiterzog, so stark, dass er stolperte, worauf Crank und Baxter sofort bei ihm waren.

»Was ist?«, fragte Crank.

Dylan blinzelte voraus auf eine kleine Kreuzung. In der Ferne stieg eine dunkle Wolke auf. Es schien, als stünde dort eine ganze Stadt in Flammen. Doch während Baxter und Crank noch neugierig hinsahen, zog ein kleines Wäldchen zur Linken Dylan wie magisch an. Er hatte alle Mühe, nicht von der Straße herunter und in den Wald zu rennen.

»Da«, sagte er, auf den Wald zeigend. »Da entlang.«

Crank runzelte die Stirn und sah dann zu Baxter.

»Nein«, entgegnete dieser. »Zum Burgfried geht es dort entlang. Nur noch acht Meilen.«

Aber Dylan schüttelte den Kopf. Auf keinen Fall würde er in eine andere Richtung gehen, nicht ehe er nicht sein Ziel erreicht und die seltsame Macht entdeckt hatte, die ihn dorthin lockte. Er stürzte voraus, und Crank und Baxter mussten laufen, um ihn einzuholen.

»Wir gehen nicht in diese Richtung«, beharrte Crank. »Wir sind fast beim Burgfried. Sie müssen mit uns kommen.«

»Ich muss verdammt noch mal überhaupt nichts!«, brüllte Dylan zu seiner eigenen Überraschung.

Crank humpelte neben ihm her und versuchte, ihn am Arm zu packen. Sogleich nahm Dylan Kampfposition ein. Als er die Angst in Cranks und Baxters Gesicht sah, beruhigte er sich ein wenig.

»Ich muss dahin«, sagte er und ging weiter. »Ich weiß nicht, was da ist, aber ich muss hin.«

»Und wenn es mehr Rhothags sind?«, fragte Crank. »Haben Sie daran gedacht?«

Ja, hatte er. Nicht direkt an Rhothags zwar, aber daran, dass das dunkle Ding in seinem Haus und auf der Lichtung ihn in eine Falle lockte. Andererseits war es ihm auf dem ganzen Weg nicht begegnet, und selbst wenn er in eine Falle gelockt würde, dann konnte er dagegen nichts unternehmen, ehe er nicht dort war. Er *musste* es wissen.

»Die sind nicht das, was mich ruft«, sagte er.

»Was dann?«, fragte Crank.

»Das weiß ich nicht! Aber es ist da vorn. Vielleicht können wir hingehen und wieder zurückkommen, ehe es dunkel wird.«

Als hätte er jedes Wort verstanden, warf ihm der zottelige Kater einen hasserfüllten Blick zu. Dann schüttelte er sich wie ein nasser Hund und trottete über die Kreuzung in Richtung der Rauchsäule.

»He!«, rief Crank dem Tier nach. »Wo läufst du hin, Satan?«

Baxter seufzte. »Vergiss den blöden Kater, Crank!«

Crank schüttelte traurig den Kopf und folgte ihnen.

Es zog Dylan weiter die baumgesäumte Straße entlang, als er erwartet hatte. Aufmerksam sah er jede schattige Einfahrt hinauf, bis er schließlich vor einem halbverborgenen Weg stehen blieb, dessen Einmündung von zwei steinernen Säulen gekennzeichnet war. Baxter rang nach Atem und sah Dylan seltsam prüfend an.

»Wissen Sie, was das ist?«, fragte Dylan und betrachtete das schmiedeeiserne Schild, das einen Bogen zwischen den Säulen spannte.

»Ich war erst ein Mal hier«, sagte Baxter, reumütig lächelnd. »Aber ja, ich weiß es.«

»Und warum lächeln Sie?«

»Sacred Light ist kein gewöhnliches Sanatorium«, erklärte Baxter achselzuckend. »Ich hätte sowieso bald wieder herkommen müssen.«

»Warum?«

»Weil ich jemanden hiergelassen habe. Ich dachte, er müsste inzwischen tot oder weg sein, aber ich hatte die ganze Zeit im Hinterkopf, dass ich, falls ich überlebe, hergehen und ihm eine christliche Beerdigung gönnen sollte.«

»Wundert mich nicht, dass einer von deinen Freunden hier landet«, murmelte Crank.

»Na ja, Freunde und Freunde …«, sagte Baxter geheimnisvoll.

»Kommen Sie.« Dylan ging die gewundene Einfahrt hinauf. »Die Sonne geht heute früh unter.«

Bald kamen sie zu einem Gebäudekomplex mit leuchtend weißer Marmorfassade, der in einem Halbkreis angelegt war und einen Säulengang hatte. Es sah aus wie eine Kopie des Haupteingangs vom Weißen Haus. Auf dem Parkplatz standen einige Autos, doch nirgends rührte sich etwas, und aus den Schornsteinen stieg kein Rauch. Dylan ging die letzten hundert Meter über den Rasen und die breiten Marmorstufen hinauf.

Alle drei schritten durch den breiten Gang, bis sie eine riesige Eingangshalle mit Kristallkronleuchtern erreichten, an deren anderem Ende eine geschwungene Treppe war.

»Eine irre Irrenanstalt«, stellte Crank fest.

»Jetzt weißt du, wo deine Steuern bleiben«, sagte Baxter.

Sie blickten sich in der gigantischen Halle um, an deren Wänden goldgerahmte Heiligenbilder hingen. Etwa zwanzig Meter quer durch die Halle stand ein Empfangstresen.

»Ziemlich viele Steuergelder«, sagte Dylan und ging zum Empfang, wo das Gästebuch aufgeschlagen auf dem polierten Tresen lag.

Crank kam und sah ihm über die Schulter.

»Kardinal Elisias/Rom, Kardinal Petrosante/Rom, Erzbischof De Gasteno/Rio de Janeiro«, las Dylan laut und drehte sich zu Baxter um. »Was glauben Sie, wen *die* besucht haben? Das klingt ja wie eine Klapsmühle für Heilige.«

»Oder wie eine, in die sie ihre Sünder sperren«, sagte Crank.

»Ja, so könnte man es sagen«, bestätigte Baxter. »Hier begräbt die Kirche ihre Fehler.«

Crank funkelte ihn wütend an, sagte jedoch nichts.

Auf einmal fühlte Dylan die unsichtbare Hand, die ihn zur

Treppe zog. Baxter fasste ihn am Ärmel, als er loseilte, und Crank hinkte hinter ihnen her.

»Dylan, das könnte immer noch eine Falle sein«, warnte Baxter. »Langsamer!«

»Es ist eine Falle«, sagte Dylan. »Die ganze Welt ist eine Falle. Begreifen Sie das nicht? Ich muss herausfinden, was los ist, warum es mich herzieht.«

Er rannte auf die Treppe zu.

Plötzlich hallte eine Frauenstimme durch den riesigen Raum, die so vertraut war, dass Dylan mitten im Lauf erstarrte.

»Nicht da rauf! Hier wimmelt es von Rhothags.«

Dylan wirbelte auf dem Absatz herum, als die Frau aus einer Nische trat.

»Ah, hallo, Bax. Hi, Crank«, sagte ihr bewaffneter Begleiter.

»Was tust du hier, Wagner?«, fragte Baxter.

»Sie bestand darauf«, antwortete Wagner und sah zu Dylan. »Und wer ist das?«

»Die andere Hälfte«, antwortete Baxter, worauf Wagner verwirrt schien.

Dylan kam es vor, als drehte sich alles um ihn herum. Der Mann namens Wagner nahm jetzt sein Gewehr herunter … und war das ein *Hund* in der Ecke? Doch er sah wieder zu der Frau und fragte sich, ob der Wahnsinn der letzten Wochen seine Sinneswahrnehmung getrübt hatte. Als sie wieder sprach, *wusste* er, dass er wahnsinnig geworden war.

»Kennen Sie diese Leute, Wagner?«

Ronnies *echte* Stimme hatte er seit über zwei Jahren nicht mehr gehört, und jetzt, hier vernahm er darin eine leichte Färbung, einen Anklang von Südstaatenakzent. Vor allem aber war der Klang wie ein Hoffnungsschimmer und ein Aufflammen alten Schmerzes zugleich. Das hier konnte nicht wirklich geschehen! Und dennoch stand sie da und sah ihn beinahe genauso an wie auf den alten Fotos, verwundert und darauf wartend, dass er etwas sagte.

»Geht es Ihnen gut?«, fragte sie.

Er nickte, trat näher und streckte instinktiv die Arme nach ihr aus. »Ronnie, ich …«

»Ich heiße nicht Ronnie, sondern Lucy Devereau.«

Dylan musste aus einem bösen Traum erwacht und direkt in einem wahren Alptraum gelandet sein. Verwirrt schaute er sich um.

»Zwillinge?«, fragte Crank.

»Ganz ruhig«, sagte Baxter und legte Dylan eine Hand auf die Schulter.

Dylan sah ihn an. »Sie wussten es?«

Doch Baxter schüttelte den Kopf. »Wir erfuhren erst nach Veronicas Tod, dass sie heimlich ein Kind gehabt hatte. Und als wir anfingen, die Qedem Melech zu belauschen, fanden wir heraus, dass es *zwei* gewesen waren. Wagners Gruppe wurde losgeschickt, um die verlorene Schwester Ihrer Frau zu suchen. Keiner von uns hatte eine Ahnung, dass sie Zwillinge waren, und wir rechneten nicht damit, dass er sie ausfindig machen könnte.«

»Ihre Frau?«, flüsterte Lucy.

Dylan nickte.

»Wo ist sie?«, fragte Lucy.

»Sie starb«, sagte er, »vor über zwei Jahren.«

»Ich verstehe das nicht«, hauchte Lucy und sackte sichtbar in sich zusammen. »Das kann nicht sein. Ich habe sie gespürt, als wir hierherkamen. Ich habe von ihr geträumt.« Langsam hob sie den Kopf und sah Dylan an. »Ich fühle sie immer noch.«

Sie drehte sich zu Wagner um. »Sie wussten es«, sagte sie. »Das war es, was Sie mir nicht erzählen konnten. Sie wussten, dass meine Schwester tot ist!«

»Sie sind sich nie begegnet ... Als ich erkannte, was Sie fühlten ... Ich wollte es Ihnen erzählen, Lucy. Aber dann wurde Roy getötet ... Und wir mussten uns so beeilen, herzukommen.«

Sie wandte sich kopfschüttelnd ab.

»Ich wurde von diesem Ort angezogen«, sagte Dylan und starrte Lucy an, die das Ebenbild Ronnies war.

Für einen Moment erblickte er Faszination in ihren Augen, die jedoch gleich einer verbitterten Resignation wich. Für sie verkörperte er die verlorene Chance auf eine Wiedervereinigung mit einer Schwester, die sie nie gekannt hatte.

»Warum hier?«, fragte sie schließlich.

Dylan zuckte mit den Schultern und sah zu Baxter. »Etwas anderes hat uns beide hergezogen«, sagte er. »Fühlen Sie es?«

Lucy nickte. »Ich fühle es immer noch«, bestätigte sie und zeigte zur Treppe. »In diesem Flügel scheint es wenige Fenster zu geben, denn ich weiß, dass dort Rhothags sind.«

»Sie kann sie fühlen«, beantwortete Wagner die fragenden Blicke der anderen.

»Wer in diesem Irrenhaus kann so wichtig sein?«, fragte Crank.

Dylan fiel auf, dass Baxter und Wagner sich kurz ansahen, aber nichts sagten.

»Wer immer es ist, wir müssen ihn finden und von hier verschwinden. Sofort«, erklärte Lucy, »denn wenn es dunkel wird, finden wir hier kein sicheres Versteck.«

Dylan nickte und rannte die Treppe hinauf, ehe ihn jemand aufhalten konnte. Die anderen folgten ihm. Im ersten Stock blockierten Eisengitter den Zugang zum Flur, die aussahen, als wären sie von einem kleinen Gabelstapler auseinandergebogen worden. Statt durch die Lücke zu klettern, drehte Dylan den Schlüssel, der im Schloss steckte, und öffnete die Gittertüren.

»Könnt ihr alle mal eine Sekunde warten?«, rief Wagner und kramte in seinem Rucksack, aus dem er eine Campinglaterne hervorholte und anzündete.

Aus kleineren Fenstern am Ende des langen Flurs drang schwaches Licht hinein, das von den weißgestrichenen Wänden und den weißen Bodenfliesen reflektiert wurde. An einer Wand lehnten Stahlkrankentragen, und ein Essenswagen mit sauberen Tabletts stand neben einem Speisenaufzug bereit. Ansonsten folgte eine beschriftete Zellentür der nächsten, und Dylan blickte seufzend den Flur hinunter.

»Hier nicht«, stimmte Lucy ihm zu und blickte auf die dunklere Korridorseite zu ihrer Rechten.

»Das Haus zerfällt«, stellte Dylan fest und klopfte mit der Faust an die Wand, worauf sich dicke Putzbrocken lösten und die Betonwand darunter freigaben. Selbst die wies deutliche Risse auf.

»Wie alles andere auch«, murmelte Lucy und ging an ihm vorbei.

Dylan lief ihr nach und überholte sie. Baxter und Wagner sicherten das andere Ende des Korridors, gefolgt von Crank. Ihre Schritte klangen hohl und verloren sich in den tiefen Schatten, während Dylan sich fragte, wie viele Rhothags ihnen wohl auflauerten.

Als sie um die nächste Ecke kamen, fiel ihm als Erstes auf, dass einige der Zellentüren offen standen, und sie liefen an einer nach der anderen vorbei, bis Dylan zu einem weiteren verbogenen Gitter kam, das einfach ausgerissen worden war. Er drehte sich zu Lucy um, die ihm zunickte. Hier, in diesem Flur war die Person oder das Ding, das sie beide hergelockt hatte.

Dylan hörte Lucys verhaltenes Atmen direkt hinter sich

und stellte verwundert fest, dass sie genau wie Ronnie duftete. Er bekam fast weiche Knie vor Wehmut.

»Sie sind hier«, flüsterte sie erschaudernd.

»Wo?«, fragte Baxter.

»Überall.«

Das Problem war, dass Dylan sich auch überall hingezogen fühlte.

Plötzlich – als Dylan sich einer offenen Zelle näherte – schnellte eine Kralle aus der Dunkelheit, und er spürte, wie Lucy ihn beiseiteschubste. Automatisch trat er zu. Sein Fuß prallte gegen eine eisenharte Brust, aber immerhin gelang es ihm, den Rhothag zurückzutreiben, während Baxter und Wagner das Feuer eröffneten. Die Bestie sackte in der Ecke zusammen, beleuchtet vom Mündungsfeuer, das über ihren widerwärtigen Körper zuckte.

»Da!«, rief Lucy, als zwei weitere Kreaturen aus einer anderen Zelle auf sie zukamen. Diesmal schoss Crank aus zwei Pistolen gleichzeitig auf die Angreifer ein, so dass sie in die Zelle zurückgetrieben wurden und nicht wieder herauskamen. Dylan nickte Lucy dankend zu.

»Es müsste gleich da vorn sein«, flüsterte er. »Ich fühle, dass es immer stärker wird.«

Crank blickte finster um sich. »Wir veranstalten genug Lärm, um Tote wiederzuerwecken. Wenn das ein Mensch ist, nach dem Sie suchen, sollte er uns inzwischen gehört haben. Aber die Rhothags werden hier sowieso niemanden übriggelassen haben.«

»Was zum Teufel …?«, stammelte Dylan und blieb unvermittelt stehen.

Lucy stieß mit ihm zusammen, während Crank um sie herumhumpelte und auf das Licht starrte, das ein perfektes Kreuz auf der gegenüberliegenden Wand formte.

»Sacred Light – heiliges Licht«, sagte Wagner und blickte auf das Schlüsselloch, aus dem der Lichtstrahl drang.

Dylan trat in das Licht. Für einen Moment stand er regungslos da und blickte auf die Tür. Sie hatte keine Klinke. Wie es aussah, ließen sich die Türen auf dieser Seite des Flurs nur mit einem großen Schlüssel öffnen, der in das kreuzförmige Loch passte. Wie sollte er sie aufbekommen? Die dunkelgrüne Lackierung war übel zerkratzt, vermutlich von einem Rhothag, der versucht hatte, in die Zelle zu gelangen. Wie muss es für den Insassen gewesen sein, das hilflos mit anzuhören?

»Wir müssen nach Kleidung suchen, an der Schlüsselbunde hängen«, sagte Lucy.

Warum war er nicht darauf gekommen? Einer der Wächter musste hier gewesen sein, als die Verdunklung einsetzte. Und dieser Wächter hatte auch die Schlüssel. Kurz darauf rief Crank: »Ich hab sie!«

Dylan klopfte leicht an die Tür. Niemand antwortete. Crank drängte ihn beiseite, schloss die Tür auf und öffnete sie. Sofort wich das blendende Licht einem leichten, angenehmen Schimmer. Dylan empfand auf einmal einen inneren Frieden, wie er ihn noch nie erlebt hatte. Dann sah er in der Ecke eine umgedrehte Matratze, unter der ein alter, ausgezehrter Mann kauerte, der am ganzen Leib zitterte.

»Scheiße, was macht *der* denn hier?«, murmelte Crank, trat an Dylan vorbei und richtete seine Waffe auf den Mann. Doch binnen eines Sekundenbruchteils war Baxter bei ihm und riss die Waffe zur Seite, während Wagner sich zwischen Crank und dem alten Mann aufbaute. Lucy kniete sich neben die Matratze.

Sich mit einem kranken alten Mann und diesem zwielichtigen Haufen wiederzufinden, war gewiss nicht das, was sie sich vom Ende ihrer Suche erwartet hatte. Kaum war ihr klargeworden, dass sie ihr Leben lang ihre Zwillingsschwester vermisst hatte, erfuhr sie, dass sie tot war und sie sich niemals kennenlernen sollten. Was für eine höhere Macht trieb so bittere Scherze? Nein, das alles kam Lucy eher wie die Laune eines unwissenden, gefühllosen Kosmos vor als wie Schicksal.

Der Mann in der Zelle sah aus, als würde er die Nacht nicht überstehen, wie sie überhaupt alle reichlich abgerissen und müde wirkten. Sie konnten unmöglich gegen eine Macht antreten, die Mutanten wie die Rhothags zu kreieren vermochte, sämtliche Energie verschwinden ließ und die gesamte Bevölkerung des Planeten auslöschte.

Doch trotz aller Vorbehalte empfand sie ein starkes Verlangen, in Dylans Nähe zu sein. Genau genommen hatten sie beide verloren, wonach sie eigentlich suchten. Daraus konnte nichts als Enttäuschung erwachsen.

»Pater Anton Remedios«, zischte Crank.

Lucy bemerkte, dass er diesen Remedios beäugte, als wäre er der gefährlichste aller Verbrecher.

»Dafür haben wir keine Zeit«, sagte Baxter, der sich zwischen Crank und den alten Mann stellte. Letzterer begann offensichtlich eben erst zu begreifen, was um ihn herum vorging.

Crank jedoch starrte wutentbrannt an Baxter vorbei. »Du hättest vor vier Jahren sterben sollen.«

»Wenn du ihn umbringst, musst du mich auch umbringen«, sagte Wagner.

Diese Bemerkung beeindruckte Crank nicht weiter.

»Und mich«, fügte Baxter leise hinzu.

»Und mich wohl auch«, ergänzte Lucy. Sie würde auf keinen Fall danebenstehen, wenn ein alter Mann ermordet wurde.

»Sie haben damit nichts zu tun«, sagte Crank.

»Jetzt schon«, erwiderte sie ruhig.

Zu Lucys Überraschung versuchte Remedios, aufzustehen. Dazu fehlte ihm allerdings die Kraft, so dass er wieder auf den Boden sank. Noch halb im Fall streckte er die Arme aus und legte seine Hand über ihre.

»Ich bin noch nicht ganz hinüber, und Sie haben recht daran getan, herzukommen«, hauchte er. »Auf dem Burgfried hat niemand überlebt, aber wir müssen trotzdem hin.«

»Woher kannst du das wissen?«, fragte Wagner.

»Wenn ihr alle hierher zu mir geführt wurdet, dann ist entweder keiner auf dem Burgfried, oder er ist in üble Hände gefallen«, antwortete Remedios.

»Du wirst dich dem Burgfried nicht einmal nähern«, drohte Crank.

»*Ich* habe Remedios hergebracht«, erklärte Baxter. »Ich war derjenige, der seinen *Tod* vortäuschte. Aber ich folgte nur Befehlen.«

»Befehlen von anderen Abtrünnigen, zweifellos«, sagte Crank.

»Clayborn ist ein Narr.« Das kam von Remedios, der versuchte, auf Crank zu zeigen, die schwache Hand jedoch nicht weiter als bis zu dessen Fußsohlen heben konnte.

»Allein dafür sollte ich dich töten«, zischte Crank erbost. »Der Boss ist ein zehnmal besserer Mann als du.«

»Wie haben Sie ihn genannt?«, fragte Lucy entsetzt.

»Fast alle nennen Clayborn den Boss«, klärte Wagner sie auf.

»So haben die Männer, die mich entführen wollten, den Mann genannt, zu dem sie mich bringen sollten«, flüsterte sie.

»Das haben Sie mir nie gesagt.«

»Ich hielt es nicht für wichtig.«

»Viele Leute werden ›Boss‹ genannt«, sagte Crank.

»Aber kaum einer von denen wollte so dringend diese Frau«, sagte der alte Priester.

»Ich hätte meine Befehle ausgeführt«, wetterte Crank. »Doch noch ehe ich ankam, warst du angeblich in einem Feuer *umgekommen*. Ich ließ sogar die Zahnabdrücke der Leiche überprüfen, und die passten.«

Baxter lächelte. »Hab ich gut gemacht, nicht?«

»Ja, sehr gut«, erwiderte Crank. »Aber es ist nie zu spät.«

Baxter drückte Crank seine Pistole in die Rippen, worauf Wagner sofort auf Cranks Bauch zielte. Nachdem Crank Lucy und Dylan angesehen hatte, die ihm entschlossen entgegenblickten, senkte er die Waffe.

»Ob du es glaubst oder nicht, Crank«, sagte Baxter, »Remedios ist ein Freund. Und sollte im Burgfried tatsächlich niemand überlebt haben, würde ich sagen, dass er jetzt das Kommando hat.«

»Wie kommst du denn auf diesen Schwachsinn?«, fragte Crank wütend.

Darauf erwiderte Baxter: »Remedios weiß mehr über die Ewigen als irgendjemand sonst. Weißt du vielleicht, was wir machen sollen, wenn wir im Burgfried ankommen und keiner da ist? Also ich nicht.«

Der alte Mann war so geschwächt, dass er sich für Lucy federleicht anfühlte, als sie ihm half, sich aufzusetzen. »Dafür haben wir jetzt keine Zeit.«

»Wie konnten Sie so lange überleben?«, fragte sie und strich ihm das schüttere graue Haar aus dem Gesicht.

Obwohl er totenbleich war, funkelten seine Augen auf. »Es war Wasser da«, sagte er und nickte auf die Wände, die von Kondenswasser glitzerten. »Aber ehrlich gesagt, weiß ich auch nicht, wie ich die ganze Zeit überleben konnte.«

»Das ist ein Wunder«, stellte Dylan kopfschüttelnd fest.

»Ja, das glaube ich auch. Ich wurde in jüngster Zeit gezwungen, meinen Glauben an Wunder neu zu überdenken.«

»Sie glaubten vorher nicht daran?«, fragte Lucy.

»Nein.«

»Aber Sie sind Priester!«

Er wiegte den Kopf leicht hin und her. »In dieser Funktion bin ich schon länger nicht mehr tätig. Haben Sie andere Überlebende in diesem Flügel gefunden? Einen alten Mann und eine alte Frau vielleicht?«

Lucy schüttelte den Kopf, worauf Remedios sehr traurig wurde.

»Was ist mit dem Licht?«, fragte Dylan, der sich in der leeren Zelle umschaute, in der das einzige Licht aus der winzigen Campinglaterne von Wagner stammte.

»Welches Licht?«

Lucy erzählte ihm von dem kreuzförmigen Lichtschein und dem winzigen Fenster, worauf Remedios lächelte.

»Ich habe kein solches Licht gesehen«, sagte er und sah Crank an. »Glaubst du, der Boss hätte es gesehen?«

Lucy entging nicht, dass Crank angewidert den Kopf schüttelte und in den düsteren Korridor zurücktrat. Lucy reichte dem alten Mann kleine Stückchen Schokolade und half ihm dabei, Wasser aus ihrer Flasche zu trinken, das Remedios zu neuem Leben zu erwecken schien. Der nämlich griff nach ihrer Hand, sah ihr in die Augen, und sie fühlte, wie in ihr eine alte Hoffnung aufkeimte. Dieser leidgeprüfte Priester flößte ihr Vertrauen ein, obwohl er für jeden anderen wohl ein Mann in seinen letzten Zügen war.

Remedios sah von Lucy zu Dylan, und in seinen Augen blitzte es.

»Wie haben Sie mich gefunden?«, fragte er. »Hat Sie ein Licht hierhergeführt, wie das, von dem Sie sprachen?«

Dylan und Lucy erklärten, was sie zu ihm gezogen hatte.

»Und Sie beide verfügen über ein außergewöhnliches Talent?«

»Ich kann die Rhothags fühlen«, sagte Lucy. »Manchmal auch andere … manchmal einfach nur, dass etwas nicht stimmt.«

Dylan zuckte nur mit den Schultern, doch der alte Priester sah ihn weiter an.

»Ich wusste von einer Frau, nicht dass es zwei von ihnen gibt«, sagte er. »Aber ich nehme das als Anlass zur Hoffnung.«

»Wir müssen dir eine Trage basteln, mit der wir dich transportieren können«, schaltete sich nun Baxter ein.

Doch noch während er sprach, begann Phönix zu knurren, und Lucy wusste, dass es zu spät war.

»Dafür haben wir keine Zeit«, sagte sie mit einer Dringlichkeit, die alle sofort zur Tür blicken ließ.

Erst glaubte Dylan, bei der raunenden Stimme im Flur handelte es sich um Crank, der vor sich hinmurmelte. Doch dann erkannte er die merkwürdige fremde Sprache, und er bemerkte, dass der Hund sich mit gebleckten Zähnen ganz dicht an Lucys Beine drängte. Als er auf den Flur schaute, humpelte Crank eilig zu Remedios' Zelle.

»Sie kommen«, sagte Lucy.

Das arhythmische Klopfen von Cranks Stiefelsohlen auf dem Marmor wurde schneller, worauf Dylan sich weiter in den Flur vorbeugte. Crank war fast bei ihnen, als Dylan die finsteren Schatten sah, die sich hinter ihm mit der Dunkelheit des Korridors verwoben. Baxter schob den großen, kreuzförmigen Schlüssel ins Loch, als Dylan den keuchenden Crank zu ihnen hineingezogen hatte.

Doch anstatt die Tür zuzuschlagen, blinzelte Dylan hinaus in den dunklen Flur und erlebte ein schauriges Déjà-vu. Plötzlich war er wieder in seinem Hausflur an jenem Tag, unmittelbar bevor die Tür aufging und das Licht hineindrang. Der Gestank von verrottendem Metall schlug ihm entgegen.

»Zumachen!«, riefen Baxter und Wagner im Chor.

Nur konnte Dylan sich nicht bewegen. Er musste sehen, was sich in den fast undurchdringlichen Schatten bewegte. Die Rhothags waren jetzt leicht zu erkennen, obgleich er lediglich ihre Silhouetten ausmachen konnte, und das amorphe Ding hinter ihnen näherte sich dem schwachen Lichtkegel von Wagners Laterne. Es war dasselbe Ding, das ihn im Schlaf bedroht hatte, dasselbe, das zu einer unglaublichen Größe angeschwollen war und ihn beinahe tötete, als er auf Cranks Schneemobil saß. Jetzt erkannte er wirbelnde Schichten noch tieferer Finsternis in der Dunkelheit.

»Komm schon, du Mistkerl!«, flüsterte Dylan, dessen Handflächen zu schwitzen begannen. Starke Hände packten seine Schultern, zogen ihn zurück, doch er widersetzte sich ihnen und beugte sich in den Flur, um das Ding herauszufordern.

»Schließ die gottverdammte Tür!«, schrie Baxter ihm ins Ohr und zerrte ihn einen Schritt zurück.

Die wirbelnden Bewegungen im Schatten waren fast nahe genug, dass er sie berühren konnte. Der metallische Gestank war überall. Dylan fühlte mehr Hände auf seinen Schultern und wurde mit Gewalt in die Zelle gerissen. Dann schlug die Tür zu, der Schlüssel wurde gedreht, und der breite Sicherheitsbolzen glitt in Position.

Dylan hörte die Stimme des mächtigen Etwas.

Rantasas Mella Duun.

Seeka Mella Duun.

Das Ding wollte ihn, und zugleich schien es verwirrt.

»Die Rhothags kommen jede Nacht«, hauchte Remedios matt. »Sie warten vor meiner Zelle. Aber jetzt fühle ich noch eine neue Bestie. Sie scheint zu warten, denn die Tür hält sie gewiss nicht auf.«

Er sah Lucy an, die erschauderte und bedeutete, dass sie es ebenfalls fühlte.

»Was ist das?«, fragte Dylan den alten Mann.

Remedios schüttelte den Kopf. »Ich bin nicht sicher. So etwas habe ich noch nie gespürt.«

»Es ist verwirrt«, sagte Dylan.

»Weil seine Zeit noch nicht gekommen ist«, erklärte Remedios. »Es hat Angst, einen Fehler zu machen und die Wut seines Meisters auf sich zu ziehen. Mit dem Zorn der Ewigen ist nicht zu spaßen, selbst wenn man so etwas ist wie das Ding da draußen.«

»Wissen Sie, was die Worte bedeuten?«, fragte Dylan, der erst Baxter, dann wieder Remedios ansah.

Remedios starrte ihn an. »Sie hören Worte?«

»Ja. *Rantasas Mella Duun.* Die höre ich seit Wochen. Aber gerade eben hat es noch was anderes gesagt.«

Remedios legte die Stirn in Falten. »*Rantasas Mella Duun. Ich diene dem Wächter,* oder *Diene dem Wächter.*«

Wieder vernahm Dylan die Worte in seinem Kopf.

»*Seeka Mella Duun*«, sagte er. »Das ist neu.«

Remedios bekam große Augen. »Das heißt *Werde zum Wächter.*«

»Was?«, fragte Dylan, der in eine Runde verängstigter Gesichter blickte.

»Meinen Sie damit, dass Sie vorher schon Kontakt mit dieser Kreatur hatten?«, hakte Remedios nach.

Plötzlich spürte er wieder ein Kribbeln im Rücken und drehte sich zur Tür um. Wagner, Crank und Baxter blickten auf das kleine Sichtfenster, und Dylan blieb die Luft weg. Ein riesiges dunkles Auge füllte das ganze Fenster aus.

»Deckt es zu!«, rief er. Baxter knallte seinen Rucksack vor das Fenster und warf sich mit der Schulter dagegen, um ihn festzuhalten. Dylan atmete schwer und sank an die Wand.

»Sie hatten schon vorher Kontakt zu diesem *Ding?*«, wiederholte Remedios.

»In meinem Haus«, antwortete Dylan zitternd, »und im Wald, als Crank mich rettete. Ich habe seine Stimme wieder und wieder gehört.«

Im Flur stimmten die Rhothags einen schauerlichen Gesang an. Etwas Schweres pochte an die Tür, so dass Baxter vibrierte.

»Der Schatten will Sie und Lucy, weil Sie unkontrollierbare Talente besitzen«, erklärte Remedios. »Aber die Rhothags sind wohl wegen der anderen und mir hier. Sie haben gewartet, bis wir alle zusammen sind, und nun werden wir sie und den Schatten wahrscheinlich nicht lange zurückhalten können. Eine verriegelte Tür ist kein Hindernis für sie.«

Wie zur Bestätigung seiner Worte ertönte nun ein noch lauteres Klopfen, das Baxter kurzfristig von der Tür wegschleuderte, doch er bezog gleich wieder Position. Dem Schlurfen auf dem Gang nach trafen minütlich mehr Rhothags ein. Draußen musste es also inzwischen vollständig dunkel sein.

Dylan sah den alten Mann an. »Was jetzt?«

»Wir müssen zum Burgfried«, antwortete Remedios. »Sofort.«

»Und was schlägst du vor, wie wir das anstellen sollen?«, fragte Crank bissig. »Soll ich uns einen Bus mieten?«

»Ich vermute, Gott wird uns einen Weg weisen.«

»Bis jetzt hat er ja nicht gerade durch Höchstleistung geglänzt«, sagte Dylan mit Blick zu Lucy. Sie schien sich sehr zu konzentrieren. Mit in die Hüften gestemmten Fäusten stand sie da, aufmerksam und ungebeugt von ihrer Angst, und starrte auf die Tür.

»Du hast das getan«, zischte Crank Remedios an. »Du hast uns alle hergelockt, und jetzt sitzen wir in der Falle. Ich hätte dich gleich töten sollen, als ich dich das erste Mal sah!«

»Ich habe nichts von dem getan, was du mir vorwirfst. Aber vielleicht hast du recht, dass ich der Grund bin, weshalb ihr hier seid. Die Ewigen wissen, dass ich ihr Feind bin, und es ist gut möglich, dass niemand sonst mehr übrig ist, der ihre Schwäche entdecken kann. Irgendeine Hand hat euch hergeführt, und ich glaube, es war die Hand Gottes.«

»Hat dieses Ding eine Schwäche?«, fragte Lucy.

Der alte Mann lächelte. »Jede Kreatur in Gottes Universum hat eine Schwäche.«

Das Ding vor der Tür war keine Finsternis mehr, kein giftiger Schatten, der nach Dylan griff und ihm in der Nacht nachstellte. Es flutete das gesamte Gebäude, jede Zelle, jedes Büro, jeden Winkel und jede Ecke, und Dylan wusste: Wenn es erst einmal in den Raum eindrang, würde er ein Teil von ihm werden, wonach Lucy und die anderen den Rhothags ausgeliefert wären.

Etwas Massiges donnerte gegen die Tür und katapultierte Baxter in Wagners Arme. Das Auge im Sichtfenster war verschwunden, doch ehe Dylan hindurchsehen konnte, wurde noch einmal gegen die Tür geschlagen, worauf das gesamte Gebäude erzitterte und die Tür sich nach innen bog.

»Wir kommen hier nicht raus«, stellte Dylan fest, der sich in dem winzigen Raum umsah.

»Die einzige Rettung liegt im Burgfried«, murmelte Remedios matt.

»Ich weiß nicht, was Sie von uns erwarten«, sagte Dylan und sah zu Lucy, die den Kopf schüttelte.

»Seht in eure Seelen. Gott wird uns einen Weg zeigen!«, erklärte Remedios.

»Der alte Mistkerl ist verrückt, Dylan«, murrte Crank, zerrte Baxter grob von der Tür weg und zog seine Pistolen. »Macht auf! Wir müssen uns rauskämpfen.«

»Sie sind wahnsinnig!« Dylan starrte auf die Waffen und fragte sich, ob Crank endgültig übergeschnappt war.

Selbst wenn das Schattenmonster nicht da draußen war, wimmelte es im Flur von Rhothags, und Dylan nahm an, dass das ganze Gelände in der Dunkelheit voller scheußlicher Bestien war. Die Hündin kläffte panisch die bebende Tür an, und Lucy mühte sich, sie zu beruhigen.

»Wir haben keine andere Wahl«, sagte Crank.

»Ob hier oder auf dem Korridor, Sterben ist Sterben«, flüsterte Remedios.

Dylan ging davon aus, dass der Schlossbolzen nicht mehr lange standhalten würde.

»Sie sind dem Schatten schon vorher entkommen«, ermutigte Remedios ihn.

Dylan schüttelte den Kopf. »Wir sind ihm auf dem Schneemobil davongefahren.«

»Und in Ihrem Haus?«, fragte Baxter. »Sie sagten doch, da wäre er auch gewesen.«

»Da war er nur in meinem Kopf. Ich habe von ihm geträumt«, log Dylan.

Remedios überlegte. »Nein, das war kein Traum, auch wenn Sie das gern glauben würden.«

Wie viel wusste Remedios eigentlich, fragte Dylan sich. Ihm war klar, dass jede Überlebenschance, die sie noch haben mochten, weit über seine physischen Kräfte hinausging und weit über das, was sie mit ihren albernen Schusswaffen ausrichten konnten. Als Lucy ihn erwartungsvoll ansah, schloss er die Augen, wandte sich ab und wünschte inständig, er wäre irgendwo anders.

Plötzlich war da wieder das vertraute, schwindelerregende Gefühl, zu fallen, das er jedes Mal gehabt hatte, bevor er in seinem Haus aufwachte. Diesmal allerdings befand er sich beim Öffnen der Augen in einem riesigen Raum mit einer großen Glasfront und einer hohen gewölbten Decke. Schwere Ledermöbel – Sofas, Sessel und Ottomanen – standen auf dem hellen Dielenboden verteilt. Draußen war es Abend und stockdunkel, aber er spürte keine Gefahr.

»Verdammt!«, flüsterte er und kam sich schlechter denn je vor, weil er die anderen verlassen hatte.

Dann war er also wirklich nie schlafgewandelt, sondern hatte sich in seinem Haus *verschoben*, wie auch immer er das angestellt haben mochte. Davon hatte er keine Ahnung, weshalb er auch nicht einfach ins Sacred Light zurückkehren konnte. In seiner Verzweiflung schloss er die Augen und wünschte sich wieder zurück in die Zelle.

Aber das Fallgefühl blieb aus. Als er die Augen öffnete, stand er immer noch in dem riesigen Raum. Er schloss sie abermals und stellte sich Lucy vor.

Plötzlich war es wieder da, dauerte diesmal allerdings länger, und es schien ihm, als würde er sich körperlich vorwärtsziehen. Als er die Augen aufmachte, fand er sich einem vollkommen perplexen Baxter gegenüber.

»Was zum Teufel ist gerade passiert?«, fragte Wagner.

Eine der Türangeln hing nur noch an zwei der sechs Bolzen, und die Tür klapperte bei jeder erneuten Attacke von außen bedrohlicher.

»Wie lange war ich weg?«, fragte Dylan.

»Ich sah, wie Sie wegflimmerten, und dann waren Sie wieder hier«, antwortete Lucy.

Mit Baxters Hilfe stand Remedios auf.

»Ich kann uns vielleicht hier herausbringen, aber ich weiß nicht, wie viele ich auf einmal mitnehmen kann«, sagte Dylan.

»Dann den alten Mann zuerst«, bestimmte Lucy.

»Und Sie«, ergänzte Dylan.

Da war dieser Trotz, den er von Ronnie allzu gut kannte, doch Lucy würde nicht gewinnen, und das wusste sie. Der alte Priester legte den Arm um Dylans Schultern, bevor Dylan Lucy bei beiden Händen fasste und seine Augen schloss.

»Und nicht herumtrödeln!«, erinnerte Baxter.

»Ich wüsste nicht, wie.«

Der Boden erbebte, und die Tür ächzte.

»Bereit für einen kurzen Flug?«, fragte Dylan mit gespieltem Selbstvertrauen, während sich die Hündin an seinem Bein rieb.

Er stellte sich den Raum mit den riesigen Fenstern vor, holte tief Luft und versuchte, zu wiederholen, was er zuvor getan hatte. Aber er brauchte die Augen nicht zu öffnen, um zu wissen, dass nichts geschah. Der alte Mann hielt sich geduldig an ihm fest, und Dylan bildete sich ein, Sensei Ashiroato kichern zu hören. Er schüttelte den Kopf und konzentrierte sich mit aller Macht.

Nichts.

Er suchte seine Mitte, entspannte jeden Muskel in seinem Körper, wie er es gelernt hatte, und nutzte seine Karate-Fertigkeiten, um jenen Kern in sich zu finden, von dem seine Kraft ausging. Auf einmal konnte er fühlen, wie er sich entfernte. Er packte Lucys Hände fester. Als er die Augen öffnete, lag er auf einem weichen Teppich, umgeben von Ledersesseln und Antiquitäten. Dann sah er in Remedios' Gesicht. Der alte Mann schien zu wissen, wo er war.

»Das haben Sie gut gemacht«, flüsterte Remedios, während Dylan und Lucy ihm halfen, sich auf eines der Sofas zu legen. Die Hündin bellte dem Priester leise und aufmunternd zu, und Remedios strich ihr lächelnd über den Kopf.

Jeder Knochen in Dylans Körper schmerzte, als hätte er die Gruppe die ganze Strecke hierher getragen.

»Sie kennen das hier?«, fragte er Remedios.

»Natürlich«, antwortete dieser und schloss die Augen. »Dies ist der Burgfried. Holen Sie die anderen her!«

»Ich weiß nicht, ob ich es schaffe. Ich bin völlig entkräftet und immer noch nicht sicher, wie ich steuere, was ich mache. Ich kann nicht garantieren, wieder ins Sacred Light zu kommen oder danach hierhin zurück.«

»Holen Sie sie einfach«, sagte Remedios. »Sie schaffen das.«

Die Zuversicht des alten Mannes fand Dylan beinahe ärgerlich, aber er musste es versuchen.

Diesmal brauchte er noch länger, um jenen Punkt in seinem Kopf aufzuspüren, an dem die Verschiebung stattfand. Er musste sich die drei Männer vorstellen, die in der kleinen Zelle standen, deren Tür jeden Moment nachgeben konnte. Der Ortswechsel war schlimmer als die vorangegangenen, und es kostete ihn einiges, die Konzentration zu wahren. Aber schließlich öffnete er die Augen und stand ein weiteres Mal vor einem staunenden Baxter.

Dylan musste schreien, weil das Pochen an der Tür und der Gesang der Rhothags draußen zu einer röhrenden Kakophonie angeschwollen waren.

»Diesmal waren Sie ein paar Minuten weg«, rief Baxter und sah wütend zu Crank. »Er wollte schon die Tür aufmachen.«

Crank zuckte mit den Schultern und nickte zur Tür, die aussah, als würde sie von außen mit einem Panzer gerammt. »Ich war nicht sicher, ob Sie wiederkommen. Wir können hier nicht mehr lange bleiben.«

»Wir müssen uns zusammenstellen«, wies Dylan sie an. »Und Sie müssen mich berühren – alle!«

»Geht es Ihnen gut? Schaffen Sie das?«, fragte Wagner besorgt.

Dylan nickte, obwohl er sich fühlte, als wäre er meilenweit durch Schlamm geschwommen. Jeder Muskel tat ihm weh, und seine Beine zitterten.

Dennoch schloss er die Augen und fand den Punkt in seinem Kopf überraschend schnell. Aber ein Teil von ihm war in Gedanken immer noch bei der Zelle und dem gigantischen schwarzen Schatten vor der Tür. Der Gestank verpestete ihm die Lunge.

»Ich fürchte, ich kann nicht!«, keuchte er in dem Moment, als die Tür krachend nach innen flog und sich alle drei Männer an ihn drängten.

Dann hatte er sie. Sie waren aus dem Raum, fort von den Rhothags und dem Ding, aber der Ortswechsel wurde noch beschwerlicher, und es kam Dylan vor, als versuchte der Schatten, mit ihm zu kommen. Versetzte er ihn womöglich mit in den Burgfried, wo sie alle zu erschöpft wären, um sich zu verteidigen?

Aber dann dachte er an den Blick in Lucys Augen, die ihn bat, Wagner sicher durchzubringen. Also raffte er seine letzten Kräfte zusammen und *zog*, bis das Gefühl des Schattens schwächer wurde.

Schließlich stürzte er zu Boden.

»Sie haben es geschafft!«, rief Lucy und umarmte Wagner. »Gott sei Dank!«

Noch wundersamer als das Überleben des alten Priesters schien die neue Kraft, die er mit der Ankunft im Burgfried gewann. Geleitet von Lucy und gefolgt von der kleinen Gruppe, einschließlich eines mürrischen Crank, schlurfte er durchs Erdgeschoss des gigantischen Baus.

Der Burgfried selbst musste annähernd einen Morgen des gesamten Geländes einnehmen und ging über drei Stockwerke. Die Fassade war aus schweren Sandsteinblöcken, Stuck und hohen Bogenfenstern – eine bizarre Kombination. Im Hausinnern wechselten sich Büros mit Fitnessräumen, Schlafzimmern und Suiten ab. Und gleich neben der Bibliothek, in der sie angekommen waren, ging es in die nicht minder riesige Küche.

Offensichtlich interessierte Remedios sich nicht für die Akten in den Büros. Bei ihrem Rundgang durchs Haus stießen sie auf diverse Schlafzimmer, die bis vor kurzem noch bewohnt gewesen sein mussten und in denen sich die üblichen leeren Pyjamas fanden.

»Sind Sie sicher, dass das, was Sie suchen, hier ist?«, fragte Lucy.

»Ja«, antwortete Remedios. »Ich hatte nicht zum gesamten Burgfried freien Zugang, doch obwohl ich weder in die Archive durfte noch erfuhr, wo sie sind, habe ich einige Zeit mit dem Studium antiker Artefakte wie Tonscherben, Papyrusrollen und Fotos der Stelae verbracht. Irgendwo muss ein Tresorraum oder Verlies sein, und dort finden wir, was wir brauchen. Dessen bin ich mir vollkommen sicher.«

»Wie groß könnte dieser Raum sein?«

»Die Archivabteilung im Vatikan, in der nur die Texte lagen, die sich mit den Ewigen befassten, nahm schon einen Raum ein, der noch größer war als der, in dem wir ankamen. Und Rex Deus war bekannt dafür, über eine weit größere Sammlung zu verfügen. Sollten sie auch nur die Hälfte der Materialien hier lagern, die ich in einem Katalog im Vatikan gesehen habe, dann muss es sich um ein sehr großes Archiv handeln.«

»Und Sie wissen genau, dass die Sachen hier sind?«, fragte Dylan.

»Ja«, bestätigte Remedios. »Im späten 19. Jahrhundert wurden alle Sammlungen in einer Höhle in New Mexico zusammengetragen. Als die Qedem Melech sie zerstörten, wurden die Artefakte hierhin überführt.«

Dylan stutzte. »Woher wissen Sie, dass die Sammlung nicht mit zerstört wurde?«

»Weil ich geholfen habe, sie vorher in Sicherheit zu bringen«, antwortete jetzt Baxter, und Wagner nickte.

»Wo ist sie dann?«, fragte Lucy.

»Da fragen Sie mich zu viel«, antwortete Baxter. »Wir haben außerhalb von Taos versiegelte Metalltruhen eingeladen und sie in Lastwagen hertransportiert. Dann luden wir sie vor dem Gebäude ab. Clayborn hatte damals reichlich Bedienstete, und ich riss mich nicht direkt darum, die schweren Kisten reinzuschleppen.«

»War Ihnen klar, was sich in den Kisten befand?«

»Ich dachte es mir«, sagte Wagner. »Aber Clayborn gab uns zu verstehen, dass es uns nichts anginge. Das war vor dreißig Jahren. Er hatte gerade den Burgfried als unser neues Hauptquartier gebaut, und Baxter und ich rangierten ziemlich weit unten in der Hierarchie.«

»Wie viele Lkw-Ladungen waren es?«, fragte Dylan.

»Ich hatte vier randvolle Fuhren«, erzählte Wagner. »Und außer Baxter und mir waren da noch vier weitere Fahrer. Die anderen könnten sogar öfter gefahren sein.«

Dylan stieß einen leisen Pfiff aus. »Also mindestens vierundzwanzig Lkws voll.«

»Das Haus ist verdammt groß«, stellte Lucy fest. »Trotzdem ist mir schleierhaft, wo man hier solche Mengen verstecken will. Wie sahen die Truhen aus?«

»Metalltruhen unterschiedlicher Größe«, antwortete Wagner.

»Klingt nach Verschiffungscontainern für Museen«, überlegte Lucy laut.

»Genau«, sagte Remedios. »Wir müssen sie nur noch finden.«

»Aber warum bringt jemand alles an einen Ort?«, fragte Dylan. »Man sollte doch eher meinen, dass Rex Deus solche Wertgegenstände auf mehrere Verstecke verteilt, nachdem Qedem Melech bereits einen Teil der Sammlung zerstört hatte.«

»Nein, dagegen sprachen mehrere Faktoren«, erklärte Remedios. »Zwei davon waren, dass es an Geld und Leuten mangelte. Rex Deus hatte stets Schwierigkeiten, die richtigen Leute zu rekrutieren und sie zu überzeugen, dass das, was sie taten, lohnend und *effektiv* war, weshalb das Vermögen der Organisation im Laufe des Jahrtausends schrumpfte. Im neunzehnten Jahrhundert verlor die Organisation größere Summen weltweit aufgrund schlechter Finanzplanung, und im frühen zwanzigsten erlitten sie herbe Verluste, als Tutenchamuns Sarg entdeckt wurde.«

»Was?« Lucy stolperte beinahe. »Wieso?«

»Sie müssen bedenken, wie alt Rex Deus ist«, erklärte Remedios lächelnd. »Als der junge König starb, war die Organisation bereits viele Tausend Jahre alt. Die Rex-Deus-Führer wussten natürlich vom unglaublichen Vermögen, das mit den Pharaonen begraben war. Sie erkannten, dass die Dynastie im kommenden Jahrhundert untergehen und ihre Begräbnisstätten geplündert würden. Wie Sie wahrscheinlich wissen, wurde von den siebenundfünfzig bekannten Gräbern im Tal der Könige das von Tutenchamun erst in den 1920ern entdeckt. Das war kein Zufall. Die Kunstgegenstände und Goldbarren waren über die Jahrhunderte aus den Gräbern von Tutenchamun und anderen entfernt worden, um Rex Deus zu finanzieren. Lord Carnarvon und sein Lieblingsarchäologe Howard Carter starben kurz nach der Entdeckung. Ich habe den Verdacht, dass sie umgebracht wurden, weil man befürchtete, dass sie die anderen Gräber ebenfalls finden könnten. Und wenn dem so ist, dann wirft es kein gutes Licht auf Rex Deus.«

»Man tut, was man muss«, sagte Crank und äffte dabei die steife Redeweise des alten Mannes nach.

Remedios bedachte ihn daraufhin mit einem vernichtenden Blick. »Soweit wir wissen, können Carter und Carnarvon Qedem Melech gewesen sein.«

»Unglaublich!«, murmelte Dylan.

»Das Geheimnis der Ewigen, ihre größte Schwachstelle, ist hier«, sagte Remedios. »Obwohl sie versuchten, sie zu begraben, indem sie alle Artefakte zerstörten, müssen viele überlebt haben.«

»Wieso wissen Sie nicht schon längst, wie man sie bekämpft, wo Rex Deus doch die ganze Zeit da war, um Ronnies und Lucys Linie zu schützen?«, fragte Dylan. »Sind *sie* nicht die Antwort?«

»Ja, das sind sie tatsächlich«, bestätigte Remedios. »Wir verstehen nur noch nicht die Frage. Wissen *Sie* denn, wie Sie die Ewigen mittels Ihres Talents abwehren?«

»Nein«, antwortete Dylan gereizt. »Ich verstehe ja nicht einmal, was sie wollen.«

»Sie wollen alles«, sagte Remedios. »Am Ende wird sich der Kreislauf der Verdunklung schließen und unsere Welt wieder für sie bewohnbar sein. Falls einer von uns bis dahin überlebt, kann er hier nicht mehr existieren. Die Ewigen leben für die Vernichtung und Zerstörung. Sie erschaffen nichts – abgesehen von den Rhothags, die grausam und ohne Verstand sind. Ich vermute, wir werden herausfinden, dass sich die Ewigen nicht von Menschen besiegen lassen. Trotzdem müssen wir einen Weg finden, sie davon abzuhalten, in unsere Welt überzuwechseln.«

»Durch ein Wurmloch«, murmelte Lucy.

»Was sagten Sie, meine Liebe?«, fragte Remedios.

»Wurmloch«, wiederholte sie. »Pforten zwischen Dimensionen. Wenn Sie recht haben, dann muss es sie wirklich geben.«

»Ein Wurmloch«, sagte Remedios leise. »Ich finde, das passt. Wussten Sie, dass es Zeiten gab, in denen Luzifer als Wurm dargestellt wurde?«

»Sie glauben, die Ewigen stehen für den Teufel, die Hölle?«, fragte Lucy.

Remedios zuckte mit den Schultern. »Ich glaube, sie stehen für das wahre Böse. Wenn das Gute Schöpfung ist, muss das Böse sinnlose Zerstörung um ihrer selbst willen sein. Wenn folglich die Hölle ein Ort ist, an dem nichts als Zerstörung lauert, dann bewohnen die Ewigen tatsächlich die Hölle.«

»Warum hier?«, fragte Dylan. »Warum bringen sie alles hierher?«

Remedios sah lächelnd zu Lucy. »Fühlen Sie es?«

»Was fühlen?«

»Sie sagten, Sie könnten manchmal fühlen, wenn etwas *falsch* ist. Fühlen Sie nicht, dass dies der richtige Ort ist?«

Sie konzentrierte sich und begann zu lächeln.

»Was ist das?«, fragte sie.

»*Das*«, sagte Remedios, »ist geheiligter Boden. Es könnte der letzte seiner Art auf Erden sein. Bedauerlicherweise mangelte es Clayborn an dem nötigen Gespür dafür. Der Boss erkannte nichts jenseits vom Hier und Jetzt. Mir kam es geradezu zynisch vor, dass er von allen denkbaren Standorten auf der Welt ausgerechnet diesen für den Burgfried auswählte, als letzte Bastion gegen die Ewigen. Die Hand Gottes benutzt bisweilen merkwürdige Werkzeuge. Und diese *Werkzeuge* sind sich ihrer Bestimmung nicht unbedingt bewusst.«

»Sie wussten die ganze Zeit, dass dies *geheiligter* Boden ist?«, fragte Lucy.

»Damals fühlte ich sogleich, dass etwas anders war«, antwortete Remedios. »Und ich wusste, es würde den Ewigen nicht gefallen. Allerdings lag es mir fern, an so etwas Mystisches wie heiligen Boden zu glauben, hätte ich damit doch die Existenz eines höheren Wesens zugegeben.«

»Aber jetzt glauben Sie daran.«

»Ja.«

»Und warum ist dieser Boden geheiligt?«, wollte Dylan wissen.

Remedios schien ratlos. »Weil Gott es sagt. Weil in vergangenen Zeiten, in denen die Verdunklung beinahe abgeschlossen war, dieser eine Bereich nicht von den fauligen Bestien berührt wurde. Deshalb sind wir hier wohl vorläufig sicher. Aber der Aufschub währt nicht lange. Wenn die letzten

Schlachten beginnen, wird dieser Grund seine Kraft an die Ewigen und ihre Lakaien verlieren.«

Sein Lächeln erstarb, als er sich umdrehte und den Korridor hinunterging.

Wundersame Erholung hin oder her, Remedios erlag letztlich doch seiner Erschöpfung. Sie legten ihn auf ein Sofa in der Bibliothek, wo Lucy ihn in eine Decke hüllte und darauf bestand, dass Wagner bei dem alten Priester blieb, falls er aufwachte. Obschon sie *alle* vor Ermüdung kurz vor dem Zusammenbruch standen, spornte sie Remedios' Beharren an, dass die Verdunklung nahe war, und sie trennten sich, um die Suche in dem großen Gebäude fortzusetzen. Lediglich kurze Pausen gönnten sie sich, während denen sie aßen oder sich in einem der Schlafzimmer hinlegten. Aber sosehr sie auch suchten, sie fanden keine Hinweise auf ein Archiv. Der Dachboden war vollkommen leer, und der Keller erwies sich als eine ausgedehnte Anordnung von kahlen Räumen, die durch merkwürdig plazierte Türen statt durch Flure miteinander verbunden waren. Baxter und Crank verliefen sich mehrmals, bis sie versicherten, dass sie alles gesehen hatten und es in den rohen Wänden und im Estrichboden keine Geheimtüren gab.

Am späten Nachmittag des folgenden Tages folgten Lucy und Phönix Dylan, als er herumging und das Fundament prüfte.

Lucy hatte versucht, sich in den Boden inner- und außerhalb des Hauses einzufühlen. Doch er war ihr verschlossen.

Baxter schaute sich in der Zwischenzeit auf dem Gelände um, wo er mit einem langen Eisenstab im Boden herumstocherte. Crank war verschwunden. Den kleinen Mann fand Lucy noch befremdlicher als den kauzigen alten Priester. Rein äußerlich schien er ein hartgesottener, gewissenloser Killer, und sie wunderte sich, wie gefasst Remedios in seiner Gegenwart blieb. Aber unter der Oberfläche spürte sie etwas anderes, ein verwandtes Misstrauen, das sie beunruhigte.

Ganz anders Dylan. Sie bewunderte seine Zähigkeit, die Art, wie er sich lasergleich konzentrieren konnte, wenngleich sie nicht wusste, wie jemand mit dieser Intensität klarkam. Seine Liebe zu ihrer Schwester glühte in seinen Augen, wann immer er sie ansah, und wenngleich sie tief in ihrem Innern das Verlangen verspürte, in diesen Augen zu versinken – sie konnte es einfach nicht. Ein Mann, der so sehr lieben konnte, faszinierte und ängstigte sie gleichermaßen.

Sein schüchternes Verhalten in ihrer Nähe gab ihr das Gefühl, wieder ein verliebtes Schulmädchen zu sein. Und der unbekannte Teil ihrer Schwester, der in ihm zu überleben schien, verwirrte sie.

Sie sah ihn an. »Ihr Verlust tut mir leid – *unser* Verlust. Ich weiß, dass ich das schon sagte, aber ich möchte, dass Sie wissen, wie sehr ich Ihren Schmerz nachfühlen kann.«

»Ich wünschte, Sie hätten sie kennengelernt«, sagte Dylan.

Sein Blick und seine Stimme waren schmerzerfüllt, und sie bereute, Ronnie angesprochen zu haben.

»Remedios mag recht haben, was Sie betrifft, aber nicht im Bezug auf mich«, fuhr er fort. »Die Kraft, die ich habe, sollte Ronnies sein, und sie gab sie irgendwie an mich weiter. In meinem Kopf sagt sie immerfort, dass es ihr leidtut. Ich glaube, ihr Talent war für sie ebenso ein Todesfluch wie ihre Krankheit.«

Seine Worte trafen sie wie ein Fausthieb, und in diesem Moment begriff sie, was sie im Traum gehört hatte.

»Sie spricht mit Ihnen?«

Er nickte. »Verrückt, was?«

»Nein. Ich sagte ja, ich fühle sie in Ihnen, jetzt sogar noch deutlicher. Was sagt sie sonst noch?«

»Eigentlich nur das. Aber ich glaube, ihr ist es sehr wichtig, dass ich dieses *Talent* annehme.«

»Ich glaube, es ist für alle wichtig, dass Sie es annehmen«, sagte Lucy.

»Waren Sie einmal verheiratet?«, fragte Dylan.

»Nein.«

»Haben Sie einen festen Freund?« Er errötete. »Blöde Frage, Entschuldigung.«

»Ich hatte nie jemanden. Seit ich ein Kind war, musste ich mich vor Qedem Melech verstecken, obwohl ich erst jetzt erfuhr, dass sie es waren, vor denen ich davonlief.«

»Tut mir leid«, sagte Dylan und starrte auf seine Füße. »Ich denke, Ronnies Leben war ziemlich ähnlich, bevor wir uns begegneten. Sie sprach nie darüber. Ihre Mutter – und Ihre Mutter – war eine merkwürdige Frau, kalt und unnahbar. Ich dachte immer, sie wäre eben so. Aber jetzt weiß ich, dass sie ein Kind verlor und den Rest ihres Lebens in der Angst verbrachte, das andere auch noch zu verlieren.«

»Mir war von Kind an, als würde mir etwas fehlen«, erzählte Lucy. »Als ich kleiner war, dachte ich, die Leere würde ausgefüllt, wenn ich Freunde haben dürfte. Später, nachdem meine Eltern gestorben waren, versuchte ich es, aber mein Talent, mich mit anderen anzufreunden, war verkümmert. Ich konnte niemandem vertrauen. Schließlich redete ich mir ein, es läge daran, dass ich meine richtigen Eltern verloren hatte, und die letzten zehn Jahre verbrachte ich mit der Suche nach ihnen. Heute glaube ich, dass das, was ich suche, in mir ist, aber ich weiß nicht, was ich damit anfangen soll. Sie sind nicht

Ronnie und doch irgendwie schon. Sie haben etwas, nach dem ich mich seit meiner Geburt sehne, und trotzdem könnten Sie es nicht mit mir teilen, selbst wenn Sie wollten.«

»Ich würde wollen«, flüsterte Dylan.

Lucy wollte weglaufen, und gleichzeitig musste sie ihm in die Augen sehen. Schließlich drehte sie sich um und ging wieder zum Haus zurück.

»Kommen Sie«, murmelte sie und hoffte, dass es nicht wie ein Schluchzen klang. »Ich habe Hunger.«

Am Abend war Dylan von solch nervöser Energie erfüllt, dass er sich eine Laterne nahm und zu den Fitnessräumen ging, als sich alle anderen zu Bett begaben.

Er kam an den Gewichthebebänken und dem Swimmingpool vorbei, in dem das Wasser trübe wurde, bis er schließlich in der kleinen Turnhalle war. Dort atmete er langsam und tief durch, fand seine Mitte und arbeitete sich eilig durch die *Katas* – die *Teikiyokos*, die *Pinans*, dann *Sanchin* und *Soki-no* –, erstaunt, wie sehr er sich auf die tänzelnden Bewegungen konzentrieren musste, die er so viele Tausend Male schon gemacht hatte. Seine Gelenke knirschten, und er atmete bereits heftig, ehe er die erste Schwarze-Gürtel-Form erreichte.

Kanku-dei bestand aus einhundert Schritten, achtzig mehr als die niederen *Katas*, und verlangte das Fünffache an Konzentration, wollte man sie richtig ausführen. Alle Schritte mussten richtig abgestimmt, der richtige Punkt mit dem richtigen Kraftaufwand und der richtigen Schnelligkeit getroffen werden, damit das *Kata* Millimeter vom Ausgangspunkt endete. Um diese Form zu beherrschen, bedurfte es jahrelangen intensiven Trainings und geistiger wie körperlicher Anstrengung. Als er herumwirbelte, um die letzte Verteidigung-Angriff-Bewegung zu vollenden, den imaginären Gegner über die Schulter abwarf und ihn mit der abwärtsschnellenden Faust niederstreckte, entspannte er sich, holte tief Luft und richtete sich zur *Fudo*-Stellung auf, die Hacken zusammen, die Fußspitzen gespreizt, und verbeugte sich.

»Das war faszinierend.«

Lucys Stimme erschreckte ihn, und beinahe verlor er die Balance.

»Ich wollte nicht stören«, sagte sie und stand rasch von der Bank auf. Wie immer war Phönix direkt neben ihr.

»Nein, bitte, bleiben Sie.«

»Ich konnte nicht schlafen«, erklärte sie unsicher. »Und ich dachte, Sie seien vielleicht hier unten. Sie waren so konzentriert bei der Sache, dass ich mich hinsetzte und zusah.«

»Ich liebe die *Katas*.«

»*Katas?*«

Dylan erläuterte ihr kurz die Formen, die man sich ausgedacht hatte, nachdem den einfachen Bauern vor Jahrhunderten die Kampfkünste verboten wurden, nicht aber das Tanzen.

»Und die Samurais dachten allen Ernstes, das wäre nur ein Tanz?«, fragte sie ungläubig.

Dylan zuckte mit den Schultern. »Kampfkünstler möchten gern *glauben*, dass alles, was sie tun, die echte Kunst ist, wie sie vor hundert oder zweihundert Jahren ausgeführt wurde, aber alle Kampfkünste haben sich entsprechend den Bedürfnissen der jeweiligen Zeiten verändert und angepasst. Ich bezweifle, dass die Leute, die den Samurais *Katas* vorführten, diese Bewegungen erkennen würden, aber sie wüssten, was es ist.«

»Sie sehen kompliziert aus.«

»Ganz und gar nicht«, entgegnete Dylan. »*Katas* sind gestaffelt, so dass man sich leicht nach oben arbeiten kann. Bis man die Ebene des *Kanku-dei* erreicht, kennt man alle Bewegungen, die dazugehören. Man muss sie nur noch in der richtigen Reihenfolge kombinieren. Kommen Sie, ich zeige es Ihnen.«

Lucy schüttelte den Kopf, aber Dylan zog sie auf die Matte

und führte ihr vor, wie sie den vorgelehnten Schritt und den anschließenden Down-Block machte. Wie sich herausstellte, war Lucy eine sehr begabte Schülerin. Innerhalb von Minuten verstand sie die Grundbegriffe des *Teikiyoko-sono-ichi,* der ersten Anfänger-*Katas*.

»Sie sind ein Naturtalent«, sagte er anerkennend.

Sie lächelte. »Das ist faszinierend. Man ist die ganze Zeit mit dem Kopf dabei. Jetzt begreife ich, wie man vollkommen in diesen Bewegungen aufgehen kann.«

»Manche Leute tun das. Mein Sensei wollte mir immer vermitteln, dass es Mysterien gebe, die man nur durch die Übungen entdeckt, jenseits von dem, was wir sehen oder berühren können. Das hat bei mir allerdings nie funktioniert.«

»Weil Sie nicht daran glaubten«, sagte sie leise.

»Was glauben Sie?«, fragte er.

Sie überlegte. »Früher habe ich an gar nichts geglaubt. Ich dachte, dass es für alles eine logische Erklärung gebe. Diese Vorstellung fand ich tröstlich, ja, im Grunde habe ich mich dahinter versteckt.«

»Wovor versteckt?«

»Vor mir selbst.«

»Das verstehe ich nicht.«

»Hier drinnen«, sie zeigte auf ihre Brust, »wusste ich stets, dass ich anders war. Aber ich versuchte, es zu leugnen. Denn hätte ich mir eingestanden, dass ich mit einem ungewöhnlichen Talent geboren war, hätte ich auch zugeben müssen, dass es eine Macht gibt, die mich so schuf und einen Plan für mich vorsah, der mir nicht gefiel.«

»Wie die Welt zu retten.«

»Wie sterben«, sagte sie.

Statt zu antworten, zeigte er ihr, wie sie beim vorgelehnten Schritt das Bein weiter ausstreckte und eine Drehung mit

Down-Block machte, bei der sie ihren imaginären Gegner mit den ersten beiden Fingerknöcheln der Faust in den Solarplexus traf. »Das ist die nächste Stufe des *Kata*, also auch wieder nur eine Verfeinerung.«

»Erzählen Sie mir bitte von Ronnie«, bat sie ihn.

Sie gingen zur Trainingsbank und setzten sich.

»Was möchten Sie wissen?«

»Alles.«

Er lächelte kopfschüttelnd. »Selbst in einer Million Jahren könnte ich Ihnen nicht alles über Ronnie erzählen. Sie war die schönste Frau, die ich je gesehen habe. Ich verstand nie, was sie an mir fand. Es gab besser aussehende Jungen an der Schule, klügere und auch reichere. Ich traute mich nicht, sie anzusprechen.«

»Dann hat sie den ersten Schritt gemacht«, folgerte Lucy.

»Ja, sie bat mich um ein Date, und später machte sie mir einen Antrag.«

»Sie wusste eben, was sie wollte.«

»Als ich sie kennenlernte, glaubte ich, meine Ängste im Griff zu haben. Aber in ihrer Nähe bekam ich keinen Satz gerade heraus und schwitzte wie ein Schwein. Einmal sagte sie, ich hätte etwas, das nur sie und Gott erkennen würden. Sie meinte, ich würde leuchten wie ein Stern. Ich glaubte ihr nicht, aber ich dankte *meinen* Sternen dafür, dass sie es sah.«

»Sie haben tatsächlich etwas«, bestätigte Lucy. »Das fühlte ich gleich, und es ist nicht nur Ronnies Gegenwart. Es ist eine besondere Wärme. Ich weiß nicht, woher ich es wusste, aber in Remedios' Zelle war ich überzeugt, dass Sie uns herausbringen würden. Ich hatte zwar noch Angst, aber ich fühlte es.«

»Solche Gefühle können Sie das Leben kosten.«

»Vielleicht. Was hatte Ronnie für Vorlieben, und was mochte sie überhaupt nicht?«

»Sie war eine Läuferin. Jeden Morgen stand sie um sechs auf und lief ihre fünf Meilen, bei jedem Wetter. Und sie liebte Bücher. Sie war Schriftstellerin, und einige ihrer Kurzgeschichten wurden in Zeitschriften veröffentlicht. Außerdem war sie eine begeisterte Reiterin. Ach ja, und sie war süchtig nach Süßigkeiten.« Er bemerkte, dass Lucy die Stirn runzelte.

»Ich lief früher auch, und ich lese sehr gern«, sagte sie. »Meine schriftstellerischen Ambitionen beschränken sich allerdings aufs Tagebuchschreiben. Aber ich hatte in Ruredaga ein Pferd. Ich fürchte, der arme Newton ist ebenso verschwunden wie alle anderen Tiere. Eigentlich hoffe ich es sogar, denn ich mag mir nicht ausmalen, dass er in seiner Box verhungert – oder Schlimmeres.«

»Was mögen Sie sonst noch?«, fragte Dylan.

»Ich liebe Süßigkeiten«, antwortete sie schmunzelnd. »Ich schätze, ich werde eines Tages unglaublich fett sein.«

»Ronnie sagte mir häufiger, dass etwas in ihrem Leben fehlte. Das schmerzte mich sehr, weil ich keine Ahnung hatte, wie ich diese Lücke ausfüllen sollte.«

Lucy schüttelte den Kopf. »Sie hätten nichts dagegen tun können. Es war der Teil in uns, der sich gegen die Trennung wehrte, ohne dass wir verstanden, wovon wir getrennt worden waren. Wer immer uns auseinanderriss, ich hasse ihn. Aber in Ihrer Nähe scheinen die leeren Flecken weniger schmerzlich, und ich kann wieder atmen.«

Auf einmal wurde es sehr still, und die Zeit schien stehenzubleiben. Dylan streckte die Hand nach ihr aus, doch sie wich gerade genug von ihm zurück, um ihm zu bedeuten, dass sie noch nicht so weit war.

»Tut mir leid«, sagte sie. »Ich muss mir erst über ein paar Dinge klarwerden.«

Er lächelte. »Schon gut. Ich möchte Sie nicht bedrängen.«

»Ich muss immerzu an die Ewigen denken. Die Rhothags sind ja schon schlimm genug, und dieses Ding, das Sie im Sacred Light sahen, konnte ich auch fühlen. Es hat mir eine entsetzliche Angst eingejagt. Wenn die Ewigen noch schrecklicher sind, glaube ich nicht, dass ich mich ihnen stellen will.«

»Nun, wenn Remedios recht hat, müssen wir das ja vielleicht auch nicht. Aber bis jetzt hat mir noch nicht einmal jemand gesagt, wie die Ewigen aussehen sollen«, sagte Dylan, »oder wie viele es sind. Allein die paar Rhothags zu töten, die wir erledigen konnten, war hart. Dieser Schatten … ich weiß nicht, ob man ihn überwältigen kann. Und wenn nicht, welche Schlüsse lässt das dann auf die Ewigen zu? Seit dem ersten Tag rede ich mir ein, dass es eine logische Erklärung für alles geben muss, aber die Geschehnisse werden zusehends bizarrer. Trotzdem tue ich mich schwer damit, Remedios' Erklärung zu glauben.«

»Weil Sie dann Ihre Rolle in alldem akzeptieren müssten?«

Er nickte. »Ich bin nicht wie Sie. Das einzig Besondere an mir war, dass ich einmal eine Meisterschaft gewonnen habe. Aber das dürfte wohl kaum mit übernatürlichen Kräften vergleichbar sein. Was geht in Ihnen vor, wenn Sie Dinge fühlen?«

»Mir kommt es vor, als würde ich eins mit dem Boden. In diesem Moment zum Beispiel spüre ich die Welt außerhalb des Geländes, und der ganze Planet scheint ein einziger lebender Organismus, den ich atmen fühle. Sein Atem ist verlangsamt und unregelmäßig. Ich glaube, die ganze Welt ist sich der bevorstehenden Veränderung bewusst. Sie stirbt.«

Sie sah ihn an, als wollte sie sich am liebsten in seine Arme werfen, doch stattdessen stand sie auf, nahm ihre Lampe und ging hinaus, gefolgt von der Hündin.

Phönix trottete neben Lucy her durch den Korridor, während Dylan seine Übungen wieder aufnahm.

Er war so selbstsicher und zugleich so verletzlich. Und zweifellos trug er vieles von ihrer Schwester in sich. Manchmal meinte sie, sie buchstäblich durch Dylans Augen zu sehen, was sie so verunsicherte, dass sie ihn in die Arme nehmen wollte, um ihre Schwester zu spüren. Doch wenn sie dieser Versuchung nachgab, wäre sie verloren. Läge sie erst einmal in seinen Armen, könnte sie sich nie wieder daraus befreien.

Sie schloss die Tür ihres Schlafzimmers und lehnte sich von innen dagegen. Obwohl sie glaubte, heute Nacht gewiss keinen Schlaf zu finden, fiel sie in einen tiefen Schlummer, kaum dass sie im Bett lag. Und dann kehrte der Traum von der Wüste wieder.

Dieses Mal jedoch stand die Gestalt, von der sie inzwischen wusste, dass es Dylan war, nicht am Rand des Abgrunds, sondern ging direkt vor ihr. Sie wanderten ganz allein unter einem wolken- und sonnenlosen Himmel und hatten noch einen weiten Weg vor sich. Zugleich spürte Lucy, dass sie etwas Furchtbares hinter sich hatten und sie noch etwas weit Schrecklicheres erwartete.

Sie wollte etwas sagen, Dylan warnen, doch ihre Stimme versagte, und ganz gleich wie sehr sie sich anstrengte, sie konnte ihn nicht einholen. Eine große Dunkelheit drohte sich über sie zu legen, und Lucy war machtlos dagegen.

Als sie aufwachte, war sie schweißgebadet und rang nach Luft. Zitternd ertastete sie die Streichhölzer auf dem Nachttisch. Phönix lag neben ihr, wimmerte leise und stupste mit der Nase an ihre Wange. Lucy entzündete ihre Laterne und sah sich mit klopfendem Herzen im Zimmer um.

»Such!«, befahl sie Phönix.

Prompt sprang die Hündin vom Bett, schnüffelte im Zimmer herum und kehrte schwanzwedelnd zu Lucy zurück.

Lucy klopfte auf ihre Bettdecke, und die Hündin war mit einem Satz wieder neben ihr.

Dylan wälzte sich träumend hin und her. Im Traum war er wieder in seinem Schlafzimmer zu Hause. Es war mitten in der Nacht, und der Mond warf eisig graue Lichtmuster auf den Teppich, die auf sein Bett zukrochen. Er wollte die Hand ausstrecken und die Jalousien zuziehen, um das Licht auszusperren, bevor es enthüllte, was auf der Matratze lag, doch er konnte sich nicht rühren.

Wie eine Kobra kroch der Mondstrahl über das mattweiße Laken und beschien als Erstes ein Paar kleine Füße, dann zwei hagere Unterschenkel. Die Knie bohrten sich ins Laken, und die Oberschenkel waren nur Haut und Knochen und zeichneten sich kantig durch den Stoff ab.

»Nein«, hauchte er stumm. Ronnies Hüften waren so abgemagert, dass die Bettdecke über ihnen eine Kuhle bildete. Das Licht wanderte hastig weiter zu ihrem Brustkorb, der sich unregelmäßig hob und senkte, als würde sie schluchzen. Als Nächstes erfasste der Strahl ihre zusammengekrallten, knochigen Finger mit den brüchigen gelben Nägeln. Ihr Hals – blass und grünfleckig von der Krankheit – krampfte, und Dylan wusste, dass sie gleich etwas sagen würde. Er konnte es nicht ertragen, sie anzusehen, doch ebenso wenig war er imstande, seine Augen zu schließen.

Dies war der Alptraum, an den er sich so lange nicht hatte erinnern können. Er kannte das schreckliche Ende und wusste, dass er zitternd und schweißnass aufwachen würde. Während der Moment näher rückte, fragte er sich, ob der Traum anders ausgehen könnte. Aber wie er auch enden mochte, er wollte es ein letztes, schmerzliches Mal sehen.

Der Vorhang flatterte in der Nachtbrise, der Mond glitt über

Ronnies Gesicht, und die Erinnerung war so frisch und wirklich, als hätte sich alles erst gestern zugetragen. Ihre Augen lagen tief und glanzlos in den Höhlen, die Wangenknochen zeichneten sich durch pergamentdünne Haut ab, und ihre Lippen waren schmal und rissig. Das einst wunderschöne Haar war schütter. Seine Füße bewegten sich von selbst, als sie ihn mit einem Finger heranwinkte.

Mühsam stützte sie sich mit den Ellbogen auf und zog ihn mit ihrer kraftlosen Hand weiter zu sich.

»Ich bin immer noch hier drin«, flüsterte sie matt, »aber nicht mehr lange.«

In ihren Augen glaubte er etwas zu erkennen, das Wahnsinn nahekam.

»Mein Geschenk«, hauchte sie, »du musst es annehmen.«

Er wollte sie umarmen und wegstoßen zugleich.

»Es tut mir leid«, flüsterte sie, und Dylan wusste, dass es ihr letzter Atemzug war.

Und während sich ihre Lippen ein letztes Mal berührten, spürte er, wie sie ihr Leben in ihn hineinhauchte, bevor sie ganz still wurde und er sie sanft auf das Kissen zurücklegte.

Gleich darauf vernahm er eine Stimme, die nicht Ronnies war.

Rantasas Mella Duun.

Er schoss senkrecht hoch und blickte sich in seinem Zimmer im Burgfried um.

Der Harry-Rhothag erwachte langsam und sah sich in der engen, schmutzigen Tankstellentoilette um, in der er bei Tagesanbruch Zuflucht gesucht hatte. Der Gestank aus abgestandenem Urin und Desinfektionsmittel drang ihm in die Poren. Mühsam rappelte er sich hoch und stieß die Klumpen nassen Toilettenpapiers beiseite, ehe er die Tür aufstieß und in die kühle Nacht hinausstolperte. Es zog ihn über den Parkplatz und auf die Straße.

Alle anderen seiner Art, die sich in den dunklen Korridor des Sacred Light gepfercht hatten, um die Tür des alten Mannes einzuschlagen, lagen entweder im Sterben oder waren schon tot. Die Sonne hatte sie getötet, weil sie während des Tages dem Sog nicht widerstehen konnten und ins Licht hinausgegangen waren, während Harry es schaffte, dem stechenden, nagenden Schmerz standzuhalten, statt bei lebendigem Leibe zu verbrennen. Harrys letzte Mahlzeit war ein Artgenosse gewesen, der zwei Meilen von hier auf dem Highway zu Tode geröstet worden war.

Er schnupperte, konnte jedoch keinen Blutgeruch wahrnehmen, nicht einmal den eines niederen Lebewesens. Die kleine Stadt, durch die er ging, war öde und verlassen, und er wusste: Wenn er auf der Suche nach Beute zu weit vom Weg abwich, würde das Ziehen in seinen Gedärmen zu einem unerträglichen Krampf werden. Das hatte er inzwischen mehrfach erlebt. Jedes Mal, wenn er den Schmerz in seinem Bauch ignorierte, um einer Blutfährte zu folgen, rannte er geradewegs in eine Tortur hinein. Der Sog, der ihn zu dem alten Mann führte, erlaubte ihm nicht, zu streunen.

Er kam an einer alten Steinkirche mit dunklen Fenstern vorbei und blickte nervös zu dem weißen Bau, obwohl er nicht verstand, warum er ihm Angst machte. Ein Stück weiter glaubte er, wütende Augen zu spüren, deren Blick sich in seinen Rücken bohrte. Doch als er sich umdrehte und schnüffelte, war da nichts, und so schlurfte er weiter.

Wenngleich er wenig verstand, war selbst dem Harry-Rhothag klar, dass sich die Welt um ihn herum veränderte. Die Tage wurden beständig trüber, gerade hell genug, dass er sich nicht hinauswagte, und die Gebäude schienen zu verrotten und rapide zu verfallen. Überall lag der Geruch von Fäulnis in der Luft, und selbst der Boden unter seinen Krallenfüßen wirkte seltsam beweglich. Harry kamen diese Veränderungen allerdings richtig vor. Er *passte* besser in diese neue Welt, als er je in die alte gepasst hatte. Ja, er war wie geschaffen für sie.

Jetzt gab es nur noch ihn und den Sog. Am Ende des Weges erwartete ihn der alte Mann, und dann würde ihm seine Beute auf keinen Fall entkommen.

Bis Dylan am nächsten Morgen in die Küche kam, war nur noch Wagner dort, der Kaffee einschenkte und sich ihm gegenüber an den Tisch setzte.

»Sie sind alle schon wieder draußen und suchen«, berichtete Wagner ungefragt. »Baxter gräbt ein Loch hinten an der Grundmauer. Lucy und Remedios suchen noch einmal den Keller ab, und Crank meinte, wenn die verdammten Artefakte hier sind, müsse es einen Geheimgang in den Wänden geben. Er ist gerade dabei, den Putz im ersten Stock mit einem Hammer zu bearbeiten. Sie sehen übrigens echt beschissen aus.«

Dylan nickte und trank von dem Kaffee, der wie Schlamm schmeckte. In Gedanken war er immer noch bei dem Traum. Die Frau, die er liebte, hatte ihr Talent an ihn weitergegeben, bevor sie starb. Aber warum hatte sie ihm nicht auch das Wissen vermittelt?

Wagner starrte ihn an, doch Dylan schüttelte nur den Kopf. »Alpträume.«

»Überrascht mich nicht. Ich habe ja selbst welche. Eigentlich sollte ich mir eine Schaufel schnappen und Baxter oder Crank helfen. Aber ich wollte mit Ihnen reden, und Crank ist derzeit nicht gut auf mich zu sprechen.«

Dylan lachte. »Ich glaube, Crank ist sehr selten wirklich gut auf jemanden zu sprechen.«

»Kann man wohl sagen. Ich kenne ihn nur mürrisch. Aber

er ist ein guter Mann, wenn's hart auf hart kommt, glauben Sie mir. Einmal wurden wir in Oregon fast umgebracht. Damals rettete Crank mir das Leben.«

»Wann haben Sie ihn kennengelernt?«

»Ist fast dreißig Jahre her. Er war damals schon seit drei oder vier Jahren bei Rex Deus, arbeitete aber irgendwo im Westen. Soweit ich weiß, hatte er eine rauhe Kindheit. Man erzählt sich, dass Clayborn ihn vor dem Gefängnis bewahrt hatte und ihn resozialisierte – na ja, sofern man Crank überhaupt als sozialisiert bezeichnen will.«

»Ich verstehe nicht, wieso er so dickköpfig ist. Warum kann er nicht zugeben, dass er sich in Remedios geirrt hat?«

»Weil er damit auch zugeben müsste, dass er die ganze Zeit auf der falschen Seite stand und Clayborn unrecht hatte. Er aber ist der einzige Mensch, der Crank jemals etwas bedeutete. Verstehen Sie mich nicht falsch, ich mag den kleinen Mistkerl, aber er ist ein bisschen … schwierig, falls Sie wissen, was ich meine.«

»Wie kommt es, dass ich keine jüngeren Mitglieder von Rex Deus getroffen habe? Ist das Zufall?«

Wagner runzelte die Stirn. »Ich hatte nie Kinder, und Baxter meines Wissens auch nicht. Aber es gibt jüngere Aktive – oder es gab sie zumindest. Ich schätze, Sie hatten einfach Pech, bei den alten Käuzen zu landen. Wollen Sie etwas essen?«

Dylan schüttelte den Kopf und stand auf. »Später. Erst will ich sehen, ob sie etwas gefunden haben.«

»Eines noch«, begann Wagner.

»Ja?«

»Was empfinden Sie für Lucy?«

Die Frage traf Dylan so unvorbereitet, dass er beinahe mit der Wahrheit herausplatzte.

»Was meinen Sie?«, fragte er und hoffte, Wagner würde das leichte Zittern in seiner Stimme nicht hören.

»Lucy und ich haben in den letzten Wochen eine Menge zusammen durchgestanden«, antwortete Wagner. »Ich weiß nicht, wie sie für mich empfindet, und ehrlich gesagt, habe ich Angst, sie zu fragen. Aber ich würde gern wissen, ob ich Nebenbuhler habe.«

Dylan sah ihn an. »Das ist nicht so einfach.«

»Tja, okay«, sagte Wagner schließlich und wandte sich ab.

Dylan fand Baxter schwitzend mit einer Spitzhacke in einem mittlerweile viereinhalb Meter tiefen Loch entlang der Grundmauer.

»Was gefunden?«, fragte er.

Baxter verneinte stumm und schlug gegen den Beton. »Es ist da drin. Ich muss ungefähr vier Fuß unter dem Kellerboden sein, aber die Mauer scheint bis in die Hölle zu reichen.«

»Da ist noch ein Keller *unter* dem Keller?«

Baxter schlug noch einmal in den Beton. »Das ist Stahlbeton, zwischen fünfundzwanzig und fünfunddreißig Zentimeter dick. Wenn ich Dynamit hätte …«

»Würden Sie alles da drinnen in Stücke sprengen und damit wohl auch das, wonach wir suchen.«

»Nicht mit einer gezielten Sprengung«, widersprach Baxter. »Auf jeden Fall ist es ohne Sprengstoff reine Zeitverschwendung. Falls es einen geheimen Zugang gibt, ist er nicht hier.«

»Es ist keine Zeitverschwendung«, entgegnete Dylan. »Jetzt wissen wir, dass der geheime Tresor hier ist. Wir müssen nur noch einen Eingang finden.« Er lächelte. »Ohne alles in die Luft zu jagen.«

»Ich könnte gezielt sprengen«, murmelte Baxter und grub weiter.

»Die Zeit läuft uns davon«, sagte Remedios.

Lucy und Dylan folgten dem alten Priester in die Bibliothek, wo er müde in einen der Sessel sank. »Die Ewigen gewinnen an Macht. Ich habe lange darüber nachgedacht, was genau bei Einsetzen der Veränderung geschah. Die Pforte zwischen unseren Welten ging ein Stück weiter auf, so viel ist klar. Und damit erlangten die Ewigen genug Kraft, um elektromagnetische Prozesse zu behindern und in erheblichem Ausmaß sogar zu unterbinden. Hätten sie es allerdings geschafft, diese Prozesse ganz zu stoppen, wären wir alle tot, denn im Kern sind wir elektrische Maschinen. Ich glaube, dass irgendein Puffer zwischen den elektrischen Polen installiert wurde, der nur bestimmte unbelebte Objekte beeinflusst. Hat einer von Ihnen seit Einsetzen der Verdunklung Blitz oder Donner bemerkt?«

Sie verneinten.

»Ich auch nicht«, fuhr Remedios fort. »Und ich mochte den Donner immer, weil er mir bestätigte, dass es außerhalb meiner Zellenmauern noch eine Welt gab. Aber der Elektromagnetismus, der die Sonne antreibt, arbeitet nach wie vor, wenngleich er schwächer wird.«

»So wie das Laternenlicht gedämpft wurde«, ergänzte Dylan. »Das ist vorher mit dem elektrischen Licht bei mir zu Hause auch schon passiert.«

»Die alten Texte erzählen, dass die Ewigen Macht über alle Arten von Licht haben, und je stärker sie werden, umso mehr entwickeln auch ihre Diener einige dieser Kräfte. Aber das meinte ich nicht, als ich sagte, dass die Zeit knapp wird. Als nachts die Veränderung einsetzte, geschahen mehrere Dinge zugleich. Es wurde ein Puffer geschaffen, der die elektrische Energie zum Erliegen brachte. Millionen oder Milliarden Menschen verschwanden einfach, und andere fingen an, sich zu verwandeln …«

»In Rhothags«, fuhr Lucy fort und setzte sich.

»Diejenigen, die zu Rhothags mutierten, waren vorher schon Qedem Melech gewesen oder fühlten sich zur Dunkelheit hingezogen. Die Ewigen verlangen nicht, dass ihre Lakaien sie kennen. Sie müssen lediglich für sie empfänglich sein.«

»Aber warum verschwanden so viele Leute, während andere überlebten?«, fragte Lucy.

Remedios zuckte mit den Schultern. »Ich kann nur mutmaßen, wie die Verdunklung funktioniert, aber ich fürchte, die Verschwundenen könnten ins Reich der Ewigen überführt worden sein.«

Lucy blinzelte, und Dylan wusste, dass sie sich dasselbe vorstellte wie er, nämlich Milliarden unschuldiger Menschen, die plötzlich in einem Reich totaler Finsternis aufwachten, umgeben von Kreaturen, die sich von Leben ernährten.

»Wenn wir sie besiegen, kehren diese Menschen dann zurück?«, fragte sie.

Der alte Mann blickte tieftraurig vor sich hin.

»Ich konnte nur Bruchstücke von Berichten aus vergangenen Schlachten einsehen, aber nein, die Verlorenen kehren nicht wieder. Und für die wenigen Menschen, die bis jetzt überlebten und sich nicht verwandelten, läuft die Zeit ab. Die Dunkelheit nimmt stündlich zu, die Lakaien werden stärker – und hungriger.«

»Willst du damit sagen, während wir hier eine Scheiße nach der anderen bauen, werden alle anderen Überlebenden aufgefressen?«, fragte Crank, der mit Baxter hereinkam.

»Krass formuliert, ja«, antwortete Remedios.

Dylan bemerkte, dass Phönix sich zwischen Lucy und Crank legte, was Crank offensichtlich auch nicht entging.

»Dylan und ich könnten in den Tresorraum kommen«, sagte Lucy.

»Schwebt Ihnen da diese komische Verschiebenummer vor, mit der er uns hierhergebracht hat?«, fragte Crank. »Er weiß ja nicht einmal genau, wie er das anstellt. Was ist, wenn Sie beide irgendwo landen, von wo Sie nicht mehr zurückkönnen?«

»Das ist eine wahnwitzige Idee«, pflichtete Baxter ihm bei. »Auf keinen Fall *beamen* Sie beide sich in einen versiegelten Tresorraum, von dem wir nicht einmal wissen, was darin ist oder ob es überhaupt ein *Innen* gibt.«

»Aber wir müssen hinein, und keiner scheint eine bessere Idee zu haben. Dylan und ich können das zusammen schaffen.«

»Ich bin mir da nicht so sicher«, widersprach Dylan. »Crank und Baxter haben recht. Ich weiß nicht genau, wie ich es kontrolliere.«

Sie legte eine Hand auf seine und sah ihn an. »Ich halte mich an Ihnen fest, und ich glaube, den Tresorraum jetzt zu fühlen, oder zumindest kann ich erkennen, wo er ist, und zwar daran, was ich *nicht* fühle. Entweder glauben Sie mir, dass wir eine Chance haben, oder nicht. Wenn ja, müssen Sie auch daran glauben, dass man in das Verlies gelangen kann.«

»Sie könnten beide umkommen«, warnte Wagner, der in der Tür stand, »oder Schlimmeres. Es ist zu gefährlich.«

»Alles, was wir jetzt tun, ist gefährlich. Und das Gefährlichste wäre, hier zu sitzen und Däumchen zu drehen!«

»Amen«, sagte Crank und ignorierte Wagners böse Blicke.

»Dylan?«, fragte Lucy und sah ihn wieder an.

»Ich weiß nicht, ob ich es kann. Ich muss einen bestimmten Punkt in meinem Kopf aufrufen, und ich habe nicht einmal eine Ahnung, wie ich das mache.«

»Tja, entweder finden Sie diesen Punkt wieder, oder Sie müssen sich eine andere Methode ausdenken, uns zu transportieren.«

»Wie Sie das sagen, klingt es herrlich einfach.«

Sie lächelte. »Nein, ich denke nicht, dass es einfach wird. Einfach war bisher ja nichts.«

Dylan missfiel, dass Lucy beschloss, der beste Ausgangspunkt wäre am Boden der Grube, die Baxter ausgehoben hatte. Dylan hatte keine Ahnung, wie die Ortswechsel funktionierten, aber Lucy sagte, der Kontakt zwischen ihnen könnte ihm helfen. Also atmete er tief durch, schloss die Augen und kletterte in die Grube hinab.

Unten hakte Lucy sich bei Dylan ein. Ihm fiel auf, dass sie eine Pistole in der anderen Hand hielt, was ihn ein wenig erschreckte. Waren sie nicht durch den Burgfried geschützt?

»Sind Sie bereit?«, fragte sie.

Im nächsten Moment glitt Wagner auf dem Po in die Grube und wedelte mit einer Laterne. »Haben Sie nicht daran gedacht, dass es da drinnen stockfinster sein könnte?«

Dylan atmete erleichtert auf. Er war so sehr damit beschäftigt gewesen, sich auf sein befremdliches Talent zu konzentrieren, dass er daran tatsächlich keinen Gedanken verschwendet hatte.

»Danke«, sagte er und nahm die Laterne.

Aber Wagner schüttelte den Kopf. »Lucy geht nicht allein mit Ihnen da rein. Sie nehmen mich mit!«

»Dann kommen wir alle mit«, rief Crank und machte Anstalten, die Leiter hinunterzusteigen.

»Nein«, erwiderte Dylan, »es wird schon schwer genug, uns drei zu transportieren.«

Baxter, Crank und Wagner tauschten Blicke aus, dann zuckten Baxter und Crank mit den Schultern.

»Bereit?«, fragte Dylan und sah Lucy an.

»Ja.«

»Beim ersten Anzeichen von Ärger bringen Sie uns sofort da raus«, sagte Wagner. »Klar?«

Dylan nickte und mühte sich, den Punkt zu finden, von dem die Ortswechsel bisher ausgegangen waren, doch alles war leer und kraftlos. Vorher war er immer vor etwas geflohen, hatte ihm oder anderen eine Gefahr gedroht. Vielleicht war das die Voraussetzung, denn jetzt tat sich nichts.

Lucys Arm legte sich fester um seine Ellbogenbeuge, und er wusste, dass sie versuchte, den Tresorraum zu spüren. Sie erschauderte, und plötzlich bebte ihr ganzer Körper. Im selben Moment überkam ihn das vertraute Schwindelgefühl.

Zwei Dinge geschahen gleichzeitig, als sie in den Keller eindrangen.

Wagner riss sich von ihm los, und Dylan sah nicht einen, sondern zahlreiche Rhothags, die über einen riesigen Raum verteilt waren, der vor Glasvitrinen überquoll. Eine der Bestien stemmte sich von der Wand neben Lucy ab, wo sie auf sie gewartet zu haben schien. Sie schlug direkt nach Lucy, der beim Ausweichen die Pistole aus der Hand fiel.

Als Nächstes nahm Dylan wahr, wie Wagner die Laterne fallen ließ und nach seiner Pistole griff. Die Lampe zerbarst und tauchte sie in grelles Licht, ehe alles vollkommen dunkel wurde.

»Lucy! Runter!«, schrie Dylan.

»Wo ist er?«, rief Wagner. »Raus aus der Schusslinie!«

Dylan hörte ein leises Tapsen. Der Rhothag musste irgendwo rechts von ihm sein, und er bewegte sich.

»Da sind mehrere!«, warnte Dylan.

Er versuchte, sich zu erinnern, was er über diese Kreaturen wusste, und das war unter anderem, dass sie in vollkommener Finsternis überlebten.

»Lucy, wo du auch bist, bleib da, und sei um Gottes willen still«, sagte Dylan, womit er gleichzeitig die Bestie von ihr ablenken wollte. Außerdem sollte Wagner wissen, wo er war, damit er ihn nicht versehentlich erschoss.

Alles ähnelte den einsamen Nächten in seinem Haus, und die Angst drohte ihn zu überwältigen. Aber er beruhigte sich damit, dass diese Rhothags zwar Killermaschinen sein mochten, aber wenigstens waren sie sterblich, auch wenn es nicht einfach war, sie zu töten.

Erst jetzt fiel ihm auf, dass der ganze Raum nach Fäulnis und Verfall stank. Die Rhothags hatten hier etwas oder jemanden gefressen.

Er musste Lucy finden und von hier wegbringen.

Instinktiv begab er sich in Kampfhaltung und durchschritt lautlos den Raum, von dem er nach dem kurzen Aufblenden des Laternenlichts nur ein unscharfes Bild im Kopf hatte. Er war groß, mindestens so groß wie das Gebäude darüber, und mit halbhohen Schaukästen vollgestellt. Wenn also der erste Rhothag nicht mehr an der Wand lehnte, dann bewegte er sich durch ein Minenfeld von Hindernissen. Andererseits konnten die Biester schon eine Weile hier unten und inzwischen mit ihrer Umgebung vertraut sein. Dylan streckte eine Hand nach vorn aus und erwartete, gegen den ersten Schaukasten zu stoßen.

Lucy fragte sich, warum ihr Talent sie im Stich ließ und sie all die Rhothags nicht fühlte, die Dylan gesehen hatte. Vorsichtig und möglichst leise kroch sie unter eine der Holzvitrinen. Von dort hörte sie ein schwaches Klicken, als die Kreatur über den

Boden schlurfte. Sie krabbelte weiter und versteckte sich unter dem nächsten Schaukasten. Irgendwo in der Nähe roch sie verfaulendes Fleisch.

Wieder ein Klicken.

Sie griff nach oben und fühlte, dass der Schaukasten umkippte. Mit ausgestreckten Armen warf sie sich zurück, um ihn aufzufangen, bevor er ihr die Rippen zerquetschte. Glas splitterte, Gegenstände polterten heraus und verteilten sich um sie herum. Der Kasten selbst war weniger schwer, als sie gedacht hatte. Nichtsdestoweniger bohrte sich eine Ecke schmerzhaft in ihren Bauch, und sie konnte das Ding nicht wieder hochstemmen.

In der Stille nach dem Krach schlich Dylan sich langsam an einem der Glaskästen vorbei, als er ein leises Klicken hörte. Das konnte eine Kralle sein, die auf die Fliesen aufsetzte, und das Geräusch kam aus dem Bereich, wo er den ersten Rhothag gesehen hatte. Er hatte allerdings keine Ahnung, wo die anderen Bestien steckten.

Er tastete sich von einer Vitrine zur nächsten, als er ein anderes leises Klicken hinter sich hörte. Das Ding verfolgte ihn, und je weiter er es von Lucy weglocken konnte, umso besser. Er drehte sich um und schlüpfte in den Zwischenraum zwischen zwei Schaukästen, bis er hinter sich einen weiteren ertastete und stehen blieb. Ein schwaches Schleifgeräusch erregte seine Aufmerksamkeit, und er erstarrte.

Warum griffen die anderen nicht an? Oder waren sie noch leiser als der erste Rhothag?

Dylan ging auf Abstand zu dem Kasten hinter sich, um Bewegungsfreiheit zu haben. Der Rhothag, der Lucy attackiert hatte, war ihm größer vorgekommen als die, die er vorher gesehen hatte. Er musste an die zwei Meter hoch und etwa dreihundert Pfund schwer sein. Andererseits hatte er schon gegen Männer von diesem Kaliber gekämpft und gewonnen, auch wenn es sich dabei nie um Monster mit rasiermesserscharfen Krallen gehandelt hatte.

Im Geiste hörte er Senseis ruhige Stimme. *Deine Arme und Beine arbeiten von allein. Reagiere, bevor der Angriff erfolgt. Denk nicht darüber nach, ob du triffst oder nicht. Tu es einfach!*

Natürlich war auch Sensei nie gegen einen Rhothag angetreten.

Dylan glaubte, Wagners flaches, sehr leises Atmen zu seiner Rechten zu erkennen. Mit ein bisschen Glück musste er überhaupt nicht gegen die erste Bestie kämpfen. Er könnte sie nahe genug heranlassen, sich dann zwischen ihr und Wagner auf den Boden werfen und ihm zurufen, dass er schießen soll. Das könnte funktionieren – *wenn* Wagner einen Treffer landete und *wenn* der Rhothag nicht zu schnell war.

Und *wenn* Lucy nicht zwischen ihnen und dem Rhothag stand.

Er hörte noch ein Tapsen, näher. Er wünschte, er hätte diese Seite des Raums genauer gesehen, bevor das Licht ausging. Auf jeden Fall war das Beste, die erste Bestie gleich hier und jetzt zu erledigen und zu hoffen, dass die anderen Rhothags lange genug in ihrer seltsamen Starre verharrten, um ihnen die Flucht zu ermöglichen.

Noch ein Scharren. Merkte das Ding nicht, welche Geräusche es machte, oder spielte es mit ihnen und wollte Wagner zum Schuss provozieren? Wenn er nämlich jetzt schoss, war es sehr gut möglich, dass er Dylan traf. Aber war diese Kreatur nicht zu blöde, um einen solchen Plan auszuhecken?

Als Dylan ein weiteres Geräusch unmittelbar vor sich hörte, warf er sich zu Boden und schrie, so laut er konnte: »Schieß,

Wagner! Hierher!« Wagner feuerte, Glas zerbarst, und im Mündungsfeuer zuckten schwarze Dolchschatten in alle Richtungen. Eine der Bestien war exakt dort, wo Dylan sie vermutet hatte, doch die Kugeln, die Glasscheiben durchschlugen und Holzrahmen zersplitterten, schienen dem Rhothag nicht das Geringste anzuhaben. Die anderen wirkten immer noch wie erstarrt, weshalb Wagner keine Munition an sie verschwendete.

»Schieß!«, schrie Dylan über den Lärm. »Verdammt, erschieß ihn!«

Aber der Rhothag verschwand immer wieder, und das so schnell, dass die Lichtblitze nicht mit ihm mithielten. Dylan wusste indessen, wohin er wollte. Er sprang auf und lief durch das zerbrochene Glas, obwohl ihm klar war, dass er zu spät kam. Der Rhothag näherte sich Wagner unaufhaltsam, der zurückwich. Auf das hohle Klicken des Magazins folgte ein animalisches Brüllen und gleich darauf das entsetzlich kehlige Geräusch zerreißenden Fleisches sowie ein letzter, stöhnender Atemzug. Gleich darauf hörte Dylan, wie ein Körper zu Boden fiel.

Er wich einen Schritt zurück und verfiel automatisch wieder in Kampfhaltung. Den leise klackernden Lauten nach vermutete er, dass der Rhothag Mühe hatte, das Gleichgewicht zu halten. Dylan war sicher, dass die Bestien nun jederzeit gemeinsam angreifen würden und Lucys und seine letzte Chance darin bestünde, sofort zu verschwinden. Ein Knirschen zu seiner Linken verriet ihm, dass eines der Untiere über das zerbrochene Glas ganz in seiner Nähe trampelte. Wagners Schüsse mussten es verletzt haben, denn es humpelte eindeutig.

Aber es schleppte sich bis auf die Distanz heran, die für den Kampf ausreichte, ehe es stehen blieb. Es war zwar schwächer als zuvor, aber immer noch zum Angriff entschlossen. Um das

Überraschungsmoment zu nutzen, trat Dylan direkt zu, wobei er sich auf dem einen Fußballen drehte und mit dem anderen Fuß eine schnelle sichelähnliche Bewegung vollführte, mit der er dem Rhothag die Füße wegschlug. Dann wechselte er die Stellung und ballte die Faust zum tödlichen Schlag. Sein Körper tat, worauf er ihn trainiert hatte. Er reagierte. Und er begab sich geradewegs in Reichweite der gigantischen Kralle.

Der Prankenhieb traf ihn wie eine Abrissbirne entlang der untersten Rippe. Er flog durch die Luft und krachte in einen der Glaskästen, bevor er in einem Haufen aus Scherben und Holzsplittern landete. Als er mit einer Drehung dem nächsten Hieb ausweichen wollte, hatte er kurzfristig nur eine Hand zur Verteidigung gegen den Fuß frei, von dem er wusste, dass er ihm gleich seinen Brustkorb zerquetschen würde. Bei dem Tritt blieb ihm die Luft weg, aber er schaffte es, den schuppigen Fuß zu packen, seine Daumen zwischen die Mittelfußknochen zu bohren und umzudrehen, womit er das Biest aus dem Gleichgewicht brachte. Als er den Fuß losließ, hörte er, wie der Rhothag nach hinten in einen anderen Schaukasten stürzte. Erschöpft fiel Dylan zurück und betete, dass ihm die Bestie wenigstens Zeit zum Luftholen lassen würde.

Kaum dass er wieder atmen konnte, stützte er sich auf und fühlte plötzlich einen ledrigen Griff unter seiner Hand. Er tastete an dem Griff entlang und stellte fest, dass er zu einem Schwert gehörte. Ohne zu zögern, hob er die schwere Waffe aus dem Scherbenberg und stand gerade auf, als er wahrnahm, dass ihn der Rhothag erneut attackierte. Dylan riss das Schwert in Samurai-Manier mit beiden Händen in die Höhe und schlug damit zu wie mit einem Baseballschläger. Der Griff fühlte sich seltsam vertraut an, und das Gewicht schien gleichsam perfekt gegen Dylans eigenes ausbalanciert.

Der Rhothag blieb abrupt stehen, und in diesem Moment

wurde Dylan klar, dass die Dinger im Dunkeln sehen konnten.

Er ging in einem Fünfundvierzig-Grad-Winkel dorthin, wo er den Rhothag vermutete. Dabei senkte er die Schwertspitze bis hinter seine Hüfte und setzte zu einem großen Bogen an, der auf den Punkt zielte, an dem die Kehle des Rhothag sein müsste. Hoffentlich sprang das Biest zur Seite, so dass er es nicht von der Gurgel bis zum Gedärm aufschlitzte. Als er ein verräterisches Knirschen auf dem Boden hörte, hielt Dylan inne, sprang auf seinen vorderen Fuß und verlagerte den Griff, um das Schwert wie einen Dolch nach unten zu richten. Dann drehte er sich um und stach nach hinten, als sich der Rhothag ihm gerade in den Weg stellte. Dylan fühlte etwas Kaltes und Klebriges, das ihm in den Nacken spritzte, und zum ersten Mal hörte er einen Rhothag vor Schmerz aufschreien. Es klang wie zerreißendes Metall.

Doch noch ehe Dylan seinen anderen Fuß aufsetzen konnte, traf ihn eine steinharte Faust am Kinn, und er stürzte rückwärts in eine weitere der unzähligen Vitrinen. Wieder war sekundenlang nichts außer klirrendem Glas und zerberstendem Holz zu hören, aber diesmal schaffte Dylan es, auf den Beinen zu bleiben.

Der Rhothag schlingerte durch das zerbrochene Glas. In einem Moment war er direkt vor ihm, im nächsten irgendwo links von ihm. Instinktiv duckte Dylan sich auf ein Knie und schwang das Schwert in einem horizontalen Bogen auf Höhe der Schenkel seines Angreifers. Er spürte den Wind, als die Bestie über die schwingende Klinge sprang, und ließ das Schwert ausschwingen, bevor er sich wieder aufrichtete.

Nicht denken, Dylan-san. Tun.

Wenn das eines der Mysterien war, dann würde Dylan liebend gern ohne auskommen! Die schwere Waffe verlangte ihm ungewohnte Anstrengungen ab, und bald würde er vor Erschöpfung zittern, was dem Rhothag gewiss nicht entging. Wütend und blind schwang er das Schwert und hörte, wie die Bestie rückwärtsfiel. Das Krachen der Vitrine dahinter hallte durch den riesigen Raum, gefolgt von den tappenden Schritten auf Scherben.

Doch dann verstummten die Schritte, und das Ding wurde eins mit der Dunkelheit. Dylan hatte es verloren und spürte nichts außer der erdrückenden Finsternis über seinem Haupt.

»Komm raus, du Scheißkerl, damit ich dich fertigmachen kann!«, murmelte er.

Die Worte waren sowohl zu seiner eigenen Ermutigung gemeint als auch an Lucy gerichtet. Er wollte sie wissen lassen, dass es ihm noch gutging. Aber was war, wenn es *ihr* nicht gutging? Nein, das würde er doch *spüren*, oder? Er war sicher, dass er ihre Anwesenheit fühlte.

»Ich habe ein Schwert und damit einen der Schweinekerle erwischt!«, rief er.

Da gab es eine Luftbewegung. Instinktiv kniete Dylan sich hin und stützte den Schwertgriff auf, so dass die Spitze der Klinge wie ein Dorn nach oben gerichtet war. Das Ding wich im letzten Moment seitlich aus, aber Dylan konnte das Schwert nach hinten schwingen und fühlte, wie die Spitze durch festes Fleisch schnitt. Wieder folgte ein Schmerzensschrei. Dylan sprang auf, rutschte jedoch aus und merkte, dass er in Rhothag-Blut stand. Vielleicht war es nicht genug, um davon auszugehen, dass die Bestie tot war, aber immer noch eine solche Menge, dass das lautlose Treten darin schwierig würde.

Etwas flog an seinem Gesicht vorbei, und er bückte sich automatisch, ehe eine Kralle über seinen Kopf hinwegschwang.

»Unten bleiben!«, rief er Lucy zu. »Die Bestie kann uns sehen!«

Dylans Ruf bestätigte nur, was Lucy längst fürchtete. Sie war genauso blind und gefangen wie immer, nur dass sie früher allein gewesen war. Wieder bewegte sich etwas, näher an ihrem Kopf, und das Adrenalin gab ihr die Kraft, die sie brauchte. Es gelang ihr, unter dem umgekippten Schaukasten hervorzukommen und unter einen anderen zu kriechen. Sobald sie dort war, stieß sie die Vitrine um, die krachend auf dem Boden landete.

»Lucy?«, rief Dylan.

»Ich suche eine Waffe!«, antwortete sie und tastete mit zitternden Fingern die Scherben ab. Sie fühlte Bücher, Kelche, ein paar alte Stöcke oder vielleicht Knochen und reichlich Samt. Entschlossen stand sie auf und schritt durch die Dunkelheit, bis sie an den nächsten Kasten kam, den sie ebenfalls umwarf.

»Komm zu mir!«, rief Dylan. »Wir verschwinden.«

Aber sie wusste, dass die Rhothags sie auf keinen Fall zu ihm lassen würden. Wieder tastete sie durch zerbrochenes Glas und Holzsplitter, fühlte Papier und Stoff, jedoch nichts, was einer Waffe ähnelte. Leider übertönte sie dabei alle anderen Geräusche.

»Lucy, stopp!«, befahl Dylan. »Er kommt zu dir!«

Dylan schlug mit dem Schwert in die Richtung, aus der er knirschende Scherben hörte, als das Ding wieder an ihm vorbeischlurfte. Da es immer noch auf ihn losging, hatte er ihm wohl nur einen Arm und nicht den Kopf abgeschlagen. Gleich darauf ertönte noch ein entsetzlicher Schrei, und das Untier wurde wilder denn je. Dylan konnte nur zurückweichen und weiter das Schwert vor sich herschwenken, bis er schließlich unsanft mit dem Rücken gegen die Wand stieß. Und nun stürzte sich die dunkle Bestie auf ihn.

Lucy wühlte den verschütteten Vitrineninhalt durch, ohne darauf zu achten, dass ihr die Scherben zahlreiche Schnitte zufügten. Es musste doch *irgendetwas* da sein, das sie benutzen konnte! Aber sie fühlte nur noch mehr Bücher, eine kleine Holzschachtel mit Schmuckspangen und dann ... Steine. Sie nahm einen in jede Hand und sprang auf.

»Dylan!«, schrie sie. »Wo bist du?«

Sie hielt einen der Steine über den Kopf, um ihn in die Richtung seiner Stimme zu werfen und damit hoffentlich den Rhothag zu treffen. Doch als sie ihn fest umklammerte, schien er plötzlich zu Leben zu erwachen und strahlte ein grelles Licht aus, das den gesamten Raum erleuchtete.

Den Rhothag traf es mit voller Wucht, und er brach in ein Geheul aus, das noch weit gruseliger klang als alle vorherigen Schmerzenslaute. In seiner Panik schlug er sich die verbliebene Kralle vor die Augen und ging in die Knie, um den leuchtend goldenen Strahlen auszuweichen. Dylan trat eilig von der Mauer weg und schlug dem Ding mit einem Hieb den Kopf ab, worauf es zu Boden polterte und eine Blutfontäne über die Fliesen spritzte. Dann hob Dylan sein Schwert wieder und blickte sich rasch nach den anderen um.

Aber da waren keine anderen Rhothags. Was er in jener schrecklichen ersten Sekunde für die Monster gehalten hatte, waren riesige Schaufensterfiguren, die in alle möglichen Kampfanzüge gekleidet waren – von mittelalterlichen Rüstungen bis hin zu etwas, das nach gegerbter Schlangenhaut aussah. Auch nackte Krieger waren darunter, die Steinäxte schwangen und sich mit Lederschilden schützten, sowie ein einsamer Samurai, der mit erhobenem Schwert weit hinten im Raum stand.

»Wagner?«, flüsterte Lucy.

Dylan sah sich in dem gewaltigen Saal mit der hohen Decke

um. Hunderte von Schaukästen füllten ihn beinahe vollständig aus, von denen mindestens zwanzig umgekippt zwischen Scherben und zersplittertem Holz lagen. Dylans Blick fiel auf einen Bereich, in dem es aussah, als wären vier der Vitrinen zusammengestoßen. »Lass mich nachsehen.«

Er musste sich allerdings beeilen, um Lucy zuvorzukommen, und betete, dass Wagner nur bewusstlos war. Obwohl es ihm wie eine Ewigkeit vorgekommen war, wusste er, dass der Kampf in Wirklichkeit nur wenige Minuten gedauert hatte. Wagner könnte also noch am Leben sein.

War er nicht. Die Bestie hatte ihn nahezu vollständig ausgeweidet und in der riesigen Lache aus seinem Blut liegen lassen. Lucy kniete sich schluchzend neben die Leiche und drückte Wagners Kopf an ihre Brust. Der Anblick fuhr Dylan bis ins Mark. Wagner war ihnen beiden in die Hölle gefolgt und hatte sein Leben verloren, als er sie beschützen wollte.

Schließlich beugte Dylan sich vor und löste Lucys Hände von Wagners Kopf, den er behutsam zurück auf die Fliesen legte. Als er ihr in die Augen sah, erkannte er darin den Schmerz der ganzen Welt.

»Es tut mir leid«, flüsterte er.

»Ich hätte nicht zulassen dürfen, dass er mit hierunter kommt.«

»Du hättest ihn nicht aufhalten können.« *Warum* brauchte er ihr nicht zu sagen. »Vielleicht hätte ich ihn abhalten können, aber ich ließ ihn mitkommen.«

»Er hat mir so oft das Leben gerettet! Er rief mich an und sagte mir, ich solle nach Merly kommen, und ich vertraute ihm nicht. Er beschützte mich, als die Rhothags uns auf einem Feld überfielen, und ich traute ihm immer noch nicht. Dabei wollte er nie etwas anderes als mich beschützen!«

Tränen rannen ihr übers Gesicht, als Dylan sie sanft nach oben zog.

Sie sank an seine Brust, und er legte die Arme um sie, bis sie aufhörte, zu schluchzen. Als er sie von der Leiche wegführte, blickte Lucy sich mit tränennassen Augen im Raum um. Sie betrachtete die zerschlagenen Vitrinen, die merkwürdigen Kriegerstatuen und die Glühsteine, die sie neben Wagners Leichnam fallen gelassen hatte. Dann wandte sie sich zu Dylan und blickte ihn fragend an.

»Warum siehst du mich so an?«

»Du siehst aus wie einer von ihnen«, antwortete sie und zeigte zu den Kriegerfiguren. »Man könnte meinen, du würdest schon dein ganzes Leben mit diesem Schwert kämpfen.«

»Ja«, bestätigte er nachdenklich und hielt die Waffe ins Licht. »Es zu halten, fühlte sich erstaunlich gut an, auch wenn ich nicht erklären kann, wieso.«

Sie beugte sich vor und sah auf die Klinge. »Da ist etwas eingraviert.«

Solch eine Schrift, sofern es sich überhaupt um eine Schrift handelte, hatte Dylan noch nie gesehen. Sie bestand nur aus scharfen Strichen und Vielecken. Wieder blickte Dylan sich im Raum um. Sie waren in einem richtigen Museum. Zwischen den Vitrinen aus Walnussholz und Glas und den Statuen waren die Gänge gerade breit genug, dass eine Person hindurchgehen konnte. »Wenn dieser Saal dieselbe Grundfläche hat wie das Haus oben, dann hoffe ich inständig, dass Remedios weiß, wonach er sucht.«

Lucy blickte wieder auf den toten Wagner, und Dylan war klar, dass er sie dringend auf andere Gedanken bringen musste. Sie beide konnten später noch trauern, aber im Moment sollten sie einen kühlen Kopf bewahren.

»Okay«, sagte er, »ich bringe dich jetzt hier raus.«

Sie schüttelte den Kopf. »Wir müssen den Eingang finden. Es kostet dich viel zu viel Kraft, jeden rein- und rauszubringen.«

So gern er auch schnell wieder nach draußen käme, leuchtete ihm ihr Argument ein.

»Sehen wir uns die Tür dort an«, schlug er vor und zeigte auf das andere Ende des Raums, wo eine kleine dunkle Öffnung zu erkennen war.

»Ich will Wagner nicht zurücklassen«, flüsterte sie.

»Wir lassen ihn nicht zurück. Wir suchen einen Ausgang, und sobald wir ihn gefunden haben, kümmern wir uns um ihn.«

Der Inhalt der Schaukästen war ein wahres Sammelsurium aus den unterschiedlichsten Waffen, Büchern, Tafeln, Papyrusrollen, aber auch Büscheln getrockneten Grases oder geschliffenen Halbedelsteinen in merkwürdigen Formen. Auf vielen der Gegenstände klebten Schilder mit Ort und Zeitpunkt des Fundes, dem Entdecker und einer Kombination aus Nummern und Buchstaben, die, wie Dylan vermutete, auf einen Katalog verwies.

»Ich glaube, das meiste hier sollen Artefakte aus früheren Schlachten sein«, sagte Lucy und blickte auf eine Vitrine, in der ein mumifizierter Arm ausgestellt war. An einem Finger steckte ein glänzender Ring aus massivem Gold, und Dylan bemerkte, dass einige der Zeichen auf dem Ring mit denen auf seinem Schwert übereinstimmten.

Im nächsten Raum fanden sie praktisch dasselbe vor, nur dass hier die Schaukästen an den Wänden standen und bis zur Decke reichten. Darin hingen noch mehr Schwerter, Speere, Dreizacke und seltsam aussehende Geräte, von denen einige Peitschen ähnelten, andere Hämmern oder Äxten, wenn auch in ungewöhnlichen und kunstvollen Formen. Viele von ihnen wiesen ebenfalls die fremdartigen Schriftzeichen auf, manche aber auch Hieroglyphen oder eigenartig geschwungene Ziffern.

Der Raum danach war bis zum Bersten mit Aktenschränken gefüllt, und Dylan bemerkte, dass die Schubladen numeriert waren. »Das muss der Katalog sein.«

»Irgendetwas ist in diesem Raum gestorben«, sagte Lucy und rümpfte die Nase. Gleich darauf stiegen ihr wieder Tränen in die Augen, und Dylan zog sie eilig weiter.

Schließlich kamen sie zu einer Holztreppe mit einem abgegriffenen Geländer, die geradewegs in den Beton über ihnen zu führen schien. Sie fanden weder einen versteckten Knopf noch einen Hebel, und an der Decke war nichts zu sehen, was auf eine Luke hinwies.

»Das ist idiotisch«, stellte Dylan fest, setzte sich auf eine der unteren Stufen und stellte das Schwert zwischen seinen Beinen ab. »Diese Treppe ist eine Tarnung.«

»Warum sollten sie den Ausgang tarnen?«, überlegte Lucy laut. »Irgendeine Öffnung muss da oben sein.«

»Ich kann nichts erkennen. Du?«

Sie sah hinauf. »Versuch mal, dagegenzudrücken.«

»Drücken?«, wiederholte er entgeistert. »Das ist eine Stahlbetonplatte! Die wiegt an die hundert Tonnen.«

»Vielleicht ist sie nicht so schwer, wie du denkst.«

Seufzend stand er auf, kletterte die Treppe halb hinauf und senkte dann das Kinn auf die Brust, um nicht mit dem Kopf gegen die Decke zu stoßen, bevor er eine Hand nach oben stemmte. Nichts geschah.

»Lucy«, sagte er, »ich bin sicher, dass ich alle hier reinbringen kann. Es gibt keinen Grund, es anders zu versuchen.«

»Nein, selbst wenn du dich dabei nicht vollkommen verausgabst, kannst du nicht alle auf einmal herbringen, und ich persönlich finde diese Art des Hin- und Herblitzens nicht besonders komisch. Nimm beide Hände.«

»Jesses«, murmelte er, stellte das Schwert auf der Treppe ab und stemmte beide Hände gegen den Beton. Als sich ein rechteckiges Betonstück nach oben bewegte, fiel er beinahe vornüber. Er fing sich gerade noch und beobachtete verwundert, wie der Stein langsam wieder herunterglitt und die Spalten wie von Zauberhand verschwanden.

»Ich glaub's nicht!«, flüsterte er.

Noch einmal stemmte er den Beton mit aller Kraft, doch er war einfach zu schwer und sank immer wieder nach unten.

»Du musst mir helfen«, keuchte er.

Sie drängte sich neben ihn auf die schmale Stufe, und Dylan atmete ihren Duft ein. Er wandte sich ab und konzentrierte sich auf das Gewicht über ihnen, aber er wusste, dass sie es bemerkt hatte.

»Jetzt!«, sagte sie. Gemeinsam schafften sie es, den Stein gerade weit genug zu heben, bis ein verstecktes Gegengewicht übernahm und ihn vollständig in den Keller des Burgfrieds hob.

»Geh die anderen holen!«, forderte Dylan sie erschöpft auf.

»Wir holen sie beide«, entgegnete sie in derselben Stimme wie Ronnie, wenn sie keine Widerrede duldete. »Ich gehe nicht allein, und ich lasse dich nicht hier.«

Der gigantische Umfang der Sammlung versetzte sogar Remedios in Staunen. Er wanderte von Raum zu Raum, pries dies und jenes Stück oder kratzte sich ratlos am Kinn, wenn er vor einem Gegenstand stand, den er nicht zuordnen konnte. Als sie in den Raum kamen, in dem der Kampf stattgefunden hatte, wurde Remedios sehr ernst, während Baxter und Crank erst Wagners Leiche untersuchten, dann die des Rhothags.

»Sie haben das Biest mit einem Schwert getötet?«, fragte Baxter ungläubig.

Dylan breitete die Arme aus, um ihnen die Risse in seinem Hemd zu zeigen, wo die Krallen nur knapp seinen Oberkörper verfehlt hatten.

»Das dürfte kein gewöhnliches Schwert sein«, sagte Remedios. »Vergessen wir nicht, dass wir hier von Artefakten aus alten Schlachten umgeben sind. Wir können eine Menge von ihnen lernen.«

»Scheiße!«, sagte Crank, der den abgetrennten Arm des Rhothags am Bizeps hochhielt und die Hand genauer betrachtete. Als Baxter sich zu dem grausigen Fund hinunterbeugte, wandte Crank den Kopf ab.

»Verflucht!«, flüsterte Baxter und pfiff leise durch die Zähne.

»Was ist los?«, fragte Dylan, der auf den einen Finger starrte, an dem ein breiter Silberring mit drei Reihen Diamanten und einem Saphir in der Mitte steckte.

Baxter sah Crank an. »Das ist Clayborns Ring.«

Crank schleuderte den Arm gegen die Wand und bedachte ihn mit einem vernichtenden Blick.

»Dann war es kein Zufall, dass der Rhothag hier war«, sagte Remedios. »Er muss nach der Veränderung hier unten gefangen gewesen sein.«

»Jeder hätte den Ring stehlen können«, raunte Crank verbittert. »Die Bestie hat Clayborn vielleicht getötet.«

Baxter dachte nach. »Mir ist nie aufgefallen, dass Rhothags sich für Schmuck interessieren.«

»Wie konnte überhaupt einer herkommen, wenn es stimmt, dass der Burgfried auf geheiligter Erde steht, wie Sie sagen?«, fragte Dylan.

Remedios hob die Schultern. »Wenn das Clayborn *war*, würde ich vermuten, dass die Qedem Melech ihn benutzten. Und am Ende muss er ganz zur anderen Seite gewechselt sein. Wenn Sie sich die Falltür genau ansehen, werden Sie feststellen, dass sich zwischen den beiden Betonschichten noch eine Schicht befindet, die ähnlich wie Erde aussieht. Meiner Meinung nach stammt sie nicht aus unserer Welt. Wenn sich so eine Schicht auch in den Wänden und im Boden befindet, wovon ich überzeugt bin, dann schirmt sie diese Sammlung vollständig von der geheiligten Erde ab. Als Clayborns Veränderung einsetzte, oder wer auch immer das war, muss er schon hier unten gewesen oder sehr schnell hierhergeflohen sein. Den Boden, der von einem höheren Wesen berührt worden war, konnte er als Dämonartiger ja nicht mehr betreten.«

»Dämon?«, wiederholte Dylan. »Halten Sie die Rhothags für Dämonen?«

»Nicht ganz«, antwortete Remedios. »Die wahren Dämonen

sind die Ewigen und ihre Lakaien auf der anderen Seite. Solche Kreaturen«, er zeigte wieder auf die Leiche, »entsprechen eher dem, was wir uns unter Besessenen vorstellen – Gespenster oder Monster, die ihre Seelen an die andere Seite verkauft haben. Die wirklichen Dämonen, die Ewigen, waren niemals menschlich. Wenn Sie sich diese Schaukästen ansehen, werden Sie gewiss reichlich Figuren und Götzenbilder finden, die diesen Rhothags ähneln, wie auch noch viel scheußlicheren Wesen, die Sie sich in Ihren kühnsten Träumen nicht ausmalen. *Dämon* ist nur ein Name, den man in unserer Zeit Kreaturen gibt, die auf der dunklen Seite leben.«

»Sollen sie ruhig kommen!«, knurrte Crank und trat mit dem Fuß gegen den abgeschlagenen Kopf.

»Glauben Sie, dass Sie hier unten finden, was Sie brauchen?«, fragte Lucy. »Wissen Sie überhaupt, wonach Sie suchen?«

»Nein.«

Auf diese Antwort hin trat allgemeines Schweigen ein.

»Na, Sie werden doch eine grobe Vorstellung haben«, sagte Dylan schließlich.

»Leider nein. Ich weiß nur, dass die Antwort hier sein muss, wenn sie überhaupt irgendwo ist.«

»Nun dann, Pater«, sagte Baxter. »Ich schlage vor, du fängst an, zu suchen!«

Remedios nickte und begann, die Schaukästen zu inspizieren. »Kann ich einen dieser Steine ausleihen?«, fragte er Lucy.

»Da drüben liegen noch mehr«, antwortete sie und zeigte ihm den Steinhaufen, der noch inmitten der Scherben und Holzsplitter lag.

Remedios nahm sich einen handtellergroßen Stein und ließ sich von Lucy erklären, wie er ihn drücken musste, damit er leuchtete. Alle anderen nahmen sich ebenfalls mindestens einen Stein.

»Die Dinger sind wie Magie«, stellte Baxter fest.

Remedios lächelte. »Durch den Wandel der Zeiten und die Plünderungen von Qedem Melech haben wir viel Wissen aus den früheren Zeitaltern verloren. So viel Magie ist …«

»Tja, ein bisschen Magie können wir jetzt verdammt gut gebrauchen!«, murmelte Crank. »Hilft mir jemand, diese Leichen wegzuschaffen?«

Dylan runzelte die Stirn, als er Lucys Entsetzen sah. Crank besaß keinen Funken Taktgefühl.

»Pater, würden Sie Wagners Begräbnis abhalten?«, fragte Lucy, die sichtlich mit den Tränen kämpfte.

Remedios nickte traurig. »Einem so edelmütigen Mann wie Wagner das letzte Geleit zu geben, wird mir eine Ehre sein.«

Sie wickelten Wagner in eine Decke, und Dylan trug ihn mit Baxter hinaus. Als sie in den letzten Raum mit den Aktenschränken kamen, mussten sie nach einem breiteren Gang suchen als dem, durch den sie gekommen waren. Plötzlich blieb Baxter stehen. Dylan lehnte sich an ihm vorbei, um zu sehen, was dort war.

Als sein Verstand begriff, was seine Augen sahen, ließ er Wagner langsam herunter und stolperte an Baxter vorbei.

Da stand ein großer Messingsarg, zerkratzt und angelaufen von Jahren in der Erde und einer kürzlichen Exhumierung. Hier also war Ronnie hingebracht worden, von Clayborn! Aber warum? Hatte er versucht, ihr durch irgendein altes Ritual ihr Talent zu entlocken? Was war mit ihrer Leiche geschehen? Dylan hörte die anderen nicht, die zu ihm kamen, aber er sah Baxter, der den Deckel öffnete.

Der Sarg war leer, das weiße Tuch darin so rein und glatt wie an dem Tag, als der Deckel geschlossen worden war. Dylan kniete sich neben den Sarg und strich mit zitternden Fingern über den Stoff. Eine leichte Note von Rosenblättern stieg aus dem Sarg, Ronnies Lieblingsduft. Als er wieder aufblickte, sah Lucy ihn mit traurigen Augen an.

»Was zur Hölle ...?«, fluchte Crank, der erst jetzt kam. »Scheiße!«

»Glauben Sie immer noch, dass Clayborn von einem Rhothag getötet wurde?«, fragte Dylan wütend.

Crank schüttelte den Kopf und murmelte: »Tut mir leid.«

Ohne ein weiteres Wort ging Dylan wieder zu Wagners Leiche und trug sie mit Baxter die Treppe hinauf.

Als sie zurückkehrten, sahen sie, dass Crank eine bedrohlich aussehende Schlachtaxt gefunden hatte und damit Clayborns Leiche zerhackte. Erstaunlicherweise sah die Beilklinge aus, als wäre sie frisch poliert, und der lederumwundene Griff glänzte noch.

»Ich dachte, so ist er besser zu tragen«, sagte Crank, als er Dylans angewiderten Gesichtsausdruck bemerkte.

Während er und Baxter die blutigen Überreste nach oben brachten, blieb Lucy neben einem der hohen Schränke stehen und rümpfte die Nase.

»Wir brauchen wohl noch ein paar Gräber mehr«, sagte Crank und starrte auf die Flügelschranktüren, die gerade aufgeschwungen waren.

Als Dylan um Baxter herumging, schlug ihm ein entsetzlicher Verwesungsgeruch entgegen. Viel war nicht mehr übrig, auch wenn die Leichen eindeutig frisch waren. Keine davon war Ronnie.

»Daher kommt der Gestank«, sagte Baxter. »Es war also keine *Magie*, was den Boss so lange überleben ließ.«

Nachdem auch die letzte Schaufel Erde auf Wagners Grab geworfen war, sprach Remedios ein abschließendes Gebet. Die Grabrede hatte in einer Aufzählung von Wagners herausragenden Eigenschaften und in einer flehentlichen Bitte an Gott bestanden, dass er Wagners Seele zu sich nehmen möge. Dylan fiel auf, wie wenig er über den Mann wusste. Er hielt Lucy im Arm, die leise weinte. Auch Baxter wischte sich Tränen von den Wangen, und sogar Remedios drohte immer wieder die Stimme zu versagen.

Dylan sah zu Crank und wunderte sich nicht, dass dessen Augen trocken blieben. Zugleich schien er einen inneren Kampf auszufechten, und Dylan verstand auch, warum. Crank hatte sein ganzes Leben für eine sehr gefährliche Aufgabe unter einem Mann gearbeitet, der, wie nun erwiesen war, eine Lüge lebte. Er hatte Wagner herabgesetzt, Remedios des Verrats an den eigenen Leuten bezichtigt und alles getan, um die Wahrheit zu leugnen, bis sie ihm mit der Ermordung Wagners buchstäblich ins Gesicht geschleudert wurde. Wie stand er jetzt da?

Dylan drückte Lucys Schulter.

»Er hat etwas Besseres verdient als nur ein Loch in der Erde«, sagte sie.

»Wenn wir das hier überstehen, besorgen wir ihm einen Stein.«

»Einen großen – groß genug, dass auch Blondie mit draufpasst.«

»Ja, versprochen.«

Als sie wieder im Haus waren, folgten sie Remedios hinunter in den Aktenraum, wo er mehrere der Leuchtsteine oben auf die Schränke legte und blinzelnd das Rückenschild eines faustdicken Ordners studierte.

»Etwas Interessantes?«, fragte Lucy.

Remedios schüttelte den Kopf und schlug mit der Faust auf einen Papierstapel. »Sie hätten mich vor Jahren hier hereinlassen sollen! Diese Sammlung ist ein hoffnungsloses Chaos. Artefakte aus dem ersten Zeitalter sind mit Texten aus dem letzten vermischt. Sie haben Bücher über Teufelsanbetung, die genauso falsch sind wie die Rollen vom Toten Meer.«

»Die Schriftrollen sind nicht falsch«, widersprach Dylan und sah von einem zum anderen. »Oder?«

Remedios lachte nur. »Fangen Sie alle an, diese Akten zu sichten«, sagte er und zeigte auf die Aktenschränke. »Suchen Sie nach Texten über frühere Schlachten.«

»Nach Texten?«, fragte Lucy.

»Alles hier bezieht sich in der einen oder anderen Form auf die Schlachten, aber ich gehe nicht davon aus, dass uns die Artefakte viel verraten. Finden Sie etwas, das von den Schlachten berichtet, und möglichst etwas, das Clayborn mir nie gezeigt hat.«

Sie begannen, die Schubladen durchzusehen, in denen sie staubbedeckte Papiere über Taxonomie, Archäologie, Paläontologie, Sternenanbetung, Teufelsanbetung und altertümliche Waffen fanden. Lucy entdeckte sogar eine Akte über Teddy Roosevelt. Wie es schien, war er ebenfalls aktives Mitglied von Rex Deus gewesen. Aber nirgends war ein Text über frühere Schlachten mit den Ewigen oder irgendein Hinweis darauf, wie man sie besiegen konnte. Lucy bemerkte, dass Dylan sich vor allem auf die größeren Schränke ohne Glastüren konzentrierte. Sie wartete, bis er auch in den letzten Schrank gesehen hatte.

»Sie ist nicht hier«, flüsterte Lucy, nahm seine Hand, drückte sie und legte sie über sein Herz. »Selbst wenn du ihre Leiche findest, sie ist nicht da drin. Sie ist hier drinnen.«

Er nickte. »Ich musste nachsehen.«

»Ich weiß.«

Remedios blätterte seufzend einen Stapel Papiere durch, ehe er sie auf einen der Aktenschränke warf. »Ich hatte mir eingeredet, dass ich nur herkommen müsste, und schon würde ich instinktiv wissen, was ich suche. Ich hatte wohl eine Art göttliche Eingebung erwartet.«

»Wenn niemand je die Antwort gefunden hat, wie kommen Sie dann darauf, dass wir sie finden können?«, fragte Baxter.

»Weil wir alle verloren sind, wenn wir sie nicht entdecken.«

»Können Sie uns denn gar keinen Hinweis geben?«, fragte Lucy und blickte auf die Hunderte von Glasschränken.

»Suchen Sie nach Hoffnung«, sagte Remedios.

Sie öffneten einen Schrank nach dem anderen und riefen sich gegenseitig zu, wenn sie etwas Interessantes gefunden hatten. Als Dylan auf eine Auslage mit Schriftrollen, Tellern und flachen Porzellanstücken stieß, die mit derselben eckigen Schrift versehen waren wie sein Schwert, holte er den alten Priester herbei. Remedios suchte die Akte zu der Katalognummer und folgte Dylan in den Ausstellungsraum, wo er jeden einzelnen Gegenstand vorsichtig hochhob und untersuchte.

»Ist es das?«, fragte Dylan unsicher.

Remedios blickte auf das Papier in seinen Händen, dann auf die Gegenstände. »Vielleicht ist es hier«, antwortete er. »Das ist einer der Kästen, die als *nicht dechiffriert* gekennzeichnet sind. Im letzten Jahrtausend konnte Rex Deus die meisten der alten Inschriften übersetzen, aber diese hier blieben unübersetzbar. Und aus irgendwelchen Gründen haben sie sie mir niemals gegeben, damit ich sie genauer untersuchen konnte.«

»Das verstehe ich nicht«, sagte Dylan. »Wenn das Zeug so alt ist, wie Sie sagen, wie konnte es dann überhaupt jemand übersetzen? Wir können ja noch nicht einmal Schriften entziffern, die aus unserem Zeitalter stammen, und selbst über die ägyptischen Hieroglyphen würden wir nicht annähernd so viel wissen, wären wir nicht über den Rosetta-Stein gestolpert.«

Remedios lächelte. »Sie vergessen, wie alt Rex Deus ist. In jedem Zeitalter haben die überlebenden Mitglieder so viel Wissen über die Welt wie möglich weitergereicht und multilinguale Wörterbücher zusammengestellt. Natürlich sind sie unglaublich alt und unvollständig. Sie finden ein paar davon hinten im Aktenraum.«

»Und so lernten Sie, diese Sachen zu übersetzen?«

»Ja, außerdem gab Gott mir ein Sprachtalent. Das ist *meine* Gabe.«

Remedios betastete ein Paar runenbemalte Goldplatten. Dabei sanken seine Augen tief in die Höhlen, und als er wieder sprach, klang seine Stimme fremd.

»Die Ewigen waren die Ersten der Ersten. Sie beherrschten dieses Reich, und jeder Rhothag darin war ihr Lakai. Die Zeit ihrer Herrschaft war wie die Zeit des Steins und ihre Macht die der Dunkelheit. Sie kannten keinen Anfang und kein Ende, und ihr einziger Gedanke war der Hunger.«

Die Worte hallten durch den weiten Raum und legten sich wie eine kalte Last auf Dylans Schultern.

»Nach einer Zeit und einer weiteren jenseits des Wissens erschien der eine Gott im Reich der Ewigen, und er sah ihr

Übel und schuf das Licht. Und die Ewigen wurden in die Finsternis vertrieben, wo sie leben mussten, da sie das Licht des Herrn nicht schauen konnten. Und in dieses Licht hinein schuf der Herr die Menschen, damit sie darin lebten. Und es war gut.

Und in diesem ersten Zeitalter der Menschheit geschahen viele Wunder auf Erden. Menschen flogen wie Vögel über den Himmel und schwammen unter den Fischen des Meeres. Und sie übernahmen die Herrschaft über die Dunkelheit, welche die halbe Erde bedeckte, und machten auch sie sich zu eigen, und die Ewigen warteten ab. Und es trug sich zu, dass die Ewigen in ihrer Zeit die Dunkelheit selbst über das Licht brachten, in dem der Herr regierte, und die Menschen vor sich hertrieben wie der Jäger das Getier, und der Tag wurde wieder zur Nacht. Und in jener Zeit erfüllten große Trauer und Wehklagen die Luft, denn die Saat der Menschheit wurde von der Erde getilgt, und der Hunger der Ewigen zog einer Sense gleich über das Land, und die Menschen des Herrn wurden gefangen und wie Vieh benutzt, als Feldtiere und Fleisch auf dem Tisch, bis nur noch wenige von ihnen auf Erden waren. Am Ende jener Zeit erhob sich eine große Kriegerin, gewandet in der Rüstung des Herrn, und begab sich in die Schlacht gegen die Ewigen auf den Feldern von Raziman und Elduerer. Hier war es, wo Shirath fiel.«

»Was zum Teufel soll uns das sagen?«, fragte Crank, der immer noch die Axt umklammerte.

Remedios schüttelte den Kopf. »Diese Runen sind in einem Dialekt aus dem letzten Menschheitszeitalter. Diese Platten rezitieren die ›Ballade von Shirath‹. Es gibt viele solche Texte in anderen Dialekten.«

»Ich weiß nicht, wieso, aber allein das zu hören, macht mir eine verdammte Angst«, sagte Dylan.

»Mir auch«, pflichtete Lucy ihm fröstelnd bei.

»Es ist ein Märchen, das wir alle in uns tragen, ohne dass es uns je erzählt wurde. Wir Menschen haben eine tiefe, dunkle Vergangenheit, die wir spüren. Sie ist das kollektive Gedächtnis, das vermutlich in unseren Zellen angelegt ist. Wir wissen einfach, alle von uns. Die Geschichten gleichen sich im Grunde. Die Ewigen waren hier, dann kam der Herr, schuf das Licht und den Menschen, worauf die Ewigen vertrieben wurden, schließlich aber zurückkehrten und die Menschheit besiegten. Selbst die Bibel, die unvollständig ist und sich nicht näher mit den vorherigen Zeitaltern befasst, erwähnt die Tatsache, dass *es in jenen Tagen Riesen auf Erden gab.* Gemäß der mündlichen Überlieferungen von Rex Deus waren es jeweils die Letzten Ihrer Linie, Lucy, die sich in die abschließende, entscheidende Schlacht hinausbegaben. Shirath gehörte dazu.«

Als Lucy stumm blieb, wandte sich der alte Mann an Dylan.

»Lassen Sie mich das Schwert ansehen«, bat er.

Dylan legte die schwere Waffe oben auf die Vitrine.

»Das sind dieselben sehr alten Inschriften«, erklärte Remedios nachdenklich. »Ich glaube, sie stehen für den Namen des Schwertes.«

»Und wie heißt es?«, fragte Lucy.

»Die freie Übersetzung wäre ›Geisterschwert‹. Nein, wörtlich übersetzt, heißt es wohl eher etwas wie … Seelenbeil.«

»Ziemlich unheimlicher Spitzname«, stellte Baxter fest.

»Der Inschrift nach«, fuhr Remedios fort, »wurde es in den Feuern von etwas namens Athenius geschmiedet und sollte nie als Waffe gegen Menschen gerichtet werden.«

Dylan stutzte. »Sie meinen, es wurde eigens für den Kampf gegen Rhothags gefertigt?«

»Ich kann nur sagen, was hier steht«, antwortete Remedios

achselzuckend und drehte das Schwert vorsichtig um. Als er die Inschrift direkt unter dem Schwertgriff las, weiteten sich seine Augen.

»Was steht da?«, fragte Dylan.

»Lassen Sie mich jetzt eine Weile allein«, bat Remedios. »Ich muss nachdenken.«

»Aber was bedeuten die Zeichen?«, beharrte Dylan.

Remedios sah ihn eine Weile schweigend an, ehe er antwortete: »Shirath. Sie bedeuten Shirath.«

»Dann gehörte das Schwert der Frau, die in der letzten Schlacht starb?«, fragte Baxter ungläubig.

»Ich kann nur sagen, was hier steht.« Remedios wandte sich ab. »Shirath war im letzten Zeitalter wahrscheinlich genauso beliebt wie David und Goliath in unserem. Es kann Tausende von Schwertern mit dieser Inschrift gegeben haben.«

»Aber das glauben Sie nicht«, sagte Dylan.

»Ich weiß nicht, ob diese Waffe tatsächlich einer Kriegerin namens Shirath gehörte oder nicht. Und ebenso wenig weiß ich, ob das von Belang ist. Aber offensichtlich scheint das Schwert eine probate Waffe gegen Rhothags zu sein. Und Ihre Vorliebe dafür könnte weit bedeutender sein als die Frage danach, wer es vor Ihnen führte.«

»Da ist noch etwas.« Lucy sah den alten Priester eindringlich an. »Was verschweigen Sie uns?«

»Manche Dinge bleiben besser ungesagt.«

»Und manche nicht«, konterte Dylan. »Also?«

Plötzlich wirkte der Priester noch älter. Sein Gesicht fiel gleichsam ein, und ein trauriger Schleier legte sich über seine Augen. »Das meiste, was wir über die früheren Zeitalter und Schlachten wissen, ist von Mythen verschleiert, hier und da beschönigt, an anderen Stellen lückenhaft. Wir haben keine Ahnung, wie verlässlich die Berichte sind.«

»Aber?«, hakte Baxter nach.

»Aber die ›Ballade von Shirath‹ besagt, dass eine Sonne verging zwischen Shiraths Aufnehmen des Schwertes und ihrem Tod und dass es in Shiraths Linie stets so war.«

»Das heißt, wir haben weniger als einen Tag, um herauszufinden, wie wir die Ewigen schlagen«, flüsterte Lucy und blickte sich in dem riesigen Raum um.

»Lasst mich jetzt allein«, bat Remedios nochmals. »Ich kann nicht denken, wenn alle auf mich einreden.«

Stundenlang suchten sie weiter, ohne dass sie etwas fanden, was sie für wert hielten, damit den Priester zu stören. Schließlich waren sie alle so erschöpft, dass sie ihn allein ließen und sich oben in die Bibliothek begaben, wo Baxter ein Feuer im Kamin machte.

»Der Alte kann uns also nicht mehr sagen, als dass unsere Zeit abläuft«, stellte Crank stirnrunzelnd fest.

»Wir sind schon ein merkwürdiger Heldentrupp«, sagte Dylan. »Falls wir wirklich da rausgehen und gegen die Mächte der Dunkelheit kämpfen sollen, dann wäre mir, ehrlich gesagt, eine Atombombe oder so etwas lieber.«

»Wo kommen denn die ganzen Krähen her?«, fragte Baxter plötzlich.

Alle sahen zu den großen Fenstern.

Am Himmel wimmelte es von tintenschwarzem Gefieder. Millionen von Rabenvögeln brachten die Bäume unter sich zum Pulsieren und verteilten sich auf dem Gras darunter.

»Baxter«, sagte Dylan ruhig, »vielleicht sollten Sie Remedios holen.«

Baxter nickte und verschwand.

»Etwas Derartiges habe ich noch nie gesehen«, murmelte Lucy. Sie stand so nahe bei Dylan, dass sich ihre Körper berührten, und Dylan fand ihr Gesicht entschieden faszinierender als die Krähen. Er brauchte sie, und zugleich kam ihm allein der Gedanke wie ein Verrat an Ronnie vor.

»Etwas hat die Vögel hergelockt«, sagte er schließlich. »Aber war es der Burgfried oder wir?«

»Beides vielleicht«, antwortete Lucy. »Die Vögel spüren wohl, dass das Ende naht, und dies ist der letzte sichere Ort.«

Phönix stellte die Vorderpfoten aufs Fensterbrett, wedelte mit dem Schwanz und kläffte die Krähen an. In diesem Moment kamen Baxter und Remedios zu ihnen.

»Was bedeutet das?«, fragte Dylan den alten Priester.

»Ich fürchte, die letzte Veränderung steht bevor. Die Vögel des Himmels, die Fische des Meeres und das Vieh auf dem Feld werden gleichsam vor den Ewigen hergetrieben.«

Er hielt inne und betrachtete ein Rabenvogelpaar, das unmittelbar vor dem Fenster einen Flugtanz aufführte. »So erzählt es auch eine der alten Sagen über die Schlachten mit den Ewigen. Danach dienen einige Tiere, wie diese zum Beispiel, Gott und durch ihn dem Menschen. Andere Tiere sind die natürlichen Diener der Ewigen. Die Tiere wählen jetzt die Seiten, weil sich die Erde außerhalb dieses Grundes verändert.«

»Wie verändert?«, fragte Dylan. »Kann es denn noch schlimmer werden, als es jetzt schon ist? Da draußen war doch bereits alles tot oder im Sterben begriffen.«

»Wenn in anderen Zeitaltern die Verdunklung einsetzte, kauerten sich die Überlebenden in den wenigen Unterkünften zusammen, in denen sie vor den Rhothags sicher waren. Wahrscheinlich waren es Orte wie dieser. Aber als sie wieder herausgingen, entdeckten sie, dass die Landschaften, die sie kannten, nicht mehr da waren. Flüsse und Berge waren weiten flachen Wüsten gewichen, und Abgründe klafften, wo vorher Weideland gewesen war.«

»Blödsinn!«, murmelte Crank, wenn auch in einem weniger abfälligen Ton als zuvor.

»Aber ich habe gute Neuigkeiten!«, sagte Remedios, der Crank ignorierte. »Ich habe das hier gefunden!« Er hielt eine Porzellanscherbe hoch. Die Runen darauf waren tief ins Porzellan eingraviert, die Farben dagegen längst verblasst.

»Steht da das Ende der Geschichte?«, fragte Lucy.

»Aber nein«, antwortete Remedios. »Dennoch sind es gute Neuigkeiten. Die Scherbe stammt von einer Geschichtenurne aus dem zweiten Menschheitszeitalter. Der Text erzählt von Dörfern, in denen Menschen auch nach der Verdunklung überlebten – von ganzen Städten, genau genommen, in denen nichts und niemand verschwand.«

»Dann könnte es viel mehr Überlebende geben, als wir gesehen haben?«, fragte Dylan.

»Ja, ich glaube schon.«

»Aber wo?«

»Das weiß ich nicht. Wenn ich es allerdings richtig verstehe, gibt es Gebiete, in denen nur wenige Menschen verschwunden sind und viele überlebt haben können.«

»Wie lange?«, fragte Lucy.

Remedios schüttelte den Kopf.

»Und das Einzige, was zwischen diesen Menschen dort draußen und den Ewigen steht, sind wir, glaubst du?«, fragte Crank.

»Es könnte andere geben, von denen wir nichts wissen. Aber die können uns jetzt nicht helfen.«

»Wir müssen weitersuchen«, sagte Dylan.

»Viel Glück!« Crank ging zur Tür. »Ich geb's auf.«

Baxter sah zu Dylan und schüttelte den Kopf.

Sie fanden nichts mehr, obwohl sie suchten, bis ihnen die Augen brannten und die Hände zitterten. Am Ende war selbst Remedios zu erschöpft, um weiterzumachen.

»Vielleicht irre ich mich«, überlegte er laut, als Dylan ihm aufhalf. »Vielleicht ist alles nur eine Prüfung, und die Antwort liegt gar nicht hier, sondern in Ihnen.«

»Eine Prüfung?«, wiederholte Dylan gereizt.

»Legen Sie bei Ihrem Kampfsport nicht auch Prüfungen ab?«

»Gürtelprüfungen.«

»Und welchem Zweck dienen sie?«, fragte Remedios.

»Bevor ich einen Schüler weiter ausbilde, muss ich wissen, welche Trainingsebene er erreicht hat, körperlich wie geistig.«

»Und wie stellen Sie das an?«

»Gürtelprüfungen sind ziemlich anstrengend, da die Schüler bis an ihre Grenzen und darüber hinaus gefordert werden.«

»Über ihre Grenzen hinaus? Geht das denn?«

»Die Besten von ihnen finden eine Kraft in ihrem Innern …«, begann Dylan und erkannte plötzlich, was die ganze Zeit direkt vor seiner Nase gewesen war.

Remedios' Augen strahlten, und er berührte Dylan sachte am Arm. »Dann sollten Sie und Lucy in Ihr Innerstes schauen.«

Als sie zur Treppe zurückgingen, bemerkte Dylan, dass Lucy fehlte, und war sofort beunruhigt.

»Ich sah sie vor einer halben Stunde nach oben gehen«, beruhigte Baxter ihn lächelnd. »Sie brauchte wohl nur ein wenig Zeit für sich.«

Dylan nickte, nahm sich einen der Leuchtsteine und eilte nach oben. Als er fast bei ihrem Schlafzimmer war, hörte er ein grunzendes Geräusch und erstarrte. Er stand auf dem Flur und lauschte aufmerksam, aus welcher Richtung das Geräusch gekommen war, das ihn viel zu sehr an einen Todeskampf erinnerte. Obwohl er weder die Nähe eines Rhothags spürte noch den entsetzlichen Gestank des dunklen Schattens wahrnahm, umklammerte er den Schwertgriff noch fester. Dann schlich er lautlos weiter, neigte den Kopf einmal nach links, einmal nach rechts und folgte dem Geräusch bis zum Fitnessraum.

Als er Lucy in der Mitte des Raums entdeckte, legte er Schwert und Leuchtstein auf der Bank ab und lehnte sich an die Wand, um sie zu beobachten. Sie bewegte sich mit verbissener Entschlossenheit durch die schlichten Folgen des *Teikiyoko-sono-ichi,* ließ die Fäuste zum Down-Block vorschnellen und schlug so wütend aus, als stellte sich ihr ein Rhothag in den Weg. Ihr Gesicht und ihre Arme glänzten verschwitzt. Das Grunzen, das Dylan gehört hatte, war ihr Versuch, das *Kiei* auszustoßen, das er ihr beigebracht hatte. Wäre sie eine Anfängerin in seinem Dojo, hätte ihn ihre Verbissenheit gewiss amüsiert, auch wenn sie die *Katas* damit ihrer Schönheit und Eleganz beraubte.

Als sie wieder in die Anfangsstellung ging und Luft für den nächsten Angriff holte, lief er zu ihr. Sie bemerkte ihn nicht, was Dylan nicht weiter verwunderte. Er wusste aus eigener Erfahrung, dass der Gegner, den man sich beim Training vorstellte, um ein Vielfaches realer wurde als die Welt um einen herum. Als sie sich zur nächsten Attacke nach links stürzte, fing er sie von hinten ab und hielt sie so lange fest in den Armen, bis sie wieder im Hier und Jetzt angekommen war.

»Schon gut, Lucy! Ich bin's, Dylan.«

Atemlos sank sie gegen seine Brust und lehnte den Kopf an seine Schulter. Er drehte sie in seinen Armen um und küsste sie auf die Stirn.

»Ich habe Angst«, flüsterte sie.

»Ich auch.«

»Ich könnte es nicht ertragen, dich genauso zu verlieren wie Wagner.«

»Wirst du nicht.«

»Was macht dich so sicher?«

Es war schrecklich und wunderbar zugleich, ihre Wärme zu spüren und in ihre Augen zu sehen, die ihn um eine Antwort anflehten.

»Weil ich mich gerade in dich verliebe«, sagte er und küsste sie sanft auf die Lippen.

»Ich kann sie jetzt in dir fühlen«, flüsterte sie und legte ihm beide Hände auf die Brust. »Sie ist so nah.«

Dylan nickte. »Ronnie hat mir entsetzlich gefehlt. Manchmal dachte ich, ich müsste nur lange genug warten, bis ich einfach vor Trauer vergehe. Aber so empfinde ich nicht mehr. Es ist, als wäre Ronnie wieder in mir, bloß dass ich nicht weiß, ob es Ronnie ist oder ob du es bist.«

Als sie sich schließlich behutsam seiner Umarmung entwand, küsste sie ihn noch einmal, bevor sie ihm über die Wange strich und sich zum Gehen wandte.

Dylan strich gedankenverloren über das Schwert, das neben ihm an der Wand lehnte, und fragte sich, ob das Schicksal tatsächlich so grausam sein könnte, ihm eine zweite Chance zu geben, bloß um sie vor seinen Augen zu vernichten.

Im Haus war alles still, als Crank auf Zehenspitzen durch die Diele zur Vordertür schlich. Leise öffnete er die Tür und begann sofort zu frösteln.

Wie er beim Betreten der breiten Vorderveranda feststellte, war auch hier alles voller Krähen und Raben. Die Vögel wuselten um seine Beine und stießen leise kehlige Laute aus wie verärgerte Hühner. Er bückte sich, bis er beinahe auf Augenhöhe mit zweien der größeren Vögel war, und nickte ihnen zu, als sie ihn mit ihren tintenblauen Augen betrachteten. Beide nickten zurück, worauf Crank erschrak.

»Tja, wer blöde Fragen stellt«, murmelte er, stand auf und humpelte über die Veranda. Die Tiere wichen ihm aus, ohne davonzuflattern. Ehe er seinen Fuß auf die oberste Stufe gesetzt hatte, ging die Tür hinter ihm auf, und er wirbelte herum.

Dylan und Baxter standen da und betrachteten Crank und die Vögel.

»Wo wollen Sie hin?«, fragte Dylan.

»Ich sehe mich nur um. Gehen Sie wieder rein.«

Baxter schüttelte den Kopf und schloss leise die Tür hinter ihnen. »Es ist ein schöner Abend. Wir kommen mit dir.«

Crank seufzte laut, und die drei bahnten sich vorsichtig einen Weg zwischen den Vögeln die Treppe hinunter auf den Rasen.

»Ich hätte nie gedacht, dass es so viele Krähen und Raben auf der Welt gibt«, sagte Baxter und blickte sich um. Die Vögel standen dicht an dicht auf dem Rasen und hockten in sämtlichen Bäumen vom Haus bis zur Grundstücksgrenze. Und immer noch segelten Hunderttausende von ihnen im Himmel über dem Anwesen.

»Vielleicht nicht schlecht, dass der Kater nicht mit hergekommen ist«, murmelte Crank.

»Ist dir einmal der Gedanke gekommen, dass er deshalb nicht hier ist, weil die Katzen nicht auf unserer Seite sind?«, fragte Baxter.

»Doch«, knurrte Crank schließlich, »der Gedanke ist mir gekommen.«

»Und du bist ein Katzenfreund«, stichelte Baxter.

»Es gibt Millionen Katzenfreunde.«

»Nicht mehr. Aber wenigstens hast du dich noch nicht in einen Rhothag verwandelt.«

»Was für ein Witzbold du doch bist!«

Die Vögel stießen leise Krächzer des Missfallens aus, als die drei zwischen ihnen hindurchwanderten. Crank, Baxter und Dylan sahen in die riesigen alten Eichen hinauf. Auf jedem Ast und jedem halbwegs tragfähigen Zweig hockten Krähen oder Raben, von denen die meisten schliefen, wie an den sanften Auf- und Abwärtsbewegungen ihrer Brüste zu erkennen war.

Crank hatte gedacht, sie könnten das Ende des Schwarms sehen, wenn sie erst einmal an der Baumgrenze waren, aber es kamen immer noch mehr Vögel herbeigeflogen.

Vor dem Eingangstor kniete Crank sich hin und legte beide Hände auf den Asphalt. Er fühlte sich gut an, fest und echt. Nach Remedios' Erzählungen hatte Crank plötzlich das Bedürfnis gehabt, hinauszurennen und sich davon zu überzeugen, dass die Welt noch da war. Und hier, auf der einsamen Straße, konnte er es sich fast einbilden – fast.

»Was zum Teufel ist das?«, murmelte er und sah zum Briefkasten an der Einfahrt des Nachbargrundstücks.

»Füchse«, sagte Dylan.

»Scheiße!«, raunte Baxter, während mehr und mehr Tiere aus dem Wald hinaus und auf sie zukamen. »Das kann ja heiter werden! Wir bringen Zillionen Krähen mit hunderttausend Füchsen zusammen und gucken zu, was passiert, oder wie?«

»Sie werden sich nichts tun«, meinte Dylan.

»Woher wissen Sie das?«

»Ich weiß es eben.«

Schweigend beobachteten sie, wie immer noch mehr Tiere von überall her kamen und sich zu einem Zug formierten, der die Straße vollkommen bedeckte. Unterdessen entstand vor Cranks geistigem Auge ein Bild, dass er nur beinahe zu erkennen vermochte.

»Sie sind Freunde«, murmelte er, beugte sich hinab und streichelte die ersten Füchse, die an ihm vorbeigingen und dann wenige Meter vor den Krähen stehen blieben, die sie neugierig, aber ohne Angst beäugten.

»Was kommt als Nächstes?«, flüsterte Baxter. »Elefanten?«

»Vielleicht«, sagte Dylan nachdenklich. »Vielleicht ist so die Geschichte von der Arche Noah entstanden. Womöglich vernichtete nicht Gott die Welt durch eine Sintflut, sondern überließ es den Ewigen.«

»Das hier sind aber ein paar mehr als zwei von jeder Art«, stellte Crank kopfschüttelnd fest. »Kommt jetzt! Ich bin rausgegangen, um nachzusehen, ob Remedios recht hat.«

Er ging voraus zwischen den Füchsen hindurch, von denen sich die ersten zaghaft unter die Krähen wagten. Während die

Vögel ihn hochnäsig und eher tadelnd angesehen hatten, schienen die Füchse sogleich Vertrauen zu ihm zu fassen. Man konnte meinen, sie wären hergekommen, um sich in den Schutz der Menschen zu begeben, und da er ein Mensch war, erwarteten sie von *ihm*, dass er ihnen beistand.

Plötzlich strömten aus dem gegenüberliegenden Wald Unmengen Kaninchen, Opossums, Eichhörnchen und Rehe herbei, die dem Burgfried entgegenstrebten. Dann hörten sie ein Geräusch wie das Zerreißen schweren Stoffes, und der Boden vibrierte.

In der Ferne begann das Gewebe der Welt, zu Fetzen zu zerfallen.

Den drei Männern bot sich ein verschwommenes Bild wie durch ein flüssiges Kaleidoskop. Die Wirklichkeit schien sich aufzulösen, und die Tiere drängelten panisch in Richtung Burgfried. Crank fühlte buchstäblich, wie sich alles um ihn herum in etwas Fremdes, Dunkles und Grausames verwandelte. Seine Beine zitterten, als sich die Erde unter ihm anhob und gleich darauf herabsank wie das Deck eines Schiffes bei schwerer See. Sie befanden sich eindeutig auf der Schnittstelle zwischen dem Gelände des Burgfrieds und dem Wahnsinn jenseits des geheiligten Grundes. Auf ihrer Seite war das Gras am Wegesrand hoch, wenngleich noch winterbraun, gegenüber aber wuchs keines mehr, und auch die Bäume verschwammen, bevor sie sich in nichts auflösten. Er bemerkte eine Bewegung in der Ferne und blinzelte in diese Richtung. Die Erde schien zu schmelzen und auf sie zuzufließen.

»Was zur Hölle ist das?«, fragte er und zeigte dorthin, wo sich eine undefinierbare Masse lavaähnlich in ihre Richtung wälzte.

»Schlangen«, flüsterte Dylan, »Milliarden von Schlangen.«

»Schnell weg hier!«, sagte Baxter und schob Dylan zurück zum Burgfried.

Als sie ins Haus zurückgerannt kamen, flackerten Streichhölzer auf, und Laternen wurden angezündet. Lucy und Remedios folgten ihnen müde in die große Bibliothek, wo Crank sich mit dem Rücken zu den anderen ans Fenster stellte.

»Damit hätte ich nie gerechnet«, sagte Baxter. »Es sah aus, als würde sich alles einfach auflösen.«

Dylan nickte und nahm Lucy in die Arme. »Außer den Krähen sind da draußen noch ungefähr eine Milliarde Füchse sowie alle möglichen anderen Tiere in rauhen Mengen – Rehe, Kaninchen und Opossums sowie andere Vogelarten. Und keines der Tiere scheint Angst vor den anderen zu haben.«

»Weiter weg sind noch Schlangen«, erzählte Baxter. »Und die wollen anscheinend auch hierher.«

»Die Schlangen gehören nicht hierher, und sie können noch nicht herüberkommen«, entgegnete Remedios. »Die übrigen Tiere ahnen, dass sie hier sicher sind.«

»Bis wann?«, fragte Crank, ohne sich zu ihnen umzudrehen.

»Ich gehe wieder an die Arbeit«, sagte Remedios. »Und Sie alle sollten versuchen, wenigstens ein bisschen auszuruhen. Im Moment können Sie sowieso nichts tun.«

Damit verschwand der alte Priester die Kellertreppe hinunter. Kurze Zeit später ging Lucy ihm nach, die sich auf der obersten Stufe zu Dylan umwandte und den Kopf schüttelte, um ihm zu bedeuten, dass er sie nicht begleiten sollte.

Lucy sah zu Remedios, der gebeugt an einem kleinen Schreibtisch in der Ecke des Katalograums saß und mit einer großen Lupe kleine Fetzen studierte, die wie Pergament aussahen.

All ihren Mut hatte sie zusammengenommen, um mit dem alten Priester zu sprechen, wenngleich sie nicht genau wusste, was sie ihm eigentlich sagen wollte. Aber es wurde Zeit, dass sie eine Entscheidung fällte, und die wollte sie nicht vor allen anderen diskutieren.

Sie musste endlich zugeben, dass es Dinge gab, an die sie nie geglaubt hatte. Aber was war noch *wahr*? Riskierte sie ewige Verdammnis oder eine Zukunft als Kakerlake, wenn sie sich weigerte, zu glauben, oder nicht wusste, was sie glauben sollte?

Remedios hörte sie und drehte sich um. Er lehnte sich in dem schweren Ledersessel zurück und sah Lucy ruhig an, als sie sich ihm gegenüber setzte und tief durchatmete.

»Sie sehen sehr unglücklich aus«, stellte er fest.

»Ich möchte, dass Sie mir die Beichte abnehmen«, erklärte sie.

»Leider bin ich kein Geistlicher mehr. Ich wurde exkommuniziert.«

»Das dürfte wohl keine Rolle spielen. Keiner weiß, wie es um den Vatikan steht, und Sie sind der einzige Mann Gottes, den ich fragen kann. Nehmen Sie mir die Beichte ab?«

»Ich bin mir nicht sicher, dass Gott Ihre Beichte hören will.«

»Pater, bitte!«

»Na schön. Was haben Sie zu beichten?«

»Ist es so einfach? Ich erzähle es Ihnen bloß?«

»Nicht ganz, aber das kommt als Erstes.«

»Ich weiß nicht, wo ich anfangen soll. Erzähle ich Ihnen alles, was ich von Kind an Böses getan habe?«

»Nein. Diese Sünden haben Sie schon früher gebeichtet und dafür Absolution erhalten.«

»Ich habe noch nie gebeichtet.«

»Sie haben noch nie gebeichtet?«, wiederholte er verwundert. »Aber Sie sind doch eine erwachsene Frau.«

»Ich bin nicht katholisch.«

»Dann begreife ich noch viel weniger, warum Sie beichten wollen. In anderen Konfessionen wird keine Beichte verlangt.«

»Ich gehöre überhaupt keiner Konfession an. Deshalb bin ich hier.«

»Sie denken, Sie brauchen Absolution.«

»Ja.«

»Sie haben Angst, sich allein dem Unbekannten zu stellen.«

»Ja. Na ja, ich bin eigentlich nicht mehr allein, jedenfalls nicht, wenn ich es nicht will. Vielleicht ist das etwas, was ich beichten muss.«

Remedios lächelte. »Vielleicht. Vielleicht auch nicht. Aber sprechen Sie von Gott … oder von Menschen? Sie fühlen sich zu Dylan hingezogen und gleichzeitig schuldig, weil Wagner tot ist, richtig?«

»Ja«, antwortete sie und erschrak darüber, wie leicht der Priester sie durchschaut hatte.

»Und Sie fürchten, Dylan ebenfalls zu verlieren.«

»Seit meine Eltern tot sind, stand mir niemand mehr nahe. Und ich frage mich, ob es mir eventuell bestimmt ist, allein zu bleiben.«

»Sie glauben, wenn Sie zu glücklich sind, werden Sie dafür in irgendeiner Form bezahlen müssen.«

»Ja.«

»So denken viele Menschen, aber diese Sorge ist meines Erachtens unbegründet. Seit Jahren schon stehe ich nicht mehr hinter den Glaubenssätzen meiner Kirche, seit ich auf meiner Suche nach Wissen an einen Punkt gelangte, an dem diese Thesen für mich ihren Sinn verloren. Deshalb sehen Sie einen abtrünnigen Priester vor sich. Ich konnte mein Denken nicht verleugnen, also verstieß die Kirche mich.«

»Aber Sie glauben immer noch an Gott?«

»Oh ja. Einige Jahre lang hatte ich meinen Glauben verloren. Eingesperrt zu sein, war vermutlich *meine* Prüfung. Doch wie durch ein Wunder hat Gott den Glauben an mich nicht verloren, und so sind wir uns heute wieder sehr nahe.«

»Ich möchte Ihm auch nahe sein.«

»Dann sind Sie es.«

»Das kommt mir zu einfach vor.«

Er lachte kurz. »Dieser Gedanke war Ursache unzähliger Missverständnisse und unbeschreiblichen Leids. Auf ihn stützen sich Religionskriege, Hass und Bigotterie. Zwischen Ihnen und dem Allmächtigen gibt es keine Distanz, die Sie nicht selbst schaffen oder selbst überwinden können.«

»Aber ich weiß nicht, wie. Bitte, helfen Sie mir, meine Sünden zu beichten, damit ich mich Ihm näher fühle.«

Remedios seufzte. »Was für *Sünden* glauben Sie denn, begangen zu haben?«

»Ich habe seinen Namen missbraucht. Ich habe Dinge vertuscht, die andere taten. Ich habe gelogen. Ich habe getötet.«

»Sie haben getötet?« Remedios runzelte die Stirn.

»Rhothags.«

»Das ist keine Sünde, denn sie sind keine Menschen mehr, und es geschah aus Notwehr oder zum Schutz anderer.«

»Ich habe einen Detective in meinem Haus umgebracht.«

»Warum taten Sie das?«

»Er versuchte, mich zu töten.«

»Ach, dann war er Qedem Melech.«

»Ich glaube schon.«

»Notwehr also.«

»Ich fürchte, ich ließ Wagner in dem Glauben, tiefere Gefühle für ihn zu hegen«, flüsterte sie.

»Haben Sie ihn getäuscht? Haben Sie vorgegeben, ihn zu lieben?«

Sie schüttelte den Kopf.

»Sie sagten, Sie hätten keine Gefühle für ihn gehegt …«

»So meinte ich das nicht. Ich mochte ihn sehr.«

Er wartete, bis sie ihm in die Augen sah. »Sie nehmen eine Schuld auf sich, von der Sie wissen, wie ich glaube, dass es nicht Ihre ist. Falls Wagner glauben wollte, er könnte Sie gewinnen, dann ist daran nichts Falsches. Wir alle vermissen ihn, aber laden Sie sich keinen Schmerz auf, den Sie nicht verdienen. Das nämlich wäre nach meinem Verständnis eine Sünde.«

»Tja, dann wäre das wohl alles«, flüsterte sie. »Aber ich bin sicher, dass es noch andere Sünden gibt, an die ich mich nur nicht erinnere.«

»Empfinden Sie Reue?«

»Ja.«

»Nun, soweit es in meiner Macht liegt, erteile ich Ihnen Absolution. Gehen Sie hinaus, und sündigen Sie nicht mehr.«

»Bekomme ich jetzt ein Sakrament oder so?«, fragte Lucy.

»Nein«, antwortete Remedios lächelnd. »Glauben Sie fortan, dass es da draußen etwas gibt, das jenseits allem ist, was Sie und ich uns vorstellen können, eine Macht, die über uns wacht. Eine Macht, mit der Sie von nun an in jedem Moment Ihres Lebens in Kontakt sein werden. Wir alle müssen daran glauben.«

Lucy nickte. »Ich glaube, das habe ich im Grunde meines Herzens immer gewusst. Ich danke Ihnen, Pater.«

»Wissen Sie, ich habe mich im Laufe der Jahre daran gewöhnt, dass mich die Leute so nennen. Aber ich schätze, ich sollte es nicht mehr erlauben.«

»Warum nicht?«

»Weil ich des Priesteramts enthoben wurde.«

Lucy lachte.

»Was ist daran witzig?«

»Pater, die Kirche, die Sie exkommunizierte, gibt es nicht mehr. Und was ist die Aufgabe eines Priesters?«

»Seine Schäfchen zu hüten, sie zum Guten, ins Licht zu führen.«

»Genau das tun Sie gerade, so gut Sie können. Ich werde Sie daher weiterhin Pater nennen, wenn es Ihnen nichts ausmacht.«

Er überlegte einen Moment, ehe er nickte. »Geht es Ihnen jetzt besser?«

»Ja, vielen Dank.«

»Wir alle finden unseren Weg, so gut es uns möglich ist. Und das Letzte, was ich will, ist, irgendjemanden von seinem Weg abzubringen. Aber ich habe Ihnen erzählt, was ich für die Wahrheit halte.«

»Haben Sie einmal überlegt, dass Gott Sie gerade jetzt nicht lügen lassen würde?«

»Nein«, erwiderte Remedios nachdenklich. »Alle Menschen können lügen. Wir sind mit dem freien Willen geboren, zu sündigen oder nicht zu sündigen.«

»Na gut. Aber Gott wird genau wissen, woran Sie glauben, oder nicht?«

»Natürlich.«

»Und Dylan und ich sollen in der entscheidenden letzten Schlacht gegen die Ewigen antreten?«

»Ja, davon bin ich fest überzeugt. Ihnen beiden ist es vorbestimmt, diese Schlacht zu schlagen. Jedenfalls bete ich darum.«

»Hätte Er zugelassen, dass Sie mich diese Dinge lehren, an die Sie glauben, wenn sie nicht wahr wären? Würde Er mich mit Irrlehren in die Schlacht schicken?«

»Sie sind eine vorzügliche Gesprächspartnerin. Ich gestehe, dass Sie mir einiges zu denken geben.«

»Auch ich werde über manches nachdenken.«

»Und beten.«

Sie nickte, stand auf und küsste Remedios sanft auf die Stirn. »Ich weiß nicht, warum ich ausgewählt wurde, und ich habe gewiss nicht darum gebeten. Aber ich werde mich auch nicht vor dem drücken, was von mir erwartet wird, auch wenn ich Angst habe. Nichtsdestoweniger haben Sie mir eine Last von der Seele genommen, und dafür danke ich Ihnen.«

»Das habe ich ausgesprochen gern getan.«

Langsam stieg sie aus dem Keller, tief in Gedanken versunken, und bemerkte nicht, dass Remedios ihr nachsah, bis Phönix und sie verschwunden waren.

Dann wandte der alte Mann sich wieder zum Schreibtisch um, hob die Lupe und legte sie gleich wieder hin. Er starrte auf das Pergamentstückchen, ohne es zu sehen, und fragte sich, ob Lucy wohl recht hatte. War es Gottes Wille, dass er hier war, um sie für die künftige Schlacht vorzubereiten, und gar nicht, um eine Waffe gegen die Ewigen zu finden? Die Idee hatte einiges für sich. Schließlich war das über Jahrhunderte der Auftrag von Priestern gewesen.

Er rieb sich mit Daumen und Zeigefinger über die Nasenwurzel. Obwohl ihn die Schmerzen und Beeinträchtigungen plagten, die für einen Mann seines Alters typisch sind, erfüllte ihn doch zugleich eine Leichtigkeit, wie er sie schon viel zu lange nicht mehr empfunden hatte. Über Jahre hatte ihn der Verlust seines Glaubens gequält, hatte er sich allein und verraten gefühlt und sich als einsamen Menschen in einer Welt gesehen, die nichts als ein sinnloser Kreislauf aus Geburt, Leben und Tod war. Doch jetzt wusste er wieder, dass es mehr gab. Wie viel mehr, konnte er nicht sagen. Büchern, Ritualen oder Dogmen vertraute er nicht. Stattdessen war der Moment gekommen, an dem der Mensch wieder auf Augenhöhe mit Gott war, und dieser Gedanke flößte ihm ebenso viel Ehrfurcht wie Angst ein.

»Und jetzt kannst du sie mit gutem Gewissen wegschicken«, sagte Crank.

Remedios drehte sich so schnell um, dass er beinahe vom Stuhl fiel. Crank hatte sich leise auf Lucys Platz geschlichen und legte die große Axt auf die Schreibtischunterlage, bevor er wieder zu Remedios sah.

»Ich habe ihr Trost gespendet, so gut ich konnte«, erklärte Remedios. »Wir alle müssen auf unsere Art mit Gott ins Reine kommen, zu unserer Zeit.«

Cranks Hand ruhte auf dem Axtgriff, aber anstelle des Hasses, der bisher stets in seinen Augen gefunkelt hatte, erkannte Remedios jetzt etwas, das Angst ähnelte.

»Warum bist du hier?«, fragte Remedios.

»Ich bin heruntergekommen, um dich zu töten«, antwortete Crank.

Remedios wusste, dass der Mann nicht log, wenn es um den Tod ging. »Und warum zögerst du?«

»Hast du es eilig mit dem Sterben?«

»Ich wäre ein Narr, wenn.«

»Aber du glaubst an Gott. Ich kann dich direkt in den Himmel schicken.«

»Ich weiß nicht, ob es überhaupt einen Himmel gibt.«

»Dann hast du Lucy belogen.«

»Ich sagte nichts vom Himmel, ebenso wenig von der Hölle. Obwohl es mir leichterfällt, an Ersteren zu glauben als an Letztere, beweisen kann ich weder die Existenz des Himmels noch die der Hölle. Ich habe versucht, ihre Seele zu trösten und sie Gott näherzubringen. Ewiges Leben versprach ich ihr nicht.«

»Was will man mit einem Gott, der das nicht garantiert?«

»Ich wähle nicht, ob ich einen Gott *habe* oder nicht. Gott *ist* einfach. Es steht dir frei, an ein Leben nach dem Tod zu glauben oder es zu lassen. Ich habe keine Beweise, aber ich möchte hoffen, dass mich ein ewiges Leben erwartet.«

»Leere Worte«, sagte Crank, und der vertraute Zorn siegelte sich in seinen Zügen.

Remedios bemerkte, dass die Finger sich um den Axtgriff schlossen, und er fragte sich, ob seine eigene Arbeit hier auf Erden abgeschlossen war. Wie konnte sie, wenn der Mann vor ihm so offensichtlich litt?

»Sie sind nicht leer, nur weil du darin nicht findest, was du suchst«, widersprach Remedios. »Du hast dir angewöhnt, ausschließlich nach Antworten zu suchen, die dir gefallen, und zu sehen, was du sehen willst. Schau dich um! Warst du nicht Zeuge von Veränderungen, wie sie sich niemand vorstellen konnte? Siehst du nicht die Vögel und die anderen Tiere, die sich hier versammeln? Hast du nicht selbst rätselhafte Ereignisse miterlebt?«

»Wird dein Gott mich davon abhalten, dich auf der Stelle zu töten?«, fragte Crank, hob die Axt und legte sie in seine Ellbogenbeuge.

Remedios betete stumm – nicht um sein Leben, sondern um seine Seele. Sollte es ein Leben nach dem Tod geben, wollte er bei seinem Gott sein. »Wenn Er noch Aufgaben für mich vorgesehen hat, wirst du nicht imstande sein, mich zu ermorden. Sollte mein Auftrag hier beendet sein, kannst du es wahrscheinlich. Aber ich weiß, dass er noch nicht beendet ist, und ich war niemals dein Feind, deshalb will ich nicht, dass du deine Seele durch eine solche Tat in Gefahr bringst.«

»Wie in Gefahr? Wenn es keinen Himmel und keine Hölle gibt, was habe ich dann zu verlieren?«

»Deinen Verstand.«

»Was soll das heißen?«

»Wenn du mich zerstörst und damit den Ewigen hilfst, wirst du in der kurzen Zeit, die dir noch bleibt, mit dem Wissen leben müssen, dass du ihnen zum Sieg verholfen und bei der Auslöschung der Menschheit mitgewirkt hast. Kannst du damit leben?«

Crank sagte nichts, schien jedoch unsicher.

»Und falls meine Aufgabe erledigt ist und du mich umbringen solltest, bestünde immer noch die Möglichkeit, dass du ein langes Leben führst, an dem dir jeden Tag bewusst ist, einen Unschuldigen getötet zu haben, der dir nichts Böses wollte und sich ganz dem Wohl der Menschen verschrieben hatte. Vielleicht denkst du, dass du so leben kannst. Ich glaube es nicht.«

»Du gehst mir echt auf die Nüsse!«

»Das ist ein normaler Bestandteil der Wandlung. Ich habe sie selbst auch durchgemacht.«

»Was für eine Wandlung?«

»Vom Unglauben zum Glauben. Enttäuschung, Wut und Leugnung kommen vor Akzeptanz und Trost. Du bist ein stolzer Mann und gewohnt, alles allein durchzustehen. Da ist es für dich nicht nur schwierig, sondern kann auch entmutigend sein, zuzugeben, dass es etwas Höheres gibt als dich, auf das du angewiesen bist. Wir alle sind nur kleine Rädchen in Gottes großem Getriebe. Willst du mich jetzt umbringen?«

»Mach die Augen zu und zähl bis zehn!«

Remedios faltete die Hände in seinem Schoß und neigte den Kopf, so dass er Crank den Nacken darbot. Dann hörte er Cranks Schritte, und als er die Augen wieder öffnete, ging der kleine Mann gerade zur Tür hinaus.

Dylan saß auf dem Boden, den Rücken ans Bett gelehnt, die Augen geschlossen, und zählte jeden Atemzug, während er in seinem Innern nach jener Stelle suchte, von der Sensei sicher gewesen war, dass es sie gibt: den Ort der Mysterien. Aber seine Gedanken wollten einfach nicht zur Ruhe kommen. Bilder von Ronnies ausgemergeltem Körper, toten Rhothags und dem dunklen Schatten, der ihn seit ihrem Tod verfolgte, vermischten sich mit Lucys Gesicht und der Erinnerung an ihre Hand, die seine Wange berührte. Er strengte sich an, seine Mitte zu finden und sich zu entspannen, damit er den inneren Frieden erlangte, den er brauchte, um zu erkennen, was er tun sollte. Denn er wusste immer noch nicht, welche Rolle er in der bevorstehenden Schlacht spielen sollte.

Das Schwert lag neben ihm auf dem Fußboden, und Dylan spürte die nur einen Millimeter von seinem Schenkel entfernte scharfe Klinge. Auf eine unbegreifliche Weise gehörte diese Waffe zu ihm, als wäre sie stets Teil von ihm gewesen, obwohl er zuvor nie ein Schwert in der Hand geführt hatte. Aber was konnte ein Schwert in einem Kampf gegen Wesen aus einer anderen Dimension nützen, gegen ein Nebelmonster, das in seinen Kopf einzudringen vermochte? Anstelle inneren Friedens fühlte er kalten Schweiß auf seiner Stirn, und seine Hände begannen zu zittern.

Im nächsten Moment nahm er einen leichten Seifenduft

wahr und erschrak, als er die Augen öffnete und Lucy sah, die sich über ihn beugte.

»Was ist?«, fragte er.

»Es sind noch ein paar Stunden bis zum Morgengrauen«, sagte sie leise. »Remedios hat etwas gefunden und möchte in der Bibliothek mit uns reden.«

Das sanfte Kerzenlicht zauberte eine zarte Röte auf ihre Wangen, und ihre Augen schimmerten.

»Sind Crank und Baxter auch da?«

Sie schüttelte den Kopf. »Er möchte nur mit uns beiden sprechen.«

Dylan stand auf, schulterte automatisch das Schwert und folgte Lucy und Phönix den Flur hinunter. In der Bibliothek erwarteten sie dann doch Crank und Baxter mit Remedios, der nur den Kopf schüttelte, als Lucy ihn fragend ansah.

»Schwierig, hier Geheimnisse zu haben«, sagte Crank.

Zwei Leuchtsteine erhellten den riesigen Raum nur schwach. Remedios beugte sich über einen Schreibtisch und hielt die große Lupe in einer Hand.

»Hat einer von Ihnen heute Nacht irgendetwas anderes gefühlt?«, fragte er und sah von Lucy zu Dylan.

Sie tauschten einen Blick und verneinten stumm.

Remedios zeigte auf ein Artefakt auf dem Schreibtisch. »Auf dieser Scherbe aus dem zweiten Menschheitszeitalter habe ich einen interessanten Text gefunden. Er handelt von Vogelschwärmen, unruhigen Tieren und der letzten Kriegerin, die in die Schlacht zieht. Es heißt, sie hätte Gottes Gnade erbeten, bevor sie in den Kampf ging, und sie musste die Pforte erreichen, bevor das letzte Tier auf geheiligtem Grund ankam.«

»Sie müssen beinahe alle hier sein«, sagte Dylan mit Blick zu Crank und Baxter. »Es können nicht mehr viele Tiere da sein, die es durch die Masse von Schlangen schaffen.«

»Der Text erwähnt auch das Seelenbeil«, fuhr Remedios fort und sah den Schwertgriff an, der auf Dylans Schulter ruhte. »Und hier heißt es wieder, dass die endgültige Verdunklung nahe ist, wenn der Himmel schwarz vor Vögeln wird.«

Draußen schien die Erde vor Krähenflügeln zu brodeln, und Tausende Vögel flatterten über dem Anwesen. Selbst wenn die Sonne schien, könnte sie kaum durch diese Masse von Gefieder dringen.

»Ich vermute, die Tiere am Boden sind ähnlich verstört«, sagte Remedios, ohne aus dem Fenster zu sehen.

»Hast du auch irgendetwas Neues in dem Text gefunden?«, fragte Baxter.

»Ja. Die Inschrift besagt, dass die letzte Schlacht gegen die Ewigen geschlagen sein muss, *bevor* sie durch die Pforte treten, weil sie auf dieser Seite mächtiger sind.«

»Aber wir wissen doch nicht einmal, wo die verdammte Pforte ist!«, platzte es aus Dylan heraus.

»Ich schon«, entgegnete Lucy ruhig.

»Was? Du hast die Pforte gefunden?«

»Ich habe sie nicht *gefunden*«, antwortete sie. »Aber ich weiß, wo sie ist, vielmehr, wo sie sein muss.«

»Dann haben Sie das Rätsel des Burgfrieds ebenfalls gelöst«, stellte Remedios fest.

»Wo ist sie?«, fragte Baxter.

»Folgt mir!«, sagte Remedios.

Er nahm einen der Leuchtsteine und führte sie zum Kellerabgang.

»Ich habe sie entdeckt, als ich gerade eben nach oben kam«, erzählte Remedios.

»Was entdeckt?«, fragte Baxter.

Statt die Treppe hinunterzugehen, blieb der alte Mann stehen. Baxter trat ungeduldig an ihm vorbei und stieß gegen eine unsichtbare Barriere.

»Was zur Hölle …?«, sagte er und versuchte, gegen das Hindernis zu treten.

»Du kannst nicht vorbei«, erklärte Remedios ihm. »*Du* bist nicht der Auserwählte.«

»Glauben Sie, dass das die Pforte ist?«, fragte Dylan, der vorsichtig an Baxter vorbeischritt und feststellte, dass er den Fuß hindurchstrecken konnte, als wäre da gar keine Barriere.

»Ich glaube, das ist der Weg dorthin«, antwortete Remedios.

»Wusstest du, dass das hier ist?«, fragte Dylan Lucy.

Sie schüttelte den Kopf. »Ich hatte keine Ahnung, welche Form sie haben würde, aber ich war mir ziemlich sicher, dass sie hier sein muss. Der Tresorraum ist von etwas umgeben, das ihn von unserer Realität abschirmt, also ist er der einzige Ort auf dem Burgfried, an dem die Pforte auftauchen *konnte*. Alles andere würde keinen Sinn ergeben.«

Sie blickte in den dunklen Keller hinab.

»Und was wollen Sie jetzt tun?«, fragte Remedios sie.

Lucy blickte sich traurig zu Dylan um. »Ich muss es machen«, sagte sie leise. »Ich habe keine andere Wahl. Aber du gehörst nicht zu meiner Blutlinie.«

»Ohne mich gehst du nirgends hin!«, erwiderte er. »Und außerdem habe ich das Schwert, und du wüsstest nicht, wie du es benutzen sollst.«

Lucy war sichtlich erleichtert und betrübt zugleich. Dylan wusste, dass sie gehofft hatte, er müsste nicht dabei sein, andererseits sich aber auch davor fürchtete, allein zu gehen. Sie schien etwas sagen zu wollen, als Crank sich an den anderen beiden vorbeidrängelte.

»Ich werde einen Teufel tun, die zwei allein loszuschicken!

Schließlich habe ich eine Menge Zeit investiert, damit er am Leben bleibt«, sagte er, zeigte auf Dylan und stellte die schwere Axt knallend auf dem Boden ab.

»Sie sind nicht allein«, erwiderte Remedios. »Und du kommst da nicht durch.«

Der alte Mann hatte recht. Als Crank seine Schlachtaxt gegen die Barriere schleuderte, prallte die einfach davon ab. Fluchend warf er die Waffe zu Boden und tastete den Beton in dem Versuch ab, die Kante des Hindernisses zu finden und es wegzuziehen.

»Wir sollten gehen«, sagte Lucy, als Crank schließlich verärgert aufgab.

»Sind Sie beide sicher, dass Sie das wollen?«, fragte Baxter und blickte hinab in den Tresorraum.

»Nein, sicher bin ich mir überhaupt nicht«, antwortete Dylan. »Aber wenn Lucy geht, gehe ich auch.«

»Seien Sie vorsichtig!« Crank legte Dylan eine Hand auf die Schulter. »Klingt reichlich bescheuert, was?«

Überrascht von der Geste, schaffte Dylan es sogar, zu lächeln.

»Hier«, sagte Baxter und warf ihm einen Leuchtstein zu. Dylan fing ihn mit einer Hand. Dann traten Lucy und er durch die Öffnung im Fußboden und stiegen gemeinsam die Treppe hinab.

Phönix bellte und kratzte panisch an der unsichtbaren Wand. Lucy blieb unten an der Treppe stehen und wies die Hündin zurecht, die letztlich aufhörte, zu bellen, und nur noch leise winselte, während Baxter ihr den Kopf streichelte. Dann waren Lucy und Dylan unten im Keller verschwunden.

Dort schien alles unverändert. Die Akten, die Remedios durchgesehen hatte, lagen noch verteilt auf den Metallschränken und Tischen, und der Gestank des Todes hing nach wie vor in der Luft. Dylan fand ihn jetzt passend für einen Ort, an dem sich die Pforte zu einer Art befand, deren Ziel die Auslöschung der Menschheit war.

»Hier ist es nicht«, sagte Lucy. »Es muss irgendwo weiter hinten sein, in einem der Ausstellungsräume.«

»Kannst du es fühlen?«

»Du nicht?«

Tatsächlich empfand er seit dem Passieren der Barriere einen Sog ähnlich dem, der ihn zu Lucy geführt hatte, nur dass er nun von einer unterschwelligen Angst begleitet war.

»Da!«, flüsterte Lucy und zeigte in den nächsten Raum.

Ein schwacher Lichtschein drang durch die offene Tür, und als sie in die Kammer kamen, stellte sie überrascht fest, dass sie vollkommen leer war. Die unzähligen Vitrinen, die bis vor kurzem hier gestanden hatten, waren fort. In der Mitte des Raums bildete das Licht einen pulsierenden grünen Ring, der vom Boden bis zur Decke reichte. Im Kern des Lichtkreises drehte sich eine schimmernde Diamantenscheibe in einem Strudelmuster, dessen Innerstes gleichsam in der Ferne verschwand.

Dylan wollte Lucy am liebsten über seine Schulter werfen und die Treppe hinaufrennen. Aber er wusste, dass sie dann nur allein zurückkäme und damit alles neugewonnene Vertrauen zwischen ihnen unwiederbringlich zerstört wäre. Er glaubte, Sensei Ashiroato lachen zu hören.

Du brauchst nicht nach den Mysterien zu suchen, Dylansan. Sie kommen zu dir!

Inzwischen akzeptierte er, dass es Mysterien *gab*. Aber das hieß nicht, dass er sie verstand. Und das größte Mysterium von allen war, wie sie beide es fertigbringen sollten, die Verdunklung aufzuhalten.

Wenn die Zeit gekommen ist, wirst du wissen, was du zu tun hast. Du wurdest nicht hergeführt, um zu versagen.

Ronnies Stimme klang weiter weg als Senseis, und Dylan fragte sich, ob es daran lag, dass sie echt war und nicht bloß eine Erinnerung. Wusste sie *wirklich*, wovon sie redete, oder verließ sie sich auf ihren Glauben?

Denn genau darauf lief es doch am Ende hinaus – auf den Glauben an etwas, das er weder sehen noch berühren noch riechen noch schmecken konnte.

Lucy ging auf die Pforte zu, und Dylan lief direkt hinter ihr. Der wirbelnde Diamantenkreis sah aus der Nähe eher nach den blitzenden Zähnen im Maul einer großen Schlange aus. Dylan fragte sich, ob sie überhaupt eine Chance hatten, diese Sache zu überleben.

Jeder Quadratzentimeter seines Körpers schmerzte höllisch. Seine Haut war rissig und trocken wie alter Wüstenlehm. Obwohl er nur einen einzigen Tag gezwungen gewesen war, im Hellen zu wandern, kam es ihm wie eine Million Jahre vor, die er vom Licht geröstet wurde, und die zahlreichen Wunden auf seinem Rücken bildeten in der kühlen Nachtluft gerade erst einen dünnen Schorf. Die verhasste Sonne hatte ewig gebraucht, bis sie endlich unterging, und der Harry-Rhothag spürte bereits, dass sie bald wieder aufgehen würde.

Den ganzen vorangegangenen Tag hatte er den alten Mann so nahe gespürt, dass er beinahe glaubte, er brauchte bloß die Hand auszustrecken und ihn mit seinen Rasiermesserkrallen zu berühren. Deshalb war er weitergestolpert, geblendet von den verdammten Sonnenstrahlen und dürstend nach Blut. Irgendwann davor hatte er ein ganzes Meer von Schlangen getroffen. Als er versuchte, seinen Hunger mit den zappelnden Biestern zu stillen, stellte er fest, dass sie zu faulig schmeckten.

Dann war er wieder in eine Schmerzbarriere gerannt. Nur zwang ihn diese nicht wie die Sonne, sich zu verstecken, oder zog ihn schmerzlich zu einem unbekannten Ziel. Diese sperrte ihn aus. Er konnte Millionen von Vögeln und anderen Tieren innerhalb der unsichtbaren Umzäunung sehen, und der Geruch ihres Blutes sowie der des alten Mannes trieben ihn zur Raserei. Unablässig war er um die Barriere herumgegangen und hatte sie mit seinen gekrümmten Fingern nach einer Schwachstelle oder einer Öffnung abgetastet.

Doch während die Nacht langsam einem weiteren Tag wich, der sengendes Licht mit sich bringen würde, fürchtete Harry schon, dass er doch nicht hineinkäme, dass er noch einen Tag in der Hölle verbringen müsste und allmählich zu einem Klumpen schwarzen Fleisches verglühen würde, wie er es bei so vielen anderen gesehen hatte.

Er tastete fieberhaft weiter nach einem Einlass, kratzte an der unsichtbaren Barriere, bis seine Nagelhäute bluteten, stolperte keuchend und sabbernd um das ganze Gelände herum. Schließlich stießen seine Krallen auf einen Riss in der Wand, und er fühlte, dass etwas Dunkles und Mächtiges vor ihm hier eingedrungen war. Dieses Ding hatte er vorher bereits gefühlt, konnte sich jedoch nicht erinnern, wo, weil sein Denken vor lauter Blutrünstigkeit schleppend und trübe war. Plötzlich aber fiel es ihm wieder ein. Dasselbe Ding hatte er gespürt, als er sich in jener Nacht, in der der alte Mann geflohen war, auf dem Korridor befunden hatte. Es war kein Rhothag aus Fleisch und Blut, sondern ein Dämon aus Schatten und Finsternis, in dessen Gegenwart sogar der Harry-Rhothag Angst bekam, auch wenn sein Verstand sonst kaum andere Regungen als Beutegier oder die Befehle der inneren Stimme zuließ.

Der überwältigende Drang, endlich an seine Beute zu gelangen, war allerdings weit stärker als jede Angst, und so tauchte Harry seine langen Krallen tief in den Spalt und zerrte daran. Die Öffnung schien ein wenig nachzugeben, aber nicht genug, als dass er durchgepasst hätte. Doch er hatte den Eindruck, dass der Widerstand schwächer wurde.

Also musste er nur noch ein wenig warten.

Ich glaube, dies ist nur die Pforte auf unserer Seite«, sagte Lucy, während Dylan vergebens nach dem wirbelnden Lichterspiel schlug, durch das sein Schwert hindurchglitt, als handelte es sich bloß um ein Hologramm. »Das ist nichts, was du mit der Klinge zerhacken kannst.«

»Ja, das sehe ich auch«, sagte Dylan und nahm das Schwert herunter.

»In der Dimension der Ewigen muss es ein Gegenstück zu der Pforte geben.«

»Warum?«

»Weil ich vermute, dass sich zwischen beiden eine Art Wurmloch befindet.«

»Das hast du schon einmal gesagt, aber ich habe auch damals nicht kapiert, wie ich mir ein Wurmloch vorzustellen habe.«

»Es ist wie ein Blatt Papier, das man faltet. Stell dir vor, das Papier wäre alles, was wir kennen, und würde alle Dimensionen, andere Orte und vielleicht sogar andere Zeiten auf der einen Seite enthalten. Wenn man über das Papier wandert, sind die Strecken zwischen zwei Punkten beinahe unendlich weite Wege durch Raum und Zeit. Faltet man das Blatt aber in der Mitte, schrumpft dieselbe Entfernung auf die Dicke des Papiers und man erhält eine Stelle, an der sich ein Wurmloch bilden kann. Das ist natürlich grob vereinfacht, doch ich wette, genau damit haben wir es hier zu tun.«

»Und was ist *in* dem Wurmloch? Wie weit ist es zu der anderen Pforte?«

»Rein theoretisch gibt es in einem Wurmloch keine Zeit und keine Entfernung.«

Dylan schüttelte den Kopf. »Wenn es weder Zeit noch Entfernung gibt, läge die andere Seite der Pforte in der Dimension der Ewigen. Dann wäre sie doch der einzige Zugang.«

»Ich weiß nicht, wie ich es am besten erklären kann«, erwiderte Lucy, »aber so ist es nicht. Es gibt etwas dazwischen. In meinen Träumen habe ich eine weite kahle Ebene gesehen, und ich glaube, die befindet sich zwischen den Pforten.«

»Wie eine Wüste.«

Lucy nickte. »Hast du sie auch gesehen?«

»Was ist, wenn wir uns irren? Was ist, wenn die andere Seite dieses Dings mitten im Territorium der Ewigen liegt?«

Lucy dachte nach. »Wir müssen daran glauben, dass wir wenigstens eine kleine Chance haben. Und die hätten wir in dem Fall nicht. Ich glaube, wir werden diese Leere finden.«

Dylan betrachtete den wirbelnden Kreis und versuchte, ein Muster darin zu erkennen. Aber es schien nur ein Strudel zu sein, der ihn in seinen Sog zog, und für einen Moment war ihm, als ginge er bereits darauf zu, obwohl er nicht merkte, dass sich seine Füße bewegten. Als er stolperte, fing Lucy ihn ab.

»Wir werden wohl da hineingezogen, ob es uns gefällt oder nicht«, sagte er und nahm ihre Hand.

Er ging auf die Pforte zu, doch noch ehe er sie erreichte, wurde er von dem Ding *eingesogen*, als hätte sein Körper sich verflüssigt. Es war ähnlich schwindelerregend wie die Ortswechsel, die er bisher erlebt hatte, nur dass er sich hier überhaupt nicht anstrengen musste. Stattdessen trieben sie durch einen langen schwarzen Tunnel auf einen mattgrünen Punkt zu, der stecknadelkopfgroß begann und beständig wuchs, bis er sie vollständig umgab. Als sie abrupt zum Stillstand kamen, fanden sie sich auf einem bleichen Untergrund wieder, der aussah wie Stein, sich jedoch wie ein Schwamm anfühlte. Über ihnen lag ein graugrüner Himmel. In allen Richtungen fiel der Horizont bogenförmig ab, als stünden sie auf einer gigantischen Kugel. Die Luft war dünn und roch nach Ozon.

»Wo entlang?«, fragte Dylan und blickte sich auf der unheimlichen Einöde um.

»Ich glaube, das ist egal«, antwortete Lucy.

»Wie kann es egal sein?«

»Das hier ist nur der Durchgang zwischen unserer Welt und der der Ewigen. Uns kommt es wie eine Sphäre vor, aber das liegt daran, dass wir an drei Dimensionen gewöhnt sind. Stephen Hawking würde sagen, dass ein Wurmloch ein Ort ist, auf den sich die Gesetze der Physik nicht anwenden lassen. Er fände es gewiss interessant, zu erfahren, dass zwei Menschen darin tatsächlich überleben können – vorausgesetzt, wir sind überhaupt in einem Wurmloch. Ich vermute, wir erreichen die andere Pforte in jedem Fall, ganz gleich in welche Richtung wir gehen.«

Das flache Nichts und der gleichbleibend entfernte Horizont verliehen dem Wort *leer* eine vollkommen neue Bedeutung. Das hier war kein *Ort*, sondern eine Art Konstrukt, ausschließlich dazu da, um von ihnen durchquert zu werden, und Dylan wünschte inständig, sie könnten genau das tun und damit alles hinter sich haben, selbst wenn sie am Ende des Wegs auf die Ewigen stießen.

»Vielleicht kann ich uns zu der anderen Pforte bringen«, sagte er mit Blick in die Ferne.

»Nein, wir sollten unsere Talente nicht benutzen, ehe wir sie nicht wirklich brauchen«, entgegnete Lucy. »Gehen wir ein Stück weiter.«

Dylan schritt neben ihr her und fühlte sich wie ein Kind in einem tiefen, unkontrollierbaren Alptraum.

Jeder ihrer Schritte hallte auf dem Boden wie auf einer gigantischen Pauke. Dylan fühlte einen schwachen Druck – wie eine unsichtbare Hand auf seinem Rücken, die ihn weiterschob.

»Ich sah dich in meinen Träumen«, sagte Lucy traurig. »Aber zuerst wusste ich nicht, dass du es warst.«

»Warum hast du mir nie davon erzählt?«

»Ich wollte glauben, dass es nur Träume sind.«

»Aber jetzt glaubst du es nicht mehr, oder?«

»Ich fürchte, sie sagten mir die Zukunft voraus.«

Er nahm wieder ihre Hand. »Wir entscheiden unsere Zukunft selbst.«

»Wie kannst du das jetzt noch sagen? Was kontrollieren wir denn hier?«

»Uns. Wir können jederzeit abbrechen und zurückgehen.«

»Und dann?«

Er zuckte mit den Schultern.

»Du klingst, als würdest du das gern glauben, tust es aber eigentlich nicht.«

»Was denkst du, was passiert – vorausgesetzt, wir können sie schlagen?«, fragte Dylan.

»Du meinst, außer dass wir die Menschheit vor der Auslöschung bewahren?«, erwiderte Lucy und zog eine Grimasse.

»Ja, ich meine, wenn wir die Pforte schließen, die Ewigen für immer aussperren, dann haben wir die Welt vom Bösen befreit, stimmt's?«

»Ja, ich verstehe, worauf du hinauswillst«, sagte sie nachdenklich. »Aber ich kann mir nicht vorstellen, dass wir sie dann vom Bösen befreit hätten. Vielleicht haben wir dann das *pure* Böse abgewehrt, aber nicht einmal Remedios denkt, dass die Ewigen für alles Schlechte in der Welt verantwortlich sind.

Sie nutzen bloß aus und verschlimmern, was bereits da ist. Ich glaube, kein Mensch kann durch und durch böse oder durch und durch gut sein.«

Dylan überlegte. »Aber es wird kein rein Böses mehr geben, das uns auf die schlechte Seite zieht, nur noch das reine Gute, das uns zum Licht lockt.«

»Ich weiß nicht, ob das stimmt, aber das würde ich mir wünschen.«

Dylan nickte. »Das wäre wohl wert, dafür zu sterben.«

»Ich hoffe, das musst du nicht«, sagte sie.

Aber er bemerkte, dass sie das Gesicht abwandte. Außerdem hatte sie *du* gesagt, nicht *wir*.

Sie schritten über die weite Ebene, bis sie abrupt endete und sich der Horizont als eine hohe Steilklippe entpuppte. Am Fuß des Massivs erkannten sie, dass es sich aus engstehenden Wänden zusammenfügte, hoch wie Wolkenkratzer, und sich zu beiden Seiten erstreckte, so weit das Auge reichte.

»Was jetzt?«, fragte Dylan und legte den Kopf in den Nacken, um an den Steilwänden hinaufzublicken.

»Wir müssen drum herumgehen«, erklärte Lucy und starrte auf den Punkt, an dem sich Kliff und Horizont in der Ferne trafen.

Aber sie waren noch nicht weit gegangen, als sie eine neblige Dunkelheit wahrnahmen, die sich hinter ihnen über die Ebene auf sie zubewegte.

»Was ist das?«, flüsterte Lucy.

»Ich glaube, es ist das Ding, das die ganze Zeit schon hinter mir her ist.«

»Was ist das für ein Gestank?«

»Du riechst ihn auch?«

Sie rümpfte die Nase. »Ich hatte mir immer vorgestellt, dass der Weltuntergang so riecht.«

Da sie keine andere Wahl hatten, als der Wand zu folgen, rannten sie los. Dylan beobachtete, wie die Dunkelheit die Ebene hinter ihnen verschlang, und fragte sich, ob er hier sterben und Lucy allein und ungeschützt zur zweiten Pforte rennen müsste. Die Finsternis hatte sie beinahe erreicht, und obwohl er wusste, dass er sie nicht bekämpfen könnte, wollte er nicht einfach aufgeben. Plötzlich fühlte er, wie das Ding tief in seinen Kopf eindrang und seinen Widerstand zu brechen versuchte. Es wollte ihn besitzen, er *sein*, und Dylan musste alle Kraft aufwenden, um es abzuwehren. Wieder hämmerte die furchtbare Stimme in seinem Kopf, und Dylan begann, unverständliche Worte zu singen, die auf einmal einen Sinn ergaben.

»*Ectara. Meana Serra!*«, schrie er die Dunkelheit an. Bleib zurück. Rühr dich nicht!

Die Dunkelheit näherte sich zögerlicher, breitete sich aber zugleich wie ein Nebel aus. Lucy packte Dylan am Hemd und hielt sich hinter ihm, um dem Schwert auszuweichen, als er es hob.

Es gab immer nur einen. Jetzt sind es zwei.

Ronnies Stimme klang sanft wie ein Sommerregen, während sich die Dunkelheit um sie legte. Lucy holte einen Leuchtstein aus ihrer Tasche, drückte ihn und hielt ihn in die Höhe. Doch er leuchtete nicht, und so warf sie ihn beiseite.

Ihr beide seid, wer ihr seid, aus einem bestimmten Grund. Und keiner von euch ist allein.

»Hier können wir es nicht bekämpfen«, sprach Lucy aus, was Dylan dachte. »Wir müssen weiter zur zweiten Pforte!«

»Es versucht, in meinen Kopf einzudringen«, keuchte er. »Es will mich verändern, mich benutzen …«

»Komm weiter!«, sagte sie und zog ihn mit sich.

Die Dunkelheit folgte ihnen, schien aber von Dylans Worten verwirrt. Er spürte eine Schwere in der Luft vor ihnen, eine Ankündigung von Verdammnis.

Als Lucy ermüdete, verlangsamte Dylan das Tempo und legte den Arm um ihre Schultern, um ihr zu helfen. Sie sah ihn an.

»Ich fühle, dass du mir Kraft gibst«, keuchte er atemlos und verwundert.

Sie nickte. »Ich glaube, die Veränderung funktioniert nur, wenn du im Reich der Ewigen bist. Und das hier ist kein Ort, wie wir ihn kennen. Außerdem fühle ich nach wie vor die Verbindung zum Burgfried, die mich stärkt. Vielleicht kann ich dir deshalb helfen, gegen die Dunkelheit zu kämpfen.«

»Ich bekomme die Stimme nicht aus meinem Kopf«, erwiderte Dylan. »Remedios sagte, *Rantasas* bedeutet Torwächter. Ein Teil der Dunkelheit ist bereits in mir, und ich glaube, sie will mich zum Torwächter machen. Das wollte sie die ganze Zeit, deshalb kam sie überhaupt zu mir. Weißt du, wie weit es noch bis zur Pforte ist?«

»Ich fühle sie immer deutlicher. Sie muss ganz in der Nähe sein.«

Als Baxter im Sternenlicht sah, wie der Rhothag zwischen den Rabenvögeln hindurchstolperte, ging er hinaus auf die Veranda, hockte sich auf ein Knie und legte mit beiden Händen an. Auch im schwachen Licht rechnete er nicht damit, das Ziel zu verfehlen, vor allem aber erwartete er nicht, dass der Auslöser in ein leeres Magazin stieß. Er nahm es heraus und starrte verwundert auf die Kugel im Schacht. Er klickte das Magazin wieder ein und feuerte erneut. Dasselbe.

»Das wird nichts«, sagte Remedios hinter ihm, während Baxter wieder und wieder den Abzug drückte.

»Was zum Teufel ist los?«, fragte Baxter, während der Rhothag nahe genug kam, dass seine blitzenden Augen und Zähne zu erkennen waren.

»Die Veränderung«, erklärte Remedios, »sie hat uns fast erreicht. Da funktioniert deine Waffe nicht mehr.«

»Mist!«, fluchte Baxter und schleuderte die Waffe in Richtung des Monsters. »Ins Haus! Versteck dich!«

Er schob Remedios durch die Tür nach drinnen, schlug sie hinter ihnen zu und knallte den Riegel vor. Während er die Schritte des alten Priesters hörte, die sich über den Flur entfernten, war er in Gedanken ganz bei dem Rhothag. Wie wollte er etwas von dieser Größe ohne Waffe aufhalten? Unten im Verlies gab es andere Waffen, doch da konnte er jetzt nicht hin, und die bloße Möglichkeit, dass er dort unten in der

Dunkelheit gefangen wäre wie Wagner, verursachte ihm Übelkeit.

»Crank!«, schrie er, zog einen der schweren Dielentische vor den Eingang, kippte ihn auf die Seite und verkantete ihn unter dem Türknauf. Damit gewannen sie vielleicht ein paar Minuten. Dann rannte er in die Küche und durchwühlte die Schubladen. Er entschied sich für ein schweres altes Schlachtermesser mit scharfer Klinge und breitem Messinggriff.

Wieder schrie er nach Crank, erhielt aber keine Antwort. Wo zum Teufel steckte er? Mit seiner verdammten Axt könnte der kleine Mistkerl eine echte Hilfe sein. Leider hatte er diesen denkbar ungünstigen Zeitpunkt gewählt, um sich außer Hörweite zu begeben.

Baxter lief zurück in die Diele und sah durch die schmalen Fenster neben der Eingangstür. Von der Bestie war nichts zu sehen. Also lief er durchs ganze Haus, leise nach Crank rufend, und überprüfte sämtliche Fenster im Erdgeschoss. Alle waren verriegelt. Aus irgendwelchen Gründen war die Hintertür am Ende des Flurs offen, aber der trampelige Rhothag konnte es unmöglich in der kurzen Zeit bis hierher geschafft haben. Baxter schlug sie zu und schleifte eine wuchtige Kiste davor. Jetzt könnte die Kreatur immer noch eines der Fenster einschlagen, aber dann wüsste Baxter wenigstens, wo sie war.

Die vielen Vögel im Himmel über dem Burgfried ließen nur sehr schwaches Sternenlicht durchdringen, weshalb Baxter jedes Mal langsamer wurde, wenn er an einem der fensterlosen hinteren Räume vorbeikam und das Messer vor sich hielt. Zwar konnte der Rhothag noch nicht im Haus sein, aber Baxter wollte kein Risiko eingehen.

Er wusste weder, wo die Hündin hingelaufen war, noch, wo Remedios sich versteckte. Zum Glück folgte der alte Priester seinen Befehlen und verhielt sich ruhig. Plötzlich kam Baxter der Gedanke, dass der Rhothag vielleicht längst im Haus *war* und Remedios bereits gefunden hatte. Er könnte durch ein offenes Fenster eingedrungen und es hinter sich geschlossen haben. Waren diese Biester schlau genug, etwas Derartiges zu tun?

Nein, das war lächerlich. Dafür war zu wenig Zeit gewesen, und Baxter hätte etwas gehört – einen Schrei oder umstürzende Möbel. Doch je länger er in dem dunklen stillen Korridor stand, umso sicherer war er, dass ihn das Biest überlistet hatte. Die Tatsache, dass es noch kein Fenster eingeschlagen und keine der Türen aufzubrechen versucht hatte, ließ für Baxter keinen anderen Schluss zu. Er holte tief Luft und ging langsam weiter.

Je näher er der Außenmauer kam, umso dichter presste er sich mit dem Rücken an die Wand, damit er von draußen schlechter zu sehen war. Außerdem hielt er so größtmöglichen Abstand zu den dunklen Räumen gegenüber.

Ein leises Klimpern ertönte hinter ihm, so zart, dass er zunächst glaubte, er bildete es sich nur ein. Aber hinterher herrschte wieder Totenstille im Haus. Jetzt *wusste* er, dass die Bestie im Haus war. Er blickte sich über die Schulter um, konnte allerdings nicht mehr sagen, aus welcher Richtung das Geräusch gekommen war. Leise drehte er sich um und ging zurück.

Der Rhothag schlich, und das war ungünstig. Zudem hatte Baxter keine Ahnung, ob Remedios hinter oder vor ihm war. Das bedeutete, dass er sich nicht einfach an einer geeigneten Stelle auf die Lauer legen konnte, sondern das Biest suchen musste.

Als Erstes sah er in die stockfinsteren Schlafzimmer, in denen er sich ausschließlich tastend und nach Gehör orientieren konnte. Währenddessen überlegte er, wie er es mit dem

Rhothag aufnehmen könnte. Seit dreißig Jahren hatte er zwar keinen Nahkampf mehr trainiert, aber letztlich waren die Rhothags sterbliche Wesen. Wenn er es schaffte, dem Biest das Messer in die Augen, den Mund oder den Hals zu rammen, hätte er eine Chance, es zu töten. Dazu musste er ihm allerdings sehr nahe kommen, und der Gedanke an die Krallen, in deren Reichweite er geraten würde, jagte ihm Schauer über den Rücken.

Trotzdem suchte er weiter und fragte sich zum millionsten Mal, wo Crank und die verdammte Hündin sein mochten.

Crank saß mit dem Rücken an eine große Eiche gelehnt hinter dem Haus und blickte hinauf in den Nachthimmel, in den die Silhouette des Burgfrieds aufragte. Raben gurrten leise, während sie es sich auf seinen Füßen, seinen Beinen und seinem Schoß bequem machten. Er achtete gar nicht auf die Vögel, denn seine Gedanken waren ein einziges Durcheinander von Was-wäre-Wenns und Warums.

Über dreißig Jahre war er dem Boss blind gefolgt. Damals bewahrte Clayborn ihn davor, für den Mord an seinem Zuhälter-Stiefvater und seiner brutalen Mutter ins Gefängnis zu gehen, und sorgte dafür, dass Crank Ventile für seine natürliche Neigung zu Gewalt fand. Crank wurde erstmals Teil von etwas Größerem.

Der Boss hatte ihn ausgebildet und ihm sogar ein paar Manieren beigebracht. Er hatte Crank gezeigt, wie man sich anständig kleidet, wie man zivilisiert isst und eine gepflegte Unterhaltung führt, auch wenn Letzteres nie zu seiner Stärke wurde. Und lehnte Crank sich auf, bekam er die eiserne Hand seines Bosses zu spüren. Doch Clayborn erklärte ihm hinterher immer, warum er ihn bestrafte, und so lernte Crank. Ein Vierteljahrhundert lang war er die rechte Hand des Mannes gewesen und hatte Dinge getan, die er für notwendig erachtete, weil der Boss gesagt hatte, sie wären notwendig.

An den abergläubischen Hokuspokus von den Ewigen, wie

ihn andere Rex-Deus-Mitglieder verbreiteten, hatte er nie geglaubt, und unter vier Augen machte der Boss sich ebenfalls darüber lustig und erklärte, diesen Zweig der Organisation eines Tages mit Cranks Hilfe auszurotten. Rex Deus' eigentliche Bestimmung war die, gegen Qedem Melech zu kämpfen, einen Haufen von Terroristen, die kein anderes Ziel hatten als die endgültige Zerstörung der eigenen Art. Und wenn der Glaube an Dämonen aus anderen Dimensionen diesem Zweck dienlich war, würde der Boss ihn eben ausnutzen. Sollte er sich jedoch als hinderlich erweisen, musste er ihn austreiben.

Zur Austreibung gehörte natürlich, den störenden Priester loszuwerden, der angefangen hatte, sich mit den Artefakten zu befassen, die im Burgfried aufbewahrt wurden. Der Boss erklärte Crank, dass er dem alten Mann zunächst freien Zugang zu vielen der Funde gewährt hatte, da er ihn für harmlos und seine Kenntnisse der toten Sprachen für zu gering hielt, als dass er die Dokumente und Texte aus Vorzeiten übersetzen könnte. Später dann wurde Remedios in Clayborns Augen zu einer Bedrohung. Wie er Crank sagte, stiftete der Priester Unruhe innerhalb der Organisation, indem er viele der Jüngeren überzeugte, dass Clayborn die Ewigen nicht ernst genug nahm. Für Crank war Remedios die Ursache für die Spaltung, und deshalb musste er weg.

Crank hätte ihn fast umgebracht.

Baxter hatte ja keine Ahnung, wie knapp es seinerzeit gewesen war. Das Feuer, das Remedios angeblich tötete, kam Crank nur um Minuten zuvor.

Minuten.

Und nun musste er sich der Tatsache stellen, dass man ihn benutzt hatte. Er war drauf und dran gewesen, einen Mann umzubringen, der Rex Deus zum ersten Mal seit sehr langer Zeit wieder in die richtige Richtung zu lenken versuchte. Der

Boss war tot, ein verkohlter Haufen, keine drei Meter von Crank entfernt, den sogar die Krähen mieden.

Crank hatte alles getan, um die Wahrheit zu leugnen, doch selbst wenn sich die Welt um ihn herum nicht so drastisch verändert hätte, müsste er letztlich zugeben, was offensichtlich war. Der Ring auf dem abgetrennten Arm und der Sarg von Dylans Frau im Keller waren nur die letzten Puzzlestücke gewesen. Niemand sonst hätte die Show für Qedem Melech so gut inszenieren können wie der Boss.

Crank war ein willfähriger Helfer gewesen und darüber ebenso schlecht geworden wie die Rhothags oder die Qedem-Melech-Agenten, die er so sehr verabscheute.

Er dachte an den Tag auf der Straße, als Dylan und er problemlos von den Rhothags durchgelassen, Baxter jedoch beinahe von den Bestien getötet worden war. Und dann war da der Kater, der sich nur von ihm hatte anfassen lassen. Er schaute sich um. Raben und Füchse wuselten um ihn herum. Zwischen den Bäumen waren Rehe und Eichhörnchen – nirgends Katzen.

Deshalb hatte Lucys Hündin ihn wohl auch nie gemocht. Er war der schlimmste Verräter – ein Judas. Selbst ein Köter bemerkte seinen Gestank.

Eine ohnmächtige Wut auf den Boss erfüllte ihn.

Er war bereit gewesen, alles zu tun, um Dylan zum Boss zu bringen, hätte sogar Baxter den Rhothags auf der Straße überlassen. Und nun war er gezwungen, tatenlos zuzusehen, wie Dylan und Lucy weiß Gott wohin verschwanden, um sich weiß Gott was zu stellen, und er konnte verdammt noch mal gar nichts tun! Er war nur noch ein verkrüppelter, hasserfüllter Verräter, und das Beste, was er tun könnte, wäre, sich mit einer seiner Pistolen das dämliche Hirn wegzupusten. Nur hatte er auf einmal Angst, was ihn danach erwartete.

Früher glaubte er nicht an Himmel und Hölle. Eigentlich glaubte er überhaupt an kaum etwas außer an den Boss. Und jetzt musste er zugeben, dass es mehr auf der Welt gab als das, was er sehen, hören und töten konnte. Trotzdem hatte er das Gefühl, der Welt noch einen Toten zu schulden.

Er nahm eine seiner Pistolen und hielt sie ins schwache Sternenlicht. Drei Männer und mehrere Rhothags waren durch Kugeln aus dieser Waffe gestorben, und er wusste, dass ein sauberer Schuss einen schmerzlosen, schnellen Tod bescherte. Er steckte sich den kalten Lauf in den Mund, verzog das Gesicht ob des metallischen Geschmacks und legte den Daumen auf den Abzug.

Dann schloss er die Augen und drückte ab. Als der Auslöser klickte, fuhr Crank zusammen.

Er hatte *immer* eine Kugel im Lauf. Mit zitternden Händen und pochendem Herzen sah er nach und stellte verwundert fest, dass sehr wohl auch diesmal eine Kugel bereit war. Er versuchte es noch einmal, doch wieder feuerte die Pistole nicht. Ungeduldig warf er sie beiseite und versuchte es mit der anderen.

Genau dasselbe.

Was zum Teufel war hier los?

Die Krähen schienen unruhiger, und als er zum Burgfried sah, kamen ihm die Tiere umso nervöser vor, je dichter sie dem Gebäude waren. Eine dunkle Ahnung ließ ihn aufspringen. Plötzlich war er sicher, dass das Gelände keinen Schutz mehr bot. Wenn keine seiner Pistolen funktionierte, ging etwas Schreckliches vor sich. Wolken schwarzer Vögel flatterten über das Dach, als versuchten sie, etwas mit ihrem Flügelschlag zu vertreiben.

Und er hatte die Hintertür offen gelassen.

»Scheiße!«, murmelte er, warf die zweite Pistole weg und langte unter die Vögel nach der Axt.

Nachdem er jeden Millimeter von Lucys Schlafzimmer abgetastet hatte, schlich Baxter leise wieder auf den dunklen Korridor hinaus. Er hörte Schritte und erkannte sofort, dass es sich um niemanden handelte, der ins Haus gehörte. Sie waren zu langsam, zu schlurfend und kamen aus Richtung der Bibliothek. Er betete, dass der Rhothag Remedios noch nicht gefunden hatte. Vielleicht versteckte sich der alte Mann im oberen Stockwerk. Verdammt, vielleicht konnten sie beide ein Versteck finden und überleben! Aber daran glaubte Baxter eher nicht. Die verfluchten Rhothags hatten Nasen wie Bassets und konnten im Dunkeln sehen. Wo sollte man sich hier bis zum Morgengrauen verkriechen? Würde es überhaupt ein Morgengrauen geben?

Und wo zur Hölle steckte Crank?

Hatten sie sich alle in ihm getäuscht? War er gar nicht der blinde Gefolgsmann Clayborns gewesen, für den sie ihn alle hielten? Hatte er den Rhothag aufs Gelände und in den Burgfried gelassen? Baxter wurde allmählich paranoid und umklammerte das Messer noch fester. Gegen einen riesigen Rhothag zu kämpfen, war schlimm genug. Auch noch gegen Crank und seine Schlachtaxt anzutreten, wäre unmöglich.

Er schlich durch den Flur und lauschte aufmerksam. Hinter ihm klirrte Glas, und er fuhr herum. In der Dunkelheit erkannte er die Umrisse der offenen Türen zu seiner Linken, da die Zimmer dort Fenster hatten, durch die schwaches Licht schien. Der Korridor selbst war stockfinster und die Türen auf der anderen Seite ebenfalls. Wieder kam ein Geräusch von zersplitterndem Glas aus derselben Richtung. Brach noch ein zweiter Rhothag ins Haus ein? Würde er zwischen zweien von ihnen eingekesselt sein?

Der erste Rhothag war nicht hinter ihm her, also musste er es auf Remedios abgesehen haben. Das machte ihn im Moment gefährlicher als die andere Bestie. Baxter näherte sich der Bibliothek und war versucht, hinter dem ersten Rhothag herzurennen, um ihn von dem alten Priester wegzulocken. Andererseits bestand seine einzige Chance gegen die Bestie darin, sie zu überraschen, also tastete er sich lieber weiter behutsam vor. Plötzlich fühlte er keine Wand mehr hinter sich, sondern Luft, und ihm war klar, dass er in einer offenen Tür stand.

Eine Hand legte sich von hinten auf seine Schulter, riss ihn zurück und stieß ihn hart gegen die Wand. Er hielt das Messer stoßbereit, und als direkt vor ihm ein Gesicht auftauchte, hob er die Klinge.

Crank machte große Augen, und Baxter erstarrte. Nach einem Moment lächelte Crank und hob abwartend die Schultern.

Baxter atmete tief durch. Nein, Crank hatte nicht vorgehabt, ihn zu töten, denn dazu hätte er ihm bloß die Axt in den Rücken rammen müssen. Also nahm Baxter das Messer wieder herunter.

»Wo zur Hölle warst du?«, flüsterte er.

»Nachdenken«, antwortete Crank leise. »Wo ist es?«

Baxter nickte den Flur hinunter. »Irgendwo dahinten. Ich habe die Spur verloren, als ich hörte, wie das Fenster eingeschlagen wurde. Ich dachte, das sei noch so ein Biest.«

»Nein, das war ich«, erklärte Crank. »Du hattest mich ausgesperrt.«

»Dann hast *du* die Tür offen gelassen?«

Crank ignorierte die Frage und schlich an ihm vorbei. Baxter folgte ihm – froh, den kleinen Mistkerl bei sich zu wissen. Wenn es ums Kämpfen ging, konnte Crank absolut explosiv sein. Aber der verfluchte Rhothag bewegte sich nach wie vor unglaublich still. Baxter hatte keine Ahnung, wo er gerade sein mochte, und Phönix war immer noch verschwunden.

Phönix lag auf dem Bett, das sie sich mit Lucy teilte, und wartete geduldig auf deren Rückkehr, als sie Crank vorbeigehen hörte. Er achtete nicht auf sie, und so folgte sie ihm zum Hinterausgang und wunderte sich, als er hinausging und die Tür offen ließ. Das taten Menschen fast nie. Sonst hätte sie viel mehr Bewegung in ihrem Leben bekommen. Aber heute Nacht hatte sie keine Zeit, zwischen den albernen Krähen herumzulaufen, die Füchse zu beschnüffeln oder das Gelände zu markieren. Sie wartete auf Lucy. Also beschränkte sie sich darauf, den Vögeln auf der Veranda einen verächtlichen Blick zuzuwerfen und zurück ins Schlafzimmer zu trotten.

Fast sofort nahm sie den Geruch einer dieser widerlichen Kreaturen auf, sträubte das Nackenfell, war allerdings klug genug, nicht zu knurren, und linste vorsichtig in den Flur. Der zweibeinige Nicht-Mensch schaute sich langsam um, während Phönix regungslos dastand. Die Augen des Dings wanderten über sie, verharrten aber nicht, und sie atmete wieder. Dann verschwand der Zweibeiner im Zimmer des alten Mannes und blieb eine Weile drinnen. Als er wieder herauskam, schnüffelte er. Auch Phönix schnupperte. Das Ding roch nach vergammeltem Fleisch und Fäkalien, und es gehörte ebenso wenig hier ins Haus wie die Krähen. Sie schnupperte wieder und nahm Duftspuren vom letzten Essen der Menschen auf sowie von Dosenhundefutter und Dosenmilch. Außerdem roch sie den Kamin in der Bibliothek und weiter hinten im Flur den Geruch von dem Mann, den sie Baxter riefen, und dem ganz alten Mann. Der Nicht-Mensch schnüffelte nochmals und schlich den Flur hinunter. Instinktiv wusste Phönix, dass er es auf den alten Mann abgesehen hatte. Er war der Schwächste und Langsamste, also am leichtesten zu töten, und ihre Aufgabe war es, ihn und dieses Haus zu schützen.

Aber sie wusste, dass sie niemanden schützte, wenn sie das Monster hier attackierte. Es war viel zu groß für sie, und sie war allein. Sie musste den alten Mann suchen und ihn in Sicherheit bringen. Leise tapste sie aus dem Schlafzimmer und schlich hinter dem gigantischen Tier her. Auf halbem Weg sah sie Baxter, der in einem der Schlafzimmer verschwand, und fragte sich, ob er wusste, dass das Ding im Haus war. Sie wagte nicht, zu bellen und ihn zu warnen. Als der Rhothag an ihm vorbeiging, wusste sie endgültig, dass er den alten Mann jagte. Sie folgte ihm weiter.

Bald waren sie bei dem großen Raum nahe der Vordertüren, und als die Kreatur langsamer wurde, begriff Phönix sofort, warum. Die Luft war voll von den verschiedenen Düften ihrer Menschen, weil sie dauernd hier durchgingen. Baxters Geruch und der des alten Mannes waren am stärksten, hingen aber auch überall in der Luft. Und Phönix war klar, dass das Ding zwar eine gute Nase hatte, ihre jedoch besser war. Der Nicht-Mensch war auf Augen *und* Nase angewiesen. Phönix hingegen wusste schon, wo der alte Mann war. Sein Duft drang unter der Wandschranktür gegenüber hervor. Die Hündin wartete, ob die Bestie ihn auch bemerkte. Wenn ja, müsste sie angreifen und hoffen, dass Baxter sie hörte und ihr zu Hilfe kam.

Aber die Kreatur drehte sich um und ging in die Küche. Phönix huschte hinüber zum Wandschrank, kratzte ganz leicht an der Tür und winselte leise. Erst geschah gar nichts, weil der alte Mann wohl Angst hatte, herauszukommen. Dachte er denn, dass dieses dünne Holz ihn vor der Kreatur schützte? Sie kratzte noch einmal, und nun ging die Tür auf. Ehe sie ihn schwanzwedelnd begrüßen konnte, packte der alte Mann sie beim Halsband und zog sie zu sich in den dunklen Schrank.

Waren Dylan und Lucy eben noch über die weite leere Ebene gerannt, entlang an der hohen Steilklippe, sanken sie im nächsten Moment in den Boden hinab. Als ihre Füße wieder festen Grund spürten, blickten sie sich erstaunt um. Über ihnen war nicht der *Boden,* auf dem sie sich gerade noch bewegt hatten, sondern ein azurblauer *Himmel,* das schönste Blau, das sie jemals gesehen hatten. In der Ferne tauchten leuchtend goldene Sonnenstrahlen hinter rot-violetten Wolken auf. Dahinter allerdings näherte sich eine unwirklich düstere Finsternis der Sonne, und Dylan und Lucy rannten in diese Richtung, weil sie beide wussten, dass dort die Pforte sein musste.

Sie liefen so schnell, dass sie erst im letzten Moment den Abgrund sahen, an den sie kamen. Dylan wäre hineingestürzt, hätte Lucy ihn nicht zurückgerissen. Beide starrten hinab in die Tiefe, wo inmitten tiefster Dunkelheit ein glitzerndes Licht abwechselnd aufschimmerte und wieder erlosch.

»Was jetzt?«, fragte Dylan atemlos. Sein Herz hämmerte ihm in der Brust. Wenngleich die neblige Dunkelheit verschwunden war, als sie in den Boden eintauchten, bekam Dylan das *Ding* nicht aus dem Kopf. Es redete nach wie vor in den fremden Worten auf ihn ein, die er immer besser verstand. Und er fürchtete, das Verstehen könnte ein Zeichen dafür sein, dass die Dunkelheit zusehends seinen Verstand durchdrang.

Dylan zwang sich, wieder in die Tiefe zu sehen und gegen seine Höhenangst anzukämpfen. Dort unten war die Pforte. Er fühlte buchstäblich, wie sie nach ihm rief, und hörte die anderen Stimmen in sich – die von Sensei und Ronnie *und* die entsetzlich dunkle, kratzige Stimme der Finsternis –, die ihn aufforderten, zu springen. Ein heftiges Beben erschütterte den Boden, dass es ihn beinahe umriss, und Lucy fiel auf die Knie. Es dauerte mehrere Minuten, doch schließlich wurde alles wieder ruhig.

»Die Veränderung wird intensiver«, sagte er und trat einen Schritt zurück.

»Die Sonne«, murmelte Lucy und sah an ihm vorbei.

Die glühende gelbe Scheibe raste auf ihren Zenit zu.

»Wenn sie diesmal untergeht, wird sie nicht wieder aufgehen«, sagte Dylan.

»Nein.«

»Hast du geträumt, was als Nächstes passiert?«

Lucy nickte. »Aber ich verstehe es nicht.«

»Als würden wir hier noch irgendetwas verstehen!«

»Ich verstehe *das*«, widersprach Lucy mit Blick in den Abgrund. »Wir müssen schnell machen, oder ich bringe es nicht mehr fertig.«

»Machen? Du meinst springen?«, fragte Dylan ungläubig.

»Das habe ich gesehen«, erklärte sie. »Entweder das, oder wir gehen zurück.«

»Nein«, flüsterte er. »Ich könnte uns dort hinunterbringen.«

»Du weißt nicht, ob du das kannst«, erwiderte sie und zeigte auf die Sonne, die bereits ihren Höchststand hinter sich hatte und wie ein Stein zu fallen schien. »Und wir haben keine Zeit für Experimente.«

Sie hatte natürlich recht. Und es war ihr Traum, aber Dylan

brachte es auf keinen Fall fertig, wieder an den Abgrund zu treten, geschweige denn hinunterzuspringen.

Ihr müsst den Blick nach außen richten und glauben.

Ronnies Stimme klang beharrlicher denn je.

Was glauben? Dass sie springen und es überleben konnten? Das war Wahnsinn!

Es gibt mehr, als du sehen und fühlen kannst, Dylan. Entweder glaubst du an die Mysterien oder nicht.

Für einen Moment fragte er sich, ob Ronnie mit Sensei gesprochen hatte. Er beobachtete, wie die Sonne dem Horizont entgegensank, und wusste, dass es keinen anderen Weg gab. Nichts derart Irreales konnte einfach *sein*. Jemand, irgendeine Macht, musste es geschaffen haben. Und dieselbe Macht hatte ihn aus einem bestimmten Grund geschaffen. Aber selbst wenn er all das akzeptierte, ängstigte ihn der bloße Gedanke an den tiefen Fall mehr, als die Dunkelheit es je getan hatte.

Die Mysterien waren wahrlich zu ihm gekommen – und eines davon war Lucy. Er sah ihr in die Augen, in denen sich seine eigene Angst spiegelte. Aber ebenso erkannte er Liebe darin.

»Na gut«, sagte er langsam, »Wie willst du …«

Da war sie allerdings schon gesprungen, und ihm blieb nichts, als ihre Hand zu halten und mitzuspringen.

Remedios kauerte in dem Wandschrank neben der Bibliothek, die Hand im Nackenfell der Hündin vergraben. Sie war klug genug, ihr Versteck nicht durch ein Knurren preiszugeben, aber er spürte, wie angespannt sie war, als wäre sie jederzeit bereit, sich auf den Rhothag zu stürzen. Der alte Mann wusste, dass sie beide hier nicht wirklich sicher vor dem Untier waren.

Als Phönix zog und leise an der Tür kratzte, gab er nach und machte auf. Dabei schickte er ein Stoßgebet gen Himmel, dass die Tür nicht quietschen möge. Es wurde erhört.

Phönix tapste leise durch die Diele zur Bibliothek, an deren Tür sie wartete, bis er ihr folgte. Dann rannte sie zu einem der Vorderfenster und tippte mit der Nase an den Riegel. Ja, im Haus waren sie gefangen. Draußen konnten sie wenigstens noch weglaufen, wenngleich das eher ein Trost für die Hündin war als für den alten Mann. Er entriegelte das Fenster, schob es vorsichtig hoch und versuchte, lautlos hindurchzuklettern. Leider ließen seine alten Beine sich nicht mehr so weit beugen, und er erstarrte auf halbem Weg, als der Rhothag ins Zimmer torkelte.

Phönix knurrte.

»Nein!«, zischte Remedios und hielt sie fest.

Die Hündin hatte keine Chance gegen die Bestie, und er wollte nicht, dass das edle Tier für ihn sein Leben ließ. Es war bereits genug Blut vergossen worden. Phönix aber riss sich los und baute sich mit gebleckten Zähnen zwischen dem Rhothag und Remedios auf.

Der Rhothag verschwendete kaum einen Blick an sie, während er auf Remedios zurannte. In diesem Moment erkannte der alte Mann, dass es dieselbe Bestie war, die ihn Nacht für Nacht beobachtet hatte, als er allein in seiner Zelle lag. Ein breites Grinsen ging über ihre Züge, und Remedios spürte, dass sie zum Sprung ansetzte. Und dann würde sich die Hündin auf sie stürzen.

»Vater unser im Himmel …«, flüsterte er.

Der Rhothag torkelte vor, und Remedios sank gegen das Fenster. Aber auf einmal stolperte die Bestie, drehte sich halb um und blickte zurück in die Diele. Gleichzeitig bemerkte Remedios einen klaffenden Spalt zwischen ihren Schulterblättern, aus dem dunkles Blut sickerte. Eine Wunde diesen Ausmaßes hätte den stärksten Mann umgehauen, aber der Rhothag schien lediglich verdutzt. Als er weitertorkelte, sah Remedios etwas durch die Luft blitzen, und der Rhothag schlug danach wie nach einer Biene.

Baxter schlüpfte an dem Rhothag vorbei in die Bibliothek, und als das Biest nach ihm langte, zielte Crank tiefer mit der Axt und erwischte es in der Mitte des Oberschenkels. Phönix wählte diesen Augenblick zum Angriff, biss dem Ding in die Achillessehne und sprang gleich wieder bellend zurück. Remedios wusste, dass Crank und Baxter mit dem Rhothag fertig würden, wünschte sich aber dennoch, er wäre weniger alt und schwach. Er sah sich nach einer Waffe um.

»Die Leuchtsteine!«, schrie Baxter, und Remedios hinkte schnell zum Schreibtisch. Dort hob er einen auf, drückte ihn fest, aber nichts passierte, und ihm war klar, warum. Die Pforte öffnete sich noch. Traurig schüttelte er den Kopf, was Baxter nicht mehr sah, weil er wieder ganz auf den Kampf konzentriert war.

Der Rhothag wich in die Mitte des Raums zurück, von wo aus er sowohl Crank als auch Baxter im Auge behalten konnte, die in einigem Abstand zu beiden Seiten um ihn herumgingen. Als Baxter mit dem Messer vorsprang, hieb das Biest nach ihm, und Crank nutzte den Moment, um ihm die Axt an den Kopf zu schleudern. Doch der Rhothag duckte sich und griff zugleich nach der Klinge von Baxters Messer, als könnte sie ihm nicht das Geringste anhaben. Mit der anderen Pranke packte es Baxter im Nacken, riss ihn hoch und warf ihn wie einen Fetzen Papier durch die Luft. Er prallte gegen die Wand und stand nicht wieder auf.

»Raus hier!«, schrie Crank Remedios zu. »Durchs Fenster. Jetzt!«

Remedios gehorchte und kämpfte sich durch die Öffnung, was angesichts seiner Arthritis alles andere als einfach war. Doch es gelang ihm, halbwegs unversehrt auf der Veranda zu landen und sich wieder hochzurappeln. Er hörte Phönix hinter sich knurren, während von dem tödlichen Kampf zwischen Crank und dem Rhothag nichts als Stöhnen und Grunzen zu vernehmen war.

Der freie Fall in die Finsternis war ebenso schwindelerregend wie beängstigend. Der Rand des Abgrunds und das Licht über ihnen verschwanden buchstäblich sofort nach dem Sprung, und Dylan konnte nicht umhin, sich die Wucht des Aufpralls auszumalen, mit der sie am Ende wer weiß wo aufschlagen würden.

Nach einer halben Ewigkeit, wie es ihm schien, konnte er ihre Umgebung erkennen, verschwommen erst, dann klarer, bis er zunächst Lucy ganz deutlich sah und dann die Wände der breiten Schlucht. Immer noch fielen sie – und das in atemberaubender Geschwindigkeit. Dylan zog Lucy in seine Arme, und sie drückte sich fest an ihn.

Unter ihnen schimmerte die Dunkelheit wie schwarze Folie.

»Wir kommen näher«, sagte er und bemühte sich, seinen Körper so zu drehen, dass er den Aufprall abfing und Lucy auf ihm landete.

Auf einmal war da wieder die Finsternis, die nach ihm griff. Entweder sprach sie jetzt seine Sprache, oder er fing an, die seltsamen Laute dafür zu halten.

Lass es geschehen. Erfülle dein Schicksal. Werde.

Die Worte weckten intensivste Gefühle, eine verwirrende Mischung aus Bosheit, Wut und überbordender Lust. Und in seinem Kopf nahm das Bild von der endgültigen Verdunklung Form an. Plötzlich wurden vertraute Gestalten – Ewige – durch ihn – den Torwächter – von Pforte zu Pforte geleitet, bis sie auf der Erdseite ankamen und die Herrschaft über den Planeten zurückeroberten.

Deshalb hatte die Dunkelheit ihn so lange gesucht und verfolgt. *Er* besaß die entscheidende Begabung, den Ewigen die Pforte zu öffnen! Millionen Jahre dauerte es jeweils, bis ein Nachfahre Shiraths mit diesem Talent geboren wurde und den Ewigen die Hoffnung gab, erneut an die Herrschaft zu gelangen. Und Dylan wünschte sich verzweifelt, zum Torwächter zu werden.

Aber er kämpfte dagegen mit all der Disziplin an, die Sensei Ashiroato ihn gelehrt hatte. Er mühte sich, die Stimme auszusperren und stattdessen auf seinen Atem zu hören, auf den Puls in seinen Adern, sich zu entspannen und sich auf seine Mitte zu konzentrieren, wie er es schon unzählige Male zuvor getan hatte.

Schließlich verlangsamte sich ihr Fall, und er wusste, dass sie nicht zu Tode stürzen würden. Er beugte die Knie, landete auf den Füßen und schaffte es, Lucy mit aufzufangen. Dann hielt er sie, bis sie sich aus seiner Umarmung löste.

Hinter ihr, durch die Dunkelheit hindurch, konnte er den glühend grünen Ring einer weiteren Pforte sehen. Die wirbelnde Diamantenscheibe wölbte sich nach außen, als würden Myriaden starker Hände von der anderen Seite dagegendrücken. Die Pforte drohte jeden Moment zu zerbersten.

»Die Ewigen brauchen mich«, sagte er. »Sie haben keine physischen Körper und können sich nicht so durch das Wurmloch bewegen wie wir. Um in unsere Welt zu kommen, muss ich sie von einer Pforte zur anderen bringen. Wenn der Schatten mich zum Torwächter macht, werde ich tun, was sie sagen. Der Burgfried verschwindet dann wie alles andere auch, und die Ewigen zerstören unsere Welt.«

»Du bist der Schlüssel? Dann hätten wir niemals herkommen dürfen!«

Dylan schüttelte den Kopf. »Wir mussten.«

»Warum? Warum konnten wir nicht einfach im Burgfried bleiben, wenn sie die Pforten ohne dich nicht passieren können?«

»Weil die Ewigen geduldig sind. Selbst wenn wir in den Burgfried zurückkehren, wird diese dunkle Präsenz uns dorthin folgen. Sie ließe mir keine Sekunde mehr Ruhe. Wir müssen das jetzt zu Ende bringen.«

»Wir müssen den Schatten vernichten«, sagte Lucy. »Das ist es, wofür das Seelenbeil geschaffen wurde.«

Rantasas. Werde zum Torwächter. Vernichte die Frau.

Dylan schüttelte den Kopf. Die Stimme war wie ein Peitschenhieb, aber da war noch eine andere, weit lieblichere, die an diesem höllischen Ort geradezu befremdlich wirkte.

Vertraut einander. Diesmal seid ihr zu zweit … und keiner von euch ist allein. Keiner von uns ist es.

Dylan wollte in diesen warmen, vertrauten Klang eintauchen. Doch zugleich war die Stimme des Schattens mächtig und drängte ihn beharrlich auf Lucy zu.

Du bekommst sie nicht. Das werde ich nicht zulassen!

Es folgte ein Moment, in dem beide Stimmen in ihm verstummten. Aber gleich darauf kehrte die dunklere mit noch größerer Entschlossenheit wieder.

Du bist der Torwächter.

Dylan konnte nur entsetzt zusehen, wie sein Körper nach vorn stolperte, das Schwert noch höher hob. Lucy schien gleichsam versteinert auf den tödlichen Schlag zu warten, während Dylan einen inneren Kampf ausfocht, um wieder Kontrolle über sich zu erlangen.

Der Schrei der dunklen Bestie hallte überall um ihn herum und durch ihn hindurch. *Tu, was ich dir befehle!*

Dylan fühlte, wie er zum Schwung ansetzte, und sah das Entsetzen in Lucys Augen.

»*Das* ist das Seelenbeil, Dylan!«, rief sie, sah auf das Schwert und wich einen Schritt zurück. »Es wurde nicht gemacht, um gegen Menschen gerichtet zu werden. Du musst dieses Ding in dir bekämpfen!«

»Du verstehst das nicht«, keuchte Dylan. »Ich kann es nicht kontrollieren. Es beherrscht mich!«

Plötzlich warf sie sich ihm schneller entgegen, als er das Schwert schwingen konnte, und umschlang ihn fest mit beiden Armen.

»Nein!«, schrie er, stolperte rückwärts und wollte sie abschütteln. Aber sie klammerte sich an ihn. Ihre Wärme übertrug sich auf seinen Körper, und er spürte, wie die Veränderung überall dort schwächer wurde, wo sie ihn berührte. Als die finstere Präsenz in seinem Kopf einen Zornesschrei ausstieß, begriff Dylan, was geschah. Lucy nutzte ihr Talent, um die Kraft der geheiligten Erde vom Burgfried *hierher*zuholen, damit sie beide in Kontakt zu ihrer Welt blieben. Während die Stimme in ihm schwächer wurde, konnte Dylan Lucy auf Armeslänge von sich schieben und sich letztlich dem dunklen Ding stellen, das aus ihm heraustrat.

Endlich nahm die Schattenbestie Gestalt an. In diesem Nichts zwischen den beiden Pforten und auf einem Boden stehend, den Lucy irgendwie geweiht hatte, sah es aus wie einer der Rhothags, obwohl es nach wie vor nur aus leerer Finsternis und nicht aus schuppigem Fleisch war. Dennoch wusste Dylan, dass seine Krallen und Zähne tödlich waren und es um ein Vielfaches stärker war als der fürchterlichste Rhothag.

»Töte sie!«, schrie das Ding, dessen dunkle Brust sich hob und dem schwarze Venen an Hals und Stirn hervortraten.

Dylan schüttelte den Kopf, um ihn freizubekommen und

zugleich den Befehl zu verweigern. Mit jeder Sekunde löste sich der Druck von seinem Schädel, und er machte zwei Schritte nach vorn, dem Feind entgegen und den Abstand zu Lucy vergrößernd.

Das Ding stürzte sich vor und schlug nach Lucy, doch Dylan ging dazwischen und schwang sein Schwert. Er hieb ins Nichts, und ein hämisches Lachen hallte durch die Luft. Gleich darauf wurde Dylan von einem kräftigen Schlag auf den Hinterkopf getroffen und schwankte. Aber er drehte sich um und schwenkte das Schwert im Bogen. Wieder traf sein Hieb ins Leere. Er blickte kurz zu Lucy, die ihre Augen geschlossen hatte und sich vollkommen konzentrierte. Der Grund unter Dylans Füßen fühlte sich bekannt und sicher an. Als er sich nach rechts wandte, stand das Ding mit ausgebreiteten Armen da und forderte ihn zur nächsten Attacke heraus.

Diesen Kampf kann ich nicht gewinnen, ging es Dylan durch den Kopf. Es gab nur eine Möglichkeit, in dieser Schlacht zu siegen, nämlich so, wie Shirath und alle anderen in Lucys Linie es geschafft hatten.

Indem sie starben.

Nicht gegen Menschen sollte dieses Schwert geführt werden, sondern gegen den Torwächter. Und *er* wurde gerade zum Torwächter. Nur so konnte er die Bestie besiegen, die ihn seit Ronnies Tod verfolgte. Und Lucy hatte es vorausgesehen. Oder zumindest hatte sie seinen Tod vorausgesehen. Das erkannte er in ihren Augen.

Dennoch rannte er nach vorn, schwenkte das Schwert erst tief, dann mit der Klinge nach oben, um den Dämon wie eine Melone zu halbieren. Doch wieder war da nichts, und ein weiterer ungeheurer Schlag traf ihn in den Nacken. Er fiel hin und rollte sich herum. Mit dem Schwert in beiden Händen schaffte er es, wieder aufzustehen, aber da war die Bestie schon dabei, auf Lucy loszugehen.

»Nein!«, schrie Dylan und versetzte sich direkt neben Lucy, wo er nach dem Arm des Biests schlug und ihn kurz über dem Handgelenk durchschnitt, bevor es Gelegenheit hatte, wieder zu verschwinden. Dylan wirbelte herum und erwartete die nächste Attacke. Plötzlich war es unmittelbar vor ihm und griff ihn an. Dylan ging zurück, Lucy hinter sich.

»Dylan!«, rief sie.

Als er sie ansah, zeigte sie auf eine Stelle auf dem Steinboden, und er begriff sofort, dass sie ihm vorhersagte, wo der Dämon auftauchen würde.

Die funkelnde Klinge des Seelenbeils schwang gefährlich durch die Luft und vollführte in dem Augenblick einen Aufwärtsbogen, als der Dämon sich materialisierte. Sie erwischte ihn unter dem erhobenen linken Arm und schnitt durch den Schatten hindurch bis zur rechten Schulter. Die zwei Torsoteile fielen nebeneinander, während die Beine des Nichtwesens nachgaben. Obwohl die Augen der Bestie noch offen waren und ihre Lippen sich bewegten, war keine Luft mehr da, um der Stimme Kraft zu verleihen. Dylan jedoch vermochte die fremden Worte von den Lippen zu lesen, hörte sie in seinem Kopf, und ihm wurde eiskalt.

Glaubst du, du hast gewonnen?

Dylan schwankte zurück zu Lucy, die ihn festhielt.

»Ist es vorbei?«, fragte sie.

»Nein«, sagte er und starrte auf den Flecken, wo eben noch der neblige Schatten gewesen war. Jetzt war dort nichts als nackter Boden. Trotzdem lief Dylan ein Schauer über den Rücken. Die seltsamen Runen auf dem Seelenbeil leuchteten schwach auf – wie von einem inneren Feuer erhellt. Als Lucy stöhnte, blickte er zur Pforte.

Sie begann, sich zu öffnen. Doch anstelle der wilden Horden von außerirdischen Ewigen sah er bloß das Schattenbild des Dämons, das wieder ganz war. Das Seelenbeil hatte ihn nicht getötet, denn er blieb ein Schatten, bis er ganz in Dylan war.

Je näher er der Pforte kam, umso stärker fühlte Dylan die Macht der Bestie, und zugleich wusste er, dass Zurückweichen ein fataler Fehler wäre.

»Wir müssen das beenden.«

Er spürte das Ding, das ihn nicht mehr lockte. Vielmehr drängte es ihn fort, da es seine Entschlossenheit bemerkte, und gerade damit bestätigte es, was Dylan bereits klar war. Wenigstens wusste er jetzt, wann, wo und wie alles zu Ende zu bringen war.

»Nimm das Schwert«, sagte er und reichte es Lucy mit zitternden Händen. Die Bestie versuchte aufs Neue, Kontrolle über ihn zu gewinnen, und hier im Wurmloch war sie wahrscheinlich stärker als auf der anderen Seite.

Lucy nahm die Waffe, die sie kaum mit beiden Händen anheben konnte. »Was soll ich damit tun?«

Dylan konnte nicht antworten und gleichzeitig gegen den Willen der Bestie ankämpfen. Er wollte durch die Pforte dringen, vermochte jedoch kaum, sich auf den Beinen zu halten. Der Schatten schien buchstäblich alles Leben aus ihm zu saugen.

»Seelenbeil«, stöhnte er, »funktioniert nur … auf der anderen Seite.«

»Ich kann das Schwert nicht benutzen«, sagte sie. »Und wenn wir durch die Pforte treten, wirst du von dem Ding besessen sein.«

»Ich muss.« Er wusste, dass er recht hatte. Je näher er der Pforte kam, umso schwächer wurde er, aber auch die Kontrolle des Dämons verringerte sich. Die Ewigen und ihre Lakaien waren auf ihrer eigenen Seite verwundbarer als hier. »Ich muss da rein, es beenden. Shiraths Schwert. Shirath starb«, stammelte er.

Shirath, wie alle Krieger der vergangenen Zeitalter, hatte die Schwäche der Ewigen erkannt. Sie mussten auf ihrer eigenen Seite geschlagen werden, damit sie dort blieben. Shirath war allein gewesen und somit gezwungen gewesen, sich in ihr eigenes Schwert zu stürzen. Doch obwohl ihr Tod die Pforte geschlossen hatte, vermutete Dylan, dass der schattenhafte Torwächter im Moment ihres Sterbens hindurchschlüpfen konnte und damit das Portal zwischen den beiden Dimensionen offen halten konnte, bis der nächste Mensch mit der Kraft zur Verschiebung geboren war. Sie war allein gewesen. Doch wenn Dylan jetzt starb, konnte Lucy den Torwächter zurückhalten, während sich die Pforte schloss, und dann würden die Ewigen nie wieder an die Macht gelangen.

Ehe Lucy ihm widersprechen konnte, griff er in den wirbelnden Lichtkreis und wurde hindurchgesogen, um sich im nächsten Augenblick in einer Welt wiederzufinden, die so schwarz war, dass die Schwärze des Dämons dagegen noch beinahe blendend schien. Die *Luft* ließ sich kaum atmen und war schwer von dem seltsam faulig metallenen Gestank der dunklen Bestie. Als er zurückblickte, sah er Lucy wie durch einen Wasserschleier auf der anderen Seite, und er gab ihr ein Zeichen, dass sie bleiben sollte, wo sie war.

Plötzlich fühlte er einen Schmerz wie Gift, das sich durch seinen Körper fraß, und wiederum pochte sein Kopf unter dem Druck, mit dem sich der mächtige Schatten in ihn drängte.

»Nein!«, schrie er und fiel auf die Knie. Er drückte seine Fäuste gegen die Schläfen, während die Stimme des Dämons wie Donner dröhnte und ihn aufforderte, sich zu unterwerfen, sich einnehmen und vernichten zu lassen. Der Dämon war stark, aber nicht so stark wie auf der anderen Seite. Dylan spürte, wie er sich gleichsam fließend aus seinem Körper löste, und kämpfte verzweifelt dagegen an, weil er wusste, dass Lucy sterben würde, wenn er die Bestie nicht besiegte. Dann hätten die Ewigen triumphiert, und kein Mensch könnte sich jemals mehr gegen sie erheben.

»Töte mich!«, schrie er und schaffte es mit letzter Kraft, auf das Schwert in Lucys Händen zu zeigen.

»Nein!«, grölte die Stimme des Dämons.

Ein unbeschreiblicher Schmerz wütete in Dylans Brust. Die Bestie versuchte immer noch, seinen Willen zu brechen, aber er atmete tief ein und verbannte den Schmerz wie die entsetzliche Stimme aus seinem Bewusstsein, bis sie nur noch ein schwaches Pochen waren.

Du wirst mir trotzdem gehören.

»Lucy! Hier ist das Monster schwächer. Es kann sterben!«, rief Dylan. »Du musst es jetzt tun.«

Sie hob die schwere Waffe mit beiden Händen, doch dann schüttelte sie den Kopf. »Ich kann nicht«, sagte sie unter Tränen. »Dylan, ich kann nicht!«

Er ignorierte die schreckliche Stimme in seinem Kopf und sah ihr in die Augen. »Du musst!«, schrie er sie an. »Jetzt ist es hier drinnen. Benutze das *Seelenbeil*!«

Sie starrte auf die Klinge, während er sich gegen den Angriff von innen wehrte. Lange konnte er nicht mehr standhalten.

»Liebst du mich?«, hauchte er matt.

»Ja, ich liebe dich. Ich …«

»Dann tu es!«

Plötzlich erkannte er ein nie gesehenes Licht in ihren Augen. Es machte ihm Angst. Sie hatten keine Zeit, irgendwelche

Täuschungen auszuprobieren. Jede Sekunde kam der Bestie in ihm zugute.

»Nimm meine Hand«, sagte sie und griff durch die Pforte, ohne hindurchgezogen zu werden. Ihre Verbindung zum Burgfried hielt sie auf der anderen Seite fest. Aber sie könnte kaum mit einer Hand das Schwert heben.

»Keine Zeit«, keuchte er.

»Nimm sie!«

Es kam ihm vor, als würde er den Arm durch eine Betonwand treiben, so sehr rang die Bestie um Kontrolle über seinen Körper, aber er schaffte es. Sie fasste seine Hand ganz fest und setzte ihm die Schwertspitze an den Hals. Dylan blickte in ihre tränennassen Augen und nickte.

Da war wieder Ronnies Stimme in seinem Kopf, stark und beharrlich, und er glaubte fast, sie lächeln zu sehen.

Und jetzt glaube. Glaube, wie du nie zuvor geglaubt hast!

Und in diesem Moment erkannte er, dass sein Talent – jene Gabe, die Ronnie ihm auf ihrem Sterbebett vermacht hatte – nicht nur darin bestand, von einem Ort zum anderen zu wechseln. Sie beinhaltete auch die unbeschreibliche Verbundenheit zwischen ihr und ihrer Schwester, und die verband nun Lucy und ihn. Man konnte sie nicht erklären, denn sie war eines der *Mysterien*. Er fühlte, wie ein Blitz zwischen ihm und ihr hin- und herzuckte, und vernahm auf einmal Lucys Stimme in seinem Kopf.

Wechsle, sagte sie, stemmte sich gegen die Klinge und trieb sie durch seinen Hals.

Und während Lucy zustieß, wechselte Dylan den Ort. Es waren nur Zentimeter, da er den Kontakt zu ihr halten musste, aber sie reichten aus, damit die Klinge nicht seinen Hals durchschnitt, sondern den der Bestie, die nicht mit ihm mitkam. Dies war die wahre Heimat des Dämons. Hier konnte er getötet und durch seinen Tod die Pforte endgültig geschlossen werden, die er unbedingt offen halten wollte. Mit ein bisschen Glück würde Dylan sogar überleben.

Die Bestie brüllte im Todeskampf, bevor sie zusammensackte und alles Leben aus ihr wich.

Womit Dylan allerdings nicht gerechnet hatte, war, dass es immer noch eine Verbindung zwischen seiner Seele und der des Dämons zu geben schien. Obgleich das Schwert seinen Hals nicht durchstoßen hatte, starb er mit der Bestie. Er stürzte würgend nach hinten, der kalte Stahl brannte in seiner Kehle, und er schmeckte Blut auf seinen Lippen. Während seine Lebenskraft versiegte, empfand er die unbändige Wut der Bestie ob der Niederlage, die jedoch von dem Bewusstsein des Triumphes übertroffen wurde. Wenigstens konnte Lucy nun überleben. Als er die Augen öffnete, nahm er sie wie durch einen grauen wabernden Nebel wahr und fürchtete für einen Moment, sie könnte tot und mit ihm im Himmel sein.

»Dylan!«, hörte er sie flüstern. »Dylan! Wir müssen hier weg. Die Pforte schließt sich! Folge dem Pfad! Verlass mich nicht!«

Welcher Pfad?

Ihr Gesicht wurde noch unschärfer, als verlöre es sich in nebliger Ferne. Beinahe fühlte er ihre Hand nicht mehr. Wie sollte er auch, wo sie doch so weit weg war und sich beständig weiter entfernte? Wie machte sie das, ohne ihre Füße zu bewegen? Ja, na klar, er halluzinierte im Sterben.

Du kannst den Pfad finden.

War das Lucy oder Ronnie? Beide Stimmen waren zu schwach, als dass er sie auseinanderhalten könnte.

Du bist jetzt eins mit ihr, durch mich. Gib nicht auf, dann verlierst du sie auch nicht. Glaube!

Er wollte einfach nur die Augen schließen und ausruhen.

Plötzlich erinnerte ihn dieses Gefühl an jene Nacht im Wald, und das kam ihm merkwürdig vor. Andererseits hatte er damals ebenfalls den Wunsch gehabt, einzuschlafen, und er hätte den Erfrierungstod in Kauf genommen. Diesem Wunsch durfte er jetzt genauso wenig nachgeben wie im Wald. Er blinzelte erschöpft und erkannte, dass sich etwas verändert hatte. Lucy war noch ferner, doch nun glaubte er, einen lichten Pfad zwischen ihnen zu sehen. Ehe er sich dessen bewusst war, hatte er zwei Schritte auf sie zugetan. Lag er nicht eben noch auf dem Rücken? Wie konnte er da gehen?

Mit jedem Schritt sammelte er neue Kraft und konnte klarer sehen, bis er nur noch wenige Meter von ihr entfernt war. Erst da bemerkte er, dass es sich bei dem Pfad um eine Art freischwebenden Lichtbogen handelte, der sich über einer tiefen Finsternis spannte, und er wusste, dass er links und rechts davon in einen tiefen Abgrund stürzen würde, an dessen Boden ihn keine sanfte Landung erwartete. Zudem würde Lucy mit ihm stürzen, da der Pfad nicht allein ihre Schöpfung war, sondern gleichermaßen Teil von ihm. Er konnte sie zueinanderführen oder auf ewig trennen. Schweiß brach ihm aus, als er einen unsicheren Schritt nach dem nächsten machte, und gerade als er glaubte, dass ihn die Kraft aufs Neue verließ und er unweigerlich in die Tiefe fallen würde, fühlte er ihre Arme um sich und sank ihr entgegen.

Phönix hatte diesem Mann, den sie Crank riefen, nie getraut. Jetzt jedoch lieferte er sich einen tödlichen Kampf mit der Kreatur, die ins Haus ihrer Herrin eingedrungen war, und das machte ihn zu ihrem Verbündeten. Sie versuchte, ihm Bewegungsraum zu lassen und der gigantischen Axt auszuweichen, die er schwang, während sie wieder und wieder die Zähne in die steinharten schuppigen Beine und Füße der Bestie stieß und ihr so die eine oder andere blutende Wunde beibrachte. Phönix' Angst war beinahe verschwunden und dem entschlossenen Wunsch gewichen, dieses Ding tot, sein Herzblut auf den Boden tropfen zu sehen. Crank hatte den Rhothag schon mehrfach getroffen. Das Monster krümmte sich unter dem klaffenden Schnitt in seinem Rücken und einem weiteren in seinem Bein. Während Phönix in einen Knöchel biss, grub sich die Axt in die Seite der Kreatur, so dass sie fast zu Boden ging. Phönix nutzte die Gelegenheit, um nach der ausgestreckten Klaue zu schnappen, wobei sie eine der Krallen an ihrem weichen Bauch erwischte. Sie fühlte, wie sich die scharfe Krallenspitze durch ihre Muskeln bohrte, und wich knurrend zurück. Crank sprang vor und hieb die Axt noch einmal und tiefer in die Seite des Untiers. Da aber packte ihn der Rhothag am Hals und riss ihn hoch in die Luft. Crank fiel die Axt aus den Händen, und die Bestie starrte ihm in die Augen, wie Phönix gewöhnlich aufdringliche Katzen anstarrte. Als die Bestie

Crank den Hals zudrückte, schluckte Phönix ihren Schmerz hinunter, machte einen Satz auf das Sofa und stürzte sich auf das Monster. Sie vergrub die Zähne in dessen Kehle, schmeckte das Blut und fühlte den Pulsschlag. Sie würde dieses Ding töten, und dann wäre ihre Herrin stolz auf sie und würde sie loben!

Als Nächstes spürte sie, wie die Kreatur Crank losließ, der zu Boden fiel und nicht wieder aufstand. Und dann schlang sie ihre starken Arme um Phönix, dass sie keine Luft mehr bekam und alles dunkel wurde. Kurz darauf flog sie quer durch den Raum – wie eine der dämlichen Krähen.

Remedios wusste, dass er dem Rhothag nicht davonlaufen konnte, und dennoch stolperte er vom Haus weg. Überraschenderweise schaffte er es fast bis zu den Bäumen, ohne dass das Ding über ihn herfiel. Nach jedem Schritt erwartete er, beim Umdrehen das Monster zu sehen, das durchs Fenster kletterte oder krachend durch die Tür brach. Und nun konnte er nirgends mehr hinrennen. Er würde hier auf das Ding warten und in Würde sterben, wenn es denn sein sollte.

Unter den Bäumen blieb er stehen und wandte sich zum Burgfried um.

In diesem Moment lehnte sich die Kreatur aus dem Fenster, und zu Remedios' Füßen flatterten die Krähen verängstigt mit den Flügeln. Als die Bestie kurz wieder im Haus verschwand, schöpfte Remedios schon Hoffnung, aber dann erschien sie wieder im Fenster und machte Anstalten, hindurchzuklettern.

Sie hielt ihren Kopf auffallend schräg und presste eine Klaue seitlich an ihren Hals. Remedios vermutete, dass Baxter, Crank und die Hündin tot waren. Er sank auf die Knie und betete. Doch während er Gott anflehte, sich ihrer Seelen anzunehmen, spürte er ein Gewicht auf seinen Schultern. Und dann noch eines.

Der Geruch von Staub und Erde überkam ihn. Er fühlte Federn und kleine Füße, die auf seiner Haut kratzten, bis es ihn schließlich zu Boden zwang. Bäuchlings lag er da, das Gesicht in den Händen vergraben, während winzige Krallen über ihn trippelten, Flügel flatterten und etwas Pelziges seine Ohren kitzelte. Er schaffte es, den Kopf gerade genug zu heben, um durch das Gewimmel von Rabenvögeln und Füchsen den Rhothag zu sehen, der in seine Richtung kam. Remedios nahm den Kopf wieder herunter und dankte von Herzen dafür, dass ihm Gottes Schöpfung Sicherheit gab.

Gott sandte Noah einen Raben und eine Taube. Mir sandte er Raben und Füchse.

Wie Stunden kam es ihm vor, die er dalag, dem sanften Atem der kleinen Tiere lauschte und die Wärme ihrer Körper spürte, die ihn vor der Kälte der Nacht schützten. Diese Wesen, die er früher nicht einmal eines zweiten Blickes gewürdigt hatte, schirmten ihn nun mit ihren Körpern ab. Fortan würde er sie mit anderen Augen betrachten.

Zuerst hörte er das Schnüffeln des Rhothags, dann einen rasselnden, stöhnenden Laut. Offensichtlich hatten seine Freunde die Bestie sehr schwer verletzt. Gut. Remedios brachte kein Mitleid für diese Kreatur auf.

Aber konnten die winzigen Tiere ihn tatsächlich vor ihr beschützen? Seine Hände zitterten, doch die Raben beruhigten ihn mit ihrem leisen Gurren, und die Füchse schmiegten sich sanft an ihn. Allerdings war das ein schwacher Trost, wenn er bedachte, dass der Rhothag jederzeit nach unten greifen und ihn hochreißen konnte.

Er bemerkte eine Bewegung und linste zwischen den dünnen Vogelbeinchen hindurch. Ein rotes Auge blickte auf ihn hinab. So wie es ihn ansah und sich wieder abwandte, war die Bestie wohl noch nicht sicher, was sie da gefunden hatte, und Remedios hielt den Atem an.

Winzige Krallen kneteten seinen Rücken, als bereiteten die Vögel sich darauf vor, jeden Moment aufzufliegen. Würden sie allen Ernstes etwas von der Größe des Rhothags attackieren?

Plötzlich schlugen ihm Flügel ins Gesicht, und er fühlte ein wildes Trippeln auf seinem Rücken und seinen Beinen, während eine riesige Klaue nach seinem Arm langte. Er wurde so abrupt in die Höhe gerissen, dass es ihm fast die Schulter auskugelte. Und dann stand er inmitten der wuselnden, flatternden Tiere und sah dem Rhothag in die Augen, dessen kalter Atem ihm die Wangen befeuchtete. Das Ding grinste ihn an, dass sich die Lippen über steakmessergroßen Fangzähnen spannten. Die schwülstigen Nasenflügel bebten, und es nickte zufrieden.

Remedios bemerkte dunkles Blut, das aus einer Wunde am Hals des Rhothags sickerte, und wieder dachte er traurig an Baxter, Crank und die Hündin. Er wünschte, auch er hätte etwas, womit er nach dem widerlichen Rhothag schlagen könnte. Die Bestie war eine Beleidigung für Gottes Universum. Doch Remedios blieb nichts anderes übrig, als sich der Gnade seines Schöpfers zu überlassen und ihn im Gebet anzurufen.

»Allmächtiger Gott«, sagte er mit fester Stimme, »schütze diesen Sünder in der Stunde der Not.«

Die Worte schienen die Bestie in Rage zu bringen. Der Rhothag hob Remedios in die Höhe, der immer weiter betete, während die Kreatur mit dem anderen Arm ausholte. Remedios machte sich auf den tödlichen Schlag gefasst.

Aber ehe der Rhothag zuschlug, erbebte die Erde unter ihm, so dass er sich verwirrt umsah und von einem Bein auf das andere trat, als stünde er auf glühenden Kohlen. Jetzt erst erkannte Remedios, dass sämtliche Tiere auf sie zukamen. Der Rhothag stolperte rückwärts.

Füchse bissen ihm in die Beine, und obwohl er sie wegtrat, waren sogleich neue an ihrer Stelle. Krähen stürzten sich aus der Luft hinab und flatterten vom Rasen auf, um sich auf den Kopf und die breiten Schultern zu hocken und nach den Augen, Ohren, der Nase und den Lippen des Rhothags zu hacken. Er wehrte sie ab wie lästige Fliegen, doch es kamen immer mehr, und bereits jetzt hatten sie ihm Tausende kleiner Wunden beigebracht, aus denen Blut tropfte. Füchse hangelten sich an den Kleiderfetzen hinauf und schnappten nach der Gurgel des Rhothags, wobei die Tiere vollkommen unbekümmert um ihre eigene Unversehrtheit schienen – im Gegenteil: Sie überschlugen sich geradezu, die Bestie zu attackieren, sie zu beißen, zu kratzen und auf sie einzuhacken. Schließlich spürte Remedios, wie sich der eiserne Klauengriff lockerte. Er fiel zu Boden und beobachtete verwundert, wie sich die kleinen Tiere auf den Rhothag stürzten wie die Ameisen auf ein Stück verrottetes Obst und ihn in die Knie zwangen, bevor er schließlich auf die Erde sank. Pelzbüschel, Federn und Blut flogen durch die Luft, aber es kamen immer mehr und mehr Tiere, bis die Bestie sich am Ende nicht mehr regte.

Remedios rappelte sich mühsam hoch und wartete, dass sein Herz sich wieder beruhigte. Er fasste nicht, was er da eben bezeugt hatte. Nach Atem ringend, betrachtete er die Rabenvögel und die Füchse, die zu ihm aufsahen wie Krieger nach einer siegreichen Schlacht, und sprach ein Dankesgebet, das gleichermaßen den Tieren als auch Gott galt.

Unbändigen Durst vermag es zu stillen,
und Dunkelheit erliegt seinem Schlag.
Magie ist seiner Kraft zu Willen,
gleich Funken aus einem Zauberstab.
Wie der Tag die Nacht besiegen kann,
spielen Engel mit leuchtendem Feuer – und dann
tanzen mit seidenen Flügeln sie dahin,
zur Musik, wie sie einzig der Natur kam in den Sinn.

»Thunderstorm« von Cooder Reese
aus *Dead Reckonings*

Dylan kam auf dem kalten Betonboden des Tresorraums wieder zu sich und sah, wie das Licht der ersten Pforte langsam verblasste. Für einen Moment fürchtete er, sie könnte immer noch genug Kraft besitzen, um sie wieder einzusaugen, sollten sie dem Lichtkreis zu nahe kommen, obwohl dieser praktisch vollständig erloschen war. Ja, die Schlacht war endlich vorbei!

»Du lebst!«, hauchte Lucy und legte die Hände an seine Wangen.

Er wollte sich aufrichten, aber sein Körper fühlte sich an, als wäre er durch einen Betonmischer gejagt worden.

»Ich war auf einer Brücke«, flüsterte er und blickte sich in dem Raum um, der von Leuchtsteinen neben ihnen auf dem Boden erhellt wurde.

Alles schien unverändert, und dennoch machte es ihn nervös, hier zu sein. Er wollte nach draußen, Sonnenlicht auf seiner Haut fühlen. Wenn ihm doch nur seine Muskeln gehorchen würden! »Du riefst nach mir, aber ich drohte in einen Abgrund zu stürzen.«

»Als ich mit dem Schwert zustieß, kam es mir vor, als stünde ich im Zentrum einer Explosion. Ich wurde von der Pforte zurückgeschleudert und konnte dich noch auf der anderen Seite spüren. Trotzdem war ich sicher, dass du lebst, aber die Pforte ging zu. Ich hatte Angst, dich zu verlieren. Deshalb versuchte ich, dich in Gedanken zu erreichen, was mir nicht gelang. Und dann plötzlich nahmst du Kontakt mit mir auf.«

»Das war Ronnie. Du hast sie gefühlt.« Wieder strengte er sich mit aller Kraft an, und er schaffte es, sich wenigstens aufzusetzen. »Wir müssen nach den anderen sehen.«

Als sie aus dem Keller in die Diele kamen, erschütterte ein heftiger Donnerschlag den Burgfried, und gleich darauf hörten sie, wie ein starker Regen einsetzte. Für eine kurze Weile standen sie da und starrten in die Dunkelheit, die anders war als die, welche seit Wochen über ihnen hing. Als der Regen gleich wieder nachließ, sah Lucy Dylan fragend an.

»Es ist, als würde Gott die Erde reinwaschen«, sagte sie leise. »Ich kann fühlen, wie der Boden um uns herum wieder neu geweiht wird.«

Remedios war in der Bibliothek, wo er Crank, Baxter und Phönix verarztete. Baxter und die Hündin hatten die schlimmsten Wunden davongetragen, aber der Priester versicherte ihnen, dass sie mit der richtigen Pflege und vor allem mit Gottes Hilfe wieder vollständig genesen würden. Crank wies keine äußeren Verletzungen auf, wirkte jedoch benommen von der Schlacht, die Remedios und Baxter in lebendigen Farben schilderten.

»Ich kam gerade wieder zu mir, als Phönix sich vom Sofa aus auf die Bestie stürzte«, berichtete Baxter kopfschüttelnd. »Der Rhothag war dabei, Crank das Genick zu brechen, da verbiss sie sich in seine Kehle. Ich dachte, sie würde dem Biest den Kopf abreißen, aber da schleuderte es sie gegen die Wand wie mich vorher, drehte sich um, stieg durchs Fenster und war weg. Danach wurde alles wieder schwarz.«

»Sie ist eine brave Hündin«, sagte Lucy und streichelte Phönix, die dalag und das Lob mit einem matten Schwanzwedeln quittierte. »Eine sehr brave Hündin!«

»Ist es vorbei?«, fragte Crank, der in einem Sessel hockte und sich den Kopf hielt.

»Ich vermute, dass sich außerhalb des Burgfrieds alles wieder normalisiert«, antwortete Remedios. »Jedenfalls so weit, wie es nach einer Schlacht mit den Kräften des Bösen möglich ist.«

»Und was machen wir jetzt?«, fragte Crank, ohne aufzublicken.

Remedios sah ihn traurig an. »Du hast dein Leben jemandem gewidmet, der dich betrog. Und jetzt hast du das Gefühl, es gebe keinen Platz mehr für dich, stimmt's?«

»Ich weiß nicht, ob es je einen Platz für mich gab.«

»Trotzdem hast du dein Leben riskiert, um meines zu retten. Warum?«

Crank atmete tief ein. »Ich bin einem Mann gefolgt, der nicht der war, für den ich ihn hielt. Und ich bin zu einem Judas geworden. Ich habe das Ding ins Haus gelassen.«

Als er Lucys Erschrecken bemerkte, fügte er hinzu: »Ich hab's nicht mit Absicht getan. Ich wollte rausgehen und nachdenken, und da ließ ich die Tür auf, was blöd war.«

»Es wäre so oder so reingekommen«, sagte Baxter.

»Aber dann hättest du gehört, wie es einbricht, und wärst vorgewarnt gewesen.«

»Und ich wäre womöglich allein gewesen.«

»Es war Gottes Wille«, sagte Remedios. »Alles geschah aus einem Grund. Und wir alle haben aus einem Grund überlebt. Das ist ja wohl offensichtlich.«

»Also welchem Grund wohl?«, fragte Crank barsch.

»Um weiterzumachen!«, erklärte Remedios lächelnd. »Um zu retten, was wir können, und das große Abenteuer fortzusetzen. Das nämlich ist das Leben, und das ist es, was Menschen tun. Jeder hat seinen Platz in Gottes Plan, und weil nur noch wenige von uns übrig sind, gehe ich davon aus, dass wir alle Rädchen im großen Getriebe sein sollen.«

Er legte Crank die Hand auf die Schulter und sagte: »Geh mit Gott.«

Lucy war überrascht, Tränen in Cranks Augen zu sehen. Sie lehnte sich an Dylan, der sie in die Arme nahm. Draußen ging die Sonne über den hohen Eichen auf, und Dylan erkannte, dass das, was er für anhaltende Dunkelheit gehalten hatte, der Schatten von Millionen aufflatternden Rabenvögeln war.

Markus Heitz

Kinder des Judas

Roman

Leipzig 2007: Sia ist die gute Seele eines Krankenhauses. Hier steht sie denen bei, die in ihren letzten Stunden nicht allein sein sollen. Jeder, der die junge Frau am Bett eines Sterbenden wachen sieht, wird sie für einen Engel halten. Denn niemand weiß, wer sie wirklich ist. Oder was.

In einer langen, einsamen Nacht schreibt Sia ihre Geschichte nieder. Sie beginnt 1670 und erzählt von einem kleinen Mädchen, das in die dunklen Machenschaften der »Kinder des Judas« verwickelt wurde, jenes mächtigen Bündnisses von Wissenschaftlern – und Vampiren!

»Heitz heizt dem Leser mächtig ein.«
Bild am Sonntag

Knaur Taschenbuch Verlag

Shaun Hutson

Scharfe Klauen

Thriller

Inspector Birch ist ein knallharter Ermittler. Doch nun erschüttert eine Mordserie London, die selbst ihm das Blut in den Adern gefrieren lässt: Ein Killer schlägt mit messerscharfen Klauen zu – und verschwindet, ohne Spuren zu hinterlassen. Seine bevorzugte Beute sind Literaturkritiker und Verlagsmitarbeiter. Neben den geschundenen Leichen findet Birch stets zwei Bücher, die mit ebensolcher Gewalt zerrissen wurden. Das eine ist ein Horror-Bestseller, das andere eine Biographie über Dantes Lehrmeister, der für seine ebenso spektakulären wie unheimlichen Theorien auf dem Scheiterhaufen verbrannt wurde. Aber können Romanfiguren wirklich Gestalt annehmen, um ihre Leser zu töten?

Knaur Taschenbuch Verlag

Jeanne C. Stein

Verführung der Nacht

Ein Vampirthriller

Als Anna Strong nach einem brutalen Überfall im Krankenhaus erwacht, glaubt sie an ein Wunder – denn obwohl sie sich erinnert, schwer verletzt worden zu sein, findet sich keine Wunde an ihrem Körper. Aber was ist dann mit ihr geschehen? Kurze Zeit später beginnt eine geheimnisvolle Gruppe, Jagd auf Anna zu machen. Als sie im letzten Moment entkommen kann, entdeckt sie neue, ungeahnte Fähigkeiten – und kann sich der erschreckenden Wahrheit nicht länger widersetzen: Sie ist zum Vampir geworden! Für Anna beginnt eine Reise in die Nacht, die voller Gefahren ist und auf der nur der geheimnisvolle Avery ihr Verbündeter zu sein scheint. Doch auch er hat eine verborgene, dunkle Seite …

Knaur Taschenbuch Verlag